U0528387

孟伟哉文集

第八卷

作家的头脑怎样工作

人民文学出版社

图书在版编目(CIP)数据

孟伟哉文集.第8卷,作家的头脑怎样工作/孟伟哉著.—北京:人民文学出版社,2014
ISBN 978-7-02-010584-7

Ⅰ.①孟… Ⅱ.①孟… Ⅲ.①文艺—作品综合集—中国—当代②散文集—中国—当代 Ⅳ.①I217.2

中国版本图书馆 CIP 数据核字(2014)第 210008 号

责任编辑	刘会军　于　敏
装帧设计	李吉庆
责任校对	吴钟璜
责任印制	李　博

出版发行	人民文学出版社
社　　址	北京市朝内大街 166 号
邮政编码	100705
网　　址	http://www.rw-cn.com
印　　刷	三河市鑫金马印装有限公司
经　　销	全国新华书店等
字　　数	393 千字
开　　本	880 毫米×1230 毫米　1/32
印　　张	14.625　插页 3
版　　次	2014 年 12 月北京第 1 版
印　　次	2014 年 12 月第 1 次印刷
书　　号	978-7-02-010584-7
定　　价	40.00 元

如有印装质量问题,请与本社图书销售中心调换。电话:01065233595

在人民美术出版社

世纪之初在书房

一百名死者的最后时刻
作家的头脑怎样工作
孟伟哉
松林琴声
PHONIXBUCHREIHE
Geburt einer Statue
VON MENG WEIZAI
访问失踪者
FANGWEN SHIZONGZHE
归途
山西人民出版社
어제날의 전쟁
昨天的战争
孟伟哉
人民文学出版社
人在风云幻化中
中国文联晚霞文库
CHINA FEDERATION OF LITERARY AND ART CIRCLES "EVENING GLOW" LIBRARY
逃兵·表姐·蹦蹦跳
孟伟哉
雕像·夫妇·大原野
小说选
昨天的战争
孟伟哉 著
旅人蕉
战地醉雪
访问失踪者
孫子兵法物語
孟伟哉 文
作家的头脑怎样工作
一百名死者的最后时刻
孟伟哉 诗选
孟伟哉小说选

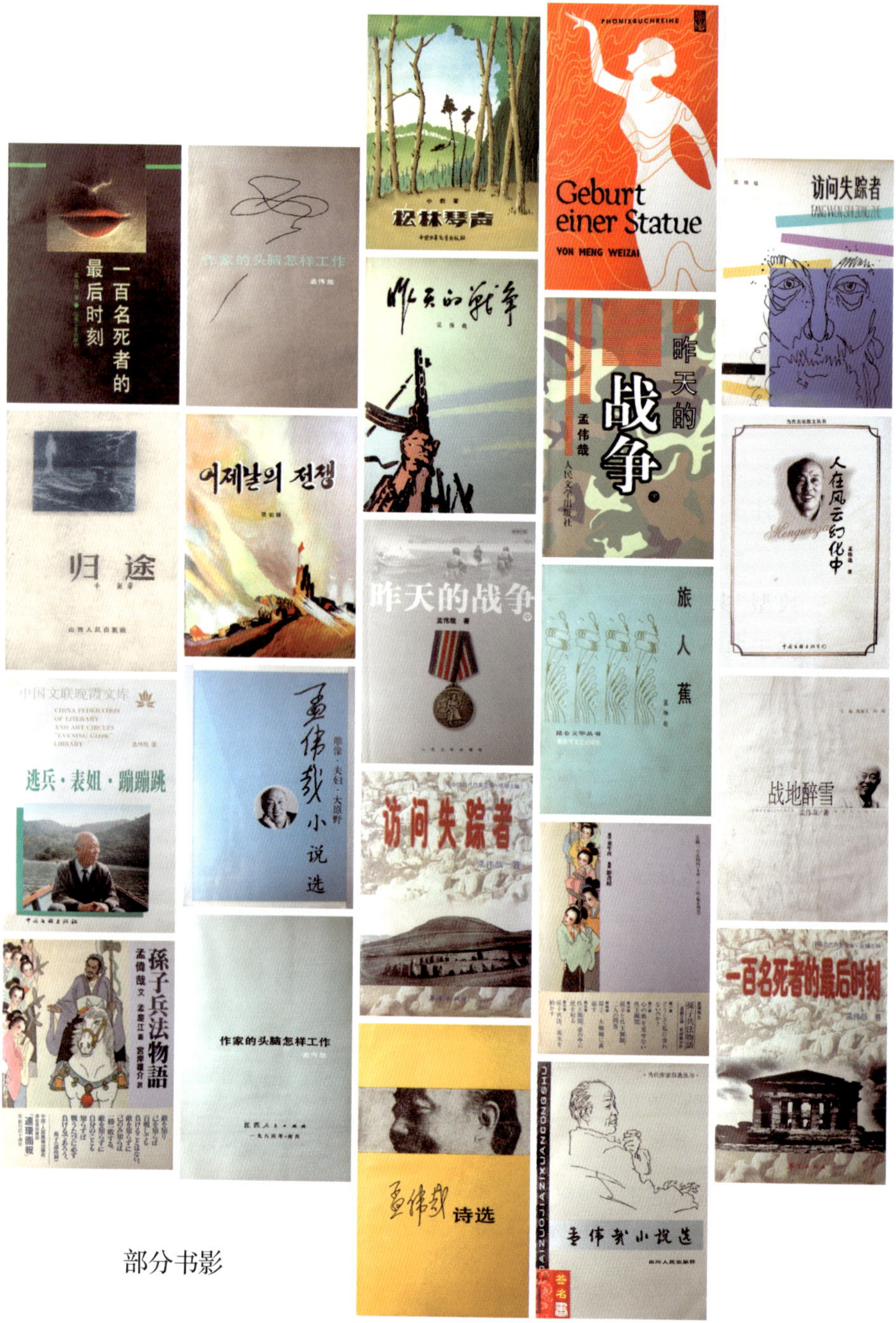

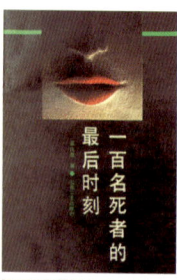

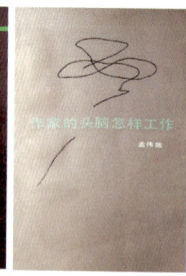

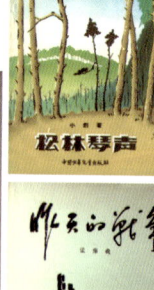

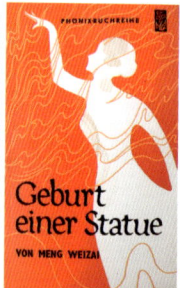

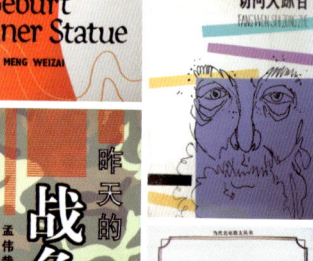

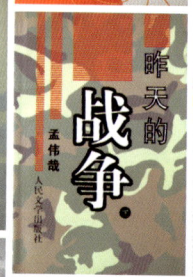

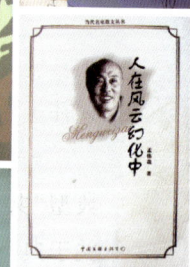

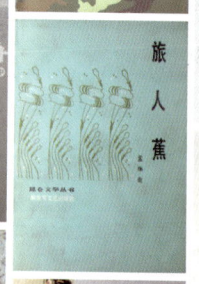

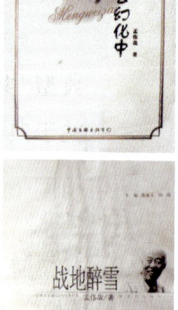

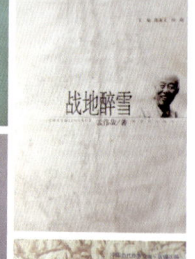

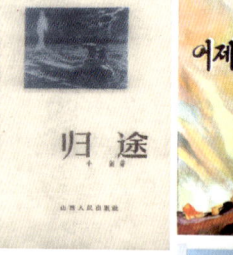

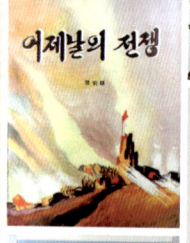

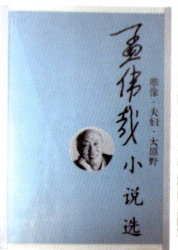

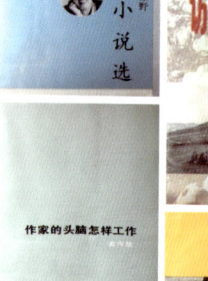

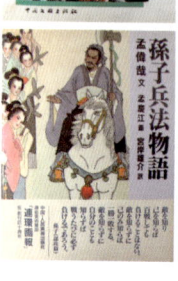

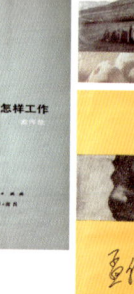

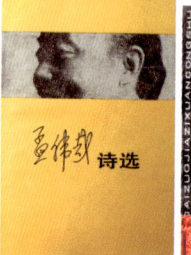

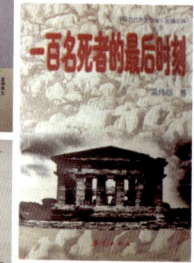

部分书影

目　　录

论莎士比亚的社会政治思想及其发展 …………………… 1
论莎士比亚的伦理道德思想及其发展 …………………… 15

典型"共性"的本质及其他 ………………………………… 32
关于典型共性的时代性和阶级性问题
　　——与何其芳同志商榷 ………………………………… 48

反动腐朽的精神不是时代精神 …………………………… 73

关于艺术创作中的形象思维问题 ………………………… 79
关于形象思维的一段公案 ………………………………… 116
　　附录一　致《文学报》编辑信 ……………………… 121
　　附录二　与陈子伶通信 ……………………………… 122
形象思维二题 ……………………………………………… 129
澄清关于形象思维的理论是非
　　——学习毛主席关于形象思维问题的科学论断 …… 151
致郑季翘同志的公开信 …………………………………… 156

生活潮流与文学潮流 ……………………………………… 166

生活气息·时代主题·宪法党纪
　　——在人民文学出版社中长篇小说座谈会上的发言 … 178

为了什么当作家
　　——应《人才》杂志之约而作 …………………… 184
作家的头脑怎样工作？ ………………………………… 188
作家素养三题
　　——在解放军文艺社军事题材短篇小说读书班的谈话 … 199
世界观、当代感和文学意识
　　——在淮河乡土文学笔会的发言 ………………… 209
从希特勒及其情妇之死说起
　　——关于形象思维的札记 ………………………… 219
形象思维·现实主义·性格探索
　　——在吉林大学的座谈发言（摘要）……………… 223
看《伽俐略传》纪事 …………………………………… 225
生活·艺术·灵感
　　——与鲁迅文学院几位青年同志的谈话 ………… 228
艺术，应该令人信服 …………………………………… 234
谈谈微型小说和从道德及性格上写人 ………………… 241
从个性出发
　　——在沈阳、大连两个座谈会上的发言 ………… 253
谈谈坚持业余创作的好处 ……………………………… 266
读竹林书稿《生活的路》 ……………………………… 269
电影随想两点 …………………………………………… 272
革命战争题材文学的原创型作家
　　——在《古立高文集》座谈会上的发言 ………… 275
读《臧克家评传》 ……………………………………… 279
先生不信人类之爱
　　——纪念鲁迅诞辰110周年 ……………………… 281

在战斗序列里	284
曲径求索	287
关于我的创作	
——致文学评论家雷达	310
从《一座雕像的诞生》到《大地的深情》	315
《心灵深处》和《一座雕像的诞生》	317
《黎明潮》脱稿之后	320
关于小说《夫妇》与萧乾的通信	323
文学札记与随想	327
人生有限,真诗不死	
——随想与札记一束	360
幻想美	
——随想录之一	364
送吴冠中先生远行	368
吴冠中的发现和石鲁的突破	370
与大师对话	372
水墨:吴冠中与黑白灰三色	374
《阿尔泰山村》:吴冠中的线艺术	375
《老虎高原》:吴冠中的意象与具象	377
《夜宴越千年》:吴冠中重绘古画经典	380
《童年》:吴冠中追寻孩提视角	382
鲁迅遗容:力群的速写和吴冠中的油画	384
《高粱与棉花》:吴冠中的稼穑情怀	385
吴冠中画"彩斑松"	387
古干画舞	389

与时代同步的艺术家
　　——邵宇画作读后 ………………………………… 391
史料价值与审美意义的统一
　　——读张爱萍《神剑之歌》的启示 …………… 395
李夜冰的线 ……………………………………………… 398
赵志光的工笔画 ………………………………………… 401
版画家宁积贤 …………………………………………… 403
真诚的艺术追求者 ……………………………………… 405
与虎痴温鸿源谈美学 …………………………………… 407
赵银湖的神仙图 ………………………………………… 413
致版画家董其中、姚天沐 ……………………………… 416
彩陶密码 ………………………………………………… 419
古岩画信息 ……………………………………………… 423
我观燕森甫书艺 ………………………………………… 426
鲁东的艺术世界及其轨迹的启示 ……………………… 428
一部探索羊文化的开拓之作 …………………………… 434
乡野田园之美 …………………………………………… 443
"地角山阿独奏弦"
　　——赏谢云书艺 ………………………………… 445
这位老人一直在吟诵生命之歌啊
　　——赏《谢云八十书画》 ……………………… 449
黄成志，苦孩子奋斗成画家 …………………………… 452
最有难度的选择
　　——我看张利军的画 …………………………… 454
凡高，一个草根画家的生前身后 ……………………… 456
蒙克的《呼号》预言什么？ …………………………… 459

论莎士比亚的社会政治思想及其发展

莎士比亚是文艺复兴时期的巨人之一。如何评价这个作家的思想及其创作,却至今仍存在着分歧和争议。

在当前西方资产阶级研究莎士比亚的学者和评论者中,流行着两种看法:一种是认为莎士比亚只是一个为了博得观众赞赏而追求技巧完美的作家,其作品实在无思想可言;另一种是从抽象的人性论的观点出发,他们认为莎士比亚是一个超越他的时代、甚至一切时代之上的"天才",是一个"绝对真理"和"普遍人性"的表达者,而不是一个一定阶级的一定思想的宣扬者。这两种观点,都是错误的,都是对莎士比亚的极大歪曲。如果说前一种理论的企图在于粗暴否定莎士比亚的遗产,那么,后一种观点就是企图使人们毫无批判地拜倒在莎士比亚脚下。这都是我们所要坚决反对的。

解放以来,在党的领导下,我国关于莎士比亚作品的译介和研究,有了显著的成就。但是,总的来看,尚不够全面和深入,还有许多问题值得探讨。我们认为,对于这样一个作家及其作品,进行全面深入地研究是必要的;因为,只有努力掌握并应用马克思主义的原则和方法,做到真正科学的估价,才能谈到借鉴和继承,才能在理论上和实际上与资产阶级观点划清界限。而在关于莎士比亚的一系列问题之中,我们又认为,应该首先弄清他的思想及其发展。

一

莎士比亚生活和创作的年代,正当十六世纪下半叶至十七世纪初(一五六四——一六一六)。这个时期,在英国史上是一个大转变的时代。一方面,旧的、封建的、中世纪的生产方式正在迅速瓦解,一方面,新的、资本主义的生产方式,正以原始积累的形式猛烈进行、疾速形成;一方面,贵族阶级正在分化,但还在政治上居于统治地位,一方面,从市民阶级中间分化出来的资产阶级在政治上还没有独立;一方面,封建大贵族的权力和势力正在失去,割据状态已经消失,一方面,一个统一的君主专制的民族国家已经形成;一方面,封建的、蒙昧的、以神为中心的世界观正在毁灭,一方面,资产阶级的清醒的、世俗的、以个人为中心的世界观正被越来越多的人所接受;一方面,它被称为"快乐的英国"和"快乐英国的黄金时代"[①],一种资产阶级的狂热情绪、爱国感情和人文主义的文化运动正弥漫全国,一方面,它"是以血与火的文字写在人类的编年史中的"[②]。被残酷的圈地运动所打击的农民正啼饥号寒、四处流浪,劳动人民正经历着深刻的贫困化的过程,社会矛盾和阶级斗争异常尖锐、错综复杂。

大体说来,这就是莎士比亚时代的一些主要特征,这就是决定并制约莎士比亚思想及其创作的社会现实。

二

莎士比亚的社会政治思想,集中的体现在他的历史剧里(包括一部分悲剧)。莎士比亚也正是以历史剧的写作开始他全部创作活

[①] 恩格斯:《风景画》,转引自《戏剧理论译文集》第八辑(一九六〇)第一页。
[②] 马克思:《资本论》第一卷904页。1953,人民版。

动的,除了最后与他人合写的《亨利八世》以外,其余九个历史剧都写于他创作的早期。在这些剧本里,他主要依据当时编年史家荷林歇德和荷尔的著作,处理了从十三世纪初叶(《约翰王》)到十六世纪初叶(《亨利八世》)三百年间英国历史上的一些重大事件和主要人物,而集中在十四十五世纪从理查二世经过亨利四世、亨利五世、亨利六世到理查三世这一百年间的史实。

那么,莎士比亚对于当时的社会政治问题,究竟持着怎样的观点,他的思想又经过怎样的发展呢?这就是本文试图探讨的问题。

莎士比亚的历史剧具有强烈的政治倾向。他的社会政治思想的一个主要内容是拥护君主专制、反对封建割据。

资本主义的经济,要求政治上的统一作为其发展的必要条件。因为只有消除割据,保持统一,商品和贸易才能获得广阔而稳定的市场,才能自由而迅速的发展。因此,资产阶级在它的发展过程中,从一开始就把反对封建诸侯的割据作为自己的政治任务。但是,在当时,新兴的资产阶级在政治上还没有成熟到能够夺取政权的程度,这就使得他们为了自身的利益,不得不"向整个封建制度的首脑——国王——寻求有力的支援。"[①]所以,王权曾经"是一种进步的因素……在漫无秩序中它是秩序的代表,它把正在形成中的国家和叛乱不已的各诸侯国家所造成的分裂状态形成了一个对比。"[②]

莎士比亚的创作表明,他是站在新兴资产阶级的立场,维护资产阶级的利益,反映资产阶级的愿望的。他的第一部历史剧《亨利六世》(一五九〇)的基本思想,就是反对封建纠纷,肯定国家统一。在剧中,他一方面谴责了软弱无能以致对外战争失利、内部引起诸侯叛乱、人民起义的亨利六世;另一方面揭露了封建家族(这里是约克家族和兰开斯脱家族)之间的内争所造成的混乱。这就是说,他虽然对君主和诸侯都进行了谴责,却表明了一种观点:那就是希望

[①][②] 恩格斯:《论封建制度的解体及资产阶级的兴起》,见《封建社会历史译文集》10页、13页,三联版。

强有力的君主能够统一国家,要求封建诸侯能够服从君主。这种在政治上肯定统一的君主专制,反对诸侯的叛乱割据的思想,不仅在全部历史剧中,就是在《罗密欧与朱丽叶》、《特洛埃勒斯与克蕾雪达》等作品里,也以不同的方式得到了表现。

但是,莎士比亚拥护君主专制、肯定中央集权、反对分裂不是无条件的。莎士比亚作为人文主义者,和典型的资产阶级政治思想家马基雅维利①不同。马基雅维利肯定君主专制是绝对的、无条件的,他认为未来达到这一目的,可以不讲道德,不择手段。然而,在莎士比亚那里,问题要远为复杂。

国家的政治统治问题,作为这一统治的集中代表者的君主的问题,一直是莎士比亚极为关心的;但这种关心又是和他的人文主义的理想相联系的。

我们知道,人文主义,作为初期资产阶级的社会文化思潮,乃是和中世纪的禁欲主义、神学思想相对立的。它在资本主义的政治和经济尚未发展成熟的社会条件下,在资本主义本身的矛盾尚未充分显露的历史阶段,在反映资产阶级的个人主义要求的同时,却幻想着社会生活的普遍"幸福"与"和谐"。他们主张个性、自由、平等,推崇所谓合乎自然"人性"的"道德"。莎士比亚就是这样。因此,他在肯定王权的同时,一直很注意君主的个人品质。他不仅从政治的角度对待这一问题,同时也从人文主义的理想、从道德的角度对待这一问题。就反对分裂拥护集权来说,他和一般资产阶级思想家是相同的,但在观察和理解这一问题时,他有自己人文主义的标准。

政治统治和一般社会生活,政治和道德,这看来只是一个问题的两方面,但在莎士比亚那里,却造成了主观思想上的矛盾;因为,他想要寻找的是合乎"道德"、合乎"理想"的君主,但这样的君主实际上却不存在。

如我们一开始就指出的,莎士比亚的时代,或者说伊丽莎白时

---

① 马基雅维利(一四六九——一五二七),意大利佛罗伦萨人。

代,在统一强盛的外幕之下,实际上充满着极端尖锐的社会矛盾,现实远不是人文主义者所幻想的富于诗意与和谐。在历史剧里,莎士比亚企图通过对历史的考察,表明他对现实的态度:在对历史的丑恶面的揭露和批判中,对现实提出劝诫;在对历史的"光明面"的颂扬和肯定中,为现实树立一个"榜样"。下面的分析可以说明这一点。

从一五九〇年的《亨利六世》到一五九九(一说为一五九八年)的《亨利五世》,在将近十年的时间里,"一个轨道上不能有两颗星球同时行动"[1]的思想,一直是莎士比亚对于君主专制的肯定看法。但是,他的创作表明,对于君主制度在思想上的肯定,和对于具体君主的态度,在他那里却不一样。在这个时期的作品中,我们发现,他一方面否定、谴责那些封建大贵族的分裂、叛乱,肯定君权和国家完整,另一方面他对具体的君主也进行了一定的揭露和批判。例如,除了上文提到的对亨利六世的批判外,他也揭露了约翰王的贪图私利、专横多变,理查二世的放纵奢侈、不负责任,理查三世的阴险暴虐、失尽民心。亨利四世是他赋予同情比较多的一个人物,然而亨利四世也不是他理想的君主。他所塑造的唯一的理想君主的形象,是亨利五世。这个形象的产生,正是莎士比亚站在资产阶级立场,以他的艺术为现实政治服务的一个积极的表现。

亨利五世生活在"福斯塔夫式的背景"(恩格斯语)之中。莎士比亚把他放在这种"福斯塔夫式的背景"(市民社会)上,赋予了他这样一些特征:朝气勃勃,性格自由,重视世俗的享乐,走访于酒肆茶坊,不太看重门阀等级,常闹一些"有失体统"的恶作剧;而在他即位成君之后,则是雄心勃勃,善理朝政,重视察访下情,能够团结人心,因而做到了对内统一安定,对外耀武扬威,被臣民颂为"有着像金子一样的心"[2]的英明君主。

---

[1] 《亨利四世》前篇,第五幕第四场太子(即位后亨利五世)语。朱生豪译本第十二集340页。

[2] 《亨利五世》第四幕第一场,方平译本84页。

>……那政府就像音乐一样，
>尽管有高音、低音、下低音之分，
>混合起来，可就成为一片和谐，
>奏出了一串丰满而生动的旋律。①

莎士比亚又通过剧中人厄克色德公爵之口，对亨利五世的国家机器作了这样的赞美。

这一切证明：莎士比亚是从新兴资产阶级的立场出发，以人文主义的观点观察国家政治、理解君主问题的。他赋予了亨利五世以浓厚的人文主义色彩。

如果考虑到十六世纪九十年代末伊丽莎白女王的统治已近尾声（一六〇三年逝世），社会矛盾更形尖锐，农民起义不断发生，爱尔兰发生叛乱，王室和国会（资产阶级在国会拥有强大势力）的冲突也因为专卖权问题而日益严重，那么，就更可以理解莎士比亚恰好在这时写出《亨利五世》不是偶然的了。

《亨利五世》的产生，是莎士比亚在矛盾而混乱的现实面前所做的一个资产阶级式的回答，人文主义式的回答。

但是，必须指出，亨利五世这一形象和历史上的亨利五世有着相当大的距离。也就是说，不是历史上的亨利五世真的符合莎士比亚的"理想"，而是莎士比亚把他理想化了。而这正是值得我们注意的。因为，他以自己内心"富有"弥补现实和历史的"贫乏"这件事本身，是他的人文主义的社会政治理想终将幻灭的一个兆头。

事实也正是这样，在《亨利五世》之后，莎士比亚的社会政治思想就发展到了一个新的阶段，这就是从《裘力斯·该撒》（一五九九）而后《哈姆雷特》（一六〇一）开始，对于君主专制制度的怀疑和否定。

---

① 《亨利五世》第一幕第二场，方平译本 18 页。

前面已经指出,在关于英国历史的剧作中,莎士比亚所探讨的主要是君主专制制度的问题,是在首先关心这个问题的前提下探讨到君主的个人品质方面的。在那些前期史剧中,他笔下虽也不乏否定人物,但总的说来,他是乐观的、有信心的,矛盾的解决(在他描绘的艺术世界里)要容易些。然而,到了这时,他变得忧郁了,沉思了,矛盾以生活的本来样子呈现在作品中,解决起来也困难多了。

《亨利五世》表现了莎士比亚关于君主的人文主义理想和幻想;但是,现实的君主从历史到当代却尽皆是专横、残暴、卑鄙、阴险(伊丽莎白也不例外)的人。因此,紧跟着《亨利五世》,在《裘力斯·该撒》这部古罗马史剧中,他的笔锋就主要地转向对暴君政治的抨击了,这种抨击、揭露、批判,在《哈姆雷特》和《麦克佩斯》(一六○五)里,达到了顶峰。

在《亨利五世》以前的一整套历史剧中,莎士比亚是反对叛乱、不赞成弑君的,但《裘力斯·该撒》所表现的,恰恰是赞成以勃鲁脱斯和凯歇斯为代表的罗马共和派杀死暴君该撒,建立民主政治。理由就是因为该撒是一个独裁的暴君、"恶魔"。

莎士比亚研究者中间有人认为勃鲁脱斯是哈姆雷特的前身。在《裘力斯·该撒》一剧中,也的确可以闻听到《哈姆雷特》的前奏。①

从情节上看,《哈姆雷特》是一出丹麦史剧,然而实际上,它的意义要广泛得多。它的内容的丰富性和高度的概括性,使它成为在莎士比亚思想发展过程中具有代表意义的社会悲剧。这里只准备指出剧中所反映的他的社会政治思想的变化。

《哈姆雷特》中的克劳迪斯,阴险、残忍、无耻、贪婪,在一连串的阴谋里追逐个人权力,把国家治理成了一所可怕的监狱。这一切都和亨利五世形成了鲜明的对照。哈姆雷特杀死他,已不是单纯地

---

① 《裘力斯·该撒》第一幕第三场和第二幕第二场,都笼罩着同《哈姆雷特》第一幕类似的阴郁恐怖的气氛。勃鲁脱斯这形象在心理上也类似哈姆雷特,忧郁沉思。

报杀父之仇,而是在杀死一个暴君,在打翻一个专制暴政的象征。莎士比亚的政治倾向,他的肯定和否定,通过勃鲁脱斯和凯歇斯、哈姆雷特和霍拉旭,也就得到了表现。他已经不再是一个君主专制的信仰者和维护者,而是成了它的怀疑者、反对者了。通过哈姆雷特之口,我们曲折地窥见了他这种思想变迁的过程:

> ……我要从我的记忆的碑版上,拭去一切琐碎愚蠢的记录,一切书本上的格言,一切陈言套语,一切过去的印象,我的少年的阅历所留下的痕迹……上天为我作证!……啊,奸贼,奸贼,脸上堆着笑的万恶的奸贼!……我必须把它记下来:一个人尽管满面都是笑,骨子里却是杀人的奸贼;至少我相信在丹麦是这样的。①

长期的体验和观察改变了莎士比亚的思想。从一五九〇至一六〇一年十年左右探索的结果,使他发现,"天地之间有许多事情"原来是他的人文主义的"哲学里所没有想到的呢"②。他已经不是凭书本认识生活,也不像创作的早期那样,在"贫乏"的现实中寻求理想的和谐,以至于某种程度上为了理想而美化现实,写出了像亨利五世那样一个"仁君贤主"。他转入了批判,在批判中揭露了政治生活中的丑恶面。接着《哈姆雷特》写出的《麦克佩斯》,就是对暴君政治的又一个打击。

如果说《哈姆雷特》中的克劳迪斯的阴险残忍还被一件伪善的外衣掩盖着,那么,在麦克佩斯这个形象身上,莎士比亚就写出了一个暴君的赤裸裸的疯狂和凶残。《哈姆雷特》似乎更多地反映了莎士比亚内心斗争的复杂艰难,体现了他剖析现实关系的艰苦过程;而《麦克佩斯》则表现了他在抓住现实本质之后的"单刀直入"的斗

---

① 《哈姆雷特》第一幕第五场,朱生豪译本第四集164页。
② 《哈姆雷特》第一幕第五场,哈姆雷特对霍拉旭说:"……霍拉旭,天地之间有许多事情,是你们的哲学所没有想到的呢。"

争精神。

麦克佩斯初次出现在读者面前时,是一个有赫赫功勋的将军。但是,一旦听到巫女的预言,他内心以及他性格的更本质的一面立刻就暴露出来了。他不满足于已经得到的权力和地位,他要用谋杀手段夺取更大的权力、更高的地位。虽然,巫女也曾预言,他会得到王位,但不会保持长久,会被别人再取而代之。可是,对权力的贪婪,要统治别人的政治野心却使他不顾一切、利令智昏,妄图以自己的暴力改变巫女预言的"命运"。

同时值得注意的是麦克佩斯夫人这个形象。如果说哈姆雷特的母亲还只表现为一个淫荡无耻的女性,还只表现了莎士比亚心目中一般"人性"尊严的幻灭;那么,麦克佩斯夫人可就是一个政治斗争中的重要角色了。在这个形象身上莎士比亚表明他对某些女性的看法已经达到了政治斗争的高度。通过她,莎士比亚显示出对权力的贪欲作为统治阶级的一个共性,已经深深地渗透到了甚至女性的灵魂。

当然,莎士比亚始终未曾成为一个阶级论者,始终只是一个人性论者,他在艺术中达到的高度不一定同时在理论思想上也达到了;但是,如果认为他创作出一系列深刻的悲剧没有对现实的一定的理论认识为条件,那便不正确了。

莎士比亚是伟大的,莎士比亚的悲剧尤其伟大。其所以伟大,原因之一就是他通过这些作品,提出了在他的时代来说是十分重大的政治问题,即怎样和如何推翻封建的暴君统治,改变封建的暴君政治的问题。要求他解决问题是不现实的,是超越历史条件的。他的进步性和功绩是在于:他通过艺术的揭露,引起了人们对现存制度的永久性的怀疑。

至此,读者可能提出这样的问题:你们在前面说过,莎士比亚写出《亨利五世》,正是在当时的现实面前,站在资产阶级立场,关于君主问题所作的一个资产阶级式的、人文主义式的回答;之后,又说他在《裘力斯·该撒》、《哈姆雷特》、《麦克佩斯》等作品里显示了不同的倾向,这是不是说莎士比亚的立场有了变化,或者说他不再维护资产阶级利益了呢?

不是的。莎士比亚的立场并没有改变,但是他的思想发展了。他在新的思想基础上为成长中的资产阶级服务,它用来斗争的思想武器还是人文主义。《亨利五世》是一个肯定式回答;《裘力斯·该撒》、《哈姆雷特》和《麦克佩斯》是一连串否定式回答。肯定和否定看来是相反的,实际上是矛盾的统一,因为他的出发点都是资产阶级利益和人文主义理想。不管他自己是否清醒地、自觉地意识到了这一点,他的思想发展的逻辑就是这样。而这,归根到底,仍是由现实所决定、所使然。

伊丽莎白女王死于一六〇三年。早在她死亡前几年,关于王位继承人问题,就已经成了当时英国政治生活中的中心问题。什么人继承王位,登位之后实行什么样的内政外交,保护什么人的利益,给予什么人以种种特权,就成了各派政治力量之间相角逐的内在原因。在这个斗争中,资产阶级自然不能不表示态度以维护自己的利益,莎士比亚作为资产阶级思想家,当然也不能保持缄默。于是,他召唤了亨利五世的亡灵,通过这个亡灵编造了资产阶级关于未来君主的幻想。但是,围绕着宫廷所进行的各种阴谋[①]斗争,继伊丽莎白而立的詹姆士一世所实行的反资产阶级的政策,很快就使资产阶级的幻想破灭了。资产阶级和王室的矛盾和斗争,比伊丽莎白时代更形尖锐了。这种社会斗争的气氛和情绪,由此而引起的各种思想观念的变化,自然不能不影响敏感的莎士比亚,不能不影响他的思想和艺术倾向。在新的条件下,适应新的要求,他按照自己的方式,对历史事件和人物作了新的处理,强调和突出了它的否定面,作为对现实的封建专制制度的一个回击。一个值得注意的旁证,就是莎士比亚继《亨利五世》之后所写的几部战斗性最强的社会政治悲剧,

---

① 参看施脱克马尔:《十六世纪英国简史》《伦敦》篇,上海人民版;谢缅诺夫《中世纪史》《十六世纪的英国》一节,三联版。

都不是像前期那样取材于英国历史,而是取材于罗马史、丹麦史和苏格兰史。这证明莎士比亚不仅积极地参加了现实斗争,而且不能不采用巧妙隐蔽的方法。

以上,就是莎士比亚从一五九○至一六○五年期间,关于君主和君主专制制度思想之变迁发展的一个大致轮廓。概括我们的考察,可以做出如下的结论,即:在《亨利五世》以前,(一五九○——五九九)莎士比亚是拥护统一、反对分裂,拥护君主专制,反对封建叛乱的;而在"亨利五世"之后,从"裘力斯·该撒"开始,则一方面仍然维护资产阶级民族国家之统一,宣扬资产阶级的国家观念和爱国主义,另方面又对君主个人的专制独裁制度,尤其是对品质恶劣的暴君,采取了怀疑、批判和否定的态度;在这样一个变化中,他的人文主义思想体系中的社会政治思想,经历了追求、探索、幻想以至于幻灭的过程。

三

和对于君主以及君主政治相联系的莎士比亚社会政治思想中另一个重要方面,是莎士比亚关于人民群众的思想。不弄清这个问题,也就不能在完全的意义上理解莎士比亚的政治思想及其矛盾。

作为资产阶级的作家,莎士比亚不曾专门写过以一般劳动人民的命运和生活为主题的剧本,然而他对于这一部分人民(他们是大多数)的态度,还是在一系列作品中间时隐时现地表现出来了。

总的说来,莎士比亚对于人民群众的态度和人民群众历史作用的认识,所持的是资产阶级观点,具有明显的阶级的和历史的局限性。他在一定意义上(很小的意义上)对人民群众表示了同情,(其中又几乎主要是对一般市民而不是对农民)但也仅此而已。从这一点上说,他的历史观是落后的,始终未曾超越时代和阶级的限制。

如果说莎士比亚思想中的其他方面,由于这样那样的原因,曾有过发展变化,那么,在关于人民群众的问题上,在对于人民群众的看法上,莎士比亚的思想则是较少发展,较少变化的,或者毋宁说,他的起点也就是他的终点。

莎士比亚在早期的历史剧中,就已经开始接触到了人民群众的历史作用问题。所谓"福斯塔夫式的背景"正是一幅真实的市民社会的缩影,《亨利四世》和《亨利五世》的历史场面,就是在那样的背景上展开的。而到了《裘力斯·该撒》、《哈姆雷特》特别是《科利奥兰纳斯》中,莎士比亚对这一问题的观点,更得到了较鲜明的表现。

这些作品表明,人民群众作为一种社会力量,是莎士比亚认识到了的。但是,这是一种怎样的社会力量?他们对于历史的进程起决定性作用还是只能影响历史的发展呢?这是莎士比亚所没有也不可能解决的问题。在问题的这个最重要的方面,莎士比亚表明他的观点是彻头彻尾资产阶级的。出现在他作品中的人民群众是"群氓",散漫、愚昧、盲从,是英雄豪杰创造历史的工具,而不是历史的创造者。他们也曾对生活和政治表示过某种愤慨和抗议,也曾讲述过一些深刻的见解,然而到头来还是供人驱使的奴隶,不辨方向,不能掌握自己的命运。

最能说明莎士比亚这一思想的,是悲剧《科利奥兰纳斯》。这部作品,也正由于莎士比亚主观思想的唯心性质,使它的内容和倾向较为复杂。

《科利奥兰纳斯》接触到了市民暴动的问题,在这个问题上他给予市民的同情和嘲弄是同样多。他很好地写出了市民暴动的原因是"没有面包";是政府"从来没有爱护过"市民;"仓库里堆满了谷粒;颁布保护高利贷的命令;每天都在忙着取消那些不利于富人的正当的法律,重新制定束缚穷人的苛酷的条文";人民"不死在战争里,也会死在他们手里"。一个暴动的市民甚至说出了这样深刻的话:"我们的痛苦饥寒,我们的枯瘦憔悴,就像是列载着他们的富裕的一张清单;我们的受难就是他们的幸福。让我们举起我们的武器来报仇,趁我们还没有瘦得只剩几根骨头。"又说:"穷人诉苦的时候,嘴里会发出一股可怕的气息;我们要让他们知道,我们还有一双可怕的胳膊哩。"但是,贵族美尼涅斯·哀格利巴只讲了一个身体上各部器官和肚子的故事,就把他们搞糊涂了,因为他们是"乌合之众"。①

贯穿这部作品的基本主题,是通过科利奥兰纳斯和人民群众的矛盾,探讨和阐明英雄与群众的关系以及他们的历史作用。莎士比亚历史观的资产阶级性质和唯心性质,在这部作品中可说是暴露无遗。他笔下的"人民"群众是一种"原始"的、"不智"的,然而凶猛的力量:他们一会由于"愚昧"同意了科利奥兰纳斯作为执政,一会又由于同样的"愚昧"而轰走了这位"英雄"。结果,他们由于"愚昧"吃到了苦头:"英雄"因为不见容于自己的"人民"而叛国投敌了,并且随着敌人打回来,以残酷的报复作为对被逐的回答。于是,"人民"后悔了,屈服了,向"英雄"乞求和平和生存了,因为他们没有能力保卫自己。他笔下的"英雄"是"伟大"的、"有力"的,但因为性格"骄傲"、心灵"高贵",瞧不起"人民",不会欺骗"人民",不会装得"温和",不愿披上粗麻布衫,终于被逐了。他为了报复而叛国投敌,但因为他太"伟大"、太"有力",连他为之效忠的人也觉得他是威胁,因此,他终于不免于悲剧的命运。

看来,莎士比亚的结论是这样的:英雄可以创造历史,但首先要会收拾民心;科利奥兰纳斯的悲剧在于他太骄傲,相信强力而不懂得欺骗的手段。人民群众是巨大的力量,但是盲目的力量,不能创造历史。他们只有服从英雄,才能有所作为。他们之所以横遭杀戮,乃是因为他们抛弃了英雄。

这是一个矛盾的结论(在《亨利四世》和《亨利五世》中似乎没有这种矛盾,那是因为亨利父子会欺骗,有办法),莎士比亚所处的时代和他的阶级地位也不能使他得出别的结论。他似乎企图寻找两种"力"的"化合"公式,但历史的发展还没有提供出这样的公式。

诚然,在莎士比亚时代的英国,无产阶级还未形成为一个自觉、

---

① 《科利奥兰纳斯》第一幕第一场,朱生豪译本第六集。

有组织的政治力量，农民也还只是刚刚开始摆脱中世纪的观念和关系。从这个意义上说，莎士比亚作为当时革命领导者阶级——资产阶级的思想家，不能正确地认识人民群众的历史作用，是可以理解的，也是必然的。

然而，问题的意义不仅在此。问题在于，当我们揭露出他这种历史的先天局限性，我们也就进一步理解了他的世界观的内在矛盾。这种矛盾也同样是必然的、不可避免的。《裘力斯·该撒》中罗马共和派英雄勃鲁脱斯和凯歇斯的悲剧，在于他们没有得到人民的支持；丹麦王子哈姆雷特的悲剧，同样是由于他走的是一条个人反抗的道路。勃鲁脱斯、凯歇尔、哈姆雷特都是莎士比亚寄托或者阐扬自己人文主义理想的形象，但恰恰是这些形象演出了人文主义这一社会生活理想自身的悲剧（《亨利五世》不是悲剧，那是因为作家成全了理想，牺牲了现实）。正如哈姆雷特不能也找不到"重整乾坤"的社会力量一样，人文主义的幻灭乃是因为现实不能为它提供出必要的条件。这就是人文主义者的历史命运。

*　　　　*　　　　*　　　　*

以上就是我们对于莎士比亚的社会政治思想及其发展的一些初步看法。我们认为，要了解一个作家的创作成就及其意义，有必要首先弄清他的思想。莎士比亚思想的另一个重要方面，是他的伦理道德思想，我们将在另外一篇文章里加以论述。上面这些看法，很不成熟，愿提出来同大家商榷。

一九六一年四月至六月写定　人民大学

论莎士比亚的伦理道德思想及其发展

莎士比亚的社会思想，基本上分为两个方面，一方面是关于社会政治的，一方面是关于伦理道德的。他的思想的这两个方面是互相联系的，在他的许多作品中，这两个方面是浑然一体地显示出来的。但是，也有必要指出，一般的说来，他的社会政治思想主要体现在历史剧中（包括部分悲剧），而他的伦理道德思想，主要是体现在喜剧和悲喜剧中（也包括部分悲剧）。我们曾经专门论述莎士比亚的社会政治思想及其发展（见《教学与研究》1961年第2期），现在想就他的伦理道德思想作一探讨。因为前一篇文章已经对莎士比亚的时代有所阐述，这里就不再重复了。

资产阶级之登上历史舞台，资本主义之取代封建主义，不仅意味着社会的经济基础、阶级结构的改变，同时也意味着上层建筑的新旧交替。资产阶级不是只带着商品和机器进入历史的，它同时也把它的世界观、它的人生观、道德观和它的生活方式带进了历史。人文主义作为资本主义上升时期资产阶级的社会文化思潮，就正是这种新的上层建筑在意识形态上的表现。莎士比亚作为一个人文主义者，曾积极地鼓吹和宣传了这种新的道德观念。但是，他的伦理道德思想并不是一成不变的。随着现实的发展变化，他的这种思想如同他的社会政治思想一样，也曾发生了变化。弄清楚莎士比亚的伦理道德思想以及它的发展变化，是正确理解莎士比亚的创作及其意义的必要前提。

莎士比亚的伦理道德思想,主要是通过对爱情、家庭和金钱等问题的描写表现出来的。

恩格斯曾把家庭视为现代社会(资本主义社会)的"缩图"和"分子",他并且引证摩尔根的话说:家庭"是随着社会的发展而发展,随着社会的变化而变化的","它作为社会制度的产物,将反映社会文化发展的程度"。① 社会关系的微妙性,往往正是在家庭的组合中显现出来的。那么,莎士比亚的观点是怎样的呢?

他的作品告诉我们,他的口号是:个性、自由、平等。他反对中世纪的禁欲主义,肯定人的世俗的幸福;反对封建的包办婚姻,肯定爱情的自由选择;一定意义上反对封建的等级观念,认为男女的结合应当以互爱为条件。在这里,凡属他所反对的,就是不道德的,凡属他所肯定的,就是合乎道德的。

请看:——

亚　为什么他们的自由比我们更多?
露　因为男人家总是要在外面奔波。
亚　我倘这样待她,他定会不大高兴。
露　做妻子应该服从丈夫的命令。
亚　人不是驴子,谁甘心听人家使唤?

这是《错误的喜剧》(莎氏第一部喜剧)中亚特丽安娜和露西安娜姊妹二人的一段对话。整个作品虽然纠缠在情节的笑闹里,但一种新的观念却明显的闪耀其中。"为什么他们的自由比我们更多?""人不是驴子,谁甘心听人家使唤?"这两个以问号结尾的短句,实际是在肯定妇女的人格尊严,是新型妇女对以往封建束缚的抗议。这里喊出的正是个性、自由、平等。他们几乎可以作为莎士比亚一系列喜剧和悲剧的一个注脚。莎士比亚是持着这样的观点,

---

① 见《马克思恩格斯文选》莫斯科版第二卷239页。

塑造了像凯萨琳娜（《驯悍记》）、朱丽叶（《罗密欧与朱丽叶》）、鲍细霞（《威尼斯商人》）、琵特丽丝（《无事烦恼》）、薇娥拉和奥丽薇霞（《第十二夜》）以及苔丝德蒙娜（《奥赛罗》）等新型妇女的典型。在这些形象身上寄托了自己的人文主义理想。她们，或者泼辣如凯萨琳娜、琵特丽丝，或者机智如鲍细霞和薇娥拉，或者忠贞勇敢如朱丽叶和苔丝德蒙娜，都体现着一种新的思想和道德光辉，那就是反封建的斗争精神。

肯定是在否定的过程中求得的。与此同时，莎士比亚还嘲笑了中世纪封建教会所宣扬的禁欲主义。如在《爱的徒劳》里他揭露出禁欲主义的虚伪和违反人性；在《无事烦恼》里他嘲笑了一对青年男女的独身主义；特别是在《第十二夜》里，更通过马伏里奥这一讽刺形象，有力地鞭挞了清教徒道德的虚伪性。

我们应该怎样评价莎士比亚的这种思想呢？

无疑，这里鲜明地表现了他的思想的进步性。作为资产阶级思想家，作为人文主义生活理想的鼓吹者，在反对封建的社会关系和伦理观念，建立资产阶级的社会关系和伦理观念上，他建树了功绩。这是应该肯定的。因为，在这些方面，他对当时历史的发展起了推进作用。

但是，问题并不如此简单。如同在社会政治思想方面一样，在一般社会生活和伦理道德方面，莎士比亚的人文主义思想也经历了不同的发展阶段，并且，在不同时期有不同的特征。其中，欢乐和忧郁，进步和局限，矛盾与和谐，交相错综。

从一五九二年《错误的喜剧》到一六〇〇年的《第十二夜》，在创作的第一个时期，莎士比亚创作的基本倾向是明朗的、乐观的、满怀信心的，他的人文主义的生活理想和道德理想，都以其朝气勃勃的力量获得了胜利。出现在这些作品中的青年男女，作为新的一代，大都具有理想化的真诚、纯朴的人文主义色彩。虽然，现实之于他们，并不是毫无矛盾，但是，一般的说，他们的愿望都实现得较为顺利。这个时期，现实在莎士比亚的眼里带有更多的浪漫的气息，生活在莎士比亚笔下闪烁着更多的诗意的光辉,而这主要的又是因为"人"在莎士比亚的心目中更为庄严、高尚,或者说,"人性"更善。因此,在这个时期,莎士比亚对于现实的态度是赞美多于嘲讽,肯定甚于批判;或者,毋宁说,这个时期,他主要的是肯定新的生活原则,这甚至使他在喜剧这种艺术形式上也做了一种创造性的贡献,那就是肯定和赞美的喜剧。像弥漫在《错误的喜剧》、《驯悍记》、《无事烦恼》和《温莎的风流娘儿们》中的那种欢乐的气氛,像漾溢在《仲夏夜之梦》、《皆大欢喜》和《第十二夜》里那种田园牧歌的诗意,都证明这个时期莎士比亚的主观思想和客观现实基本上处在一种较为和谐的状态中,他的精神生活基本上是舒畅的,思想中的矛盾还未激化,人文主义的生活理想还没有碰什么钉子(至少是他自己不曾深刻地认识到)。《罗密欧与朱丽叶》就是例证。尽管这是一出悲剧,但它的基本倾向是乐观的。在莎士比亚的笔下,主人公们不幸的结局,似乎主要是因为"误会"和"情况不明",悲剧的造成还带有相当大的偶然性,而主人公们的殉情,他们那种爱情的深沉和坚贞,冲破封建礼教的无畏精神,他们的死对生活所起的"改造"的作用,显然使莎士比亚异常满足。

> ……一个坟墓吗?啊,不!……这是一个灯塔,因为朱丽叶睡在这里,她的美貌使这一个墓窟变成一座充满着光明的欢宴的华堂。①

这虽是罗密欧在误认为朱丽叶死时说的话,但实际上正是莎士比亚对朱丽叶光辉死亡的赞词。

> ……来,苦味的向导,你绝望的领港人,现在赶快把你的厌倦于风涛的船舶向那礁岩上冲撞过去吧! 为了我的爱人,我干

---

① 见《罗密欧与朱丽叶》第五幕第三场,朱生豪译本第四集121页,122页,129页。

了这一杯！（饮药）①

这是罗密欧误认为朱丽叶死亡而跟着同去的一段话。莎士比亚赋予了他以"人性"的荣光。于是，在莎士比亚笔下朱丽叶与罗密欧的死对生活发生了"改造"的作用，两家仇人"和解"了，虽然那是一个未免有些"凄凉"的"清晨"。

但是，因为资产阶级之代替封建贵族，资本主义之代替封建主义，不过是一个剥削阶级代替另一个剥削阶级，一个剥削制度代替另一个剥削制度，所以，当时的现实，实际上并不是如人文主义者所想象的那样和谐美好，而是矛盾重重。诚如马克思和恩格斯所说："生产中经常不断的变革，一切社会关系接连不断的震荡，恒久的不安定的变动，——这便是资产阶级时代与先前所有一切时代不同的特征。一切陈旧凝固的关系，都连同那些与其相当的历来被尊崇的见解与观点破坏下去；而一切新产生的关系，也是等不到凝结就成为陈旧的了。"②现实本身的矛盾，决定了莎士比亚思想的矛盾，也决定了莎士比亚思想的发展变化。当我们在前面说他的思想基本上是明快、乐观时，正是为了防止把他的思想简单化、绝对化；因为，事实上，即使在这第一个时期，他的思想也同时包含着一定程度的阴郁和沉思，反映出他在这个时期已经朦胧感受到的理想和现实的矛盾，并决定了他某些作品的悲剧气氛。因而这样的作品的批判精神倒是要更强一些，对于我们倒是更有价值些。一个生活于阶级社会的作家，他越是能深刻揭示现实本身的矛盾，并在这种矛盾中站在进步方面，则他对于未来就更有意义。

悲剧在莎士比亚早期创作中虽属偶见现象，却具有必然性的原因。他在这时期仅有的两三部悲剧中表现了严肃的思考，讲述了严肃的语言。只有把他的历史剧、悲剧和喜剧联系起来考察，莎士比

---

① 见《罗密欧与朱丽叶》第五幕第三场，朱生豪译本第四集121页，122页，129页。
② 见《马克思恩格斯文选》莫斯科版第一卷12页。

亚思想的面貌才显得清晰。他的时代的各种关系是震荡不安的,他的为时代所决定的思想也是复杂多样的。

莎士比亚这个时期的思想,不仅直接地体现在某些喜剧的较顺利的胜利中和悲剧的阴郁气氛中,而且,也曲折地表现在一种离开现实的幻想境界里。这一点,《皆大欢喜》可资证明。

就浪漫的气氛说,《皆大欢喜》相当浓厚。但是,当我们注意到他为什么运用这种浪漫手法时,我们就发现了莎士比亚人文主义思想的先天的弱点。

《皆大欢喜》是莎士比亚第一时期末(一五九九)的作品。在这部作品中,莎士比亚以亚登森林为背景,描述了一个"世外桃源"式的幻想境界,他的主人公罗瑟琳和鄂兰陀是迫于恶势力的压力而在这个童话般的天地里如愿以偿的。这样看来,罗瑟琳和鄂兰陀之逃入森林结为夫妻有它的反封建、争自由的积极意义;然而问题并不仅仅如此。问题在于这部作品证明了莎士比亚的人文主义理想和现实有几个"音符"是对不上的。他是为了演奏一曲和谐悦耳的人文主义乐章而把他的人物放在一个想象的牧歌式的背景中的。如果他不在幻想中完成这种幸福的结局,那么,他的人物便只能遭遇悲剧的命运。他为了完成这种幸福的喜剧,描绘了一个理想世界。(不然,这两个情人怎能生活下去呢?)在那里,"恶"变"善"了(曾陷害鄂兰陀的岳力佛),莎士比亚因此赐给他一个美人(西莉霞)作为"人性"的"酬报";不义的篡位者(弗雷特力克)"忏悔"了,把统治权还给了被放逐的公爵;一句话:爱侣结合,仇仇相亲,"人性"发现,皆大欢喜——然而,不是现实,是幻想。

从以上的叙述可以看出,就是在喜剧时期,莎士比亚也并不是无忧无虑;不过,比起继之而来的第二时期,他这时更多的是唱了些新的道德观念、新的生活方式胜利的凯歌。

《哈姆雷特》标志着莎士比亚创作的第二阶段(一六〇一——一六〇七)的开始。这一时期,他继续写了《终成眷属》和《量罪记》两部喜剧,它们和《奥赛罗》、《李尔王》等悲剧是一个有机的整体,从不同的角度反映了莎士比亚的思想。

在这个时期,由于对现实的进一步认识和观察,莎士比亚思想中的矛盾加深了。这个时期,莎士比亚仍然坚持着人文主义的生活理想,个性、自由、平等仍然是他评价事物的标准。但是,由于更深刻地感受到了理想和现实之间的冲突,他的人文主义在这个时期,在一般社会生活和伦理道德这个方面,也如在社会政治思想方面一样,具有了新的特色,那就是对现实的批判精神和否定力量。这种思想表现在作品里就是深刻的现实主义和强烈的战斗精神。

现在,我们就来看看莎士比亚这个时期的思想与前期有些什么异同。

首先,我们发现,在他的人物画廊上,理想人物的数量减少了;而且,即使他把他们放在生活的肯定方面,在他们身上也带上了一种并不理想的特征。

《终成眷属》里的海伦娜似乎是新女性的形象。她也曾女扮男装地为自己的爱情奋斗。她对封建的等级观念进行了斗争。莎士比亚也曾通过法国国王的一段话(第二幕第三场)表达了自己人文主义的平等观点。但是,海伦娜这个形象,总的说来是软弱的、屈从的。她虽然终于获得了自己所爱的人,但是是以牺牲她的女性的尊严和人格作代价的。她似乎战胜了封建的等级观念,但是最终却屈从于一个资产阶级型的浪子。她说:

夫君……我是你的最恭顺的仆人。

这个形象的生活史是一篇人文主义的"散文"而不是"诗"。莎士比亚在《哈姆雷特》之后似乎还想再回过头去,旧调重弹,作一些"安慰人心"的说教,但是怎么也不能弄得得心应手。相反,违背莎士比亚的本意,这个形象在我们看来,只证明了这样一点:即资本主义的关系并没有在实质上使妇女的命运改善了多少。她们仍然是被侮辱与被损害者,仍然是生孩子的工具(有趣得很,海伦娜正是以欺骗手段怀了孕,并且以此作为条件之一才被贝特兰承认的),仍然是家庭中的奴隶。不这样也不可能。因为,诚如恩格斯所说:"资产阶级也有他们自己的浪漫事迹和恋爱幻想,但这都是按照资产阶级方式,而且归根结底是抱有资产阶级目的的。"①他们只是"在理论上、纸面上"承认道德而已②。这个形象说明,莎士比亚不能再弹"老调"了。

看来,在一六〇二年到一六〇四年间,莎士比亚在思想上经历了一阵彷徨。他在一六〇二年写了《终成眷属》和《特洛埃勒斯与克蕾雪达》,在一六〇四年写了《量罪记》与《奥赛罗》。《特洛埃勒斯与克蕾雪达》呈现着一种思想和情节的混乱;《量罪记》则仍然表现出他企图按照幻想来解决冲突。不过,比起《终成眷属》来,这两部作品的批判精神已经显然增强了,而《奥赛罗》之后的一系列悲剧,同《哈姆雷特》一样,才真正显示出他的伟大。

在莎士比亚的早期喜剧中,女性形象在多数场合下是一种美与崇高的象征,到了这个时期,除了苔丝德蒙娜(《奥赛罗》)、伊莎贝拉(《量罪记》)和科弟丽霞(《李尔王》)外,真正诗意的形象可以说没有了。克蕾雪达的淫荡无耻,贡纳莉(《李尔王》)的虚伪贪婪,麦克佩斯夫人的阴险残忍,都可以说明莎士比亚对女性看法的变化。克莉奥佩屈拉似乎并不是完全被否定的人物,但是实际上比上面几个好不了多少,一样的荒淫无耻。从情节上看,这些人物虽然都属于古代和外国,但她们的精神面貌却是道地当代的、英国的。她们身上都直接间接地散发着强烈的资产阶级气味,无信义,无道德,和罪恶的姐摩拉(《太脱斯·安特洛尼格斯》)一脉相承,却不能和《错误的喜剧》中的妓女同日而语。

一般的说,女性在资本主义关系下是被侮辱与被损害的,这并不排斥资本主义也同时培养了妇女的资产阶级性格。这种性

---

①② 见《马克思恩格斯文选》莫斯科版第二卷233页,236页。

格在一些人身上表现为或虚伪或真诚的恭从柔顺,在另一些人身上则表现为骇人的精神和道德的堕落;特别是在资产阶级这个阶级内部或当时所谓的上层市民社会,倒是后一种现象更多一些。比起对于一般劳动人民来,莎士比亚更熟悉市民社会和资产阶级,然而在他看到生活的丑恶面的地方,也正是他的人文主义关于"人性"理想破灭的地方。在他的形象行列中出现这样两类不同的女性并不奇怪,正如在他的形象行列中存在着两类不同男子一样必然。他在不同时期显示的这种相异的倾向,乃是他的思想的逻辑发展。

《量罪记》一剧虽然暴露了莎士比亚思想的某种局限性,但从总的方面来看,它的意义却更大。它使我们看到了一幅当时社会的缩影,也使我们看到了莎士比亚对现实关系的真实揭露和对它的法律的虚伪性的大胆批判。我们在这里不仅看到了一幅风俗画,而且也看到了人们之间的法律关系。如此明白如此集中地接触现存法律的主题,在莎士比亚的作品中,这是突出的一部。如果说《哈姆雷特》、《奥赛罗》、《李尔王》等悲剧表现了莎士比亚在该时期所达到的思想的深刻性,则《量罪记》就和上述作品一起标志着他的思想所达到的广阔性。

《量罪记》所展示的是一幅道德沦丧和社会混乱的图画。监狱、妓院、绞架、窃贼;虚伪、欺骗;私生子和奸淫罪;"犯罪的人飞黄腾达……正直的人负冤含屈;十恶不赦的也许逍遥法外,一时失足的反而铁案难逃。"① 而所谓道德的维护者、法律的执行人(也就是当时的统治者)安哲鲁却正是个最无道德的混蛋。

> ……我现在一不做二不休,不再控制我的情欲,你必须满足我的饥渴,放弃礼法的拘束,解脱一切的忸怩,把你的肉体呈献给我,来救你弟弟的性命,否则他不但不能活命,而且因为你

---

① 见《量罪记》第二幕第一场,朱生豪译本第三集22页。

的无情冷酷,我要叫他遍尝各种痛苦而死去。……你尽管向人怎样说,我的虚伪会压倒你的真实。①

这就是一个执法者的道德嘴脸。莎士比亚在这些描写中表现了他的深入观察和大胆抨击。他在这里已经不是提出一般人的道德问题,而是进一步提出了法律的执行人的道德问题了。

然而最能说明莎士比亚伦理道德思想之发展变化的,还是这个时期的《哈姆雷特》、《奥赛罗》、《李尔王》等悲剧。

《哈姆雷特》作为莎士比亚思想转变的标志,不仅反映着他的社会政治思想的变化,也反映着他的社会伦理思想的发展。只是,在这部作品里,社会政治的主题和伦理道德的主题达到了紧密统一的境地。如果说在克劳迪斯身上既表现了莎士比亚对暴君政治由怀疑而至否定,又表现了莎士比亚对克劳迪斯作为一个"人"的毫无道德的鞭挞和否定;那么,在哈姆雷特的母亲身上,他就主要是对她进行了道德沦丧的讨伐和否定。

《奥赛罗》和《李尔王》主要是处理了道德的主题。

《李尔王》一剧虽然反映的是宫廷生活,但实质上揭露的是人们的家庭关系。《奥赛罗》一剧虽然以战争为背景,其中心主题和《李尔王》是相近的。在这两部作品中,莎士比亚都集中地表现了他以人文主义观点对当时现实中虚伪和罪恶德行的仇视。他在埃古、爱特门和贡纳梨这些形象身上,揭露的正是当时现实中人与人之间的资产阶级关系,即资产阶级的反动的自私性,对权力和金钱的无限贪欲,为达目的不择手段的卑鄙行为和披着伪善外衣等共同特征。

值得特别注意的是,这个时期,莎士比亚比任何时期都更集中地、明显地对资产阶级本身进行了谴责。这该怎样理解呢?

人文主义无疑是资产阶级的思潮,莎士比亚无疑是资产阶级思想家;但是,人文主义并不等于资产阶级的整个思想体系,莎士比亚

---

① 见《量罪记》第二幕第四场,朱生豪译本第三集47、48页。

的思想和资本主义现实并不是毫无矛盾。资产阶级是这样一个阶级,"它按照自己的形象来为自己创造出一个世界。"这个世界的特征是:"人与人之间除了赤条条的利害关系之外,除了冷酷无情的'现金交易'之外,再也找不到什么别的联系了。"①但是,人文主义者却是这样一种思想家:他们一方面积极地维护资产阶级利益,为资本主义的发展鸣锣开道(这是根本的);另一方面,他们又不能预见这个即将诞生的社会究竟是个什么样子。他们看到了现实的阴暗面,但未能看到现象之产生的本质原因;他们感觉到了现实的某些方面不符合自己的幻想,但未能理解何以会有这种差距。他们真诚的想要医治社会的疾病,想要用道德感化的方式改变为新的生产关系所培养的资产阶级"人性";他们真诚地以为自己为新的世界做了好事;但是,实际上,恰恰是在这样的时候和这样的地方,他们不自觉地违背了本阶级的利益。

就思想发展达到的高度说,莎士比亚远不及比他更早的托马斯·摩尔;但是,他在自己所能达到的限度内执行了自己的任务。

莎士比亚从道德角度对资产阶级进行的批判,主要是对它的金钱关系的揭露。关于金钱的威力及其对人的道德的腐蚀作用,还在创作的早期,他就在一定程度上认识到了。罗密欧用钱从卖药人那里购买毒药时对他说:"这儿是你的钱,那才是害人灵魂的更坏的毒药,在这万恶的世界上,它比你那些不准贩卖的微贱的药品更会杀人。"②在同一时期而稍后的《威尼斯商人》中,莎士比亚进一步揭露批判了资本主义原始积累时期高利贷者(夏洛克)积聚财富的狂想。夏洛克仇恨安东尼奥,是因为后者"借钱给人不取利钱,把咱们在威尼斯城里放债的这一行的利息都压低了。"③到了《约翰王》中,莎士比亚通过庶子菲力普的口(这一人物,在有的评论家看起来,起着希腊悲剧中歌队的作用),揭示出物质利益即金钱的颠倒黑白的

---

① 见《马克思恩格斯文选》莫斯科版第一卷11、13页。
② 见《罗密欧与朱丽叶》第五幕第一场,朱生豪译本第四集116页。
③ 见《威尼斯商人》第一幕第三场,朱生豪译本第一集121页。

力量。他把"利益"称之为"那个惯会使人改变决心的狡猾的魔鬼,那个专事出卖信义的掮客,那个把国王、乞丐、老人、青年玩弄于股掌之间的毁盟的能手,那个使可怜的姑娘们失去她们一身仅有的'处女'两字空衔的骗子,那个笑脸迎人的绅士,使人心痒骨酥的'利益'"。①

但是,总的说来,他早期对于资产阶级金钱关系的认识和观察还不够深,像在《威尼斯商人》里,矛盾的解决仿佛只是一场文字游戏。到了他创作的第二时期,在《雅典的太门》中,他的思想的深刻性才显出了大大的发展,以至于马克思认为他"绝妙地描绘了货币的本质"②。

这个时期的作品表明,莎士比亚的人文主义理想和资产阶级的金钱关系发生了尖锐的矛盾。这种矛盾冲突的结果,使他只能在精神上获得胜利,而不能把理想变为现实。但因为他这个时期能够一方面忠于理想,一方面正视现实,所以,他能写出《奥赛罗》和《李尔王》这样的不朽悲剧。他在这些悲剧中对自己理想所作的肯定要比某些早期喜剧有意义得多,因为他没有为了肯定理想而粉饰现实,这使他反映在这些作品里的思想对于未来更有价值。他以他的理想人物的悲剧遭遇提出了重大的问题,留下了一个问号,这比他那些划着句号的作品更能发人深思。

莎士比亚思想最深刻、最光辉的时期,是从《哈姆雷特》开始的悲剧时期。他在这个时期能对正在上升的资产阶级关系和道德的阴暗面进行批判,能相当深刻地在某些方面揭露出资本主义制度本身的矛盾,这使他高出于当时一般的资产阶级作家,也使他的作品具有更丰富的人民性内容,因而对今天的读者也就有着更广泛的认识教育作用。这是应该肯定的。

但是,也正是在这一时期,他的人文主义理想经受了最严峻的考验。虽然他始终没有也不可能突破"人性"论的限制,他毕竟深

---

① 见《约翰王》第二幕第一场,朱生豪译本第十二集36页。
② 见《马克思恩格斯论艺术》人民文学版卷一240页。

入到了现实关系的某些最隐秘的方面。深入发现的结果,使他在思想上登上了当时的高峰。那就是,他发现,阻碍他的人文主义幻想实现的,不仅有将死的封建势力,封建关系,封建的道德观念,而且也有他本阶级的反动的一面,罪恶的利害关系和伪善的德性。最能反映他这种思想的是奥赛罗和苔丝德蒙娜的命运。他看着他们冲破了封建的牢笼,冲破了封建的等级观念和种族歧视,却不能逃过埃古的资本主义的魔掌而惨遭死亡了。他通过他们,或者说,他站在他们一边,和封建势力进行了斗争,也和资产阶级恶德拼了几个回合;然而这样一来,就使他和现实的关系异常紧张了,是他的人文主义处于两种势力的夹击之中。摆在他面前的道路是或者前进,或者后退。要前进就可能像托马斯·摩尔那样,虽然进入的是一个乌托邦王国,但在理论上却跟自己的阶级处在完全对立的地位。如不敢前进,那就只有同现实妥协。别的道路是没有的。

考验的结果,莎士比亚暴露了他的软弱性。选择的结果,他不是前进,而是后退了。

因此,在莎士比亚创作的最后阶段(一六〇八——一六一二),虽然也还并未完全失去斗争的精神,对现实也还有一定的现实主义的描绘,如在《泰尔亲王佩力克尔斯》中对国王安替奥克奸淫亲生女儿,"乱伦灭性"的揭露;在《辛白林》里对流氓无赖似的人物埃契摩破坏别人的幸福,以他人的痛苦为乐事的揭露;在《冬天的故事》里对国王利翁替斯昏聩多疑专横的批判;在《暴风雨》里对安东尼奥、瑟巴士显的阴险奸诈的鞭挞,都是他的思想中积极方面的表现,应该肯定。但总的说来,他已经没有悲剧时期的高昂斗志,也失去了喜剧时期的衷心欢乐,同样的,也看不见历史剧中那种磅礴的气魄了。

值得注意的是,他创作的最后阶段,正当詹姆士一世即位以后不久,王室的反动正越来越明显,王室与议会的冲突也日益表面化,中部诸州的农民起义和爱尔兰的叛乱相继发生,国内的阶级矛盾和社会矛盾正趋更加尖锐之时,然而,他的思想却大大的脱离了现实。

是的,他似乎还坚持着他的人文主义理想,但这种理想已没有悲剧时期的号召力量和喜剧时期的鼓舞精神,更多的是一些道德感化、消极安慰和人性的宽恕。矛盾的解决不是在现实中,而是在想象中,不是必然的,而是偶然的,甚至是由于某种超自然的力量。

由于在思想上对现实的妥协,他在艺术上的现实主义精神也显然减弱了。因此,这个时期,他也未能塑造出真正卓越的、概括力很强的艺术形象。

他晚期的四个剧本,基本上重复着同一思想,那就是:以你的道德去感化邪恶吧! 以你的宽恕(这正是他的道德的重要方面)去求得和谐吧! 人的本性是善的啊!

在《泰尔亲王佩力克尔斯》里,他把少女玛琳娜塑造成了一个道德的化身,在这个人物身上寄托了以道德感化"人性"的理想。"道德"在这个人物身上也真显示了"神奇"的力量:她本来落入妓院了,但是,却没有失身;因为,她用"道德"感化了一个又一个浪荡公子,甚至还感化了淫荡的总督;因而总督的"人性"恢复了,改邪归正了,莎士比亚最后让"道德"的化身和总督成了亲!

然而这对于人文主义是一个多么大的讽刺!

表现在《辛白林》里的宽恕。在莎士比亚看来,"宽恕"是医治社会疾病的有效方剂,"宽恕"的结果就是"和谐"。

>……宽恕你是我对你唯一的报复。活着吧,愿你再不要用同样的手段对待别人。①

这是《辛白林》里普修默斯对陷害他的埃契摩说的话。

莎士比亚不仅使"宽恕"这种"美德"用之于两个仇人之间,而且施之于两个交战的国家,因为这样就可以实现广大的"和平"了。于是,辛白林虽然在战争中取胜了,"却愿意向该撒和罗马帝国屈服"以求得"荣誉的和平"。②

---

①② 见《辛白林》第五幕第五场,朱生豪译本第十一集155页,157页。

人文主义者莎士比亚制定了一个奇怪的救世的"逻辑"!

《冬天的故事》重复了莎士比亚早先的团圆结局的主题,但他似乎找不到早期喜剧中那种情节的必然性了,而是用了他的浪漫手法,安排了使死人复生,使失踪的人复得等奇特的情节来完成他的"善有善报"的说教的。当然,剧中也有引人入胜的描写,如波希米亚太子福罗利泽和帕笛塔的纯朴的爱情;但总的倾向是以幻想代替了真实。

《暴风雨》被认为是莎士比亚的"诗的遗嘱"。比起同时期的其他作品来,这部作品的确更能表现莎士比亚晚期的思想。他的苦闷,他的挣扎,他的矛盾,他的幻想和沉思,都在这部作品中留有痕迹,而总的目的则还是探求社会生活和人们之间的和谐问题。作品展现了一个神和人、神话和现实相结合的幻想境界。他让善的方面得到精灵的帮助,惩罚了恶的方面,教育了恶的方面。恶的方面由于忏悔而得到宽恕。在这个作品中,他以幻想的方式,最后一次地肯定了爱情、友谊、忠诚和人们之间的和谐关系,最后一次肯定了他的人文主义的生活理想和道德观念。

然而,这只是在理论上肯定而已。

马克思在论到人道学派时说:"他们否认对抗的必然性;他们愿意把一切人都变成资产者;他们愿意实现理论,因为这种理论与实践不同而且本身不会包含对抗。毫无疑问,在理论上把现实中每一步都要遇到的矛盾撇开不管并不困难。那样一来,这种理论就会变成理想化的现实。"①

莎士比亚在这些晚期作品里所展示的,基本上正是一幅"理想化"的图景,而不是现实关系的真实再现。这对于一个资产阶级作家来说,并不奇怪。

莎士比亚只是对资产阶级的金钱关系和利己主义有过一定的批判,跟他的阶级的关系还没有达到十分尖锐的程度。但是,即使如此,当他只是稍稍违背了本阶级的利益,感觉到本阶级的某些表

---

① 见《马克思恩格斯全集》第四卷157页。

现同自己的人文主义不相适合时,他便很快地退回到了原来的地方。

人文主义对于封建观念来说是一种革命思想,但对于资产阶级却至多只能有某种批评。真正改变资本主义各种关系的社会力量不是人文主义者,而是无产阶级,而这是到了十九世纪中叶才被提到日程上的。

莎士比亚的思想从悲剧时期转向第三时期,证明了人文主义这种社会理想的局限性,证明了莎士比亚作为资产阶级作家的局限性。我们比较强调指出他的思想的这种局限性,并不是说莎士比亚在第三时期成了一个悲观主义者。不是的。莎士比亚作为一个热爱生活的作家,即使在他创作的第三时期,也没有对人类和未来失去信心。

> 神奇啊!这里有多少好看的人!人类多么美丽!啊,新奇的世界,有这么出色的人物!

这是《暴风雨》里的密兰达,一个长期脱离人世在孤岛上长大的少女,见了自己的许多同类之后发出的赞美。从这里,我们不是仿佛听到了莎士比亚热情的声音了吗?

对于一个历史上的作家,我们似乎也不能再有更高的要求。

从上面的分析中,可以初步得出下面的结论:

莎士比亚是资本主义原始积累时期资产阶级人文主义进步派在英国的杰出代表。他歌颂个性解放,反对封建礼教,肯定人权平等的思想,正放映了新兴资产阶级的情绪和要求。他的伦理道德思想的基本内容是个性、自由、平等,他以此为武器对封建的伦理道德进行了揭露和讽刺,同时,也在一定时期在一定方面对新兴资产阶级进行了批判。人性论是莎士比亚思想的核心,这使他在严重的、尖锐的社会冲突面前,往往陷进了道德感化和道德宽恕的荒谬境地,进入了理想的王国而脱离了现实。他的思想是矛盾的,这种矛盾正是现实之矛盾的反映。他的思想经历了前后三个时期的发展变化,这种发展变化正是人文主义这一社会文化思潮的进步意义和局限性的表现。

一九六一年四至七月写定　人民大学

附记:人民大学语言文学系于一九六〇年成立,其外国文学教研室开始只有四人,赵沨副教授为教研室主任。研究莎士比亚的课题由赵提出,他指定我(助教)与他合作。为此,我读了莎氏三十六个剧本和若干参考资料。研究过程历时近一年。两篇论文第一遍稿由赵沨写出。在赵稿基础上,我完成两文第二遍稿,经赵同意定稿。那是反对"个人主义"强调"集体主义"的年月。为免"个人主义"、"名利思想"之嫌,第一篇论述莎氏社会政治思想的文章,在人民大学《教学与研究》发表时,也署了教研室另两位同事名。第二篇论述莎氏伦理道德思想的文章,由我投寄山东大学《文史哲》发表,这篇只署了赵与我的名字,但仍为避"个人主义"之嫌,在文末括号内仍说教研室另两位同事"参与过讨论"。事实是,两位同事知道此事,并未参与研究。这也可谓"时代特点"吧。

孟伟哉　二〇一三年五月

典型"共性"的本质及其他

读了应汉光同志《谈性格类型——典型共性中的初级本质》[①]一文,有些不同看法,提出来商榷。

一 对一个理论根据的探讨

应汉光同志发挥典型共性大于阶级性的观点,认为"性格类型"是"典型共性中的初级本质",并引用列宁的话作为这一论断的根据之一。他的引文是列宁一段中的一部分,现将整段抄录如下:

> 辩证法特别是研究自在(Ansich)之物、本质、基质、实体跟现象、"为他存在"之间的对立的。(在这里我们也看到相互转化、往返流动:本质在表现出来;现象是本质的。)人的思想由现象到本质,由所谓初级的本质到二级的本质,这样不断地加深下去,以至于无穷[②]。

应汉光同志认为这里说的是"事物的本质不止一个:有最高的本质,也有更高的、高的、低的、较低的和最低的本质,即一级本质、

---

① 《文史哲》1963.5。
② 列宁《哲学笔记》1962年版278页(黑格尔《哲学史讲演录》一书摘要)。

二级本质……还有范围不同的本质,等等"。他以人为例,认为人的本质至少有下面一些:

(1)生物学本质;(2)社会学本质;(3)阶级本质;(4)阶层本质;(5)性格类型本质;(6)"同一社会制度中的同一阶级、阶层、集团在不同的时间、地点与条件下,也会有新的本质特点,等等。"结论是:"只承认人的一种本质、高级本质,而否认他的另一种本质、初级本质,是不全面的;反之,只抓住事物的初级本质,认为这就是他全部的或最高的本质,当然就更不正确了。"

本文不能对应汉光同志提出的各种"本质"逐一探讨,在后面的部分里,也只集中地讨论所谓性格类型的本质;而在进行这种讨论之前,有必要先对列宁的这段话提出一个理解。

依我的理解,列宁这段话有三层意思:

(1)指辩证法研究的对象,即客观事物的现象及其本质;

(2)指现象和本质、内容和形式的对立统一,即"本质在表现出来;现象是本质的";

(3)指人的认识过程,即"由现象到本质,由所谓初级的本质到二级的本质"。这里列宁把"初级的本质"加上"所谓"二字,是指黑格尔的提法的。而认识的过程就是渐次深入的过程,是人对事物的本质逐渐把握的过程,不是说一个事物有多种本质。

关于认识过程,列宁又这样表述过:"人对事物、现象、过程等等的认识从现象到本质、从不甚深刻的本质到更深刻的本质。"[①]"从不甚深刻的本质到更深刻的本质",也就是"从所谓初级的本质到二级的本质"的另一说法,还是指认识的深化过程,不是说"一个事物不止一个本质"。

"本质"是与"现象"相对的概念,是事物的内部规定性,是事物的最终的实质,是此一事物区别于另一事物的根本标志,是此一事物和其他事物的内部联系。毛主席提到"事情的本质"时,对"本

[①] 《哲学笔记》1962年版239页(黑格尔《逻辑学》一书摘要)。

质"作了这样的说明:"事情的性质及此一事情和其他事情的内部联系"①。列宁在《黑格尔"逻辑学"一书摘要》中,曾写下这样的旁批:"('本质')'其他一切知识的根本内容'"②。在同一"摘要"中,他摘下黑格尔这句话:"存在的真理是本质。"③而这种本质是要透过现象,深入事物的内部才能认识的。

不错,本质是随着事物的发展而发展、变化而变化的,而且正是它才是发展和变化的根本原因,但同时它又具有相对稳定的特点,正像列宁用"扎实"和"稳固"对它所作的描绘④。

列宁又指出"规律是本质的现象",并且认为"规律和本质是表示人对现象、对世界等等的认识深化的同一类的(同一序列的)概念,或者说得更确切些,是同等程序的概念"。⑤ 而规律也是"现象中巩固的(保存着的)东西"⑥,是"现象的平静的反映"⑦,是"运动中本质的东西的反映"⑧,由于它是"现象的静止的内容",所以,它也就比较单纯,而"现象"则"比规律丰富"⑨。换言之,现象也比本质更丰富、更多样,甚至还有"假象"。因此,观察事物,不能根据现象作结论,而应该抓住本质。例如,在阶级社会中,人的本质就是人的阶级性;然而这不是说人的一切表现都是阶级性的直观表现,不是说人的表现同他的本质之间毫无矛盾。矛盾是存在的;然而这不是说分析阶级社会中的人就可以放弃或部分放弃阶级观点,恰恰相反,正因为有这样那样的矛盾的存在,要了解阶级社会中人的本质,就必须运用阶级分析的方法;而不能是生物学的或抽象社会学的方法。由于世界观和政治态度的转变,某人可以背叛自己原来的阶级而站在另一阶级立场上。这是本质的转化。但是,这种转化是阶级

---

① 《毛泽东选集》第一卷,1951年版,289页(《实践论》)。
② 《哲学笔记》1962年版,98页。
③ 同上,133页。
④ 同上,134页。
⑤ 同上,159页。
⑥⑦⑧ 同上,158、159页。
⑨ 同上,160页。

斗争的反映和结果,认识这种转化还是不能不用阶级分析的,人的本质还是阶级性。

根据以上的探讨,我觉得,应汉光同志从列宁的话里得出"一个事物不止一个本质"的看法,是不准确的。因为,如果照他理解的那样,把事物的本质列成那么多层次,那么,要把握事物的本质,要区别此一事物与彼一事物(例如阶级社会中的人),就会成为不可能。我觉得,应汉光同志是把事物的某种属性(如人的生物学属性)和特点(如人的性格特点的某一方面)本质化了;同时,也把认识的不彻底性的表现(如只看到人的生物学方面或性格类型方面)当作事物本质的等级和层次了。

二 对一个公式的质疑

典型是共性和个性的统一这个说法,许多人不同意,觉得太笼统、太一般。但是,理解的分歧主要是关于"共性"这个概念的内涵和外延:一种谓"共性"即阶级性,另一种谓"共性"不仅是阶级性,而是可以"小于"或"大于"阶级性。应汉光同志同意第二种看法,认为"这种大于或小于阶级性的普遍性,是任何一个文学典型都同时具有的"。因此,他认为:"一个典型的性格,可以从三个方面来分析:一是鲜明的个性,二是性格的类型,三是阶级的内涵。""作家的艺术认识与创作,是从一个个具体的人身上发现并概括出某种共同的性格类型,再进而深入到他的灵魂深处,即人物的阶级本质",就可以创造出典型形象。这种看法,用一个简单的公式来表示,就是:

个性 + 性格类型 + 阶级本质 = 典型形象

或者

个性 + 初级本质 + 阶级本质 = 典型形象

我与应汉光同志的分歧,主要在性格类型问题上。因此,不能不特地弄清他对于性格类型的理解。还要说明,当应汉光同志说性格类型"受阶级特性的历史制约"时,我是完全赞同的。但是,对于他另一面的认识,即性格类型"又不仅仅是阶级特性的单纯体现",而是"比起阶级特征来是更浅显、更直接的一种社会心理现象",是"概括范围较广而内涵较浅的一种社会特性",比阶级性有"更广泛范围的普遍性","它的适用范围更大",林黛玉、哈姆雷特等等"作为一种社会的性格类型,……是所谓多情善感……优柔寡断……的一种活生生的表现",对于这些,我是不赞成的。把这些当作"从个性到阶级性的中间环节或中间因素",当作大于阶级性的"初级本质",当作典型共性中的本质之"一",我是不赞同的。

从哲学的一般意义说,认为典型是共性和个性、一般与个别的统一,是对的;因为,事实如此。但是,在运用这个一般原理于文学典型时,就嫌过于一般而不具体,没有精确表述出这个特殊对象的特殊性。例如,它至少没有表示出文学典型的阶级性。从这个意义上说,对"共性"这一用语提出怀疑,寻找一个更精确、更能揭示文学典型的特殊性的解释,我是同意的。但是,若说"共性"是大于阶级性的东西,在阶级性之外还有类型本质,却不能令人信服。因为:——

如我们在第一部分已经探讨过的,一个事物不可能有多种或多层的本质。没有或尚未认识到事物的本质,这是主客观之间的矛盾,不能因为这种矛盾而割裂事物的本质或把本质层次化。同理,在阶级社会里,一个人可能不愿或不能认识人的本质是他的阶级性,但这并不能改变人的本质是他的阶级性。马克思主义以前的一些形而上学的哲学家,就是以抽象的"类型"或"共性"来概括人的本质,因而抽掉了人的阶级性,陷入了人性论;现代资产阶级哲学家也是用这种方法来宣扬人性论,鼓吹塑造所谓永恒普遍的"典型"形象,并且把这视为文学的"自由"和"最高"目的。我们的讨论是为了弄清问题,求得真理,当然不能与资产阶级的理论混为一谈,但是,这种从反面来的论调,却也告诉我们,把类型外延为大于阶级性的"初级本质",容易导致错误的结论。

另外,说性格类型是个性和阶级性的"中间环节"、"中间因素",而这种中性的东西又大于阶级性,这在创作上也很难说得通。既然类型是大于阶级性的一种本质,作家在具体创作过程中,也不是像贴标签和对号码那样,恰好把某个举止、神态安到某个阶级的人身上,像他当初所观察到的那样;但是,这并不是创作过程中的本质规律。创作的本质规律恰好在于:作家是以阶级的眼光观察、研究一定阶级中某些人的富有特征性和富有个性的举止、神态,然后又将这种观察和研究所得,集中、概括、提炼而塑造成为反映一定阶级的一定本质的典型形象。因此,一个文学典型一经创造出来而成为客观存在,就不能用抽象的性格类型去分析他,因为那样来论述的结果,最后只能归结到几个抽象的概念上,如"多情善感"、"优柔寡断"等,而不能揭示他的本质。然而每一文学典型都是具体的,正像任何客观事物都是具体的一样,他的本质当然也只能是具体的阶级本质,而不能是什么"多情善感"或"优柔寡断"这种抽象的"本质"。马克思主义认识论的科学性,就在于对具体事物进行具体分析。分析文学典型,自然也不能违背这个方法。

那么,生活中和艺术中是否有"类型"存在呢?对这个问题不能作简单地回答。我的看法是:有;但其本质是不能超时代,超阶级的。是阶级性包括类型,而不是类型大于阶级性。因为,一个人的历史实际上是双重的,就是说,他作为一定阶级的成员,和他的阶级共有一部大历史;同时,作为一个个人,他又有自己的一部小历史[①]。这样的一些人由于大体上相同的经历、教养和生活方式,可能养成某种相近的性格特点也即行为方式。但是,这恐怕不能认为是他们的什么"初级本质",只不过是阶级的普遍性在一部分成员身上的特殊表现,作为他们质的规定的标志,并不是他们的特殊性也即类型性,而是他们的阶级性也即普遍性。因此,所谓"有"也是具体的、阶级的,而不是超阶级的、抽象的。比如说"母爱"、"爱情"和

---

① 参看福克斯《小说与人民》20 页。

"友谊"吧,资产阶级理论家就认为是永恒的、普遍的"主题"和"类型",但具体分析起来根本不是这么回事。至于说到创造典型形象,那么,虽然我们承认阶级范围之内有大体近似的类型,但是,恐怕也不应把类型作为典型的一个本质和环节,而倒是该强调个性;因为个性是更丰富、更多样的,而强调类型却有使文学典型贫乏和单调的危险。法国古典主义文学是强调类型而忽视个性的,但那是后世的作家和批评家一致不赞许的;虽然古典主义有其特殊原因和特殊成就。

规定典型形象的条件,或制定典型形象的定义,我以为应该继承前人的研究成果,应该认真研究经典作家的有关论述,同时,更要分析具体的文学事实。典型化问题是一个复杂的问题,本文不可能详述,只提出一点粗浅看法。

在西方美学史上,关于典型形象以及创造典型的诸问题,黑格尔(见《美学》)是论述得最充分的头一个,他的根本观点是唯心的,但如果能像列宁所说的,用唯物主义的态度来读他的著作,那么,就不难领会他的理论的合理的内核,即理解典型以及创造典型的辩证法,或如黑格尔所说的艺术哲学。马克思和恩格斯关于创作方法和典型问题的看法,正是对于黑格尔的理论的继承、改造和发展。毛主席的文艺思想,又是对马克思主义文艺学的丰富和发展。革命导师的理论应该成为我们探讨典型诸问题的指南。

恩格斯说:"……每个人是典型,然而同时又是明确的个性,正如黑格尔老人所说的'这一个'。"[①]又说"现实主义是除了细节的真实之外,还要真实地再现典型环境中的典型性格"。[②]

毛主席说:"……文艺作品中反映出来的生活却可以而且应该比普通的实际生活更高,更强烈,更有集中性,更典型,更理想,因此就更带普遍性。"[③]又说"……我们的要求则是政治和艺术的统

[①] 《马克思恩格斯论艺术》卷一,6页。
[②] 同上,9页。
[③] 《毛泽东论文艺》65页。

一,内容和形式的统一,革命的政治内容和尽可能完美的艺术形式的统一。缺乏艺术性的艺术品,无论政治上怎样进步,也是没有力量的"。①

这里,有几点我觉得应特别注意:一是经典作家都从历史的和阶级的观点看待文学创作(虽然我们没有引出来);二是他们也没有用一般哲学意义上的"共性"这个概念;三是他们也没有提什么"类型";四是强调环境和人物的关系;五是强调内容的革命性和形式的完美性,表现的真实性和深刻性(这方面我们也没有多引)。

那么,可不可以依据经典作家的思想,制定一个关于典型形象及其创造的一般表述呢?我认为,即使一时尚不能取得一致的看法,这个路子还是走得的。基于这样的想法,我试提出一个与应汉光同志不同的表述如下:

典型形象是深刻的阶级性和明确的个性在典型环境中的完美地统一。

我暂时认为这样表述较为妥善,理由是它顾及到三个方面:一是人物与环境的关系;二是阶级性与个性的关系;三是内容和形式的关系。

这只是一个初步看法,请大家讨论。

三 再 商 榷

在上面两部分里,我虽提出一些看法,但怕还不能服人,因为,应汉光同志还提出一些"事实"。因此,我想对这些事实也谈谈自己的意见,与应汉光同志再商榷。

(1)不能把历史的性格形态永恒化。

在历史发展的每一阶段,在生产力和生产关系发展的每一阶段,社会生活中都有一定的、主要的问题和矛盾,一定阶级的人们的

---

① 《毛泽东论文艺》74页。

生活方式和伦理观念,都有其一定的形态。阶级斗争是阶级产生以来每个历史阶段的基本内容,同样,人们的感情、见解、观念、行为,在带着历史的、民族的特点的同时,更带有阶级的烙印,而且,阶级性是他的本质。文学中的典型形象,是历史的、具体的,不能把他当作永恒的类型。

例如,同是骑士,在封建制度巩固和上升时期,《罗兰之歌》里的罗兰,是"忠君爱国"的真英雄;在封建制度崩溃瓦解、资本主义正在发展的时代,骑士却成了可怜又可笑的人物。塞万提斯的堂·吉诃德,正是对这种没落的骑士贵族的大讽刺。因此,这个典型就成了"资产阶级在反对封建主义和贵族斗争中最有力的武器"①。这是因为,在罗兰时代,维护封建王权是符合历史的必然要求的;而堂·吉诃德的错误,却在于"他以为漫游的骑士是与一切社会形态同样地可以并存的"。②骑士的时代过去了。现在,骑士只是作为这样那样的艺术形象存在着。

再如哈姆雷特,自从莎士比亚逝世以来,将近四百年过去了,我们却没有在资产阶级的文学中,再看到一个哈姆雷特型的典型。这是因为,资产阶级早已实现自己的理想,建立了自己的统治,用不着优柔寡断了。时代变了,这个阶级的成员的思想和性格也变了。代替诗意的"人文主义"是赤裸裸的个人主义,继哈姆雷特而出现的是巴尔扎克的拉斯蒂涅,是莫泊桑笔下的杜洛阿之流;总之,是整整一代野心家、冒险家,漂亮的骗子和"文明"的强盗,进而至于法西斯主义者。"活着还是死,这是一个值得考虑的问题"!哈姆雷特这句有名的独白,正好活画出"人文主义"还未战胜封建主义、资产阶级还未取代封建贵族时的一般情绪。

不过,自从社会主义革命的新时代开始以来,自从高尔基的彼拉盖娅·尼洛夫娜、巴威尔·符拉索夫,奥斯特洛夫斯基的保尔·

---

① 《季米特洛夫论文学、艺术与科学》10页。
② 《马克思恩格斯论艺术》卷二,161页。

柯察金,富尔曼诺夫的恰巴耶夫这些无产阶级的典型出现以来,我们又看到,由于受到革命的猛烈冲击,由于资本主义腐朽已极,资产阶级中人的精神面貌和性格特征,又有了新的表现,这就是醉生梦死和世纪末的悲哀,疯狂挣扎和颓废残暴,或者,如资产阶级自己也承认的"垮掉的一代"。

"在发展的进程中,凡从前是现实的一切都会成为不现实的,都会失掉自己的必然性,失掉自己存在的权利,失掉自己的合理性。于是一种新的、富有生命力的现实就会代替衰亡着的现实……"① 社会的历史和文学的历史都证明,恩格斯所表述的这个原理是完全正确的。

(2)不可把阶级的性格形态普遍化。

性格类型是不是大于阶级性呢?以林黛玉而论,她确乎"多情善感"。但是,怎样看待她这种情感呢?要说"多情善感"是一种类型,这种"类型"是太普遍了。人要生活,要追求,要斗争,总有这样那样的情感表现,正如鲁迅先生所说:"'喜怒哀乐,人之情也',然而穷人决无交易所折本的懊恼,煤油大王哪会知道北京捡煤渣老太婆子身受的酸辛,饥区的灾民,大约总不会去种兰花,像阔人的老太爷一样。贾府上的焦大,也不爱林妹妹的。"② 反过来,林姑娘也断不会爱焦大。

在封建专制时代,林黛玉追求自由无疑是进步的。当时,婚姻不自由、不自主这个问题,就其所表现的广度论,也的确是普遍的,各阶级中都存在。但这只是一面,即时代性一面;还有另一面,即阶级性一面,而后者才是本质的。正因为林黛玉是在大观园这个特定环境里生活和追求,就她的本质代表性说,只能代表另一个大观园或另一个小观园的同类,而不能认为她和怒沉百宝箱的杜十娘一样;因为,爱情和自由都不是抽象的,都有具体的阶级内容。一个不

---

① 《马克思主义经典作家论历史科学》129页。
② 《"硬译"与文学的阶级性》,《鲁迅全集》第四卷,164页。

知饥寒为何事的贵族小姐,和一个挨打受气的童养媳,和一个遭人侮辱的妓女,对于爱情和自由的幻想,一般说来那内容是根本不同的。安娜·卡列尼娜和玛斯洛娃,都是托尔斯泰创造的典型,也都在追求"爱情"和"自由"。可是作为贵夫人的安娜和作为养女、妓女、流放犯的玛斯洛娃,无论如何不能认为她们的追求是本质上相同的。我想,应汉光同志虽然提到人的生物学本质,在这些问题上是不至于用生物学观点来看的吧。

应汉光同志还提到人的社会学本质,理由是"人是社会关系的总和"。但是,我认为这也不能作为类型大于阶级性的根据。

人是社会关系的总和这一思想,是马克思在《关于费尔巴哈的提纲》里提出的。在那里,马克思指出:费尔巴哈的错误在于,他把人理解为一种孤立的"个体","把人的本质理解为'类',理解为一种内在的、无声的、把许多个人纯粹自然地联系起来的共同性","撇开历史的进程",没有把人的本质看作"一切社会关系的总和"①。而在《德意志意识形态》(其中有专论费尔巴哈也即发挥"提纲"的部分)里,马克思和恩格斯则具体地阐明他们这一思想,指出人的社会关系的实质就是阶级关系,把人们联系起来的是共同的阶级利益,而不是什么超阶级的"类"的"共同性"。所以,我认为,在分析典型形象的共性或代表性时,还是要用阶级分析的方法去把握他的本质,去了解他的性格,而不能有大于阶级性的类型本质。

(3)不能把现象的形态本质化。

狄其骢同志说,性格典型"既然在内容实质上不同,就只能是表面形式的相似"②。应汉光同志不同意,说:"假如说像'悭吝'、'勇敢'、'反抗'、'叛逆'这些性格类型只'具有非本质的形式普遍性','都只是表现形式',我以为是'不确切'的。……比较地说,阶级特性是概括范围更窄而内涵更丰富的一种性格类型,而性格类型的概

---

① 《马克思恩格斯全集》卷三,5页。
② 《对文学典型的思考》,刊《文史哲》1963.3;应文也引了这句话。

括范围较广而内涵较浅的一种社会特性。"

可是,我觉得狄其骢同志是对的。

的确有那么一类"类型",如应汉光同志所举的"精神胜利"、"悭吝"、"勇敢"等等。几乎每一种行为方式和感情方式,都可能找到那么一些人,在他们身上都可能比另外一些人表现得突出一些,都可以看作"类型"。但是,这并不是典型形象的本质,或者说,我们了解他们的本质并不能根据他们的类型。这里的确存在着现象和本质、形式和内容的关系问题。

刘少奇同志在《人的阶级性》一文中,曾透辟地分析了地主阶级、资产阶级、无产阶级、农民阶级的特性和性格,指出了他们的性格和特性所由形成的阶级原因。那指的是本质性的东西,非常重要。我们在现实中和艺术中,都不难找到印记,像封建地主和资产阶级所共有的奢惰性、残暴性、悭吝性等。但是,正因为那是一些本质性的特性,所以,它们的项目就比较少。反之,若从行为方式和情感方式的角度说,那现象可就十分复杂了。因为,有不少方式,是各个阶级的人都可能运用的,如喜、怒、哀、乐,其情景就如语言之于人一样。然而唯其因为有这种复杂性,我们才应该透过现象去看本质,而不能把现象误认为本质。

例如"勇敢",这是任何一种军队中都有的现象,但是,拿破仑的士兵沙文和我们的战士黄继光,难道真有什么共同性吗?难道"沙文主义"(这是资产阶级对这个士兵的赞美,同时也是资产阶级大国主义的同义语)和"黄继光精神"有什么共同点吗?

再如"反抗",于连是反抗,福玛·高捷耶夫也是反抗;可是,保尔·柯察金的反抗,朱老巩和朱老忠的反抗,和他们却是完全不同的两回事。

应汉光同志提出阿 Q 的"精神胜利法",认为"是有时代的、民族的和社会的内容的",是与阶级特征"互补"的另"一种本质特征",并引用《人民日报》社论的话,证明自己的观点。不过,照我看,社论并不是对阿 Q 精神作抽象分析,而是很具体的,是渗透着阶级分析的精神的。社论说:"《阿Q正传》是旧中国劳动人民的奴隶生活的深刻写照,也是中国近代民族被压迫历史的缩影。这部作品……对于被压迫民族的自卑自嘲的精神胜利法,表示无限痛心。"恐怕从这里不能得出超阶级的结论。在半封建半殖民地的旧中国,的确有一种自卑自嘲的情绪比较普遍的存在。可是,这普遍之中有特殊性的区别,民族矛盾根本上还是阶级矛盾,只不过其表现形式更为复杂而已。上海滩的资本家可能有自卑自嘲的"心理",北京故宫外的皇族也可能有自卑自嘲的"情绪",可是恐怕不应将土谷祠的阿Q作为他们的代表吧。民族也不是抽象的;当社论说"近代民族被压迫历史"时,我想我们应该想到百分之九十以上的劳动人民,"民族"的根本内容正是指最大多数。说阿Q精神是当时各阶级的普遍共性或"初级本质",这未免是以一概全,忽略了其中的矛盾。比如,这样的问题就不好回答:为什么阿Q被也有阿Q精神的人杀死了呢?阿Q的悲剧到底是现象还是本质呢?是什么样的现象又是什么样的本质呢?这些,如果不用阶级分析法去洞察其本质,怕就说不明白。

可见,现象形态相似或相同的事物,并不一定就有共同本质。本质和现象、内容和形式、人的某些行为方式和他的阶级本质,并不是单纯一致的,而是矛盾的统一。观察事物,分析典型,应该"去粗取精、去伪存真、由此及彼、由表及里"①。

马克思说:"如果现象形态和事物的实质是直接合而为一的,一切科学都成为多余的了。"②

(4)主观本质和客观作用应该区别。

文学及其形象,是一种遗产、财富和力量,有建设性也有破坏性,全以时间、地点和条件为转移。它们既然是客观存在着,人们便有权按照自己的利益要求来使用它们,这也就是它们的客观作用。

---

① 《毛泽东选集》1951年版,第一卷290页(《实践论》)。
② 马、恩、列、斯《思想方法论》222页(《资本论》卷3,1069页)。

当欧洲资产阶级在封建制度内部发展起来的时候,谁能想到,他们却竟在古代希腊的文化艺术中,找到了自己未来的幻想和理想形式,作为向封建制度进攻的精神武器,正像恩格斯表明的:"近代是以返回到希腊人而开始的。——否定之否定!"①类似的例子似乎很多。我们已经生活在社会主义时代,可是,有时我们还要利用一下封建时代的英雄来鼓舞自己。比如,我们把一个女英雄叫"穆桂英",把一个足智多谋的领导者叫"诸葛亮",但是,难道我们事业的壮美和我们思想的高度,真不如他们或和他们恰好一样吗?当然不是。另外,有时,我们又利用一些历史上的正面典型来嘲笑或批评自己的缺点,例如,如果一个女同志体弱多病,易动感情,不够开朗,我们就管她叫"林黛玉"。但是,难道这样的女同志和林黛玉真有什么共同本质吗?当然也不是。还有,阿Q本来是个流浪雇农的典型,可是我们有时竟用"阿Q精神"来讽刺一个帝国主义的首脑。难道一个垄断集团的代表和阿Q有什么本质共同性吗?自然还不是。这种现象,我认为就是文学及其形象(典型)的客观作用。这种客观作用和客观效果的广泛性,应该与形象及典型的主观本质区别看待。就是说,不能将这种客观效果说成是大于阶级性的"初级本质"。事实上,这只是一种利用和借用,是点滴而且片面的,并没有具体的本质联系。

不过,也有另外一种情况,就是说,有时候形象(典型)的客观作用和他的主观本质之间又有某种程度的本质性的联系。但是,这要具体分析;一般地说,这种情况是极个别的,没有普遍意义,历史越久的形象及典型,越难发生这种事情。应汉光同志提到列宁引用奥勃洛摩夫的例子。我的看法是这样:第一,列宁讲到革命队伍中的"奥勃洛摩夫"时,十月革命刚刚过了三年,就是说,新社会还正处在旧的废墟上建设的过程中,一些人的旧的性格特点,还没有被新的性格完全代替;但是,第二,列宁也不是说当时的工人、农民、知

---

① 《马克思恩格斯论艺术》卷二,107页(《自然辩证法》)。

识分子和共产党员,就和农奴制庄园里的奥勃洛摩夫本质一样;"老奥勃洛摩夫"也不是革命队伍中"奥勃洛摩夫"的"活生生的表现"。事实是,列宁主要是借这个典型的一个行为特点,比喻性地批评革命队伍中某些人空想和空谈的毛病。

再一种情况是,由于历史的某种矛盾(如阶级斗争)在不同的时代依然存在,一定社会组织中人们的感情方式和行为方式,也即性格特点,可能与以往时代的典型相似;以往时代的某些典型形象(如斯巴达克斯、拉赫美托夫),由于体现了历史的必然要求,也可能使当代某一阶级中的人感到特别亲切,甚至于仿效之。但是,这也仍然存在着先前时代的典型的主观本质,和他在当代的客观作用之间的区别问题,不好用大于阶级性的类型"本质"来概括。例如,据季米特洛夫自己说,车尔尼雪夫斯基的拉赫美托夫这个典型,就曾长期地激动他,鼓舞他,引起他学习;①但是,他虽然学习拉赫美托夫的坚强性格,钦佩这个形象的献身精神;然而我们却不能说,马克思主义者季米特洛夫和革命民主主义——空想社会主义者拉赫美托夫之间,没有严格的质的区别。

马克思说:"人们创造自己的历史,但是他们的创造并不是随心所欲的,并不是在他们自己所选择的情况下进行的,而是在既有的、直接摆在他们面前的、从过去继承下来的情况下进行的。"②正因为一方面不能随心所欲,一方面又不能不从既存的情况下前进,所以,所谓历史的继承,实际上也是对立的统一,而不能认为其中没有矛盾,没有差别。资产阶级社会的斗士们,曾经在罗马共和国的传统中,找到了必需的理想和艺术形象,也曾经利用过从《旧约圣经》借取的语言、热情和幻想;但是,"在这些革命中,使死人复活起来,是为了赞扬新的斗争,而不是为了拙劣地模仿旧的斗争,是为了赞扬想象中既定的任务,而不是为了避免这个任务在现实中的解

---

① 见《季米特洛夫论文学、艺术与科学》。
② 《马克思恩格斯论艺术》卷一,287页(《路易·波拿巴政变记》马恩文选卷一,莫斯科版223页)。

决,——是为了重新找到革命的精神,而不是为了使它的幻想重新游荡起来。"①

以上几个方面,其实是紧密联系,浑然一体的,分开谈是试图说得清楚些,是为了从不同的角度来理解问题,但究竟说清没有,还祈大家指正。

一九六三年十二月　人民大学

---

① 《马克思恩格斯论艺术》卷一,187—189。此段个别字句未加引号。

关于典型共性的时代性和阶级性问题

——与何其芳同志商榷

艺术典型问题,是一个在理论上和实践上都很重要的问题。为了发展马克思主义的文艺科学,推进革命的艺术实践,就这一问题展开讨论是完全必要的。读了何其芳同志《文学艺术的春天》的序文,又重读了他收在这个集子中的《论阿Q》,我对他在典型问题上的一些看法有怀疑,有些不成熟的不同意见,提出来讨论。

一　怎样理解典型的共性

为了认识典型的本质,不能不谈典型的共性。关于典型的共性,何其芳同志有这样的看法:

"比如阿Q,……作为阶级社会的一个阶级的成员来说,农民的阶级性就是他的共性;……作为具有浓厚的阿Q精神的典型人物来说,……阿Q精神也就是这个典型人物的一种共性;……但作为社会的人,他的共性也好像并不只是一个。……文学上的许多典型人物,特别是那些影响很大的典型人物,都不只是有他们隶属的阶级和阶层的共性,而且有他们的性格上最突出的特点这样一种共性,甚至我们讲他们的典型性常常就是指的这后一种共性。如果只承认他们的阶级性和阶层性是共性,把这后一种共性仅仅当作他们的个性,那就无法解释为什么我们常常把这后一种共性叫作典型性,为什么它们的概括性和思想意义是那样大了。"

接着,他又举例说:

"像堂·吉诃德、诸葛亮、阿Q,他们性格上的最突出的特点作为一种共性来说,概括了不同时代不同阶级的某些人物的相同或相近似的精神状态。"①

从这些言论里可以看出,何其芳同志认为典型的共性是两个,即:一个阶级共性;一个"不同时代不同阶级"的性格"共性"。何其芳同志所谓"不同时代不同阶级"的性格"共性",实际上也就是超阶级、超时代的性格"共性",而且他还特别强调、特别重视这种性格"共性"。据他说,我们讲典型性常常正是指这种性格"共性";又据他说,典型的"概括性和思想意义",也正在于这种"不同时代不同阶级"的性格"共性"。

对何其芳同志的这种观点,我有怀疑。

为了弄清问题,首先要提出一个问题,即:为什么要研究典型的共性呢?

我认为,在文艺学这个阶级性十分鲜明的领域里,在典型形象这个阶级性十分敏锐的问题上,归根结底,我们谈典型的共性不是为了别的,而是为了按照马克思主义的唯物辩证法去认识典型的本质,也就是说,是为了替典型的本质找到规定性,从而也驳斥资产阶级唯心主义及其超阶级的人性论的虚伪性。

毛主席说:

---

① 《文学艺术的春天》序,第5—6页。

"对于物质的每一种运动形式,必须注意它和其他各种运动形式的共同点。但是,尤其重要的,成为我们认识事物的基础的东西,则是必须注意它的特殊点,就是说,注意它和其他运动形式的质的区别。只有注意了这一点,才有可能区别事物。"①

古今中外文学史上,有许多典型形象。每一个典型形象,都是生动具体的。我们怎么去把握他们的本质呢?按照资产阶级的理论,文学是超阶级、超政治的,典型的也就是人性的。他们为了自己的阶级利益,把本来有十分确定的阶级性的典型形象,用"人性"这个"共性"混同了,把本来互相对立的典型形象,用"人性"这个"共性"溶合了。而我们的任务是推翻资产阶级的人性论,用"一分为二"的辩证方法,揭露每一个典型的真正本质,不论他们的阶级性表现得多么曲折,也应该像考察现实的阶级关系那样去考察典型形象的阶级性。要做到这一点,要做到党性和科学性的统一,就必须抛弃资产阶级的抽象共性论,抓住典型共性的特殊规定性。

基于这种认识,我认为,何其芳同志把"性格上最突出的特点"和某种抽象的"精神状态"也视为典型的一种"共性",是不正确的,这实际上就是把一种抽象的超阶级、超时代的"共性"加在了具体典型身上,这是"不符合实际的情况的"。第一不符合每一个具体典型的真正本质,不利于我们揭示典型的本质;第二不符合文学反映生活的客观规律。关于第二点将在后面谈到,这里我们先谈谈第一点。

何其芳同志再三谈到堂·吉诃德,认为就这个典型人物的"主观主义的概括性来说,由于不同时代不同阶级的人物的主观主义在认识的根源上有共同之处,堂·吉诃德却又可以成为不同时代不同

---

① 《毛泽东选集》第 1 卷,第 296—297 页。

阶级的主观主义很厉害的人物的共名"①。

何其芳同志虽然也承认堂·吉诃德"是一个特定的时代特定的阶级的人,他身上的主观主义也具有他那个时代他那个阶级的特点",但何其芳同志强调的却是堂·吉诃德的超时代和超阶级的"共性"也即"共名"。这种超越性的根据是什么呢?就是:"主观主义在认识的根源上有共同之处。"

针对何其芳同志的这种论点,我们可以提出这样一个问题,即:何其芳同志到底是在分析具体的文学典型,还是在抽象地研究人类的思维发展史?分析堂·吉诃德,到底是应该把他作为一个活生生的典型人物来看呢,还是把他作为主观主义这种思维方式的人格表现来看呢?

不错,堂·吉诃德的确有主观主义的特点,同时,主观主义作为一种错误的思想方法,确是"有阶级的根源,也有认识的根源",然而应该怎样看待这两种根源呢?

我们知道,任何一种"主义",包括主观主义,都不是抽象的历史精神,也不是先验的绝对理念,它们不过是现实事物和现实生活在人们头脑里正确地或歪曲地反映。所谓认识根源,并不是什么神秘莫测的根源,而是完全具体的历史的和阶级的根源。毛主席教导我们:认识依赖于实践。不能离开人的社会性和人的历史性去观察认识问题。人的实践包括生产斗争、阶级斗争和科学实验等方面,但是,"其中,尤以各种形式的阶级斗争,给予人的认识发展以深刻的影响。在阶级社会中,每一个人都在一定的阶级地位中生活,各种思想无不打上阶级的烙印"②。

《堂·吉诃德》这一部小说的作者塞万提斯就有一定的阶级立场,他是站在资产阶级的人文主义立场来描写堂·吉诃德的,他是通过堂·吉诃德来讽刺和揭露封建的贵族骑士制度的;也就是说,

---

① 《文学艺术的春天》序,第3页。
② 《毛泽东选集》第1卷,第272页。

他是从资产阶级人文主义的观点来写堂·吉诃德的封建骑士的主观主义的,并不是客观主义地描写什么抽象的主观主义。而堂·吉诃德的主观主义,则在于他站在封建骑士的立场,反抗一个新的时代的到来,正像马克思所说,在于"他以为漫游的骑士是与一切社会经济形态同样地可以并存的"①。这才是他的主观主义的阶级本质,这才是堂·吉诃德的主观主义的真正本质的规定性,这才是我们理解堂·吉诃德这个典型人物的共性也即本质的事实根据。

如果不是这样来理解堂·吉诃德的主观主义,如果不是这样具体地来理解堂·吉诃德的主观主义,如果不把他这种主观主义限制在一定时代、一定阶级,而去强调什么"认识的根源",那就是将具体的人的思想抽象化了,从而也就是将艺术和现实的关系抽象化了,其结果则是"空洞无物"。

何其芳同志一方面说"在客观的物质世界里并没有抽象的共性"②,可是同时却将抽象的"性格上最突出的特点"、"精神状态""共性"化,将它们揉进典型的共性中,这不是自相矛盾吗?

至此,重温一下马克思在《神圣家族》一书中的教诲,是极有益的。他说:

> "思辨的理性在苹果和梨中看出了共同的东西,在梨和扁桃中看出共同的东西,这就是'果实'。具有不同特点的现实的果实从此就只是虚幻的果实,而它们的真正的本质则是'果实'这个'实体'。
>
> "用这种方法是得不到内容特别丰富的规定的。……"③

我们谈典型的共性,是为了理解典型的本质,是为了对具体典型的本质内容的丰富性有正确的认识。为此,我们就不能不用阶级

---

① 《马克思恩格斯论艺术》(9),第161页。
② 《文学艺术的春天》序,第6页。
③ 《马克思恩格斯论艺术》(3),第8页。

观点和阶级分析的方法。因为在社会历史领域(包括文学艺术)中,只有这种观点和这种方法,才是真正科学的,才能使我们抓住"共性"这个概念的特殊规定性,才能揭示每一个具体典型的共性所包含的丰富内容。而何其芳同志却要提出一种超阶级、超时代的"性格……特点"和"精神状态"的"共性",我认为这是不科学的。这种"共性"只是一种虚幻的现象,"用这种方法是得不到内容特别丰富的规定的"。而且,这种观点有一种明显的危险性,就是很可能把我们引进人性论。

二 怎样理解共同历史背景中的"共同性"

何其芳同志不仅认为典型有两个共性,而且认为,两种共性都是本质。为了证明这一点,他特别阐发了共同历史背景中的共同性这一问题。他问道:

> "剥削阶级的阿Q精神和落后的人民中间的阿Q精神既然有本质上的不同,那么它们的相同之处到底是不是真正相同呢?"

接着他说:

> "恩格斯在《反杜林论》里面说过这样的意思的话:并没有什么永久不变的超阶级的道德;封建贵族、资产阶级和无产阶级各有自己的特殊的道德;但在封建的道德、资产阶级的道德和无产阶级的道德这三种道德论中,仍然不能不包含许多共同之处,这是因为它们有共同的历史背景。"①

---

① 《文学艺术的春天》序,第9页。

何其芳同志援引了恩格斯《反杜林论》里关于道德的这段"意思",认为从这里可以得到这样的启发:"阿Q精神虽然并不是一种什么道德,但剥削阶级的阿Q精神和落后的人民中间的阿Q精神也有共同的历史背景,都是发生在私有制的社会里面。……"因此,"可以说:从阶级性来划分,剥削阶级的阿Q精神和落后人民中间的阿Q精神的差异是本质上的不同,而且在阶级社会里,阶级性的差异是最本质的差异;但如果从阿Q精神这一点来划分,它们的相同又并非假象,仍然有它们真正相同之处,即也是一种带有一定的本质意义的相同。"①

在这里,何其芳同志的回答是不符合他自己提出的命题的要求的。命题要求在真与假之间作出判断,而他的结论却是含糊的,说有"本质上的不同",又说"有一定的本质意义的相同",这就不辨真假了。

不过,因为共同历史背景中的"共同性"这个问题毕竟重要,我们还是有必要加以探讨,看看从恩格斯那里,究竟应该得到什么启发。

何其芳同志说的恩格斯的"意思",其原文可能是这样两段:

"可是如果近代社会的三个阶级封建贵族、资产阶级和无产阶级各有自己的特殊的道德,那么从这上面,我们只能得出这样的结论,即人们自觉地或不自觉地,归根到底总是从他们阶级地位所依据的实际关系中——就是说从生产和交换依以进行的经济关系中,吸取自己的道德观念。"

接着,恩格斯设问地说:

"但在上述三种道德论中可不是也有一种共同的东西——

---

① 《文学艺术的春天》序,第10页。

或许至少这就是永久不变的道德之一端？上述道德论，表现了同一历史发展上的三个不同阶段，这就是说，它们有共同的历史背景，就此而言，它们已不能不包含许多共同之处。不仅如此，对于同样的或差不多同样的经济发展的阶段，道德论也必然多多少少互相吻合。自从动产的私人所有制发生以来，在一切存在这种私有制的社会里，道德的箴言不能不是：'勿偷盗'。这个箴言是否因此而成为永恒的道德箴言呢？绝对不是。……"①

怎样理解经典作家的这些论断呢？

何其芳同志将阿 Q 精神和恩格斯所说的道德作了类比，并且引伸出一个"相同"的结论。看来是不符合恩格斯的"意思"的。

因为当恩格斯在说共同历史背景中的共同之处时，指的是"道德论"而不是"道德"，是道德的理论形式而不是道德本身。这一点，在恩格斯同一著作第一编的九、十、十一几节中都可以得到证实。例如，当恩格斯说到资产阶级社会的"平等"时，就指出它的观念形式和内容的阶级性之间的矛盾。当"平等"作为资产阶级向封建贵族阶级进行斗争的口号被提出来时，与资产阶级同时产生的无产阶级也就利用了这个口号。正像恩格斯说的："无产阶级在语言上抓住了资产阶级"。但正因为这是"在语言上抓住"，所以，这个口号的目的、内容和本质也就不同了。资产阶级喊这个口号是为了废除封建贵族的"阶级特权"，无产阶级提这个口号却是为了废除一切形式的阶级剥削和压迫，即"废除阶级本身"。

在共同的历史发展阶段，例如，在动产的私人所有制阶段，"勿偷盗"仅仅作为一个道德论也即道德箴言，各阶级是共同的，吻合的。但是，这个抽象的箴言对于不同的阶级来说，其内容实质是很不同甚至完全不同的。在剥削阶级，所谓"勿偷盗"，乃是最大的伪

---

① 《反杜林论》，人民出版社 1963 年版，第 95—96 页。

善和欺骗。他们的剥削行为本身,就是对劳动人民最公开最凶恶的偷盗,可是他们还要以这个箴言来维护不义之财。不仅如此,这个箴言在剥削阶级那里,一方面是一个"高贵"的、感人的信条,另方面又是法律化的并为法律和国家机器所强加于被剥削阶级的。总之,说穿来,这个美妙的箴言在统治阶级那里,从根本上说乃是为了对付被剥削阶级。而在被剥削阶级,"勿偷盗"这个箴言,一方面反映着劳动人民廉洁的美德,另方面则是对自己已被公开盗窃(剥削)将尽的一点生活资料的维护的呐喊。

共同历史背景中如此相同的一个道德论,其阶级分野多么鲜明,多么深刻!

由此可见,首先,恩格斯是以明确的阶级观点在批判杜林的超阶级的道德理论;

其次,恩格斯是从具体的历史条件出发在批判杜林的永恒的道德理论;

第三,恩格斯是辩证地、即从阶级的和历史的方面,来看共同历史背景中的道德和道德论的。

总之,在这里,恩格斯所说的是道德的阶级性也即其不同性,而不是说不同阶级的道德有什么共同性。阶级观点是恩格斯在论述所谓共同历史背景中的共同之处的核心,忽视这一点,片面强调抽象的共同性,是不妥当的。

不错,何其芳同志这样说过:

> "不愿意坦率地承认自己的弱点,为什么就会成为阿Q精神那样一种畸形的可耻可笑的精神状态呢?当然还有一些特殊的情况,特殊的条件。在剥削阶级,就是它们的没落和失败。在阿Q这种落后的人民,可能就是他受到残酷的阶级剥削阶级压迫的一种结果,他的精神状态被扭曲了。他不可能有什么事实上的胜利,因此就只有以精神上的胜利来作为一种可怜的

安慰和发泄了。"①

可是,既然如此,既然剥削阶级的这种精神状态,其根据是"没落和失败",落后的劳动人民的阿Q精神,其根据是"残酷的阶级剥削阶级压迫";既然剥削阶级的那种精神状态是正常的,落后的劳动人民的这种精神畸形是"被扭曲了"的;既然前者不值得同情而后者"可怜",既然它们各自是如此特殊,强调它们"相同"还有什么意义呢?在理论上分析一个典型形象,是应该透过现象看本质、把握不同对象之间的矛盾、差异和特殊性呢,还是停留在性格表面,强调什么抽象的共同性呢?

毛主席教导我们:

"科学研究的区分,就是根据科学对象所具有的特殊的矛盾性。……如果不研究矛盾的特殊性,就无从确定一事物不同于他事物的特殊的本质,就无从发现事物运动发展的特殊的原因,或特殊的根据,也就无从辨别事物……"②

迄今为止的作家都是一定阶级的喉舌,迄今为止的文学都"是社会的阶级和集团底意识形态——情感、意见、企图和希望——之形象化的表现","是阶级间的关系的最尖锐和忠实的描写","最充满着、最饱和着阶级内容"③。典型形象是文学艺术的倾向和内容的最重要的标志,它既是现实关系的本质反映和概括,当然也就不能获得现实关系中不存在的东西,就不能超越一定阶级的情感、意见、企图和希望。要之,阶级性正是典型形象作为社会的人的特殊性,要了解典型的本质,正应了解这种特殊性也即阶级性。

列宁在谈到马克思和恩格斯将辩证法运用于社会历史领域中

---

① 《文学艺术的春天》序,第9页。重点是引者所加。下同。
② 《毛泽东选集》第1卷,第297页。
③ 高尔基:《苏联的文学》,第96—97页。

时,曾用这样的表述方法来显示马克思主义辩证法的特色:他们"特别强调的是辩证唯物主义,而不是辩证唯物主义,特别坚持的是历史唯物主义,而不是历史唯物主义"。①

这里,列宁用加着重点的方法表明的马克思主义辩证法的特色,对我们特别富有启示意义。

在我看来,在分析典型形象时,如果强调的是辩证唯物主义,而不是辩证唯物主义,那就有可能导致直观的、机械的唯物论,只看到典型性格特点的相似或相同,并且把这种相似或相同本质化,而不能把握此一典型与彼一典型的本质差别,或者把现象和本质混淆。而这似乎正是何其芳同志的理论的毛病。

例如,何其芳同志指出,阿Q这个典型的产生,"是现实主义的巨大胜利"。他的这一意见是对的。因为鲁迅虽然主观上想揭露所谓"国民性"的弱点,但因为实际上不存在这样的抽象的"国民性"的代表,所以他笔下的阿Q就不能不是一个在特定时代、特定环境、特定的阶级关系中生活着的特定阶级甚至特定阶层的人物。

可是,同时他又说:"阿Q精神在当时许多不同阶级的人物身上都可以见到,这却是事实,这却的确有生活上的根据。"他举例说:

"一八四一年,第一次鸦片战争中的广东战争失败后,清朝的将军奕山向英军卑屈求降,对清朝的皇帝却谎报打了胜仗,说'焚击痛剿,大挫其锋',说英人'穷蹙乞抚'(《中西纪事》卷六)。清朝的皇帝居然也就这样说:'该夷性等犬羊,不值与之计较。况既经惩创,已示兵威。现经城内居民纷纷递禀,又据奏称该夷免冠作礼,吁求转奏乞恩。朕谅汝等不得已之苦衷,准令通商。'(《筹办夷务始末》道光朝卷29)一八九八年出版的《劝学篇》,它的作者张之洞在最初的《自序》上说:'中国学术精微,纲常名教以及经世大法,无不毕具;但取西人制造之长补

---

① 《列宁全集》第14卷,第348页。

我不逮足矣;……其礼教政俗已不免于夷狄之陋,学术义理之微则非彼所能梦见者矣'。"①

何其芳同志认为:"这就是清朝的皇帝和大臣们的精神胜利法。"②认为这就是共同历史背景中的共同精神状态:"阿Q精神"。

对这些材料应作具体的分析。

首先,这些事例说明:在十九世纪中叶以后,在资本主义发展到帝国主义的时代,被侵略的封建中国,再也不能闭关自守了。

其次,这些事例说明:在帝国主义的洋枪、洋炮、鸦片、商品,也即军事的和经济的侵略面前,封建统治者更加暴露了他们的昏聩、腐败和无能。

何其芳同志认为,奕山诳报胜绩是"精神胜利法"。但我觉得说他是降敌卖国,引狼入室,依靠帝国主义而保护自己的既得利益,似乎更为确切。贪生怕死和投降,这正是他们的阶级本性的表现。鲁迅笔下的阿Q,即使只从"精神状态"上来说,也概括不了这些。

何其芳同志认为皇帝对奕山的诳报信以为真,"准令通商",也是"精神胜利法"。但若说这是一个封建皇帝的昏聩无能的真实写照,则似乎更为妥当。鲁迅笔下的阿Q,是由于受到残酷的阶级剥削阶级压迫(而且这剥削和压迫的最高代表者正是皇帝)而愚昧、麻木了,他的精神状态和皇帝是全然两样的。

何其芳同志认为张之洞的那些话,也是"精神胜利法"。但我认为,不如说他是在资本主义的威胁面前,企图维护封建统治阶级的"学术义理"、"纲常名教"、"经世大法"的正统,则似乎更为科学。阿Q的精神怎能和张之洞的"学术义理"、"纲常名教"、"经世大法"的正统思想同日而语呢?

总之,就何其芳同志所举事例来说,它们所证明的恰恰不是什么精神状态的"相同",而正是不同。

---

①② 《论阿Q》,《文学艺术的春天》第6页。

"皇宫中的人所想的,与茅屋中的人所想的不同。"这是费尔巴哈说过的话,恩格斯认为这是一个深刻的命题。可是,恩格斯同时又指出,费尔巴哈完全不善于利用这样的命题,因为他不能把这样的命题提到政治高度来分析:"政治对于费尔巴哈是个不可达到的领域,而'关于社会的科学、即社会学,对于他来说,是个 terra incognita(意即不可知的国度)'。"①

何其芳同志把活生生的阿 Q 弄成了抽象精神的代表,或者说,从精神上把土谷祠里的阿 Q 和紫禁城中的皇帝扯到了一起,这怎能令人信服呢?在这里,我觉得恩格斯对费尔巴哈的批评,对我们有极大教益。无论如何,在研究文学的典型时,政治对于我们不应该是"不可知的国度"。

这样说来,是不是否认不同阶级的人可能有某种相似的性格特点或心理状态呢?不。问题是在于:不应该把性格特点和心理状态抽象化,不应该把抽象的性格特点和心理状态视为本质,纵然它们有共同的历史背景。

自欺自慰作为一种心理状态、情感特点或者行为方式,如何其芳同志所指出的,在不同阶级的某些人身上都可能存在或发生。但是,这和鲁迅所批判过的"喜怒哀乐,人之情也"难道不是一个道理吗?喜怒哀乐作为一种情感方式,各阶级的人当然都可以有,可是我们总不能把这些抽象的情感方式作为文学典型超阶级的共性本质吧!

何其芳同志不承认有什么普遍人性,也不认为阿 Q 精神是人性,只认为它"是在不同时代不同阶级的某些人身上都可以见到的现象",并且即使这"现象",也"都是有阶级性的,并不是超阶级的"②。可是,这样一来,不就正好否定了自己要把抽象的性格特点引进典型共性的结论吗?

---

① 《马克思恩格斯文选》第 2 卷,第 379 页。
② 《文学艺术的春天》序,第 16 页。

这就是何其芳同志把"整个人物和他性格上的某种特点"①分裂开的结果。他提出的那种"从阶级性来划分"和"从阿Q精神……来划分"②的二分法,不能不使他陷入两难。因为事实上分析典型形象是不能把"整个人物"和他的"性格特点"分裂开的,事实上是不能把人物的"阶级性"和人物的"精神"分裂开的。当我们说某个典型时,难道能抽去他的性格吗?一个和自己的性格游离了的"典型"又还有什么生命呢?反之,一个被抽去了阶级内容的"性格"又还有什么意义呢?再说,难道真有什么具体典型的精神状态之中不渗透着阶级性吗?

何其芳同志力图解释清楚典型形象的"复杂性",但因为他没有始终一贯地、正确地坚持阶级观点和阶级分析,所以他就使问题本身比它原来更复杂了。比如,像我们前已引述的他提的那个问题,虽然他援引了恩格斯的论点,可是他实际上又不能解决那个问题,因为那个问题本身就是二律背反的:既承认剥削阶级的阿Q精神和落后的劳动人民中间的阿Q精神本质不同,又要找出它们的真正相同,这当然不可能。这证明什么呢?这证明,即使是所谓共同历史背景中的"共同性",也不能不以阶级观点和阶级分析的方法去研究,更不用说不同历史背景中的"共同性"。

三 怎样理解事物的界限的"假定"性

为了证明自己的观点,何其芳同志在援引恩格斯的著作之外,又援引了列宁的《哲学笔记》。如果说他在援引恩格斯的论点时,并没有也不能真正回答他自己提出的命题,那么,在援引列宁著作时,他的回答就十分明确了。

何其芳同志写道:"列宁在《黑格尔〈哲学史讲演录〉一书摘要》

---

① 《文学艺术的春天》序,第16—17页。
② 《文学艺术的春天》序,第10页。

中说:'人的思想由现象到本质,由所谓初级的本质到二级的本质,这样不断地加深下去,以至于无穷。'他接着又说:'就本来的意义说,辩证法就是研究对象的本质自身中的矛盾:不但现象是短暂的、运动的、流逝的、只是被假定的界限所划分的,而且事物的本质也是如此。'"①接着,何其芳同志自己说:"按照马克思列宁主义的这种观点,人对事物的本质的认识是不断深化的,事物的本质除了最本质的本质而外,并非不能说其他带本质性质的东西也是一种本质;而且事物的本质也'只是被假定的界限所划分的'。那么我们就可以说:从阶级性来划分,剥削阶级的阿Q精神和落后人民中间的阿Q精神的差异是本质上的不同,而且在阶级社会里,阶级性的差异是最本质的差异;但如果从阿Q精神这一点来划分,它们的相同又并非假象,仍然有它们真正相同之处,即也是一种带有一定的本质意义的相同。"②

显然,全部困难的解决,就是列宁说的事物的界限只是"假定"的。

先说认识。不错,一切事物都是发展的,变化的,因而人对事物的认识也是无止境的。但是,恐怕不能由此引申出这样的看法:连《阿Q正传》里的阿Q也失去了他的确定性。

在阶级社会里,人的本质是人的阶级性。何其芳同志认为以这个根本观点来看典型的本质是简单化,不够深,而他则把典型的社会本质扩大到阶级性以外去,这到底是不是越来越"深"了呢?

现在在典型的本质问题上,主张典型的"共性"也即本质超越(他们曰"大于"或"不等于")阶级性的同志对持阶级论的同志,很不同意,理由就是说这些同志和这种理论"简单化"。果真如此?我看未必。这里存在着原则性分歧,就是:一方坚持具体的阶级分析,认定典型的本质只能是阶级性;另一方则把具体典型的性格特

---

① 《哲学笔记》,人民出版社1962年版,第278页。
② 《文学艺术的春天》序,第9—10页。

点和某种精神状态抽象化,类型化,因而认为典型的本质不只是阶级性。这才是问题的实质。

那么,我们是不是否认生活和典型的复杂性呢? 不。

社会生活诚然纷繁,典型形象诚然复杂。但正因此,马克思主义才教导我们:"在充满着各种矛盾的迷离混沌的阶级社会中,只有牢牢地把握阶级划分的事实作基本指导线索,才能找出规律性来。"①

阶级社会中人的本质是一定阶级的阶级性,这是数千年阶级斗争的历史所证明了的真理。这个真理虽然如此"简单",但确确实实是真理。而且,什么时候阶级不消灭,人们之间的阶级界限不消灭,这个真理就仍然不能为别的理论所动摇。如果谁运用阶级观点和阶级分析的方法而"不能解决"问题,那原因恐怕不在于这个观点和这个方法本身,而在于自己的主观思想没有真实、正确地反映客观实际情况。

以阿Q而论,当何其芳同志运用阶级观点和阶级分析的方法来判断时,他局部地得出了正确的结论。可是,由于何其芳同志觉得这还"不够",又往前跨了一步,于是,在他那里,一个阿Q也就变成了两个阿Q:一个是特定的、具体的、阶级的、活生生的典型形象;另一个却是空洞的、抽象的、超阶级超时代的"阿Q精神"的代表。

不错,任何事物都是矛盾统一的,典型形象也不例外。然而一个人或一个文学典型,是不是因为他思想上和性格上存在着矛盾就失去了他的阶级性呢? 当何其芳同志把阿Q性格的各方面并列出来时,究竟认为矛盾的哪一方面是主要的,哪一方面是他性格的质的规定呢? 是他的"被压迫被剥削"、"反抗和革命的要求"呢? 还是"保守性和落后性"呢? 是"封建统治阶级的思想影响"呢? 还是"流氓习气"抑或不同时代不同阶级的"阿Q精神"呢?

---

① 《马克思主义经典作家论历史科学》,人民出版社1962年版,第158—170页,《阶级分析的方法》,此处引的是一个标题。

是的，马克思主义辩证法不仅不排斥事物的相对性，而且要正确地反映客观事物的相对性。但马克思主义所理解的相对性并不排斥事物的绝对性。从历史的无限序列来说，没有任何事物是永恒不变的，阶级和阶级社会亦然，但在阶级和阶级社会消灭之前，阶级之间的界限却是客观事实。

在这样一个重要而具体的问题上，何其芳同志却一般地强调界限的假定性，这实在是对列宁思想的片面理解。

列宁在读黑格尔《逻辑学》时，写过这样的摘要：

"《界限（是）（某物的）简单的否定或最初的否定》（任何某物都有自己的界限），……"①

不能设想，事物的界限如果是像何其芳同志理解的那样，没有真实性，人们又将如何认识各种事物呢？

然而这似乎正是何其芳同志理论错误的最深刻的原因。他之所以模糊了阿Q这个典型的阶级性，正是由于他模糊了阿Q和赵太爷、把总甚至皇帝之间的阶级界限。他之所以模糊了阿Q的精神状态的阶级性，正是由于他模糊了现象和本质之间的界限。因而统治阶级的精神胜利和阿Q的精神胜利在他那里，就成了"并非假象"，而是"真正相同"，"本质……相同"。而他之所以得出这个结论，又是由于他片面地把界限假定化之后，用了一个"从阿Q精神这一点来划分"的方法。我们说，"从阶级性来划分"是正确的，"从阿Q精神这一点来划分"是不正确的。前一种划分是本质性的分析，后一种划分则是从现象上分类。扬弃本质的现象正是假象，扬弃实质的精神正是抽象精神。在这种情况下谈"本质相同"是无根据的。

---

① 《哲学笔记》，人民出版社1962年版，第111页，重点原有。第105—118页都可参看。

下面是《阿Q正传》提供的一个最简单然而也最雄辩的事实：

赵太爷家被抢了。阿Q作了替罪羊。"举人老爷主张第一要追赃，把总主张第一要示众"。因为，如把总说的："惩一儆百！你看，我做革命党还不上二十天，抢案就是十几件，全不破案，我的面子在哪里？……"

要"面子"不要"赃"，这可以说是要"精神胜利"不要"物质还家"，至于捏造口供让阿Q画圆圈，当然也可以说是"自欺欺人"，总之，这位把总可以说有充分的"阿Q精神"。可是，也正是他代表他的阶级，杀了也有"阿Q精神"的阿Q！而在这一刀上，也就见出了他的精神的真正本质，这就是：惩一儆百，永保剥削阶级的财产。为了他的阶级的利益，他的精神面貌多么残暴！想一想阿Q觉悟到要"革这伙妈妈的命"，"要投降革命党"，"飘飘然起来"，而其实只不过唱了唱"我手执钢鞭将你打"，比较一下他的"精神状态"和那位把总的"精神状态"，想一想他的命运的结局，这深刻的历史悲剧该叫人多么痛心呵！两种精神状态的差别和界限是多么深刻多么鲜明呵！

鲁迅自己说过，他写《阿Q正传》是越写越严肃。而我们可以想象，当阿Q在他的笔下被拉向刑场时，这位伟大革命艺术家的内心是曾经惊涛骇浪般激动过的。

《阿Q正传》问世之后不久，有人曾怀疑"像阿Q那样的一个人，终于要做起革命党来，……在人格上似乎是两个"。可是鲁迅却说："中国倘不革命，阿Q便不做，既然革命，就会做的。我的阿Q的命运，也只能如此，人格也恐怕并不是两个。"[①]我们也可以说，中国工农倘不革命，赵太爷、团把总之类的人便不反对，既然革命，就会反对，虽然他们也有"阿Q精神"。历史证实了这一点，现实还在证实这一点。阶级界限在这里是极为真实的。抽象的超阶级的"阿Q精神"是不存在的，当然也就不应该把它引进典型共性的本

[①] 《鲁迅选集》第2卷，中国青年出版社1957年版，第159—160页。

质结论。

马克思说:"一个无对象的本质是一个非本质。"①

列宁说:"某物?——就是说,不是他物。一般存在?——就是说,是这样的非规定性,以致存在=非存在。……"②

毛主席说:"只有具体的人性,没有抽象的人性。在阶级社会里就是只有带着阶级性的人性,而没有什么超阶级的人性。"③

根据马克思、列宁和毛主席的这些教导,我想我们可以说,何其芳同志以及像何其芳同志那样把抽象的"阿Q精神"等等性格特点"共性"化、"本质"化的同志,他们所说的"精神"和"特点"的"本质"是无对象的,因而也就是非本质。他们把具体事物一般化,使它失去了规定性,因而这种存在就等于非存在。

四 关于典型化

何其芳同志所以不赞成把典型的共性视为阶级性,是因为他还考虑到我们当前的文学创作。他说:

"在实际的生活中,在文学的现象中,人物的性格和阶级性之间都并不能划一个数学上的全等号。……如果典型性完全等于阶级性,那么从每个阶级就只能写出一种典型人物,而且在阶级消灭以后,就再也写不出典型人物了。这样,文学艺术在创造人物性格方面的用武之地就异常狭小了。"④

我想,现在,我们用不着操心阶级消灭以后的事,我们的后代会解决他们遇到的问题。

---

① 《经济学—哲学手稿》,人民出版社1963年版,第133页。重点原有。
② 《哲学笔记》,人民出版社1962年版,第112页。重点原有。
③ 《毛泽东选集》第3卷,第871页。
④ 《论阿Q》,《文学艺术的春天》,第9—10页。

从现在的情况出发,让我们先看看何其芳同志关于典型和典型化的标准。

何其芳同志列举了文学史上的著名典型如阿Q、诸葛亮和堂·吉诃德等等之后,说:

> "他们之成为不朽的典型人物并不仅仅由于他们有阶级、阶层或职业的共性。这一类典型有这样一个标志:他们性格上的最突出的特点常常有很深刻的思想意义,这种思想意义可以用一句话或一个短语来概括。"①

他又这样说过:

> "主观主义当然不仅仅是一个阶级的现象,因而堂·吉诃德这个典型的意义就不因时代和地域的差异而丧失。阿Q也是这样。……阿Q的最突出的特点……在许多不同阶级不同时代的人物身上都可以见到。"②

何其芳同志在他的两篇文章中,实际上提出了这样的问题,即:典型性和阶级性的关系,以及典型形象的标准,并且在事实上他自己也做了回答。

据我的理解,对何其芳同志的意思似乎可以作这样的概括,即:

阶级性的某一方面的共性,加上超阶级(不同阶级)超时代(不同时代)的某种性格特点的共性,达到一句话、一个短语或一个共名,就是典型形象的最高标准。

我对何其芳同志的观点和标准颇为怀疑。

自然,典型化作为艺术实践中的一个问题是极复杂的,但何其

---

① 《文学艺术的春天》序,第21页。
② 《论阿Q》,《文学艺术的春天》,第10—11页。

芳同志提出的是实践之前必须解决的认识和出发点问题,所以不能不加以讨论。

首先,如本文前三节所阐明的,并不存在什么抽象的超阶级、超时代的性格"共性"。因此,我认为,我们的作家在创作时,自然就不必也不能朝这方面奋斗,不必也不该把表现这样一种"共性"作为自己塑造典型形象的一个目标。因为,如果这样做,那就不会使我们文学中的典型越来越丰富,而将是越来越贫乏。这样一来,我们的文学就将丧失自己的党性。

这样说是不是否认了历史事实呢?文学史上的确有那么些典型人物,如何其芳同志举出的,他们的名字确实成了一个专用名词,他们的某种性格特点确实成了一个短语或一句话呀。是的,我们不否认这些事实。但是,承认了有些典型人物在生活中造成了一句话或一个短语,是否就是同意了何其芳同志的意见呢?当然不是。

分歧的关键是:何其芳同志把典型形象的客观作用(特别是由于性格的某一特点而成为一个短语的这种作用)不分时代、不分阶级地共性化、本质化了,而我则认为典型形象的阶级本质和客观作用之间有时是矛盾的,有时是一致的,有的是转义借用,有的则是确有内在的也即本质的联系。这要对具体情况进行具体分析,比如我们前此说过的,把总的"阿Q精神"和阿Q自己的精神,究竟有什么本质共同之点呢?那么,我们为什么要说把总有"阿Q精神",甚至有时还说一个帝国主义的首脑也有"阿Q精神"呢?是不是鲁迅的现实主义神乎其神,在一九二一年写《阿Q正传》时就先验地要来概括今天的肯尼迪、约翰逊之流呢?这当然是违犯艺术反映生活的规律的、不可思议的事情。事实是鲁迅通过他的独特的人物丰富了我们对貌似的现象的认识,启发了我们的联想,可是我们要真正把握现象的本质,却必须来一个认识上的飞跃,从现象深入到本质。这里,典型的阶级本质和客观作用之间的矛盾不是很明显吗?从这个意义上说,典型形象在生活中的作用,一般并不是研究典型性高低的一个根据。难道能因为在我国今天的社会中,几乎再没有像欧里庇得斯笔下的美狄亚那样的性格,美狄亚就不成为典型或典型性就不高了吗?自然不能。可以设想,在未来的共产主义社会的高级阶段,人们的道德水平之高大约会达到连自欺欺人的现象也不会有,可是,难道能因此而说鲁迅笔下的阿Q不是特定时代的典型或典型性就低了吗?自然不能。那么,什么情况下典型的阶级本质和客观作用又是一致的呢?让我们先举一个最近的例子:生活中和艺术中的雷锋形象,作为我们时代的一个典型,他也获得了"雷锋精神"这个短语,或者有时我们就径直称具有共产主义风格的人为"雷锋",因而"雷锋"也可以说是共产主义精神的共名。在这种情况下,雷锋这个形象在现实中的作用和他的阶级本质之间就是一致的。被搬上舞台的雷锋形象,他在现实生活中的作用,自然就是我们考察他是不是典型化了,或者典型化到何种程度的重要依据之一。古典文学中的某些典型形象在当代的客观作用,有没有和他的阶级本质相一致的呢?有的。这也要具体分析。例如剥削阶级的悭吝、残暴或奢侈的典型形象之与今天的剥削阶级,以及被剥削阶级的反抗、斗争的典型形象之与今天的正在革命和正在斗争的阶级,就有某种本质性的联系。但这仍然是阶级性的联系,不是抽象共性的联系,而且即使如此,由于历史条件不同,他们之间还是有差别的。对于古典作品中的典型来说,他在当代生活中的作用大小或好坏,一般并不是判断他们的典型性高低的"不可缺少"的标准。例如,约翰·克利斯朵夫和于连对我们今天的青年并没有什么积极影响,然而并不能因此说他们不是特定时代、特定阶级的典型或典型性不高。

　　每一个典型形象都是特定时代和特定阶级的典型。当那些古典作家们塑造典型形象时,他们所关心的只是自己的时代和典型形象在自己时代的作用,所追求的只是反映自己时代的某些方面的本质,而并不(也不可能)关心他的作品在他不可预知的将来的作用,并不(也不可能)关心他的典型是否能够反映遥远的将来的某种本质,而且他塑造的典型也总是特定的"这一个",而不是什么抽象共性的代表。法国古典主义者在理论上是主张写类型的,但他们的类型并没有也不可能超越阶级性,仍然不能不打上鲜明的、深刻的时代和阶级的印记。

指导我们思想的理论基础是马克思列宁主义。我们知道历史将走向何处。我们的理想和现实在越来越深刻地统一着。因此,旧的塑造典型的艺术方法对我们已经不够了,我们提倡并且正实践着革命现实主义和革命浪漫主义相结合的艺术方法。我们要在我们的正面的、英雄的典型形象身上描绘出我们的理想,展示出我们明天的现实,然而这决不意味着我们将使典型形象丧失他的特定的时代性(环境)和阶级性以及性格的具体性(也即个别性)。

典型形象的高度概括性正是和他的这种特定性完美统一着的,没有这种特定性也就没有概括性,也就没有典型形象。这一点倒是古今中外文学史上的一条规律。我以为我们的作家可以这样来理解并进行实践,而不必考虑自己的人物是否概括了什么全人类的某个"性格特点",也不必担心另一个时代的后人将怎样评价自己的典型。只要我们塑造的人物有过硬的生活根据,并且在艺术描写上确实达到了"比普通的实际生活更高,更强烈,更有集中性,更典型,更理想,因此就更带普遍性"①,那么,历史是会正确地作出判断的。

那么,我们是不是在典型性和阶级性的关系之间划等号呢?

在回答"是"与"否"之前,让我们先举些我国当代文学中的例子。

仅就我读过的作品而论,我以为朱老忠、杨子荣、许云峰、华子良、江姐这些人物,虽然艺术成就不尽相同,但都可以称为典型形象。

这些典型的共性和他们的阶级性的关系是怎样的呢?

就杨子荣、许云峰、华子良、江姐这些人物来看,我认为说他们相当深刻、相当充分地体现了无产阶级的阶级性,并无不可。

---

① 《毛泽东选集》第3卷,第863页。

就朱老忠来说,他充分地体现了农民阶级的革命性,他身上几乎没有什么保守性落后性,按何其芳等同志的观点,也可以说他的革命性"不等于"农民的全部阶级性。

但是,我认为,在理解典型的共性和阶级性的关系时,强调"等于"或"不等于"、"大于"或"小于"是不关紧要的,重要的是在于作家是以阶级论还是以人性论来理解生活、塑造形象。而在这一点上,我们认为只应坚持阶级论。至于一个作家塑造的典型是反映了某个阶级的全部或某一方面的本质,那是由作品的主题和作家的能力所决定的,不能强求一律。重要的是认定:所谓典型的共性,就是一定阶级的某种本质。

在理论上提典型的本质是阶级性,是不是就会导致概念图解或使得一个阶级只有一种典型呢?的确有些过于简单化的理论,对创作有过不利的影响,但恐怕这并不是全部问题所在,作家的生活、艺术和思想修养恐怕也是重要的方面。有的人甚至觉得在艺术理论中谈哲学或政治学都不是味儿,仿佛革命的文学艺术和革命的哲学与政治有矛盾。然而事实是:认真地、深入地学习马克思主义、毛泽东思想和党的政策,正是许多作家在创作上取得较高成就的重要前提之一。我们知道,毛主席的著作曾多么有力地指导了《红岩》的作者们呵!反之我们也看到,有些同志却因为政治思想走了弯路,或因受了某些超阶级理论的不良影响,而倒是真的写出了不健康的作品。在这种情况下当然也就谈不上创造典型形象了。

总之,我认为,阶级观点和阶级性,并不是谁强加于文学的,而是文学的本性和本质。它对我们的文学艺术是必不可少的,极为重要的。问题是在于我们要真正深刻地理解它,真正艺术地把握它。我们正是要在党性的旗帜下,来塑造我们时代的英雄人物的典型和其他各种各样的典型。至于阶级性会不会使我们的典型一律化,我们上面举的那些形象就已经在事实上作了证明。需要补充的是,他们倒是用一句话概括不了,然而确实是典型,有自己独特的性格。而且我们认为,我们伟大壮丽的现实生活,为我国作家塑造丰富多彩的典型形象,提供了最广阔的天地,作家的任务在于全心全意地深入工农兵的战斗生活,积极认真地学习毛主席著作,坚定不移地执行毛泽东文艺路线,改造思想,改造世界观,并在艺术上进行艰苦的实践。

一九六四年六月　人民大学

反动腐朽的精神不是时代精神

关于我们时代的特点和我们时代的精神,在党的许多文献中已有过明确论证①,即,我们的时代是帝国主义和无产阶级革命的时代,是社会主义、共产主义胜利的时代。因此,社会主义、共产主义理想就成了我们这个时代具有世界意义的理想,就成了推动我们这个时代向前发展的最根本的精神力量,或曰:时代精神。

基于这种理解,我们才说:"共产主义理想应当是我们文艺创作的灵魂。"②

但是,金为民、李云初同志却说:"也有腐朽、反动、停滞、落后的时代精神。"理由是:"思想意识领域里'谁战胜谁'的问题,尚未最后解决。"据此,他们又认为:提倡在当代英雄典型身上表现"无产阶级彻底革命精神",就是故意"拔高"英雄,就是使英雄失去了与亿万人民"所共有的精神状态或广泛存在的精神联系",就是抹煞了英雄的"不可避免的时代的局限性",归结起来就是"反历史主义"或替"反历史主义倾向开辟道路"③。

这样,在时代精神和英雄典型要不要表现无产阶级彻底革命性这个极为重要的问题上,我们同金为民、李云初就发生了原则性

---

① 如毛泽东同志《论帝国主义和一切反动派都是纸老虎》及《列宁主义万岁》等。
② 周扬:《我国社会主义文学艺术的道路》。
③ 所引金、李文字均见《光明日报》1964年7月7日《关于时代精神的几点疑问》,下同。

分歧。

分歧的焦点是："腐朽、反动、停滞、落后"的精神,到底是不是时代精神。

他们说:是。

我们说:否。

金为民、李云初同志说到"历史",这引起我们很大兴趣。为了弄清这个极有现实意义的问题,我们也不得不稍稍谈谈历史。

原始社会的主要矛盾,是人类与自然界的矛盾。人类为了生存发展,必须与自然暴力进行斗争。在这个斗争过程中,人类虽然不能科学地认识自然规律,其想象和幻想力却得到了发展。因而人类在极艰苦的条件下创造物质财富的同时,也以自己的想象和幻想力创造了最早的精神财富,神话故事即其中之一种。通过神话故事,人类寄托了自己改造自然、征服自然、开拓自己的生活天地的理想和愿望。正如马克思所说："任何神话都在想象里并借助想象以征服自然力,支配自然力"①。因此,这些故事虽然是对现实的幻想的而不是科学的反映,却作为一种幻想的精神力量而推动了当时的社会发展,表现了当时的时代精神。这就是他们的理想主义、浪漫主义和英雄主义,就是他们不甘作自然奴隶的创世精神。中国神话中开天辟地的盘古,炼石补天的女娲,将十个太阳射掉九个的羿,为治洪水三过家门而不入的禹,以及希腊神话中天庭盗火的普罗米修斯等,都是原始社会也即神话时代的英雄典型,都是当时时代精神的代表者。

在奴隶社会,奴隶主作为统治者阶级,是惧怕变革、不要发展,只要保持自己"永恒"统治的。他们的腐朽性、反动性和对奴隶阶级统治的残暴性,那真是极其丑恶并令人发指的。社会的发展已经不能依靠他们,广大奴隶阶级要在政治上得到解放,要把社会推向前进,就不能不推翻奴隶主阶级。因此,斯巴达克在马克思看来就

---

① 《马克思恩格斯论艺术》(一)1960年版195页;《毛泽东论文艺》1958年版3页。

成了"古代史中最辉煌的人物","古代无产阶级的真正的代表",而他之所以成为"一位伟大的将军",乃是因为他有"高贵的品格"①,这就是揭竿而起反对奴隶主的革命精神。我们也看到,当普罗米修斯这个神话形象成为奴隶制时代的一个反抗暴君的悲剧英雄时,他也得到了马克思"哲学历书上最高贵的圣者兼殉教者"的崇高赞扬。特别值得注意的是,当马克思给这位伟大英雄以崇高的评价时,他同时却把一个反动的德国新闻记者卡尔·享利希和神使赫尔麦斯作了类比,从而表达了他自己的坚定的革命信念。由此可见,奴隶制时代的时代精神,不是别的,正是奴隶阶级对奴隶主阶级的革命精神。

毛主席说:"封建社会的主要矛盾,是农民阶级和地主阶级的矛盾。""在这样的社会中,只有农民和手工业工人是创造财富和创造文化的基本的阶级。"他又说:在封建社会里,只有"农民的阶级斗争、农民的起义和农民的战争,才是历史发展的真正动力。因为每一次较大的农民起义和农民战争的结果,都打击了当时的封建统治,因而也就多少推动了社会生产力的发展"②。因此,毛主席肯定了陈胜、吴广、宋江、方腊、李自成等人物的历史作用。而由此我们也就可以说:封建时代的时代精神不是别的,正是以广大农民阶级和手工业工人为代表的反封建的革命精神。

正因为封建统治阶级在代替奴隶主,或者说由奴隶主转变成封建主之后,日益暴露并发展了自己的奢惰和残暴,寄生和腐朽,因而它就被新兴的资产阶级代替了。这在欧洲历史上表现得最为典型。所谓文艺复兴时代,就正是资产阶级上升的、革命的时代。所以人文主义,也正是当时的时代精神。由于但丁的《神曲》充满强烈的反封建精神,恩格斯才说他是"一位伟大的人物"③。哈姆雷特、奥赛罗、罗密欧和朱丽叶,就正是"资本陛下……还没有登基……还没

---

① 《马克思恩格斯论艺术》(二)1962年版150页。
② 《毛泽东选集》第二卷1952年版619页。
③ 《马克思恩格斯论艺术》(二)1962年版109页。

有加冕"(马雅可夫斯基《列宁》)时的正面典型,就正是当时时代精神的代表者。莎士比亚笔下的人物和故事,不管取自何处,实际上正如恩格斯所说,反映的却是"快乐的英国"和"快乐英国的黄金时代"①。

然而,虽然"资本主义在年轻的时候还不错,是一个挺能干的小伙子","开过革命之花","还随声附和地唱过《马赛曲》",可是它的本性和本质,它的生产的社会性和占有的私人性这一自身不可克服的矛盾,却终于使它"得了水臌病,动也不能动。……躺在通往未来世界的大路上",成了历史的障碍(引文见马雅可夫斯基《列宁》)。正因此,经典作家虽对资产阶级在历史上的革命作用作了充分肯定,对于它的未来却判了死刑,认为只有无产阶级才是它的掘墓人,只有无产阶级才是新世界的主人。也因此,恩格斯虽然推崇但丁,但并不将但丁的理想加诸无产阶级。他在一八九三年写道:"新的历史时代正在到来。意大利会不会给我们一个新的但丁把这无产阶级新时代的诞生描绘出来呢?"②这就是革命导师对无产阶级革命艺术家的召唤。时代变了,时代精神变了,他要求革命艺术家表现新的时代和新的时代精神。这样的艺术家应运而生了,这就是鲍狄埃、高尔基和马雅可夫斯基。马雅可夫斯基在指出资本主义"躺在通向未来的历史大路上"时,说:"我们没有办法绕过他前进,唯一的出路——炸掉他!"

"炸掉它!"炸掉资产阶级及其资本主义制度,建设一个没有阶级、没有剥削的共产主义新世界,这就是自从《共产党宣言》发表以来,也就是无产阶级自觉地登上历史舞台以来,具有全世界意义的最根本的时代精神,这精神就是无产阶级的革命性。

这些历史事实雄辩地证明:腐朽、反动、停滞、落后的精神,从来都不是时代精神,真正的时代精神只能是在一定时代,以一定革命

---

① 《风景画》(《戏剧理论译文集》第八辑一页)。
② 《马克思恩格斯论艺术》(二)1962年版109页。

阶级为代表的符合历史规律、推动社会前进的学说、理想和世界观，只能是那些进步的、革命的精神。

我们中国人常说"正气"和"邪气"，"朝气"和"暮气"，又说"风气"。换言之，我们所说的时代精神，也就是一个时代的正气和朝气，是一个时代的生气和生命力，是这些正气、朝气和生气汇合而成一种欣欣向荣的风气，而不是什么歪风和邪气，暮气和死气。

"进步的"和"革命的"是有程度的和质的区别的，然而进步的却是在大的方向上符合时代总趋势的，或者说在客观上是有利于革命的。批判现实主义作品之所以有它的精华，就因为它对资产阶级和资本主义有批判的一面，就因为它多少动摇了人们对资产阶级和资本主义的幻想；林黛玉之所以也基本上反映着封建时代的时代精神，就因为她在婚姻和自由问题上反抗封建礼教；果戈理、谢德林、冈察洛夫和契诃夫的作品之所以符合时代精神，就因为他们以革命民主主义的所谓"人民性"观点，批判了俄国农奴制度，对人民群众表示了同情。作家的同情和倾向不在于他写了什么，而在于他怎样写。这也是为历史所证明了的。正因此，毛主席才教导我们："无产阶级对于过去时代的文学艺术作品，也必须首先检查它们对待人民的态度如何，在历史上有无进步意义，而分别采取不同态度。"[①]

正面的、先进的典型的确是直接体现时代精神的，但并不是"只有"正面的、先进的典型才体现时代精神，还有反面典型从作者对他的批判态度中体现出来的时代精神，也可以说是"间接地体现"。这样，金为民、李云初同志问什么"时代的典型可以不表现时代的精神，不表现时代精神也可以成为时代典型"，只不过是一种思辨的游戏，并不能证明"腐朽、反动、停滞、落后"也是时代精神。

由此可见，他们所说的"从历史上看"，并不是真正从历史的客观事实出发，而是从自己的主观臆想出发。如果依照他们所说的占支配地位的精神就是时代精神的公式，则社会主义以前的三种阶级

[①] 《毛泽东论文艺》第74页。

社会,就不可能也不会有先进的、革命的精神的地位、它们在文学中也就不会得到那么强烈的反映了。然而如上所述,事实恰恰相反。

如果依照他们所说,作品的时代精神就在于对占支配地位的矛盾方面给予鲜明、充分的反映,那么,原始社会的人们就应该正面地、大力地反映自然暴力,阶级社会的所有文学家就应该正面地、客观地、甚而还是欣赏地描写统治阶级的生活史和精神史。然而事实也恰恰相反。在文学史上真正有生命力的,被千百年的人民群众保留下来的遗产,恰恰是各个时代这样那样反抗、反对以及批判统治阶级的作品。

因此,我们要明确地说:腐朽反动的精神从来都不是时代精神,将来也不会是时代精神。我国社会主义文学必须在矛盾冲突中大力表现无产阶级的革命精神,因为这才是我们时代的时代精神。

一九六四年七月　人民大学

关于艺术创作中的形象思维问题

党和毛主席一再教导我们,在建设社会主义的过程中,要办好每一件事业,都必须认识它的规律。这一教导,自然包括繁荣和发展社会主义的文学艺术以及认识它的规律在内。

人在艺术创作过程中究竟怎样思维呢?这是一个艺术创作者如何认识现实和如何反映现实的问题,是一个属于艺术创作规律的问题。如何理解这一问题,不仅将直接间接影响到艺术创作者的艺术实践,而且将这样那样地影响到艺术评论者的艺术理论。就是说,如果使问题得到正确理解,从而加深和丰富了我们对艺术创作规律的认识,那么,它就会促进我国社会主义文学艺术的繁荣发展,相反,则会发生或大或小的不利影响。

读了郑季翘同志关于形象思维问题的文章之后,使我对艺术创作中的思维问题,发生了很大兴趣。翻阅了近年来的有关材料后,感到,我国文艺理论界,在对这个问题的看法上,的确认识不一,很有讨论的必要。因此,我也想把自己的一些不成熟的意见提出来,同大家商榷。

一 人类只有一种抽象思维的方式吗?

郑季翘同志否定形象思维。在他之前,也有同志发表过文章,认为不存在形象思维。他们否定形象思维,一方面因为一些肯定形象思维的人对形象思维还存在某些不确切的解释,一方面则因为他们本来就认为人类只有一种思维方式,即抽象的方式。因此,第一个需要探明的问题就是:形象思维是不是客观的存在?或者说,人类是不是只有一种抽象思维的方式?

毛主席说:"没有什么事物是不包含矛盾的,没有矛盾就没有世界。""世界上的每一差异中就已经包含矛盾,差异就是矛盾。""每一种……思想形式,都有它的特殊的矛盾和特殊的本质。"(《矛盾论》)

根据马克思主义的这个矛盾论原理,能说在思维的领域,就只存在一种思维方式(或曰形式),而不是同时存在着这一种思维方式和那一种思维方式的矛盾和差异吗?不能,因为这不符合事实。事实是,如毛主席所说,矛盾和差异,也存在于"思想现象"和"思想形式"之中。例如,难道能说一本小说同一部政治经济学的著作没有差别吗?难道能说一部交响乐谱同一篇历史论文(如《长征》交响乐同关于长征的历史研究)没有差别吗?难道能说一幅绘画能同一张生产的或人口的统计表没有差别吗?这里,无论小说还是历史论文,都是社会的思想形式,但恐怕没有人会说它们是完全一样的形式。因此,根据任何事物都具有可分性也即任何事物都是对立面的统一这一原理,根据思维形式和思维产品的同一性也即原因和结果的同一性这一原理,在思维的范围之内,并不是只有一种单纯的方式,像郑季翘同志所认为的那样,只有一种抽象的方式,而是同时也存在其他方式,至少还有人们称之为形象思维的这种为艺术创作所不可缺少的方式。

但郑季翘同志认为,他恰好是按照马克思主义的观点来否定形象思维的。我则认为,如果说马克思主义经典作家没有说过"形象思维"这个术语,这是对的;如果说马克思主义否认艺术创作中的思维有其不同于科学(我们特别指的是理论科学)研究中思维的特点,也即形象性,那是不正确的。

马克思在《政治经济学批判》导言里的下面这段话,曾有不同

译文,现按《马克思恩格斯全集》第十二卷抄录:

> 整体,当它在头脑中作为思维整体而出现时,是思维着的头脑的产物,这个头脑用它所专有的方式掌握世界,而这种方式是不同于对世界的艺术的、宗教的、实践—精神的掌握的。……(752页)

应该怎样理解经典作家这一段话呢?他是不是在说科学(在这里是政治经济学)、艺术、宗教、实践—精神,是几种不同的掌握世界的方式呢?当经典作家这样说时,他是不是也指思维方式(当然,所谓实践—精神的方式可以除外)呢?

有的同志不否认这是四种不同的掌握世界的方式,但同时又认为这些不同的方式同思维的方式无关,并不表现在思维方式的差异上。这种看法认为,马克思所说的"科学方式指的是从理性的要求认识世界",马克思所说的"宗教方式指的是从神的观点理解世界",马克思所说的"艺术方式指的是从美的角度观察世界",而实践—精神的方式则"指的是从实用的观点对待世界"。总之,不涉及思维方式。

这显然是不对的。

马克思在这里说的前三种方式,指的都是精神的方式,最后一种实践—精神的方式,则区别于纯精神方式而言①;但即使这种方式,也并不是同精神活动分裂的,而只不过是指在某种目的指导下的实践行动,如生产劳动。就前三种方式来说,它们虽然都是精神的,但却是不同的,这种不同正表现在思维方式的差别上。须注意,马克思在这里正是从"思维着的头脑"的意义上来谈掌握世界的方式的。思维的方式同实践—精神的方式之不一样,乃是不言自明的

---

① 按"实践—精神"一语中间的一横"—",是德文特有的一种语法形式,这一横等于汉语中的"和"与"兼"字,意即"实践兼精神",就是说,对世界的实践的掌握也不是纯实践而无精神内容的。

(正是在这篇《导言》里,马克思说过:"政治经济学不是工艺学。"),但正因此,所以才需要在思维的领域之内再加以比较具体地区分。而在思维领域,所谓的宗教方式并非指什么"神的观点"(世界上除了人的观点没有其他观点),而是指宗教唯心主义。宗教唯心主义的幻想和臆说,同科学的政治经济学是两种在性质上和方式上都截然不同的思维,这并不难理解。然而还不仅此。在马克思看来,即使真实地再现生活的艺术,它作为思维的产物在思维方式上,同科学(例如政治经济学)的思维方式也是大相径庭的。在《导言》一开头,马克思就指出,研究政治经济学,从政治经济学上来理解"在社会中进行生产的个人",不同于写《鲁滨逊漂流记》,不能运用"想象"和"虚构"的方法。这就是说,在马克思看来,"想象"和"虚构",是思维从艺术上把握现实时特有的方法,而政治经济学却是另一种方法,那就是"把直观和表象加工成概念"的抽象思维的方法。在马克思看来,英国古典政治经济学家亚当斯密和李嘉图的缺点在于,他们为唯心主义和形而上学的观点和方法所蔽,只把人看作孤立的个体,而不知道人的本质乃是一切社会关系的总和;他们的观点,虽然是抽象思维的产物,虽然是用概念的形式表达的,但又好像小说家笛福把鲁滨逊和礼拜五孤立于复杂的社会关系之外的荒岛上。这当然不意味着马克思认为《鲁滨逊漂流记》这一故事是无意义的。恰恰相反,马克思认为,《鲁滨逊漂流记》所体现的十八世纪的观念虽然好像"荒诞无稽",却"是可以理解的",因为它是"对于十六世纪以来就进行准备、而在十八世纪大踏步走向成熟的'市民社会'(也即资本主义社会——引者)的预感"。马克思认为,像鲁滨逊这个典型人物,反映了正在上升的资本主义的精神和幻想。它通过离奇的故事反映了一种新的历史现实,通过个别典型概括了一个新的阶级。这里,就正有艺术地把握现实的特点。但是,政治经济学家的任务却由个别上升到一般,把直观和表象加工成概念。因此,如果政治经济学家把个人看成"不是历史的结果,而是历史的起点",那就等于陷入了"鲁滨逊式故事的美学的错觉"。"式的"也者,就是说,只是形式上相仿,实质上还不如《鲁滨逊漂流记》能说明问题。因此,这样的一种观点,对于政治经济学这个科学部门来说,反而是一种"毫无想象力的虚构"。

马克思多么深刻地运用了辩证法,多么辩证地阐明了艺术同科学地把握现实,在思维方法上所存在的差异!

在《导言》里,显示着这个光辉的辩证法思想的,还不仅如此。

在《导言》里,马克思在阐明"人是最名符其实的〔社会动物〕"之后,又指出,蒲鲁东等人的错误在于:"用编造神话的办法,来对一种他不知道历史来源的经济关系的起源作历史哲学的说明,说什么这种观念对亚当或普罗米修斯已经是现成的,后来它就被付诸实行等等。"马克思认为:"再没有比这类想入非非的 Locus communis〔陈词滥调〕更加枯燥乏味的了。"

"想象"和"虚构",对于艺术创作者在创作中的思维来说,是必不可少的,对于科学如政治经济学家的思维来说,却可以变成枯燥乏味的陈词滥调和想入非非。这就是对问题的辩证法观点。这当然不是说想象同科学研究中的思维活动是完全对立的,但科学的想象也即假设、推想、预计等,一是一般的毕竟带有很大的抽象性(如数学的、电子学的或原子物理学的想象),二是它毕竟不能像写小说和编故事那样来构造所谓科学体系。而在艺术思维中,其运用想象和虚构的范围和限度却是很大的(不是无限的),不如此,它反而不能达到逼真性。在科学思维也即一般理论思维中,就字面的意义说,"虚构"自然是不允许的(科学幻想作品是同科学有联系而又有区别的艺术之一种,不能与此混为一谈),就是想象也是很有限度的,一旦过限,就可能导致谬误,从而使想象成为科学的对立面。这也是对问题的辩证观点。

也许有人会说,在上述的《导言》里,马克思提到鲁滨逊,只不过是一种比喻,并不是说艺术地同科学地把握世界在思维方法上有差异。这样的诘难是不能成立的。

是的,马克思确是在用比喻性的说法批判那些唯心的、形而上学的政治经济学家。但是,他拿它们相比,不正是因为它们不同而倒是因为它们相同?当他以政治经济学的"思维着的头脑"来同艺术和宗教的方法相比时,比的倒是一些与思维方法无关的事?事物正是在比较中才见出差别和特殊,这是一个容易理解的辩证法道理。

使上面的诘难还不能成立的是,恰在这篇《导言》里,马克思曾直接阐述过艺术思维的形象特点。他写道:

> 一切神话都是在想象中和通过想象以征服自然力,支配自然力,把自然力形象化;……希腊艺术的前提是希腊神话,也就是已经通过人民的幻想用一种不自觉的艺术方式加工过的自然和社会形式本身……(761页)

神话虽然是人类童年时代的一种艺术,虽然是一种"不自觉的艺术",但它在人的头脑里所经历的思维特点,也即它的形象特点,在今天,在所谓文明人的自觉的艺术创作中,却不是消失了而是继续着,不仅继续着而且发展着。"人体解剖对于猴体解剖是一把钥匙。低等动物身上表露的高等动物的征兆,反而只有在高等动物本身已被认识之后才能理解。"马克思在导言中如此有趣如此辩证地阐明这个道理,不仅适用于政治经济学的领域,也适用于思维领域。马克思所以能把神话创作中思维的特点归结为形象想象,正因为他理解了、肯定了人类艺术思维的高级形态。因此,他才指出,新的社会发展"排斥一切神话地对待自然(这里的"自然"指一切对象,包括社会在内——引者)的态度和一切把自然神化的态度;并因而要求艺术家具备一种与神话无关的幻想"。

艺术家要幻想;现代艺术家不能像古代人创作神话那样幻想。这就是马克思的十分辩证的思想。认为马克思说的艺术的方式指的是从"美的角度"观察世界,这样含糊地解释是不妥的。(在《导言》里,马克思是将艺术和美作为同义语使用的,他说过:"艺术对象创造出懂得艺术和能够欣赏美的大众。")世界上并没有什么"美的角度",按照马克思的意思,美不过是艺术的特点之一。就算"美"就是艺术,那么,艺术也只是一种"观察世界"的方式,而根本就谈不上"掌握"了。这里的问题在于:当人抱着艺术创作的目的去观察世界时,他能够不思维吗?他能够不按照艺术反映现实的规律思维吗?不能为了避免谈到艺术思维的特点,就把艺术的方式换成"美的角度",把思维说成"观察"。

郑季翘同志认为:艺术家"在进行创作活动时的思维,和一个工程师搞设计时的思维在本质上是没有任何差别的。"

当然,如果极抽象地说"思维"都是对于"存在"的反映和认识,如果说这就是思维的"本质",自然是可以的。但是,郑季翘同志的意思并非如此,从他的全篇文章看,他所谓的"没有任何差别"是包括方式或者就是指方法而言的。拿共同本质来抹杀具体差别,这是不正确的。

有的同志说:"人的思维,如果指的是正常人的正确的思维的话,它的根本特性和规律只有一个,而思维的内容却可以是各种各样的。就思维来讲,文艺的特性,正像别的事物也有特性一样,不表现在思维的方法而表现在思维的内容。"

当然,如果把思维领域的各种复杂的现象极度地抽象化,如果是在这个意义上说"它(们)的根本特性和规律只有一个",这是对的。但是,如果把思维的根本特性和规律拿来代替或者等同于具体的思维方法及其具体的运动特点,这是不正确的。

事实上,只要较深入地考察,就会发现,不仅存在着抽象的和形象的这样两种有共同点而又有不同点的思维方法,即使在这两种方法的内部,其具体差别也即其具体性,也是颇为明显的。举例来说,当一个人用数学的、力学的、物理学的、结构学的等等规律和概念思维着一座桥梁的建设时,那是同另一个人用资本和劳动、生产力和生产关系等等规律和概念进行政治经济学的思维有差别的,正像马克思说的:"政治经济学不是工艺学。"而"在艺术本身的领域内部的不同艺术种类的关系中",马克思也教导我们,要注意不同"艺术形式"的特殊性。他说:"一旦它们的特殊性被确定了,它们也就被解释明白了。"(《导言》)举例来说,写一部交响乐的思维活动难道同画一幅风景画或历史画的思维活动没有差别吗?矛盾和差异存在于一切事物中,任何事物都是可分的。就思维领域说,不仅其内容是可分的,方式也是可分的。我们当然不主张搞烦琐哲学,但也不同意简单化。总之,思维领域并不是"一"的王国,而是一与多的统一。认为从马克思那里看不出艺术同科学在思维中把握世界的差别,不符合事实;事实是,马克思正是在谈"政治经济学的方法"时,提出了存在着不同的思维方式这一思想。

我认为,马克思在谈到艺术,特别是语言艺术时,所用的"幻想"、"想象"、"虚构"、"真实再现"、"形象化"这些语词和概念,正说的就是艺术创作中思维的特点。这些词语和概念,在"形象思维"这个概念没有流行之前,我们一般人在谈到艺术创作的特点时也使用,即使现在,许多人也还在使用,还在把"艺术想象"和"形象思维"作为同等的概念在使用。

否认形象思维的同志都承认艺术想象或创造性想象,并且认为它们也是一种"意识活动","也可以算作是思维",却不认为这些说法和形象思维这种说法实际上是一回事。

我们无意把任何想象和幻想都提到思维的高度,都等同于艺术创作中的形象思维,但在特定的也即艺术创作的意义上,它们实在也就是一回事。只不过,从概念本身的形式上看,习惯的说法正因为习惯并且使用的范围很广,所以显得不那么严格,而"形象思维"这个概念却因为带有哲学色彩,显得科学些、严格些。

其实,许多哲学家和文学艺术理论家,向来是用"想象"或"艺术想象"(我国古代有人谓之"神思")这样的概念,来表示艺术创作中思维的特点的。和马克思的时代离得很近的黑格尔,在他的艺术哲学也即《美学》中,虽然也偶尔提到"形象思维"这样的说法(朱译待查),但贯穿全书(以第一卷为例)并辟专章来论述的,却正是"想象"。从他对想象的具体阐述来看,不是别的,正是艺术创作中思维的特点,因而也就是我们现在所说的形象思维(当然他的具体观点我们不一定同意)。经典作家不过是沿用了前人的说法,我们不过是又增加了一个新的说法。对概念的科学规定是绝对必要的,然而不管概念或术语暂时多么不统一,客观事实总不能不承认。事实是,如马克思所说,"想象力,这个十分强烈地促进人类发展的伟大天赋",很早的时候就"已经开始创造出了还不是用文字来记载的神话、传奇和传说的文学,并且给予了人类以强大的影响"[①]。所谓想象力,也就是形象思维的能力,同时正如我们前面说过的,它在人类后来的发展过程中,不是消失了,而是发展了。

然而郑季翘同志之否定形象思维,还因为"形象思维"这个提法同别林斯基有关,有的同志认为如果说从上述马克思的《导言》里能得出存在着形象思维的结论,那就是把唯物主义者的马克思变成了唯心主义者的别林斯基了。因此,也有必要加以澄清。

艺术是真理的直接观照,或者是在形象中的思想。

这是别林斯基在《艺术观念》(1841)[②]一文中给艺术所下的定义。按照这个定义,所谓"在形象中的思维"(Пыщление Вобраэах)不过是"真理的直接观照"的同语反复。这个定义,的确是从黑格尔那里演化来的,是唯心主义的。别林斯基所说的"思维",与我们现在所理解的形象的"思维"有一个根本区别,这就是,首先不是指人的头脑的思维(认识)活动,而是指先验的"绝对理念"或曰"宇宙精神",是指这样一种理念和精神(他又名之曰"真理")在万事万物("造物")中的蕴存和显现。他是在这样一种前提下才把"思维"和"人"联系起来。那就是,在他看来,人是绝对理念和宇宙精神的最

[①] 《马克思恩格斯论艺术》(二),第5页。
[②] 译文见1957年《哲学译丛》第二期,此处的定义与该文稍有不同。

高体现或曰直接体现,因而人的思维或者说人作为主体对于客体的思维,并不是我们所理解的是人对事物的认识,而是人作为绝对理念和宇宙精神的最高体现和直接体现者,对于这样一种理念和精神("真理")的直接观照。在别林斯基看来,人之所以有这种福分,就因为"人是被体现了的理性、思维的实体,这个称号使人同其他一切实体有所区别,使人像皇帝一样巍然挺立在一切造物之上"。在一八四一年的别林斯基看来,艺术并不是现实生活的反映和再现,而是人"以明显的感性方式来表现自己的概念领域,从象征开始,直到诗的形象为止","概念"(理念)就是"真理"。因此,"艺术的哲学定义就是真理的直观",换一个说法是"在形象中的思维(理念)"。"在形象中的思维",说得通俗些也就是思想(不是人的现实的思想,而是先验的理念)通过形象表现出来。

现在我们所理解的形象思维,这个按汉语的构词法形成的概念,同别林斯基的说法有沿袭关系,又有根本区别。别林斯基的概念的合理的因素,我们继承了,这就是他指出艺术的形象特征和通过形象表现思想这一特点。但是,别林斯基的概念是唯心主义的,即使他的合理因素也是被置于唯心主义的基础之上的,而我们则抛弃了他的唯心主义,并把他合理的因素奠定在唯物主义基础上。另外,关于"思维"这一概念,我们也同别林斯基的理解不同。在我们,所谓"思维",主要的是指人的头脑对现实世界的能动的反映也即认识活动。而别林斯基"艺术是真理的直接观照"这一说法,则被我们完全抛弃了。科学中某些术语的沿用,是常有的事,不能因为某些术语是唯心主义者提出的,就不能用或不可用,也不能因为它们原来是唯心主义的,我们再用也还是唯心主义的。

二　科学地理解形象思维

在形象思维问题上发生的争论,原因固然很多,但重要原因之一,则是因为对"形象思维"这一概念的理解,还不够科学。而所以对形象思维没有形成一个统一的概念,又是因为对形象思维这一客观事物的认识不全面、不深刻,甚至有误解。

在《实践论》里,毛主席教导我们:"概念这种东西已经不是事物的现象,不是事物的各个片面,不是它们的外部联系,而是抓着了事物的本质,事物的全体,事物的内部联系了。"

因此,应该尽力全面地、科学地来阐明和规定形象思维这一概念。

在《矛盾论》里,毛主席又引用过列宁的一段话教导我们,这就是:"要真正地认识对象,就必须把握和研究它的一切方面、一切联系和'媒介'。我们决不会完全地做到这一点,可是要求全面性,将使我们防止错误,防止僵化。"

由毛主席深刻发挥并大力发展了的这一马克思主义的方法论,也应该是研究形象思维这一问题的指针。

现在,试结合某些同志的某些观点,谈谈看法:

1. 形象思维的工具是语言

语言是思维的工具。没有语言,人就不可能进行思维,无论是哪一种方式的思维。这是马克思主义思维理论的一条重要原则。

马克思和恩格斯说:"人并非一开始就具有'纯粹的'意识。'精神'从一开始就很倒霉,注定要受物质的'纠缠',物质在这里表现为震动着的空气层、声音,简言之,即语言。语言和意识具有同样长久的历史;语言是一种实践的、既为别人存在并仅仅因此也为我自己存在的、现实的意识。语言也和意识一样,只是由于需要,由于和他人交往的迫切需要才产生的。""语言是思想的直接现实。"①

正是从这个唯物主义观点出发,马克思主义经典作家一再地对那种"纯粹的意识"论和把思维同语言分割开来的唯心主义理论,进行了批判。

---

① 《马克思恩格斯全集》第三卷,第34、525页。

斯大林说:"有些人说:思想是在它们用言词表达出来之前在人的头脑中产生的,是没有语言材料、没有语言外衣、可以说是以赤裸裸的形态产生的。这种说法完全不对。不论人的头脑中会产生什么样的思想,以及这些思想在什么时候产生,它们只有在语言的材料的基础上、在语言的术语和词句的基础上才能产生和存在。完全没有语言的材料和完全没有语言的'自然物质'的赤裸裸的思想,是不存在的。""语言是直接与思维联系着的……"①

思维同语言不可分离这一真理,被日益发展的自然科学进一步证明了。科学实验证明,当一个人在思维着什么时,虽然他没有讲话,但他的语言机制也即他的语言中枢和发音器官,实际上是处在运动的状态,因为他在"内心默语"。

可是,有的肯定形象思维的同志,却没有或没有足够地注意到这一点,而是以形象思维的思维对象或思维方式,代替了思维工具——语言。例如,有这样的几种说法:

"形象思维是用形象来思维的。"

"形象思维……是运用由表象的复杂组合而形成的形象观念所进行的思维。"

这些说法似乎值得商榷。在艺术创作过程中,浮现在作者脑海里的形象或形象观念,只是被思维的客体在主观上的反映,因而只是被思维的对象或者思维所获得的结果,并不是思维的工具。

形象思维之所以为形象思维,只是因为思维者在思维过程中,不抛弃客观的形象映象或画象,而是把它们生动地保持在心目中或曰"内心视觉"中,同时运用语言(这里指语言的一切成分和一切功能,包括概念)使自己仿佛身临其境似的对这些形象(它们的个体和群体、它们的关系和矛盾等等)进行分析、研究或者加工创造,并不是说它们是思维的工具。如果作为客观之主观映象的形象是用来进行思维的工具,那么,思维的内容又在哪里呢?事实是,一切客

---

① 斯大林:《马克思主义与语言学问题》,第38—39、20页。

观的"映象"或"画象",在思维着的头脑中都是被思维(也即被认识、被加工创造)的对象和素材,而并非工具。事实是,无论语言艺术还是造型艺术如绘画,在创作思维的过程中,都不能离开语言,离开语言不可能开始思维,当然也不可能进入创作过程。两军格斗,千军万马,高山大河,森林高原,刀光剑影,硝烟烈火……当一个小说家或一个画家要创造性地再现这样一个战争场面时,如果他不运用语言,不运用"敌军"、"我军"、"前进"、"后退"等等语言的术语和词的材料,那么,他的所谓思维是不存在的,轰轰烈烈的战争场面在他头脑中的"映象",不过是第一信号系统的反射,这个现实情景中的复杂的关系、矛盾等等,他则不可能认知,当然也谈不上描写或者绘画。因为,无语言(即使是内默的)人也就无思想,也就形不成思想,而艺术作品却正是一种社会意识形态。即使对于音乐艺术来说,道理也如此。在音乐艺术中,像歌剧、歌曲唱词这些直接同语言联系着的艺术形式固不必说,就是所谓器乐曲如无词交响乐,作曲家如果不是在运用语言的条件下对客观现实(或这个现实在头脑中的映象)进行了思维,不是在运用语言的前提下,来处理所谓乐音、节奏、旋律等等,那么,他的创作是不可能进行的。许多交响乐之所以有明确的标题,就正是作曲家用语言进行思维的证明,而每部交响乐(包括无标题作品)之所以有明确的主题倾向,有自己符合于主题要求的所谓"音乐语言",也正是因为作曲家在运用语言思维的过程中,在这样酝酿和形成了一种特定的社会激情的时候,对各种声音素材进行创造性地选择和组合的结果。所谓音乐创作是"用音乐来思维",这只是一种习惯的说法。事实是,在作曲过程中出现的那种一度"离开语言"的时刻,正是曾经在运用语言的前提下,对客观现实进行了观察、体验、分析、研究,并因此而形成了某种明确的主题和特定的情感之后,运用声音材料并按照音乐构成的特殊规律,来表现主题和感情、描绘背景和形象的时候;并且,在这之中和这之后,也总是时而自觉或不自觉地运用语言在检查自己的工作。每一个文学或艺术的作者,都在构思或创作的时候,推敲和审查着自己的构思或作品,"这样好,那样不好……"无论他是内默的还是发声的评价、判断着时,他就是在思维,而且正是运用语言在思维。一个很简单的道理是:如果一个人连某某事物的名字都叫不出来,他就只能停留在感觉阶段,而不能到达思维。

不过,困难不在于承认语言也是形象思维的工具,困难是在于如列宁所说:"任何词(言语)都已经是在概括。""在语言中只有一般的东西。"①而艺术(如语言艺术)的特征却是它的形象性,艺术实践中的直接任务却是创造鲜明而生动的典型。那么,艺术家在创作过程中,是怎样克服语言的抽象性和形象的具体性之间的矛盾呢?是怎样将它们统一起来而达到鲜明生动的境地呢?这里,斯大林的一段话可以帮助我们理解这个问题。

斯大林说:"正好像在建筑业中的建筑材料并不就是房屋,虽然没有建筑材料是不可能建造房屋的。同样,语言的词汇也不就是语言,虽然没有词汇任何语言都是不可想象的。但是当语言的词汇接受了语言文法的支配的时候,就会有极大的意义。……正是由于有了文法,就使语言有可能赋予人的思想以物质的语言的外壳。"②

关键就在于语言的文法结构。无论对于理论著作,亦无论对于语言艺术作品,它们之所以能给人以系统的理论知识或完整的形象感受,就因为分散的、单个的词按文法结构而获得了逻辑性、具体性和确定性。在语言艺术作品中,这种具体性和确定性表现为通过描绘而达到的形象的鲜明性和性格的生动性。当然,艺术作品中所选择的词汇,一般说来也有其不同于理论著作的特色。

郑季翘同志说:"在语言艺术中用来描写形象的语句,如人走、马跑、花香、鸟语,眼如秋波、鼻如悬胆等等,都是由概念组成的判断。""可见,不用概念的思维,是不能想象的。""在语言艺术的创作中,反对运用概念,更是绝顶的荒唐。"

---

① 列宁:《哲学笔记》,1962 年版,第 203、306 页。
② 斯大林:《马克思主义与语言学问题》,第 21—22 页。

郑季翘同志没有注意到,"人走,马跑"等等既然是"用来描写形象的语句",这就是说,它们是思维的工具,是创造形象的媒介,并不是形象本身。作家在思维过程中,如果没有具体形象浮现在头脑里,这些概念岂不成了空洞无物的概念?在这种情况下,活生生的形象又怎么能够创造出来?如果把作家的思维和形象创造只是理解成吞吐字、词、句的机械活动,这同神经错乱胡言乱语又有什么区别?因此,如果要把语言的每个最小单位(词)都算作概念和判断,那么,在形象思维中,它们并不是凭空的,而是同具体形象(黑格尔和恩格斯所说的"这一个")、具体环境(恩格斯所说的"典型环境")连在一起的,是直接作为塑造形象的材料被使用的,并不是架空的。在具体使用的时候,语言的抽象性(一般性)和具体性(它同现实事物的联系),是可以辩证的统一的,是可以转化的,并不是不可调和的。这从艺术欣赏上可以得到反证。如果我们读一本小说时得到的是具体形象的感受,这就证明语言的抽象性已经相对地被克服了(或曰转化了),而获得了特定的具象性。

总之,形象思维不是用形象来思维,而是用语言来思维,这是它同其他任何一种思维的共同点。然而同时它又有自己的特点,这就是:它是在心目中("内心视觉"中)面对着各种形象素材在思维(认识、创造),而不是舍弃这些客观的映象进行"纯粹的"词和概念的推理。

郑季翘同志重视语言是思维的工具,是对的。但是,他把语言和概念等同起来,把语言只当作抽象思维的工具,从而否定了形象思维,这又是片面的,不对的,是一种误解。我的看法是:既不能在形象思维中排除语言,也不能把语言只当作抽象思维的工具,从而把语言和形象思维对立起来。

2. 形象思维不是无逻辑的思维

如果说语言是思维的工具,那么,逻辑就是思维的法则。任何人,如果不遵守人类在千百万次的实践中所抽象出来的逻辑的规律,那么,他就不可能展开自己的任何理性活动也即思维。因为,所谓逻辑的规律,也就是人对客观世界的种种规律的总结。因此,逻辑和逻辑性,这是任何一种思维不可违犯不能缺少的。

列宁在《黑格尔〈逻辑学〉一书摘要》里写道:

"逻辑的范畴是'外部存在和活动的''无数''局部性'的简化(在另一个地方是'抽象出来的东西')。这些范畴反过来又在实践中('在活生生的内容的精神创作中,在思想的创造和交流中')为人们服务。"[①]他又说:"人的实践活动必须亿万次地使人的意识去重复各种不同的逻辑的格……"[②]

不能排除思维的逻辑性,无逻辑的"思维"实际上并不能算作思维。所谓主观认识必须符合于客观规律,也就是说客观的逻辑必须在人的思维中得到正确的反映。这是马克思主义思维理论的又一条重要原则。

但是,有的肯定形象思维的同志,却有意无意地把逻辑性排除在形象思维之外。例如:

有同志说:"逻辑思维是形象思维的基础。""逻辑思维经常插入形象思维的整个过程中来规范它、指引它。""形象思维与逻辑思维相互关系的更深一层,就是创作方法与世界观的问题。"又说:"说逻辑思维是基础,并随时插入形象思维中去,这并不是说逻辑思维可以替代形象思维任何一部分。"

又有同志说:"……形象思维根本离不开逻辑思维,它是在逻辑思维的基础上,再来进行构思的。……是逻辑思维,帮助我们分析和研究生活,帮助我们掌握现实发展的客观规律;同时,更是逻辑思维,帮助我们形成了一定的世界观。因此,逻辑思维对于形象思维是具有重大的作用的。"他接着引用了毛主席这一句话来肯定他的论点,即:"感觉到了的东西,我们不能立刻理解它,只有理解了的东西,才更深刻地感觉它。"

---

① 列宁:《哲学笔记》,1962年版,第86—87页。
② 同上书,203页

这类说法似乎不合乎逻辑。

每一个肯定形象思维的同志，都声明形象思维是人的一种高级理性活动，是人对现实的理性认识，它同"逻辑思维"（借用他们的提法，我觉得应以抽象思维和形象思维对称）是认识现实的不同方式，都可以达到本质的认识，等等。可是，在论述和论证的过程中，像上面所举的两个例子，就在实际上取消了形象思维作为一种理性活动的标志之一——逻辑性，因而实际上也就等于否定了形象思维是一种对现实的理性认识这一结论。

我觉得：

第一，说逻辑思维是形象思维的"基础"、"内容"，这是讲不通的。逻辑思维怎么能是形象思维的"基础"和"内容"呢？任何一种思维，如果要说基础的话，它的主观基础，也即条件，只能是人的感觉器官以及思维器官，即高度发展了的物质——大脑。感觉是认识的源泉，人只有在感觉的前提下才能思维。因此，任何一种思维，如果要说它的客观基础的话，只能是认识对象，即外在世界，此外再不能是别的东西。抽象思维和形象思维，都是健全的头脑对于世界的一种认识方式，怎么能说这个是那个的"基础"？这是自相矛盾的。

第二，但是，"基础"说，"内容"说之所以自相矛盾，又是因为他们实际上把语言、逻辑也即理性，划归了所谓逻辑思维。如，持这种观点的同志在说了"逻辑思维是形象思维的基础"之后，曾设问地说："难道理性成了感性的基础了？其实不然。"为什么呢？因为他所谓的形象思维的"感性"，"已不是感性的东西了"，"而已是一种美感性质的感性了"！"美感性质的感性"不是"感性"，有这样的事吗？其实正是感性，这从他下面的论述里可以证明："既然在日常生活中，人的感觉和体验都已利用了词，都暗地里受概念的渗入和支配；那么在艺术家的感受和体验里，在要去发现、探掘事物的本质意义的形象思维里（从最初的感触到形象的加工），又岂能不以逻辑思维作基础？……"这是什么意思呢？这难道不正是认为词、概念属于所谓逻辑思维而并不同时也属于形象思维吗？既然形象思维是在要发现事物的本质意义时要逻辑思维作"基础",这不正是认为形象思维的功能只不过是"感触"形象吗?再如,另一位同志的看法,他之所以认为逻辑思维是形象思维的基础,是因为逻辑思维能帮助我们"分析和研究生活","掌握现实发展的客观规律"。可是,既然如此,这岂不是等于说形象思维虽然是一种思维,却不能分析和研究生活、不能反映现实的客观规律吗?他引用的毛主席的那一句话,所讲的正是感性和理性也即感觉和思维关系。他用那句话来说明形象思维和逻辑思维的关系,就证明他确是把形象思维等同于感觉了。思维离不开感觉,感觉是思维的前提。可是毛主席什么时候也没有说过感觉是思维,更没有说过感觉等于形象思维。

所谓形象思维既然被理解成了"直觉"和"感觉",它当然也就无什么逻辑性可言,也就不是什么理性的认识,因而也就只好外加一点理性,"插入"一点逻辑性,或叫逻辑思维作为它的"内容和基础"。就这样,一方面强调形象思维的"规律是被它的基础(逻辑思维)的规律所决定的、制约和支配着的",又说这不意味着"逻辑思维可以代替形象思维任何一部分"。这的确难以理解。

第三,然而不仅如此,上述认识还把作为一种思维方式的抽象思维,和世界观等同起来了。世界观是人对世界的总观点。世界观和方法论也是一致的。但是,如果是从世界观和方法论一致的意义上来谈思维,那就只能说唯物论和唯心论,辩证唯物论和机械唯物论,客观唯心论和主观唯心论,辩证法和形而上学,而不能把抽象思维这样一种思维方式当作世界观。把一种具体的思维方式当作世界观,不是强调了世界观,怕是曲解了世界观,自然也不能真正解决世界观与创作的关系问题。

总之,过去肯定形象思维的有些同志,还没有科学地规定形象思维这个概念,没有令人信服地阐明它的理性本质,特别是这个形象思维自身是不是必然也必须包含着逻辑性的问题。我觉得,不能对"形象思维"这一概念作字面的理解,也不能对"逻辑思维"这一概念作字面的理解。形象思维之所以是一种思维,正是因为它不仅遵循而且反映着事物的逻辑规律,只不过它是以自己特有的形象的形式来反映(浪漫主义或浪漫主义气息很强的作品,则以幻想的形象(如毛主席词《蝶恋花》或大事夸张的形象〔如民歌《我来了》〕来反映)。"形象"和"理性"并不是对立的,"形象"和"逻辑"也不是对立的。逻辑只不过是人通过实践对于客观规律的理性抽象,而客观现实也就是一个最丰富的形象整体。因此,一个人只要在实践中去对现实进行真正的思维,他就可能或用理论的形式,或用艺术形象的形式,逻辑地反映和再现客观的各种关系、矛盾和规律,而只要他真正做到了这一点,他的思维就是合乎理性的,合乎逻辑的。不能认为凡是理性的体系都是抽象概念的体系,也不能认为凡是逻辑的体系都是抽象推论的体系。

郑季翘同志强调思维的逻辑性,是对的;但他只把逻辑和抽象思维联系起来,从而根本否定形象思维,这又是片面的,不对的。其实,每一部真正的小说、每一幅真正的绘画、每一支真正的乐曲,都是充满理性内容的,都是概括着生活的某一方面的逻辑规律的,只不过,理性和规律的显现在这里有它独特的艺术的和形象的形式。在艺术作品中,有时候一些看来似乎不合乎逻辑的情形,实际上却是非常合乎逻辑的。例如,歌剧《白毛女》里有一句点明主题的唱词:"旧社会把人逼成鬼,新社会把鬼变成人。"形而上学地推敲起来,是很不合理的,甚至可以说是违反唯物主义的,人怎么可以变成鬼,鬼怎么可以变成人呢?但是,如果不是表面的咬文嚼字,而是看它的内容,那么,它不仅具有一般的合理性,而且具有巨大的、深刻的历史逻辑性。亚里士多德之所以认为艺术比历史更富有哲理性,所指的就正是艺术的合乎逻辑的概括性。我觉得,不能认为凡是抽象的思维就必然可以发现事物的本质,事实是正如形象思维有时也可以歪曲生活一样,抽象的思维同样有时也可能不能发现现实的规律性也即本质。恩格斯之所以推崇巴尔扎克的《人间喜剧》使他学到的关于法国的东西,"比从当时所有专门历史家、经济学家和统计学家的全部著作合拢起来所学到的还要多",难道不正是因为那些进行抽象思维的经济学家等等，没有合乎逻辑的反映现实吗？因此，否定形象思维而只肯定抽象思维是能够认识世界的唯一方式，是不对的。狄德罗说得好："诗人善于想象，哲学家长于推理，但在同一意义下，他们的作为都可能是合乎逻辑或不合逻辑的。说他合乎逻辑和说他具有了解诸般现象必然联系的经验，这原是一回事。"①形象思维中的逻辑性，不是以抽象的三段论法表现出来的，而是以生活本身的生动的形式，从环境、情节、人物以及人物之间的各种关系体现出来的。形象思维中的逻辑性，当然不排斥使用概念，但它确实不是从概念到概念的推理，而是"根据事实进行推理"②，或者简直就是在好像违反常理的情况下进行推理。也就是说，在这里，言词和概念是同丰富多采的现实和具体对象紧密联系的，逻辑采取着生活本身的形式。

3. 形象思维不能离开世界观的指导

如果说语言是思维的工具，逻辑是思维的法则，那么，世界观就是思维的统帅。无论任何人，无论他是进行哪一种方式的思维，无论他是自觉的还是不自觉的，只要他在思维，他就不能离开世界观的指导，他的思维就不能不是在一定世界观指导下的思维。这是一条马克思主义的真理。对于革命的无产阶级的作家、艺术家来说，他要进行文艺创作，要对世界进行形象的思维（认识），就必须遵循唯一科学、唯一正确的世界观，即马克思列宁主义、毛泽东思想。在《黑格尔法哲学批判》一书的《导言》里，马克思在论到德国的解放也即革命时，把唯物辩证法这一哲学体系也即世界观，比作革命的"头脑"。这个比喻是很恰当的。对于无产阶级作家来说，马克思主义世界观也就是他的头脑和灵魂。革命文艺创作者必须在马克思主义世界观的指导下去进行形象思维，这是我们在形象思维问题

---

① 狄德罗：《论戏剧艺术》（《文艺理论译丛》1958年第一期第171页）。

② 列宁《哲学笔记》。

上的党性原则,同时也是我们社会主义文学艺术的党性原则。形象思维仅仅是作为一种方式可以为任何一个有能力使用它的人所用,从这个意义上说它无阶级性可言,但一旦把它同具体的形象思维及其思维的内容联系起来,它就有了特定的本质,这就是具体的阶级性。我们探讨形象思维完全是为了实践,是为了繁荣和发展我国社会主义文学艺术。因此,不能不特别研究这个问题的重要性。

在《在延安文艺座谈会上的讲话》里,毛主席阐发的根本思想之一就是:文艺工作者必须学习马克思主义,用辩证唯物论和历史唯物论的观点去观察世界,观察社会,观察文学艺术。这就是说,无论进行艺术创作还是进行艺术理论的研究,都必须在马克思主义的世界观指导下进行。

但是,前些年,有些同志却强调形象思维的"特殊规律",而忽略马克思主义世界观对革命的艺术实践的指导作用。

一个例证是:有同志先是把马克思主义这一世界观和"逻辑思维"这一思维方式等同起来,继之就把马克思主义和形象思维当作并列的思维方式,进而便取消了马克思主义对文艺创作的指导作用。持此观点者,把毛主席说的"马克思主义只能包括而不能代替文艺创作中的现实主义"这个论点,同毛主席的《实践论》对立起来,用毛主席《在延安文艺座谈会上的讲话》来抵触毛主席的《实践论》,说什么别人的错误在于"用一般的马克思主义的认识方法来代替文艺上的认识方法"。这不明明说马克思主义只适用于或者只等于一种抽象的思维方法而不能指导形象思维吗?

另一个例证是下面的说法:"社会学家著作中的每一论点都是受他的世界观直接的指使,与他的阶级利益密切联系的。而文艺家则不同,世界观和阶级利益虽然在其创作过程中起着作用,但由于作家是面对生活,艺术的任务要求着他现实主义地描写生活,因而某些作家的世界观虽有落后因素,但有可能突破其世界观的局限而达到真实的反映生活。……这种情况,正是由于形象思维规律的全部特殊性和复杂性所决定的。"

这样,好像只有社会学家的抽象思维是与阶级利益、世界观直接而密切的联系的,而文艺家的形象思维则不然,在这里,世界观和阶级利益"虽然"也起作用,但是,因为,(1)他"面对着生活";(2)有个"艺术的任务要求着他现实主义地描写生活";因此,(3)他就"有可能突破其世界观……"

这是不准确的。

事实是,没有哪一个文艺作者不是面对生活的,但正因为生活不是抽象的而是现实的,所以他就不能不是从一定的立场和观点出发去观察生活、理解生活;否则,他就等于什么也没有看到,什么也没有理解,如果他要反映这样的所谓生活的话,他就根本不可能有所选择,而只能是机械的照相。

事实是,所谓艺术的任务从来也不是抽象的,艺术的任务和创作方法上的现实主义也并不是一回事。艺术的任务总是具体的,它并不是从天上掉下来要人无所为而为的。如果把艺术的任务抽象化,认为它的任务不是某个阶级、某个集团或某些人的具体的社会目的,而只是"现实主义地描写生活",这就是提倡艺术的任务就是写真实,除此以外别无他意。这是对艺术作为社会意识形态的本质的歪曲。

事实是,形象思维并不是一种先验的、超人的精神,而是现实的、实践的人对世界的认识活动。因此,在具体人的头脑里它就不是一个绝对的"一",而是从属于人的一定的世界观并且被包溶于这个世界观之内的。当这个现实的、实践的、从属于一定时代、一定社会、一定阶级的人,用这样一种方法在观察和认识世界时,这个人对于世界的总观点(包括社会政治和社会伦理观点等等在内)就对它起着统治的、支配的和指导的作用,指导着他完成具体的目的和意图;而不管这个人的世界观是反动还是进步,是统一还是矛盾,一般地也必将在他的思维产物也即作品中或隐或显地表现出来。现实主义方法并不是一个超人的自在之物,对于具体的人来说它恰好是包括于他的世界观之内的。

持上述观点者再三提到巴尔扎克、托尔斯泰、冈察洛夫这些作家,企图以这些例子来说明形象思维超越于世界观的神奇力量,这是徒劳的。如果真的要阐述形象思维,至少应对这些例证本身进行某种程度的研究之后再使用它们,因为这些例证并不像他们所说的那么简单。

毛主席说:"学习马克思主义,是要我们用辩证唯物论和历史唯物论的观点去观察世界,观察社会,观察文学艺术,并不是要我们在文学艺术作品中写哲学讲义。马克思主义只能包括而不能代替文艺创作中的现实主义,正如它只能包括而不能代替物理科学中的原子论、电子论一样。"这是多么精确地阐明了世界观和创作方法(也可理解为形象思维)的关系。他说的是用马克思主义的"观点"去观察问题,但同时又不能把文学艺术写成抽象的哲学讲义。这就是说,我们写一部小说或一部哲学讲义,就观点(也即世界观)来说完全应该是马克思主义的,但它们却是两种不同的形式,要重视这个形式的特点。他说的是马克思主义"包括"现实主义、原子论、电子论而又不能代替它们,这就是说,在文艺创作或自然科学研究中,要在这个世界观的指导下去实践,而不能拿这个对世界的总观点去代替一些更具体的理论和实践。这正是对问题的辩证法观点。例如,人是一切社会关系的总和这一观点,就是马克思主义对人的本质的高度概括。可是,这一观点只能包括和指导在文艺的领域内研究人们的性格、个性和矛盾冲突等等,而不能等同、不能代替这些具体研究。也就是说,一个作家完全应该按照这个观点去揭示人们的关系,因而他对人们的关系的正确描写是被这个观点所包括的,但这个观点却不能代替他描写人物音容笑貌时的具体方法。这难道不是很明显的吗?以为毛主席在这里讲了什么形象可以超出世界观的道理,这是对于毛主席著作的曲解。

4. 形象思维遵循着人类认识的总规律，但有它不同于抽象思维的特点

"通过实践而发现真理，又通过实践而证实真理和发展真理。从感性认识而能动地发展到理性认识，又从理性认识而能动地指导革命实践，改造主观世界和客观世界。实践、认识、再实践、再认识。这种形式，循环往复以至无穷，而实践和认识之每一循环的内容，都比较地进到了高一级的程度。这就是辩证唯物论的全部认识论，这就是辩证唯物论的知行统一观。"

由毛主席在《实践论》里概括出来的这一人类认识的总规律，是不是适用于形象思维呢？或者说，形象思维是不是被包括在内呢？我认为这是毫无疑义的。因为：

（1）毛主席深刻地阐明了思维反映存在，认识依赖于实践、实践是认识的来源这一唯物主义的根本原理。这一原理在文学艺术上的贯彻就是：艺术反映生活，生活是艺术的唯一源泉。文艺工作者必须参加工农兵群众的斗争实践，才能反映他们的生活。

（2）毛主席深刻地阐明了认识之由感性到理性这一辩证法的根本原理。这样一个原理在文艺创作上的贯彻就是："观察、体验、研究、分析一切人，一切阶级，一切群众，一切生动的生活形式和斗争形式，一切文学和艺术的原始材料，然后才可能进入创作过程。"

（3）毛主席深刻地阐明了马克思主义认识论的党性原则。这就是：认识世界是为了"能动地指导革命实践，改造主观世界和客观世界"。这样一个原则在文学艺术上的贯彻就是：文艺工作者必须改造思想、改造立场、改造世界观，"根据实际生活创造出各种各样的人物来，帮助群众推动历史的前进。"

但是，迄今，在形象思维是不是体现这个总规律，以及如何体现这个总规律上，看法并不完全一致。有的人过分强调形象思维的特殊性，以至于有意无意地否认了这一认识的总规律，也有的人由于根本否定了形象思维，因而又把作为一种思维形式的抽象思维或曰

逻辑思维,等同于人类认识的总规律,并因此对创作规律作了不妥当的概括。

毛主席教导我们,无论认识什么事物,除了注意它和其他事物的共同点之外,特别重要的是必须注意它和其他事物的不同点,也就是它自身矛盾的特殊性。因为,只有抓住了具体事物的具体的矛盾规律,我们才能区分事物,从而去具体地推动革命实践。

从这个观点出发,我认为,抽象思维和形象思维都不能违背人类认识的总规律,这个总规律正是它们的共性,但同时它们也有自己不同的运动过程,它们正是在自己的特殊性之中体现着这个总规律(共性)。

正如人经过实践,通过感觉对现实世界可以达到抽象理论的认识,人也可以经过实践,通过感觉,对现实世界达到具体形象的认识。毛主席把认识过程中的感觉又叫做"印象",列宁则用过"画像"这个词来说明这种反映。这就是说,感觉总是具体的、生动的、形象的。形象思维的结果虽然也是具体的、生动的、形象的,却不是感觉的复写,它的具体性、生动性、形象性,已经同感觉中的具体性、生动性和形象性,有了本质的差别。感觉中的具体性、生动性、形象性,或者是孤立的、分散的,或者是只具有现象的外部联系的印象或画像,而形象思维所得到的具体性、生动性和形象性,却是抓着了事物的内部联系,反映着事物的内部规律,真正达到了本质的表现,现象(形象)是本质的这个认识境界。

毛主席说:"认识的真正任务在于经过感觉而到达于思维,到达于逐步了解客观事物的内部矛盾,了解它的规律性,了解这一过程和那一过程间的内部联系,即到达于论理的认识。"(《实践论》)

形象思维作为一种思维,它的任务也正在于认识现实事物的内部矛盾、规律性和内部联系。问题在于,形象思维在达到这种本质认识时,究竟有什么特点。

我认为,形象思维作为一种认识活动,它像抽象思维一样,有一个完整的过程,它也有一个感性阶段和理性阶段,也要经过从感性到理性的深化、飞跃。

就它的感性阶段来说,它同抽象思维是相同的,即都要首先在实践中感知客观世界的各种现象,并要大致地了解到这些现象的外部联系。但是,在它由感性阶段上升到理性阶段之后,它便表现出了自己不同于抽象思维的特点。

马克思曾这样说到"把直观和表象加工成概念"的抽象方法:"如果我从人口着手,那么这是整体的一个浑沌的表象,经过更切近的规定之后,我就会在分析中达到越来越简单的概念;从表象中的具体达到越来越稀薄的抽象,直到我达到一些最简单的规定。……"(《政治经济学批判》导言)这就是说:在抽象思维中,认识的理性阶段意味着经过分析、综合、推理、判断,扬弃了事物的感性形式而达到了抽象概念的概括,抓住了事物的抽象共性(规律)而舍弃了事物的具体个性;而形象思维虽然对客观事物也要分析、综合、推理、判断,但它在分析、研究的过程中,却不舍弃事物的具体性和形象性,而是使这种具体性和形象性,愈益明晰,愈益生动,愈益集中成"这一个",它不是用抽象概念的形式来说明事物的规律、矛盾和联系,而是用生动的情节以及形象之间的矛盾冲突来表现现实生活的本质;它不是舍弃事物的个性和偶然性只在思维中保留事物的共性和必然性,而是既发现事物的共性也抓住事物的个性,既发现事物的必然性也抓住事物的偶然性,既发现事物的本质也抓住富有个性特征和本质特征的现象;它是通过个别来表现一般,透过偶然性表现必然性,通过感性形式来揭示现实生活的隐藏着的本质规律,这一切归结起来就是创造典型形象。

这就是说,在抽象思维中,矛盾的特点表现为如何从浑沌的表象飞跃到稀薄的抽象,简单的概念,从而以抽象概念(经过综合规定的概念)来概括现实的本质和规律;而在形象思维中,矛盾的特点则表现为如何从纷繁的生活现象、众多的人物形象,飞跃到具体的矛盾冲突、个别的人物形象,从而以生动的典型形象和生活本身的形式来概括一般的本质,揭示现实的规律。如果不承认这两种思维方式各自具有的特殊的矛盾,任意地互相替代,那就会事与愿违,想要创造形象,结果得出的是一堆抽象概念,想要达到抽象概念,结果弄出来的是干巴巴的形象,或者四不像。从这个意义上说,这两种思维方式虽不是根本对立的,可也是确有矛盾的。正如黑格尔所说:"如果艺术家按照哲学方式去思考,就知识的形式来说,他就是干预到一种正与艺术相对立的事情。"[1]反之亦然。

那么,形象思维在什么时候才算由感性阶段上升到理性阶段呢?什么才是它上升到理性阶段的标志呢?这里实际情况当然是极为复杂的,但一般说来,形象思维理性阶段开始的标志,是艺术家经过感性阶段而在思维中萌生了主题思想的时候。

如果打一个比喻,那么,艺术家在实践过程中获得的主题思想,就仿佛一条把散珠串起来的红线。如果说感性阶段一般是主体对客体、头脑对事物的比较机械、比较消极地反映,那么,一旦萌生或初步获得某种主题思想,艺术家的形象思维就进入了一个更为积极更为活跃的阶段。萌生了一个主题,也就是产生了一种愿望,一种想要达到某种具体目的的社会愿望。艺术家的立场和世界观、思想和感情,他的生活经验和艺术经验,以及他具有的各种主观条件和主观能力,就都作为思维的要素和因素,围绕着基本主题而发生更积极的作用了。这当然不是说这一切已有的条件在认识的感性阶段不起作用,而是说在萌生了主题思想之后,这种作用就更大了。因为,某种主题的萌生、获得或形成,正是艺术家从一定的立场和世界观、思想和感情出发,在实践中产生的结果;同时,主题思想本身,也最集中、最强烈的表现着艺术家的立场和世界观、思想和感情,也即态度和倾向。一句话,萌生了一个主题就是形成了一个明确的或比较明确的社会意识,而在阶级社会里,所谓社会意识也就是阶级意识。

主题思想作为思维的结果表现为抽象概念的形式,但艺术形象

---

[1] 狄德罗:《论戏剧艺术》(《文艺理论译丛》1958年第一期第171页)。

决不是对抽象思想的图解。

这里的关键在于,我们所说的主题思想的萌生或形成,是实践的产物,是对一系列现象、事物和人物形象进行观察、体验和分析、研究的结果,是同具体情景、具体情节、具体环境、具体细节和具体的人物形象紧密联系着的具体的主题思想。因此,这样一种思想,虽然在思维过程中也表现为抽象概念的形式,但它却是概念和形象紧密联系、生动统一的思想。

形成主题思想之后,形象思维的特点表现为更全面、更深入地逐步接近着和发现着对象的本质具体性和现象的内部矛盾、内部联系和内部规律性。他并不是什么"具体之再生产",而是同感性阶段有联系而又有区别的上升和飞跃。虽然规律总是抽象的,但形象思维的任务却是通过具体的环境、情景、人物,把规律按照生活的本身形式,活生生的显现出来。如果说在感性阶段,由于形象思维的目的性还不十分明确,因而对生活现象主要是观察、体验、了解、吸取而没有什么扬弃的话,那么,在这个阶段,形象思维则由于有了主题思想就仿佛有了思维的轴心或焦点,因而就使思维活动集中到了一些特定的人物、环境、事件和某种特定的目的上。这时,对于与主题无关的某些人物和事物(素材),它如果不扬弃也将使它们退到印象仓库的后面而不予注意,而对于同主题有关的人和事则特别注意。这些人和事正是在艺术家的头脑中形成主题思想的客观因素,同时,也由于有了主题思想,这些原来分散或初步形成,就意味着对事物的某种程度的本质的认识也即内部联系的发现,因而有关的素材在一定主题思想指导下,在思维活动中的突出、靠近和聚集,就好像被一条红线串连了起来。鲁迅所说的脸在山西,衣服在浙江的"杂凑",高尔基所说的观察研究几十个商人而后塑造出一个商人,其实就是对事物的内部联系的发现,是从这种发现而走向艺术的概括。

每一个真正的艺术家的创作过程都证明这样一个真理,即:以形象思维这样一种方式对世界的认识,它的理性特点不是在思维中舍弃或丧失掉对象的生动的外观和个性特征,而正是要保持这种生动的外观和个性特征。如果对象的外观不够生动,如果对象的个性不够鲜明,那么,他就要去发现这种生动的外观和鲜明的个性。然而这又不意味着"形象思维是本质化和个性化的同时进行"。相反,它恰好是一个有先有后,矛盾统一的认识过程。

例如,一个当代作家在农村,遇到了李双双(不是已经完成的作品中的李双双)这样一个新型的妇女,他开始也许不介意,这个妇女只在他头脑里留下一个一般的印象或画像。可是,他不仅在一个地方遇到这样一个妇女,在别的地方也碰到这样的妇女。不同的李双双有她们的不同之处,同时也有她们的共同之点。这种新人渐渐引起了作家注意,作家在实践过程中渐渐形成了一个认识,作出一个判断:这是一种新人,是社会主义的新人,具有共产主义风格。由他的立场和世界观的决定,由他的思想和感情决定,他认为应该歌颂这样的人物。于是,歌颂具有共产主义风格的新型农村妇女,就成了未来作品的主题思想,也成了他的一个充满感情的强烈愿望或曰创作冲动。这时,可以认为作家已经开始由感性阶段上升到了认识的理性阶段,但是,既是开始,就还不是终结。事实是,他要塑造出一个完整的、统一的、具有自己的独特生命而又代表着一种新的精神品质的典型,则还需要在实践中和思维中经过一个也许不算短的并且相当复杂的历程。

毛主席说:"问题是事物的矛盾。"又说:"事物矛盾的法则,即对立统一的法则,是自然和社会的根本法则,因而也是思维的根本法则。"

在作家作出"这是一种新人"这一判断之前,在这样的新人渐渐引起作家注意的过程中,面对着这样的新人,作家可能并且一定会向自己提出过这样那样的问题:我的认识是准确的吗?这样一些有共同点而又有不同点的妇女之中,哪一个更具有代表性而足以作为基本的模特儿呢?她们的个性和性格为什么会是这样而不是那样呢?我应该怎样概括她们呢?怎样才能创造一个有机的活生生的典型呢？通过什么情节、什么细节来完成或表现这一主题呢？等等。

矛盾是一切事物发展的动力，当然也是思维发展的动力。这里，每一个可能提出的问题都包含着矛盾，都需要作家去克服，也只有克服了这些矛盾，思维才能前进，认识才能深入。而在这里可能出现的所有矛盾之中，现象和本质的矛盾，个别和一般的矛盾，又是主要的。这种矛盾反映在作家的认识上，就是主观和客观的矛盾。这些矛盾不可能同时克服，作家在认识过程中可能走弯路、犯错误，因而不得不遵循实践、认识、再实践、再认识这个规律，或先或后地修正自己这一方面或那一方面的谬误。

现象总是比本质丰富，个性总比共性丰富。形象思维中的主题思想虽然是由外在的生活和形象决定的，虽然作家在初步形成这种主题思想的时候已经占有和积累了相当的甚至是丰富的生活素材，但要从这些素材中创造出一个独一无二的典型，却又是一个艰苦的过程，在思维中有一个反复的过程。一般说来，这时候，可能已经基本上准确的把握了本质，然而却在丰富的现象形态（社会的和自然的环境，事件的情节和细节，人物的个性和冲突等等）之中，一时决定不下来该如何取舍；相反，也可能已经比较准确的抓住了人物的某些个性特征和事件的某些细节，但却由于对生活的本质把握得欠深刻、欠准确，因而一时不能达到生动的和本质的概括。即使所谓已经"思考成熟"、"构思就绪"、"完成腹稿"，也不意味着形象思维的理性阶段的终结，由腹稿到真正写作的过程，仍然是形象思维按着对立统一这一矛盾的运动规律的继续深入。在创作过程中改变原来的想象和构思的事例，是中外古今文学史上的常见现象，而且在一部作品已经"完成"问世之后再来修改的事例，也屡见不鲜。所谓形象思维的完成，只具有相对的意义。列夫·托尔斯泰在写《战争与和平》时，说他要在一百万个可能之中选择一个可能，他在写《复活》时，仅仅玛斯洛娃的面部特征的描写就修改了几乎二十次，这也说明形象思维并不是本质化和个性化的同时进行，而是一个现象和本质、个性和共性、主观和客观的矛盾运动过程。但是,一旦形成了真正符合生活之发展规律的主题思想,就获得了解决这些矛盾的强有力的杠杆,而这些矛盾的解决过程,也就是主题思想的进一步明确、深化和形象的完成的过程。

总之,抽象思维和形象思维,它们作为思维的任务都在于认识事物的本质,发现和揭示现实运动的规律,但在完成这个任务时各有其不同的特点,即:一个是抽象化,一个是形象化,一个采取着抽象概念、抽象理论的形式,一个采取着生活本身的形式,一个是通过一般来概括个别,一个通过个别来反映一般。而不管如何,它们都不能违背人类认识的总规律,也即马克思主义的认识论。

形象思维是用语言而不是用形象和形象观念进行的思维,形象思维是有逻辑而不是无逻辑的思维,形象思维不能脱离世界观的指导,也不能违背人类认识的总规律,不能离开实践,但在体现这个总规律时,它有自己不同于抽象思维的特点。我觉得,"形象思维"这个概念,至少,起码应包含这些内容。

三 对"表象——思想——表象"这一公式的质疑

郑季翘同志在否定了形象思维之后,提出了这样一个创作公式,即:"表象——思想——表象"。

郑季翘同志说:"由物质到思想和由思想到物质虽然都以表象为中介,但是这两个阶段的表象的性质却是不相同的。前一个阶段中的表象,是已有的客观事物的映象在头脑中的再现。这是理性认识的前行步骤,还是一个属于感性认识阶段的。后一阶段的表象,则是人的思想意图转化成的形象的'当量',是新创造的劳动产品在生产者观念中的模型,它是理性认识和感性认识的统一体。文艺作家在头脑中塑造的形象,按其性质来说,不是别的,正是人们的这个阶段的表象。(重点原有)第一阶段的表象的出现是由于人的形象记忆,而第二阶段的表象的产生,则是创造性想象的结果。……"

又说:"创造性想象,是人们根据自己的思想意图,从头脑中贮存的客观事物的表象材料中找出相应的部分,加以适当的组合,构成新的表象的一种意识活动。……创造性的想象,是必须以抽象的思维为基础的。……这也是马克思所说的'抽象的规定在思维行程中走向具体之再生产'。……"

对郑季翘同志这个公式和这类说法,我表示怀疑。

首先,"表象——思想——表象"这个公式,使人想起了两千年前柏拉图的那个客观唯心主义的公式,即"绝对理念——感性事物——艺术作品"。郑季翘同志的公式固然在内容上与柏拉图不同,但有一点却是共同的,这就是都否认艺术的现实的直接再现。柏拉图认为艺术同真理隔着两层,是绝对理念的"影子的影子"。郑季翘同志虽然承认思维和存在的同一性,可是,却有意无意地曲解了艺术和现实的同一性,而认为艺术只和抽象思想具有同一性,只是抽象思想的形象化。事实上,按照郑季翘同志的公式,艺术同现实之间,不是隔着两层,而是隔着四层的。因为,他的第一个"表象"是由"存在"来的,他的第二个表象也还不是已经"眷录"出来的艺术作品。如果要把他从"存在"到"艺术"的全部过程都显示出来,他的公式实际上就应该是这样:"存在——表象(记忆)——思想(抽象)——表象(根据记忆材料组合的观念的模型)——艺术(用适当方法眷录出来的思想的图解)"。这样一种理解是不是太惊人了呢?否认了形象思维这个客观真理,又制定出这样一个公式,对艺术创作有什么好处呢?

毛主席说:"一切种类的文学艺术的源泉究竟是从何而来的呢?作为观念形态的文艺作品,都是一定的社会生活在人类头脑中的反映的产物。革命的文艺,则是人民生活在革命作家头脑中的反映的产物。"这是对于艺术同现实的关系的最科学的概括。这就是说,艺术作品不能不经过艺术家的头脑而自然产生,因而它是"观念形态"的东西。但是,它经过艺术家的头脑并不意味着它是第三性的现象,它仍然是第二性的现象,因为它不过是"社会生活在人类头脑中的反映的产物",而决不是什么抽象思想的形象表现。

郑季翘同志企图以马克思主义认识论来解释文艺创作,但他却违背了毛主席的科学论断,这就使得他部分地陷入了唯心主义。黑格尔说:"艺术的内容就是理念,艺术的形式就是诉诸感官的形象",艺术作品"是概念从它自身出发的发展,是概念到感性事物的异化";"艺术的使命在于用感性的艺术形象的形式去显现真实","艺术的任务在于用感性形象来表现理念,以供直接观照"(重点原有)。郑季翘同志引用了这些话,说明了"黑格尔才是形象思维的创始人",指出"黑格尔对于艺术本质的论述,自然是唯心主义的"以后,又赞赏黑格尔"说明了思想和形象的同一性"。人们发现,郑季翘同志通篇文章有一个总倾向,就是强调思想和形象的同一性,而不是彻底唯物的承认艺术和现实的同一性,也即艺术再现现实的真实性;他用抽象思想代替了现实生活,把艺术家的世界观和抽象思想同艺术所反映的生活内容等同起来,而认为形象只不过是抽象思想的一种感性形式。这似乎不符合唯物辩证法,因而是不能令人信服的。

还不能不指出的是,按照"表象"这个概念在哲学上的特定涵义,他的第二个"表象"根本就不能理解,就无法理解。"表象"这个概念在哲学上的特定涵义,只指外界事物通过感官在人的头脑中所形成的印象或画像,只指头脑对于客体的这样一种反映(表象)关系,而郑季翘同志却要"思想"自己反映(表象)自己,这叫人怎么理解呢?

当然,我们知道,郑季翘同志对他的从"思想"到"表象"这一公式的解释,并不是"思想"等于"思想",而是"抽象的规定在思维行程中走向具体之再生产",但是,这是对于马克思的原意的误解。马克思在《政治经济学批判》导言中说的"抽象的规定在思维行程中导致具体的再现"(据全集译文),根本不是指用文艺的形象图解抽象思想,而是指在理论上、概念上"从抽象上升到具体",也就是毛主席在《矛盾论》里所说的"由一般到特殊"这个认识过程。因为,如马克思所说:"具体之所以为具体,因为它是许多规定的综合,因而是多样性的统一。"而认识如果只停留于或只满足于事物的共同本质的认识,不去在认识了这个共同本质之后,继续深入地研究具体事物的特殊的本质,那就会使这种共同本质的认识"变成枯槁的和僵死的东西"(毛主席语)。正是在这个意义上,马克思批评形而上学的研究政治经济学的方法,因为他们只做到了把"完整的表象蒸发为抽象的规定",而辩证法却要使"抽象的规定在思维的行程中导致具体的再现",也就是毛主席所说的,"当着人们已经认识了这种共同的本质以后,就以这种共同的认识为指导,继续地向着尚未研究过的或者尚未深入地研究过的各种具体的事物进行研究,找出其特殊的本质,这样才可以补充、丰富和发展这种共同的本质的认识……"(《矛盾论》)因此,这里的所谓具体,也还是抽象意义上的具体,是指概念和理论更全面、更深刻地反映事物的本质性的具体,并不是指文艺上的形象和形象性或形象化这样一种具体。因此,经典作家的这个观点并不能被用来为"表象——思想——表象"这样的公式服务,不管这个公式是用在抽象思维领域还是用在形象思维领域,都恰恰不符合马克思主义的认识论。

即使就按照郑季翘同志的解释,也只能导致这样一个结论,即:形象只不过是抽象思想的图解而已。因为,他所理解的"想象"或"创造性想象",并不是根据于现实生活,而是根据于抽象思想,并不是对客观现实的形象地再现,而是已经舍弃具体形象的抽象思想的"具体之再生产"。由抽象思想"生产"具体形象这种理论已经难于理解,即使就算说得通,这个"再生产"的观点本身也是很值得怀疑的,不符合毛主席对文艺工作者的教导,因而恰好不符合实践论。毛主席教导文艺工作者必须深入生活,必须"根据实际生活"进行创作,郑季翘同志却要文艺工作者根据抽象思想进行"再生产";毛主席教导说人类的社会生活是文学艺术的唯一源泉,郑季翘同志事实上却认为抽象思维才真正是文学艺术的靠得住的源泉。郑季翘同志显然误解了毛主席说的"观察、体验、研究、分析一切人,一切阶级,一切群众,一切生动的生活形式和斗争形式,一切文学和艺术的原始材料,然后才有可能进入创作过程"这一思想,把认识的阶段性作了机械的理解。形象思维自然要分析、要研究,不分析不研究就不叫思维,就不能进行艺术创作,但这并不意味着它是总结出几条抽象理论之后再来图解理论。事实是,毛主席说得很清楚,要分析、要研究的是一切"生动"的生活形式和斗争形式,是在这样的前提之下进入创作过程,如果分析研究的结果反而丢掉了生活的生动性,这样"再生产"出来的作品能够动人吗?如果把毛主席的教导理解为这样一个"再生产"的过程,文艺创作岂不是一件太容易的事了吗?文艺工作者深入生活的重要性岂不是就不大了吗?学学理论不就可以进行"创造性想象"了吗?这样的作品自然也能够生产出来,但却不会是现实生活的具体的、鲜明的、生动的再现,其中的人物决不可能是具有明确的个性的活生生的典型,决不可能是特定的"这一个",而是只象征或只表征某种共性的"精神号筒"。虽然郑季翘同志也说过要创造有个性的形象,但形象的产生既然不是根据于现实生活而是依据于抽象思想,那么,这种所谓的"个性"也只能是添加一点言谈举止的"习惯"而已,因而也只能是一种"糟糕的个性化"。

郑季翘同志的所谓"抽象的规定在思维行程中走向具体的再生产",实际上是把一个完整的认识过程中的不同阶段截然割断了,他实际上是把艺术创作的实际过程曲解了。郑季翘同志认为他是强调"思想"在艺术创作中的重要性,但这种理论却正好贬低了思想在艺术创作中的重要性,因为艺术中的思想不是外加的东西。而是与活生生的形象血肉般统一的。这就证明,对形象思维这个客观事实以及它的特殊的矛盾规律,是不能否认而只能科学地去说明的,如果主观地否认它的存在,那就只能得出一些错误的结论,会把艺术创作引上一条不健康的道路。

以上就是我对形象思维的一些不成熟看法,希望能得到大家指正。

附记一:《关于艺术创作中的形象思维问题》一文,是一篇旧稿,写于一九六五年八九月间,严格说来,只是一篇初稿。当初写这篇文章,是准备参加形象思维问题的讨论,首先是与郑季翘同志讨论。由于工作关系,在写这篇文章时,先读到了郑季翘同志文章的铅印稿,因此文中所引他的话,跟他发表在一九六六年第五期《红旗》杂志上的稿子,有些不同。这次发表,对引文未作修改。理由是,郑季翘同志公开发表的文字,说法上虽有些变化,其精神实质并没有变。

这篇稿子刚写出时,有同志曾指出它的缺点是"学院气"。这篇文章确实战斗性不强。造成这种情况,有两个原因:

(1)当时,我不同意郑季翘同志给形象思维戴"修正主义"、"反马克思主义"的帽子,主张进行学术讨论,这就使文章的政治性很不够了。

(2)自己对形象思维刚开始探索,理解不深、不透、不熟练,加之写作时间仓促,文字就不精练晓畅了。

(3)但既是十余年前的旧作,这里,就让它还保持原貌吧。

由于水平所限,文中对其他同志的观点的引述,很可能有不确切和误解之处,这也不好改了,欢迎纠正。

对我国社会主义文艺事业来说,毛主席给陈毅同志谈诗的信,是一篇极为重要的文献。它为我们进一步探讨文学艺术创作规律,提供了锐利的武器,开辟了广阔的前景。我们相信,形象思维问题必将得到很好解决,形象思维理论必将深入人心。

一九七八年二月　北京

附记二：鉴于形象思维问题已成了一段历史公案，应保持历史原貌，此次编集时，只对几处语气稍有推敲，总共动了十几个字，并不涉及内容。

我要再次说明的是：我对有的同志的某些见解的引述和理解可能不准确，这只能反映我十七年前的水平，不足为凭了，敬希鉴谅。

一九八二年十月　北京

关于形象思维的一段公案

一

一九六四年九月,中宣部从北京大学、人民大学、北京师大、武汉大学、吉林师大借调五名教师,从文艺报借调一名干部,放在文艺处,组成"写作小组"。为此,主管文艺的副部长周扬还召开一个简短小会,宣布写作小组成立,他没有讲具体任务。我现在只记得,他在宣布借调人员姓名时,把我的名字读成了"孟伟战"。开过这个会,我们六个人被安排在一间大办公室,由文艺处干事贾文昭作联络员,让每个人报自己愿意写的题目或意向,批判的意思大家都明白。因为读过阳翰笙的剧作,我报了研究阳翰笙。

阳翰笙同志写太平天国的剧作很有影响。为了解太平天国的历史,从专史到史料丛书,我真用心读了不少,对他的《忠王李秀成》写了一篇"批判"文章交联络员。文章发于当年《大公报》,并非由我投稿,文艺处怎样办理,作为借调者我不知情。随后还写了一篇"表态"式短文,也载于《大公报》。

对翰老这个剧本,未读史料时,在大学我很欣赏,读过史料,特别是读过《李秀成自述》,发现李秀成有愿受招安、愿归顺朝廷的意思,原来的欣赏变成所谓理性思考,"批判"文章由此而生。

一九九〇年初我调中国文联工作,方知阳翰老的编制也在这里。一次,专门看望他时,我坦率对他说:"翰老,我写过批判您的文章,不好意思,请您谅解。"翰老笑笑,说:"理解,理解。"翰老是老资格政治家和文化界领导人,他比我更了解当时的形势,他对我的态度令我感动。

二

大约是一九六四年十一月下旬或十二月上旬,联络员交给我一篇铅印文稿,就是郑季翘同志批判形象思维的文章,文前还附有彭真一个批示件:"中宣部研究"。当时我只知道彭真是政治局委员、北京市委书记,不知道他是中央书记处书记,心里还有点奇怪:怎么是他的批示呢?但没有说出口。

联络员说:这篇文章交你研究。我问:领导的态度呢?他说:领导没有态度。我换一个方式问:领导的观点呢?他说:领导没有观点。我再问:领导的倾向性意见呢?他说:领导没有倾向。你研究吧?我问:要写吗?他说:当然,把你研究的结果写出来。

一九五八年到人民大学,我是助教,一九六三年夏季,被评定为讲师。在大学校园,急于充实自己,忙于讲课写讲义,埋头读书,同时也挤时间写诗写小说,实际很闭塞,同外界联系很少,不知道作家协会在哪里,被借调前,连中宣部在沙滩也不知道。借调前对中宣部有神秘感,被借调又有兴奋感。但忽然让研究郑季翘文章,又听说他是省委副书记,这个"研究"便非同小可。但既然是领导让研究,又怎能不服从呢。

郑季翘同志文章的题目我已不记得,但他的基本观点是记得的,那就是:"形象思维论"是反毛泽东思想、反马列主义的,因而是修正主义的。很长时间后我才理解与联络员的一番对话,在如此重大的问题上,领导人怎么会轻易讲出自己的态度、观点和倾向性意见呢,真的连某种暗示都没有。

由于我长期接触的是一般文艺理论和一般创作论,未留意过形象思维这个概念,对文艺界的讨论也不了解,开始时,对郑文,读了多遍仍不能破解,反觉颇有说服力。但根据自己不多的文学创作的体验、体会,对创作过程中"胸有成竹"、"呼之欲出"、"感同身受"、"如临其境"、"如闻其声"、"如见其人"、"如影随形"、"与之同乐"、"与之同悲"等等的形象感受和情感体验,觉得形象思维是存在的。为此,又重读毛主席著作和马列著作,并曾摘编过一系列马恩列斯论及思维的语录。其间,还找过美学家王朝闻请教交谈过一次。王朝闻肯定人有形象性思维。同时也找了文艺界讨论形象思维的若干资料研阅,包括亚里士多德、别林斯基、列·托尔斯泰的艺术理论等等。

奋斗几个月,大约到当年五月或六月末时,写出一个我自认为是以观点带资料的初稿。就是说,观点简略,没有展开论述,主要是把有关资料摆出来供领导参考、审阅,看大思路对不对,一万八千字。我交出自己的稿子,同时将郑季翘文章交还联络员。我的稿子很快排印出来,我和联络员一起校对。再次改定后,联络员给了我一份。

几天后,周扬同志要见我。天热,通知突然,我穿着破背心去见他。在他办公室,他未对我的文稿表示任何意见,而是问我懂什么外语?我说,学过几个月俄语,其实不懂。我印象最深的就是这一问,三言两语就结束了,只能算是见了一面。这以后,一九六五年七月,我被调入中宣部。

好像是一九六五年五月,在沙滩教育楼,由周扬主持,开了一个小范围的形象思维问题讨论会。与会者十人左右。我记得的有朱光潜、钱锺书、何其芳、李希凡。在进入这个小会场时,周扬从我身旁走过,很不经意地顺便说了一句"你也可以发言嘛"。但是,当着这些学者权威,我哪敢发言?大专家们坐成一圈,比较集中,我看李希凡在远离中心圈的一张小桌后就坐,便同他坐在一起。这时,我与李希凡也还互不相识。

这个座谈会或讨论会,其实没有一个人正经地系统地发言,是你一言他一语地交谈,谁的话都没有给我留下印象。周扬自己也没有讲明确观点。他好像只是问:形象思维问题是政治问题还是学术问题?可见,由于郑季翘把形象思维问题报到党中央,提到了反毛泽东思想、反马列主义及修正主义的高度,弄成了政治问题,首先周扬十分谨慎。一般专家教授当时还不知道有郑季翘这么一篇文章,周扬可是清楚的。

自从第一稿交出,我一直还在探索形象思维的理论和实践问题。

一九六五年十月,中宣部要派工作组到北京顺义参加"四清社教",我是组员之一。这时,又要我在第一稿基础上改写成文章,只给十天时间,也就是比别人晚到顺义十天。我只好废寝忘食紧张工作,有时一天只吃一个烧饼,每天早晨起床,枕巾上脱落很多头发。文章按时完成,三万多字,交联络员。是第一稿交出还是这第二稿完成,平时守口如瓶的联络员说我的稿子"战斗性不强,学院气"。我没有回应,但不以为然。我认为说理重要,在学术问题上如何战斗?这个第二稿也很快排校出来,联络员交给我一份。

好像是一九六五年十月,中宣部请郑季翘参加,由周扬主持,又在沙滩教育楼开一个小型讨论会。与会人员除周扬和郑季翘,我全不记得了,只记得郑季翘颇不冷静,临散会出门时还大声说:"我坚持我的观点!我坚信我的观点符合毛泽东思想!"

三

一九六六年六月四日,新任中宣部长陶铸宣布中宣部开始"文化大革命"运动。其时,形象思维问题并无定论,而郑季翘文章已在《红旗》杂志发表,影响很大,中宣部也知道我写了与郑观点不同的文章。我也紧张,曾写过一张大字报质问过周扬同志;同时,我因为这篇文章也惹来一批大字报围攻,说我是"周扬黑秀才"、"修正主义黑苗子"。一九六七—一九六八年中宣部动荡不安,陷于瘫痪,中宣部人员全搬到车公庄北京市委党校搞运动。一九六九年中宣部实行军管。同年八月，中宣部全体人员到宁夏贺兰县化建农场"五七干校"，在军管组领导下，一边劳动一边继续搞运动，直到一九七三年七月，我才被重新分配到人民文学出版社当编辑。

"文革"期间，我毁掉了自己的许多文稿，但这篇《关于艺术创作中的形象思维问题》的文章一直带在身边，精心保存，不敢毁掉。

为什么不毁掉？为了随时接受审查，因为它是证据。这证据意味着我的一份自信，自信自己不是反毛泽东思想、不是反马列主义；同时，它也是我的精神压力，不知它究竟会被如何定性。

我一直记着联络员说过的"领导无态度、无观点、无倾向性意见"，这是很严谨的逻辑思维。这等于说，我的研究如果错了，如果有问题，如果形象思维真被从政治上定性为修正主义，责任全在我自己，不会有人跟我分担责任。这真叫"文责自负"，你不能怪别人。

所以，直到毛主席给陈毅同志谈诗的信发表，说写诗要用形象思维，我悬着的心才放下，并将自己的研究于一九七八年二月交吉林省《社会科学战线》发表，公之于众。而这时，中宣部人事已几度变化，我也已早非中宣部人。

大约是一九七七或七八年初秋，我与人民文学出版社诗歌编辑莫文征到社科院去找复出的周扬同志，他时任社科院副院长。"文革"结束不久，缺少新作品，有同志提议重印大跃进期间由周扬和郭沫若编辑的《红旗歌谣》，我们即为此去听取周扬意见。一见面，他先说了一句："孟伟哉同志，你写了不少东西呀！"他显然是指形象思维文章已发表事，我一时不知该如何应答。至于《红旗歌谣》能否重印，他当时似未置可否，我们便很快离去。

我想，回叙一下这些情况，并不是无意义的。

另，文集收录《形象思维二题》，一是我有所修改，二是郑秀翘同志有所引用，不应回避。

二〇一三年五月一日　北京方庄

附　录　一

《文学报》编辑同志,你们好!

我在编自己六十多年的文集,小说、诗歌、散文、随笔之外,还有一卷理论。在编选过程中发现,我研究的《关于艺术创作中的形象思维问题》一文,其研究缘起,写作过程,在时过近五十年之后,有说清内幕的必要,它也是我自己理论探索的一个过程,更是我的一段政治生活经历,外人多有不知。现在把大致经过讲出来,有必要,也有好处。请斟酌。

我叙述的是全过程。写到批判翰老,是不想隐瞒自己的"批判"。如你们想突出形象思维问题,也可对第①页第三、四、五节作适当删削。

我写的"附记三",是接续一九七七年二月论文发于吉林《社会科学战线》的附记一、一九八二年十月编《作家的头脑怎样工作》的附记二,为保留历史面貌而言的。但头两个附记均未涉及附记三提到的内情,你们可以不管这个附记,可删去,另拟一题,如能否用《关于形象思维问题的一段公案》之类?

如蒙采用,均由你们酌定。相信你们会处理好。

谨此

致礼

孟伟哉

二〇一三年七月八日

附　录　二

子伶，你好！

　　上海《文学报》七月末发了这篇《关于形象思维理论的一段公案》，你一看便明白。形象思维文章在我手上一直保存十二年不敢毁掉，是在华国锋批准毛主席给陈毅谈诗的信一九七七年十二月发表后，我这篇奉命之作才能于七八年二月交吉林《社会科学战线》刊出。这是否也可算出版史料的一段内幕，的确鲜有人知。麻烦你能否转《出版史料》？你曾是该刊副主编，转去可能方便些。能发最好。

　　天津《今晚报》五月间以《关于一篇论文的附记》发表。这本来也是《关于艺术创作中的形象思维问题》的第三则附记，因为在一九七七、一九八二年我还作为"机密"保守着。

　　我因编文集累病，不要紧。

　　让冬冬把《文学报》复印件寄你。有事打我手机。《史料》也可另拟题目。

　　祝你健康！

孟　伟　哉
二〇一三年八月八日

伟哉先生：

　　您的"一段公案"拜读了。不知别人读后何感，我读了实感惊心动魄。您入中宣部"写作小组"，正是"文化革命五人小组"的一个文章操作机构，亦是一扇门，先生进入了。

　　"五人小组"思路与"后来"文革思路不合，且后者即使在文革结束后甚至拨乱反正后仍为主流意识。"五人小组"思路是正统且开明与文明些，即老百姓所言，做事有点教养（或涵养），起码在表面上也讲点常理。那扇门关了,主流意识可能仍视先生为那方"门人",而对主流异见方又视先生为主流方人。我与先生交往二三十年,今突见"一段公案",将往日有限见闻串起来了。

然而退一步想,如那扇门没有关,是福是祸,仍在未知。我可能想错了,如错,请先生批评。

专此　奉达

祝

康健

子　信上

二〇一三年八月十四日

伟哉先生:

文章《关于形象思维问题的一段公案》及信都已收悉。我与《出版史料》联系,其编辑部正在编今年第三辑。业已商定,文章安排在当期刊出。

"一段公案"提及的郑季翘的文章和您的文章,本是文事,却几乎演化为政治。说是偶然性,似有敷衍了事之嫌。说有必然性,确须郑重研究。八月十四日给你一信后,意犹未尽,并专门查阅一些史料,有些感想,仍想说说。

你在"一段公案"中讲了一个故事,就是五十年前你的论文《关于艺术创作中的形象思维问题》是怎样"炼"成的。这篇论文的写作生活,是一段政治生活,多不为外人所知,有些史料意味。但尘封了五十年的故事,今一旦启封,不觉发现,那篇论文"炼"成后,又被雪藏十余年,似乎意味更加深长。

凡这些都由入编中宣部写作小组引起,而且与郑季翘的大批判文章息息相关。

一九六四年九月,你被借调,进入中宣部写作小组,其时已处"文革"前夕,社会文化领域早已是山雨欲来风满楼的形势。因为毛主席亮了剑。这便是两个文艺批示。两个批示,对解放以来文艺文化界进行了严厉的政治批评,在政治上为启端"文革"作了战略准备,也是"文革"批判所谓"十七年黑线专政"的政治的和理论依据。

一个是一九六三年十二月十二日批示。中宣部一九六三年十二月九日编印的《文艺情况汇报》,刊有《柯庆施同志抓曲艺工作》一文,毛主席看后,将此件批给当时的北京市委彭真、刘仁,并作了批示,如下:

此件可以一看。各种艺术形式——戏剧、曲艺、音乐、美术、舞蹈、电影、诗和文学等等,问题不少,人数很多,社会主义改造在许多部门中,至今收效甚微。许多部门至今还是"死人"统治着。不能低估电影、话剧、民歌、美术、小说的成绩。但其中问题也不少。至今,戏剧等部门的问题就更大了。社会主义经济基础已经改变了,为这基础服务的上层建筑之一的艺术部门至今还是一个问题。这需要从调查研究着手,认真抓起来。许多共产党人热心提倡封建主义和资本主义的艺术,却不热心提倡社会主义的艺术,岂非咄咄怪事。

批示日期是一九六三年十二月十二日。

另一个批示,是写在一九六四年五月八日中宣部《关于全国文联和各协会整风情况的报告》的草稿上的。文件草稿不是正式文件,原不可能将未定内容的草稿件送到毛主席那里去。这件草稿中宣部原准备补充修改,不意江青问起协会整风情况,中宣部顺便将此稿给江青,供她了解情况。但这件草稿却到了毛主席那里。一九六四年六月二十七日,毛主席批示:

这些协会和他们所掌握的刊物的大多数(据说有少数几个好的),十五年来,基本上(不是一切人)不执行党的政策,做官当老爷,不去接近工农兵,不去反映社会主义的革命和建设。最近几年,竟然跌到了修正主义的边缘,如不认真改造,势必在将来的某一天,要变成像匈牙利裴多菲俱乐部那样的团体。

六月批示后,毛主席还亲自召开会议,并布置文艺界整风。七月中央成立"文化革命五人小组",成员有组长彭真、副组长陆定一及康生、周扬、吴冷西。小组职责,是"贯彻中央和毛主席关于文学艺术和哲学社会科学问题批示"。

有两位主要领导进入"五人小组",中宣部在政治上似乎平妥,其实不然。毛主席两个文艺批示所指,作为领导全国意识形态工作的中宣部难辞其咎,责任乃首当其冲。中宣部实已入多事之秋。你入编中宣部写作组,似失天时,未必好兆头。中宣部很重视写作组,其成立由周扬宣布。写作组活动,必然相应地纳入"五人小组"职事范围。写作生活,就是一种政治生活。当时,作为年轻的大学讲师,你真的耳目闭塞,不知道这些背景。我也不知,是事过境迁看史料,才有所明白。

在存续时间不长的写作小组,你撰写的主要文章,就是关于形象思维研究的文章。从风格看,论文像社会科学院的学术文章,难怪写作组联络员看到论文成稿时,要说一句"学院气"。

论文缘起,完全是因为郑季翘报到中央书记处的文稿招来的。

你在"一段公案"提及郑季翘处都较简略。实际上,郑季翘文稿的观点,在高层是有一定影响的。

郑季翘是吉林省委文教书记,在地方省委书记里,算是个有理论修养及写作能力的干部。一九六三年二月,他写了篇题为《应该坚持马克思主义认识论——关于文艺创作中形象思维论的批判》的文章,中心论点是形象思维论作为一种认识论,是反毛泽东思想的,反马列主义的。他将自己文稿的观点,向当时东北局主要领导和吉林省委主要领导作了汇报,并得到首肯;又将文稿分寄彭真、陆定一、周扬等人,且附了信。彭真对其文稿批示"中宣部研究"。你研究的郑的文稿,就是这样来的。

在对待郑季翘文稿观点问题上,你问过写作组联络员:领导有什么观点,或什么态度,或什么倾向性意见。回答是:领导无观点、无态度、无倾向性意见。而你,在"三无"形态下,仍像在战场接受任务那样,不讲条件,服从安排,进行研究,真像军人,也真是赤诚的知识分子。

在文化界领导里,肯定形象思维论最有力者,不是别人,而是周扬。这点,郑季翘是清楚的,而你当时可不清楚。中宣部施行"三无"式领导,可能要避开写作组名义,由研究者个人对研究结果负责。因为在形象思维问题上,研究结果如是否定性的,周扬是不可能让以写作组名义发表的;研究结果如是肯定性的,周扬也不可能让用写作组名义发表,因为允许这样发表,可能会受到"利用职权"的指责。所以,你对观点、资料及撰写各环节进行独立操作的全过程,也就是"文责自负"的过程。

你研发的结果,就是题为《关于艺术创作中的形象思维问题》的长篇论文。这篇论文,不仅观点与郑文的观点相对,并且在立论方法上与郑文大批判方式完全相异。你文章以毛主席的认识论作为立论的理论基础,对形象思维本体作了系统的完整的研究。论文研究对文艺创作实践及其感情持唯物论的尊重态度,坚持理论研究的独立思考精神,可信地论证了形象思维或艺术思维作为一种对现实与历史的特殊的认知方式,是存在的。

你拿出研发论文第二稿,是一九六五年十月。然而,时今,时今,你关于形象思维理论研究完成之日,也是这篇论文被雪藏开始之时。

因为你不久便感到与日俱增的政治压力。你企求用学术方法解决理论文化问题,为时不容。

就在你的论文成稿不久,姚文元的评《海瑞罢官》文章,十一月在上海《文汇报》发表。"五人小组"于一九六六年二月提出著名的"二月提纲"(《文化革命五人小组关于当前学术讨论的汇报提纲》),提倡用学术讨论方式来处理文化问题,企希阻遏姚文元那种无限上纲政治大批判做法。结果,"二月提纲"被否定。你的论文正与"二月提纲"所倡导的方向完全一致,而郑季翘文章所表现的大批判做法却与"二月提纲"否定者所倡导的方向,又是完全一致的。

更使你纠结、感到险在眉前的是,郑季翘文章被官方认可。陈伯达看中郑季翘文章,将其刊登在一九六六年四月五日第五期《红旗》杂志上,题已改为《文艺领域里必须坚持马克思主义的认识论——对形象思维论的批判》。郑文的意义,是在清理所谓"文艺黑线"的艺术理论基础。《红旗》杂志刊登郑文,表明把形象思维论定性为"修正主义",产生很大影响。

同时更大压力接踵而来。中央出台正式发动"文革"的《五·一六通知》,撤销以彭真为首的"五人小组",重新成立以江青、张春桥等人为主的"中央文革小组"。中宣部的写作小组早已自行消失。郑季翘经东北局推荐,成为"中央文革小组"成员。

至此,两篇文章两种不同境遇:郑季翘的文章缘"文革"而强势,你的文章逆"文革"而劣势。"文革"之初,许多大字报批判你是"周扬黑秀才"、"修正主义黑苗子",是有根有源的。

虽然,你的论文成了一忧十余年的心病,但对外来的否定并不认可。你在"一段公案"中如实表露自己心态:"文革"期间,"我毁掉自己许多文稿,但这篇《关于艺术创作中的形象思维问题》的文章……精心保存,不敢毁掉",原因是"为了随时接受审查,因为它是证据。这证据意味着我的一份自信,自信自己不是反毛泽东思想、不是反马列主义;同时,它也是我的精神压力,不知它究竟会被如何定性"。"如果形象思维真被从政治上定性为修正主义",因为当时中宣部采取"三无"的领导方式,所以"责任全在我自己"。

你自信,又不自信。

自信,是你对自己有政治自信,对自己论文的立论有学理上的自信。但是,你对"文革"的社会思潮及其体现的权力于自己论文的政治性质的判定,是不自信的。而且,你心态侧重在不自信方面,也反映了你对自己文章也即自己将遭遇什么样的政治命运表示忧虑。这是很典型的,是当时绝大多数无辜而遭遇"文革"灾祸的知识分子的心态。

直到一九七七年,中央为纪念毛主席诞辰,发表了毛主席写给陈毅元帅的,谈诗,谈做诗的学问的信,肯定了形象思维,你"我悬着的心才放下"。十年一忧,终得消除。那篇被雪藏了十多年的论文《关于艺术创作中的形象思维问题》,也终于发表。

两篇文章的处境,骤然发生逆转。郑季翘批判形象思维论是反毛泽东思想的,在毛主席谈诗的信的面前,其观点显然陷入学术的和政治的双重尴尬境地。但是,被郑季翘批判为"修正主义"的形象思维论者,并没有用郑季翘的大批判方式来对待郑季翘。

毛主席谈诗信的发表,本可以推动形象思维讨论上升到一个新台阶。但是,郑季翘仍固执己见,还与你展开争论。——此事也过了三十年了。今你谈及"一段公案"的往事时,凡涉及郑均简略,如实,不伤人。心正厚道,有君子风焉。

以上就是我的感想实录,不妥处,请你订正。

今年元月,我已辞去《出版史料》副主编职务。帮忙十年,已过七十。但只要《史料》朋友仍在编刊,与他们联系还是方便的。

闻悉先生在编自己文集。先生年过八秩,还望节劳珍摄。

至此　即颂

文安

陈子伶 上
二〇一三年九月二十日

形象思维二题

伟大领袖和导师毛主席在给陈毅同志谈诗的信中指出:"**诗要用形象思维,不能如散文那样直说,所以比、兴两法是不能不用的。**""**宋人多数不懂诗是要用形象思维的,一反唐人规律,所以味同嚼腊。**""**要作今诗,则要用形象思维方法,反映阶级斗争与生产斗争。**"举一反三,不难理解,毛主席在这里说的是诗,实际上包括了各种艺术形式。

这样,在马克思主义发展史上,毛主席就第一次作出了一个十分明确的论断,即:艺术创作中的思维是形象思维,形象思维是艺术创作的规律。违背这个规律,就不能创作出好的艺术作品。

毛主席关于艺术创作要用形象思维方法的科学论断,对于马克思主义的认识论,对于革命文艺家的艺术实践,都具有十分重大的意义。

这里,就形象思维的两个问题,谈一些看法。

一 科学地理解形象思维

规律是客观的。真理是具体的。概念应该是科学的。

在《实践论》里,毛主席教导我们:"**概念这种东西已经不是事物的现象,不是事物的各个片面,不是它们的外部联系,而是抓着了事物的本质,事物的全体,事物的内部联系了。**"

应该尽力全面地、科学地来阐明和规定形象思维这一概念。

在《矛盾论》里,毛主席又引用过列宁的一段话,这就是:"要真正地认识对象,就必须把握和研究它的一切方面、一切联系和'媒介'。我们决不会完全地作到这一点,可是要求全面性,将使我们防止错误,防止僵化。"

这一马克思主义的方法论,也应该是研究形象思维这一问题的指针。

1. 形象思维的特征是它的形象性,它的思维工具是语言

语言是思维的工具。没有语言,人就不可能进行思维,无论是哪一种方式的思维。这是马克思主义思维理论的一条重要原则。

马克思和恩格斯说:"人并非一开始就具有'纯粹的'意识。'精神'从一开始就很倒霉,注定要受物质的'纠缠',物质在这里表现为震动着的空气层、声音,简言之,即语言。语言和意识具有同样长久的历史;语言是一种实践的、既为别人存在并仅仅因此也为我自己存在的、现实的意识。语言也和意识一样,只是由于需要,由于和他人交往的迫切需要才产生的。""语言是思想的直接现实。"[①]

正是从这个唯物主义观点出发,马克思主义经典作家一再地对那种"纯粹的意识"论和把思维同语言分割开来的唯心主义理论,进行了批判。

斯大林说:"有些人说,思想是在用言词表达出来之前就在人的头脑中产生的,是没有语言材料、没有语言外壳,可以说是以赤裸裸的形态产生的。但是这种说法完全不对。不论人的头脑中会产生什么样的思想,以及这些思想什么时候产生,它们只有在语言材料的基础上、在语言的词和句的基础上才能产生和存在。没有语言材料、没有语言的'自然物质'的赤裸裸的思想,是不存在的。""语言

---

① 《马克思恩格斯全集》第三卷 34 页,525 页。

是同思维直接联系的……"[①]

思维同语言不可分离这一真理,被日益发展的自然科学进一步证明了。科学实验证明,当一个人在思维着什么时,虽然他没有讲话,但他的语言机制也即他的言语中枢和发音器官,实际上是处在运动的状态,因为他在"内心默语"。

在艺术创作过程中,浮现在作者脑海里的形象或形象观念,只是被思维的客体在主观上的反映,因而只是被思维的对象或者思维所获得的结果,并不是思维的工具。

形象思维之所以为形象思维,只是因为思维者在思维过程中,不舍弃客观的形象映象和画像,而是把它们生动地保持在心目之中或曰"内心视觉"之中,同时运用语言(这里指语言的一切成分和一切功能,包括概念)使自己仿佛身临其境似的对这些形象(它们的个体和群体、它们的关系和矛盾等等)进行分析、研究或者加工创造,并不是说它们是思维的工具。无论语言艺术还是造型艺术和绘画,在创作思维的过程中,都不能离开语言。离开语言不可能开始思维,当然也不可能进入创作过程。两军格斗,千军万马,高山大河,森林草原,刀光剑影,硝烟烈火……当一个小说家或一个画家要创造性地再现一个战争场面时,如果他不运用语言,不运用"敌军"、"我军"、"前进"、"后退"等等语言的术语和词的材料,那么,他的所谓思维是不存在的,这个现实情景中的复杂的关系、矛盾等等,他便不可能认知,当然也谈不上描写或者绘画。因为,无语言(即使是内默的)人也就形不成意识,而艺术作品却正是一种独特的社会意识形态。即使对于音乐艺术来说,道理也只能如此。在音乐艺术中,像歌剧、歌曲唱词的这些直接同语言联系着的艺术形式固不必说,就是所谓器乐曲如无词交响乐,作曲家如果不是在运用语言的条件下对客观现实进行了思维,不是在运用语言的前提下,来处理所谓乐音、节奏、旋律等等,那么,他的创作是不可能进行的。许多

[①] 斯大林:《马克思主义和语言学问题》30页,16页。

交响乐之所以有明确的标题,就正是作曲家用语言进行思维的证明,而每部交响乐(包括无标题作品)之所以有明确的主题倾向,有自己符合于主题要求的所谓"音乐语言",也正是因为作曲家在运用语言思维的过程中,在这样地酝酿和形成了一种特定的社会激情的时候,对各种声音素材进行创造性的选择和组合的结果。所谓音乐创作是"用音乐来思维",这是一种错觉。事实是,在作曲过程中出现的那种似乎一度"离开语言"的时刻,正是曾经在运用语言的前提下,对客观现实进行了观察、体验、分析、研究,并因此而形成了某种明确的主题和特定的情感之后,运用声音材料并按照音乐构成的特殊规律,来表现主题和感情、描绘情景和形象的;并且,在这之中和这之后,也总是时而自觉或不自觉地运用语言在检查自己的工作的。每一个文学的或艺术的作者,都在构思或创作的时候,推敲和审查着自己的构思或作品。"这样好,那样不好……"无论他是内默的还是发声的这样评价着、判断着时,他就是在思维,而且正是运用语言在思维。

不过,困难不在于承认语言也是形象思维的工具,困难是在于如列宁所说:"任何词(言语)都已经是在概括。""在语言中只有一般的东西。"①而艺术(如语言艺术)的特征却是它的形象性,艺术实践中的直接任务却是创造鲜明而生动的典型。那么,艺术家在创作过程中,是怎样克服语言的抽象性和形象的具体性之间的矛盾的呢?是怎样将它们统一起来而达到鲜明生动的境地呢?这里,斯大林的一段话可以帮助我们理解这个问题。

斯大林说:"建筑业中的建筑材料并不就是房屋,虽然没有建筑材料就不可能建成房屋。同样,语言的词汇也并不就是语言,虽然没有词汇,任何语言都是不可想象的。但是当语言的词汇受着语言语法的支配的时候,就会获得极大的意义。……正是由于有了语

---

① 列宁:《哲学笔记》1962年版303,306页。

法,语言有可能赋予人的思想以物质的语言的外壳。"①

关键就在于语言的语法结构。无论对于理论著作,亦无论对于语言艺术作品,它们之所以能给人以系统的理论知识或完整的形象感受,就因为分散的、单个的词按语法结构而获得了逻辑性、具体性和确定性。在语言艺术作品中,这种具体性和确定性就表现为通过描绘而达到的形象的鲜明性和性格的生动性。当然,艺术作品所选择的语汇,一般说来也有着不同于理论著作的特色。

形象思维是用语言来思维,这是它同其他任何一种思维的共同点。然而同时它又有自己的特点,这就是:它是在我们中国人习惯上所说的心目中(外国人所谓的"内心视觉"中,其实,都是在大脑中)面对着各种形象素材在思维(认识、创造),而不是舍弃这些客观的映象进行"纯粹的"词和概念的推理。

有一种观点把语言和词、概念等同起来,这种理解是不符合马克思主义语言学的。这种观点只看到了语言的一般性品质,而没有看到它们在接受了语法结构和种种限定(如所谓定语、限制词等等)之后,可以表现特定的、个别的事物。这种观点把语言只当作是抽象思维的工具,对形象思维本身不加研究便否定了形象思维,是很大的谬误。

2. 形象思维不是无逻辑的思维,但逻辑性在这里有它某些不同于抽象思维的特点

逻辑是思维的法则。

列宁在《黑格尔〈逻辑学〉一书摘要》里写道:

"逻辑的范畴是'外部存在和活动的''无数''局部性'的简化(在另一个地方是'抽引出来的东西')。这些范畴反过来又在实践中('在活生生的内容的精神创作中,在思想的创造和交流中')为

---

① 斯大林:《马克思主义和语言学问题》17页。

人们服务。"①他又说:"人的实践活动必须亿万次地使人的意识去重复各种不同的逻辑的格……"②

不能排除思维的逻辑性,无逻辑的"思维"实际上不存在。所谓主观认识必须符合于客观规律,也就是说客观的逻辑必须在人的思维中得到正确地反映。这是马克思主义思维理论的又一条重要原则,形象思维当然不例外。

说逻辑思维是形象思维的"基础"、"内容",这是讲不通的。逻辑思维怎么能是形象思维的"基础"和"内容"呢？任何一种思维,如果要说基础的话,它的主观基础只能是人的各个感觉器官以及思维器官,即高度发展了的物质——大脑;它的客观的基础和内容只能是外在世界,除此不能是别的东西。抽象思维和形象思维,是健全的头脑对于世界的两种认识方式,怎么能说这个是那个的"基础"呢？

把语言、逻辑,统统划归抽象思维,这是极不恰当的。逻辑性并不是抽象思维独具的品格,任何一种真正的理性活动都具有这一特性。

把作为一种思维方式的抽象思维和世界观等同起来,这是对抽象思维本身也没有正确理解。世界观是人对世界的总的看法和认识,它是抽象的,但抽象思维方法却不等于世界观。世界观和方法论也是一致的。但是,如果是从世界观和方法论一致的意义上来谈思维,那就只能说唯物论和唯心论,辩证唯物论和机械唯物论,客观唯心论和主观唯心论,辩证法和形而上学,而不能把抽象思维这样一种思维方式当作世界观。把一种具体的思维方式当作世界观,不是强调了世界观,而是曲解了世界观,自然也不能真正解决世界观与创作的关系问题。

不能对"形象思维"这一概念作字面的理解,也不能对"逻辑思维"这一概念作字面的理解(我觉得,把抽象思维和形象思维作为

---

①② 列宁:《哲学笔记》1962年版86—87页,203页。

对称的概念较为合适,而把逻辑思维和形象思维对称起来,则易于造成错觉、误解)。形象思维之所以是一种思维,正是因为它不仅遵循而且反映着事物的逻辑规律,只不过它是以自己特有的形象的形式来反映(浪漫主义或浪漫主义气息很强的作品,则以幻想的形象〔如毛主席词《蝶恋花》〕或大事夸张的形象〔如民歌《我来了》〕来反映)。一个人只要在实践中去对现实进行真正的思维,他就可能或用理论的形式、或用艺术形象的形式,逻辑地反映和再现客观的各种关系、矛盾和规律,而只要他真正做到了这一点,他的思维就是合乎理性的,合乎逻辑的。不能认为凡是理性的体系都是抽象概念的体系,也不能认为凡是逻辑的体系都是抽象推论的体系。人们常常把一部文学作品叫作一个形象体系,这就是因为它们有一种内在的逻辑性。

有一种观点认为,只有抽象思维才有逻辑性,才是理性的,把理性和抽象思维等同起来,认为讲形象思维就是鼓吹直觉主义和蒙昧主义,从而根本否定形象思维,这就荒谬了。其实,每一部真正的小说、每一幅真正的绘画、每一支真正的乐曲,都是充满理性内容的,都是概括着生活的某一方面的逻辑也即规律的,只不过,理性和规律的显现在这里有它独特的艺术的和形象的形式。在艺术作品中,有时候一些看来似乎不合乎逻辑的情形,实际上却是非常合乎逻辑的。例如,歌剧《白毛女》里有一句点明主题的唱词:"旧社会把人逼成鬼,新社会把鬼变成人。"假使形而上学地推敲起来,这是很不合理的,甚至可以说是违反唯物主义的,人怎么可以变成鬼,鬼怎么可以变成人呢?但是,如果不是表面的咬文嚼字,而是看它的实质内容,那么,它不仅具有一般的合理性,而且具有巨大的、深刻的历史逻辑性。亚里士多德所以认为艺术比历史更富有哲理性,所指的就正是艺术的合乎逻辑的概括性。我们觉得,不能认为凡是抽象的思维,就必然可以发现事物的本质。事实是,正如形象思维有时可以歪曲生活一样,抽象思维同样有时也不能发现现实的本质。恩格斯所以推崇巴尔扎克的《人间喜剧》使他学到的关于法国的东西,

"比从当时所有职业的历史学家、经济学家和统计学家那里学到的全部东西还要多",难道不正是因为那些进行抽象思维的经济学家等等,没有合乎逻辑地反映现实本质吗?这方面的例子,不管在历史上还是在现实中,中外古今,太多了。因此,断然否定形象思维,只肯定抽象思维是能够认识世界的唯一方式的观点,是极其不能服人的,是极其没有说服力的。狄德罗说得好:"诗人善于想象,哲学家长于推理,但在同一意义下,他们的作为都可能是合乎逻辑的或不合逻辑的。说他合乎逻辑和说他具有了解诸般现象必然联系的经验,这原是一回事。"① 形象思维中的逻辑性,不是以抽象的三段论法表现出来的,而是以生活本身的生动的形式,从环境、情节、人物以及人物之间的各种关系体现出来的。形象思维当然不排斥使用概念,但它确实不是从概念到概念的推理,而是"根据事实进行推理"②,或者简直就是在好像违反常理的情况下进行推理。也就是说,在这里,言词和概念是同丰富多彩的现实和具体对象紧密联系的,逻辑采取着生活本身的形式。

3. 形象思维不能离开世界观的指导

世界观是思维的统帅。无论任何人,无论他是进行哪一种方式的思维,无论他是自觉的还是不自觉的,只要他在思维,他的思维就不能不是在一定世界观指导下的思维。这是一条马克思主义的真理。而对于无产阶级的作家、艺术家来说,他要进行文艺创作,要对世界进行形象的思维(认识),就必须遵循唯一科学、唯一正确的世界观,即马克思列宁主义、毛泽东思想。革命的文艺创作者必须在马克思主义世界观的指导下去进行形象思维,这是我们在形象思维问题上的党性原则,同时也是我们社会主义文学艺术的党性原则。形象思维仅仅作为一种认识世界的方式,可以被任何一个有能力使

---

① 狄德罗:《论戏剧艺术》(《文艺理论译丛》1958 年第一期 171 页)。
② 列宁《哲学笔记》。

用它的人运用。从这个意义上说,它没有阶级性。但一旦把它同具体的思维者及其所思维的内容联系起来,它就有了特定的本质,这就是具体的阶级性。我们探讨形象思维完全是为了实践,是为了繁荣和发展我国社会主义文学艺术。因此,不能不特别研究这个问题的重要性。

毛主席《在延安文艺座谈会上的讲话》里所阐发的根本思想之一,就是:文艺工作者必须学习马克思主义,用辩证唯物论和历史唯物论的观点去观察世界,观察社会,观察文学艺术。这就是说,无论进行艺术创作还是进行艺术理论的研究,都必须在马克思主义世界观指导下进行。

过去,确有人把形象思维绝对化、片面化,用形象思维来否定马克思主义世界观对革命的艺术实践的指导作用。

例如,有的文章[①]中,就先是把马克思主义这一世界观和抽象思维等同起来,继之把马克思主义和形象思维当作并列的思维方式,进而便取消了马克思主义对文艺创作的指导作用。

例如,有人说:"社会学家著作中的每一论点都是受他的世界观直接的指使,与他的阶级利益密切联系的。而文艺家则不同,世界观和阶级利益虽然在其创作过程中起着作用,但由于作家是面对着生活,艺术的任务要求着他现实主义地描写生活,因而某些作家的世界观虽有着落后因素,但有可能突破其世界观的局限而达到真实的反映生活。……这种情况,正是由于形象思维规律的全部特殊性和复杂性所决定的。"[②]

这样,好像只有社会学家的抽象思维是与阶级利益、世界观直接而密切的联系的,而文艺家的形象思维则不然;在这里,世界观和阶级利益"虽然"也起作用,但是,因为:(1)他"面对着生活";(2)有个"艺术的任务要求着他现实主义地描写生活";因此,(3)他就

[①] 《关于文学艺术特征的一些问题》(《文艺报》1956年5、6月合刊号)。
[②] 《略论形象思维》(《长江文艺》1956年8月号)。

"有可能突破其世界观的局限……"。

这是荒谬的。

事实是,没有哪一个文艺作者不是面对生活的,但正因为生活不是抽象的而是现实的,所以他就不能不是从一定的立场和观点出发去观察生活、理解生活;否则,他就等于什么也没有看到,什么也没有理解。如果他不是这样反映生活的话,他就根本不可能有所选择。

事实是,所谓艺术的任务从来也不是抽象的,它并不是从天上掉下来要人无所为而为的。如果把艺术的任务抽象化,认为它的任务不是某个阶级、某个集团或某些人的具体的社会目的,而只是"现实主义地描写生活",这就是提倡艺术的任务就是写真实,除此以外别无他意。这是对艺术作为社会意识形态的本质的歪曲。

我们所说的形象思维,是现实的、实践的人对世界的一种认识活动。它从属于人的一定的世界观并且被包溶于这个世界观之内。当这个现实的、实践的、从属于一定时代、一定社会、一定阶级的人,用这样一种方法在观察和认识世界时,这个人对于世界的总观点(包括社会政治和社会伦理观点等等在内)就对它起着统治的、支配的和指导的作用,指导着他完成具体的目的和意图;而不管这个人的世界观是反动还是进步,是统一还是矛盾,一般地也必将在他的思维产物也即作品中或隐或显地表现出来。现实主义方法并不是一个超人的自在之物,对于具体的人来说它恰好是包括在他的世界观之内的。

毛主席说:"学习马克思主义,是要我们用辩证唯物论和历史唯物论的观点去观察世界,观察社会,观察文学艺术,并不是要我们在文学艺术作品中写哲学讲义。马克思主义只能包括而不能代替文艺创作中的现实主义,正如它只能包括而不能代替物理科学中的原子论、电子论一样。"这是多么精确地阐明了世界观和创作方法的关系。他说的是要用马克思主义的"观点"去观察问题,但同时又不能把文学艺术写成抽象的哲学讲义。这就是说,我们写一部小说或一部哲学讲义,就观点(也即世界观)来说完全应该是马克思主义的,但它们却是两种不同的形式,要重视这个形式的特点。他说的是马克思主义要"包括"现实主义、原子论、电子论而又不能代替它们,这就是说,在文艺创作或自然科学研究中,要在这个世界观的指导下去实践,而不能拿这个对世界的总观点去代替一些更具体的理论和实践。这正是对问题的辩证法观点。例如,人是一切社会关系的总和这一观点,就是马克思主义的一个根本观点,是马克思主义对人的本质的高度概括。可是,这一观点只能包括和指导在文艺的领域内,理解、描写和表现人们的性格、个性和矛盾冲突等等,却不能等同、不能代替这些艺术手法。这个道理是很明显的。

前面列举的那两种观点当然是错误的。但是,另一种否认艺术特点,否认艺术规律,否定形象思维,把它说成是反马克思主义认识论体系的观点,无疑也是荒谬的。

前者,把形象思维绝对化,从这里出发,把毛主席《在延安文艺座谈会上的讲话》和毛主席的《实践论》,对立起来了。后者,为了否定形象思维,也把毛主席的《实践论》和毛主席《在延安文艺座谈会上的讲话》,对立起来了。不仅如此,还把《实践论》、《讲话》和《矛盾论》都对立起来了。

但是,只要融会贯通地领会毛主席这些著作的精神实质,就不难理解:

(1)艺术创作中的思维确有它的特点,这就是形象性;因为,每一种思想现象和思想形式,都有它特殊的矛盾和特殊的本质;

(2)毛主席在《实践论》里,除了阐明人类认识的总规律之外,集中阐述的正是思维对现实的论理的认识,即抽象思维;

而(3),在《讲话》中,毛主席则强调的是思维(作家的头脑)对现实的形象地反映。

后者不去正确地阐述毛主席这些思想,是因为他首先定了一个出发点:要否定形象思维。而如果阐述了这些思想,他否定形象思维的总观点,就不能成立了。

由此可见,马克思列宁主义和毛泽东思想,是严密的科学体系,只有完整地准确地研究、学习、解释它,才能使人信服,解决问题。否则,适得其反。

4. 形象思维遵循着人类认识的总规律,但有它不同于抽象思维的特点

"通过实践而发现真理,又通过实践而证实真理和发展真理。从感性认识而能动地发展到理性认识,又从理性认识而能动地指导革命实践,改造主观世界和客观世界。实践、认识、再实践、再认识,这种形式,循环往复以至无穷,而实践和认识之每一循环的内容,都比较地进到了高一级的程度。这就是辩证唯物论的全部认识论,这就是辩证唯物论的知行统一观。"

由毛主席在《实践论》里概括出来的这一人类认识的总规律,是不是适用于形象思维呢?或者说,形象思维是不是被包括在内呢?这是毫无疑义的。因为:

(1)毛主席深刻地阐明了思维反映存在,认识依赖于实践、实践是认识的来源这一唯物主义的根本原理。这一原理在文学艺术上的贯彻就是:艺术反映生活,生活是艺术的唯一源泉。文艺工作者必须参加工农兵群众的斗争实践,才能反映他们的生活。

(2)毛主席深刻地阐明了认识之由感性到理性这一辩证法的根本原理。这样一个原理在文艺创作上的贯彻就是:"观察、体验、研究、分析一切人,一切阶级,一切群众,一切生动的生活形式和斗争形式,一切文学和艺术的原始材料,然后才有可能进入创作过程"。

(3)毛主席深刻地阐明了马克思主义认识论的党性原则,这就是:认识世界是为了能动地指导革命实践,改造主观世界和客观世界。这样一个原则在文学艺术上的贯彻就是:文艺工作者必须改造思想、改造立场、改造世界观,"根据实际生活创造出各种各样的人物来,帮助群众推动历史的前进"。

在形象思维是不是体现这个总规律,以及如何体现这个总规律上,人们的看法并不完全一致。有人过分强调形象思维的特殊性,以至于有意无意地否认了这个认识的总规律,也有的人由于根本否定形象思维,把作为一种思维形式的抽象思维等同于人类认识的总规律,对创作规律作了错误的概括。

抽象思维和形象思维都不能违背人类认识的总规律,这个总规律也正是它们的共性。但同时它们也有自己不同的运动过程,它们正是在自己的特殊性之中体现着这个总规律(共性)。

正如人经过实践、通过感觉,对现实世界可以达到抽象论理的认识,人也可以经过实践、通过感觉,对现实世界达到具体形象的认识。毛主席把认识过程中的感觉又叫作"印象",而列宁则用过"画像"这个词来说明这种反映。这就是说,感觉总是具体的、生动的、形象的。形象思维的结果虽然也是具体的、生动的、形象的,但是,它却不是感觉的复写,它的具体性、生动性、形象性,已经同感觉中的具体性、生动性和形象性,有了本质的差别。感觉中的具体性、生动性、形象性,或者是孤立的、分散的,或者是只具有现象的外部联系的印象或画像,而形象思维所得到的具体性、生动性和形象性,却是抓着了事物的内部联系、反映着事物的内部规律,真正达到了本质再表现出来,现象(形象)是本质的这个认识境界。

毛主席说:"认识的真正任务在于经过感觉而到达于思维,到达于逐步了解客观事物的内部矛盾,了解它的规律性,了解这一过程和那一过程间的内部联系,即到达于论理的认识。"(《实践论》)

形象思维作为一种思维,它的任务也正在于认识现实事物的内部矛盾、规律性和内部联系。问题是在于,形象思维在达到这种本质认识时,究竟有什么特点。

我们认为,形象思维作为一种认识活动,它像抽象思维一样,有一个完整的过程,它也有一个感性阶段和理性阶段,也要经过从感性到理性的深化、飞跃。

就感性阶段来说,它同抽象思维大体上是相同的,即都要首先在实践中感知客观世界的各种现象,并要大致地了解到这些现象的外部联系。这里说的大体相同是指认识的阶段而言,实际上,它比抽象思维注意的现象要丰富得多。例如,一个政治经济学家在作社会调查时,那地形地物、天候气象、人情风俗就很可能不被注意,而一个文学艺术家对这些则很留心,等等。但是,在由感性阶段上升到理性阶段之后,它便特别表现出了自己不同于抽象思维的特点。

马克思曾这样说到"把直观和表象加工成概念"的抽象方法:**"如果我从人口着手,那么这就是一个浑沌的关于整体的表象,经过更切近的规定之后,我就会在分析中达到越来越简单的概念;从表象中的具体达到越来越稀薄的抽象,直到我达到一些最简单的规定。……"**(《政治经济学批判》导言)这就是说:在抽象思维中,认识的理性阶段意味着经过分析、综合、推理、判断,舍弃了事物的感性形式而达到了抽象概念的概括,抓住了事物的抽象共性(规律)而舍弃了事物的具体个性。而形象思维虽然对客观事物也要分析、综合、推理、判断,但它在分析、研究的过程中,却不舍弃事物的具体性和形象性,而是使这种具体性和形象性,愈益明晰,愈益生动,愈益集中成"这个"。它不是用抽象概念的形式来说明事物的规律、矛盾和联系,而是用生动的情节以及形象之间的矛盾冲突来表现现实生活的本质。它不是舍弃事物的个性和偶然性,只在思维中保留事物的共性和必然性,而是既发现事物的共性也抓住事物的个性,既发现事物的必然性也抓住事物的偶然性,既发现事物的本质也抓住富有个性特征和本质特征的现象。它是通过个别来表现一般,透过偶然性来表现必然性,通过感性形式来揭示现实生活中隐藏着的本质规律。这一切,归结起来就是创造典型形象。

这就是说,在抽象思维中,思维的特点表现为如何从浑沌的表象飞跃到稀薄的抽象,简单的概念,从而以抽象概念(经过综合规定的概念)来概括现实的本质和规律;而在形象思维中,思维的特点则表现为如何从纷繁的生活现象、杂多的人物形象,飞跃到具体的矛盾冲突,个别的人物形象,从而以生动的典型形象和生活本身的形式,来概括一般的本质,揭示现实的规律。如果不承认这两种思维方式各自所具有的特殊的矛盾,任意地互相替代,那就会事与愿违,想要创造形象,结果得出的是一堆抽象概念,想要达到抽象概念,结果弄出的是干巴巴的形象,或者是四不像。从这个意义上说,这两种思维方式虽不是根本对立的,可也是确有矛盾的。正如黑格尔所说:"如果艺术家按照哲学方式去思考,就知识的形式来说,他就是干预到一种正与艺术相对立的事情。"[①]反之亦然。

那么,形象思维在什么时候才算由感性阶段上升到理性阶段呢?什么才是它上升到理性阶段的标志呢?这里实际情况当然是极为复杂的,但一般说来,我们认为,形象思维理性阶段开始的标志,是艺术家经过感性阶段而在思维中萌生了主题思想的时候。

如果打一个比喻,那么,艺术家在实践过程中获得的主题思想,就仿佛一条把散珠串起来的红线。如果说感性阶段一般是主体对客体、头脑对事物的比较机械比较消极地反映,那么,一旦萌生或初步获得某种主题思想,艺术家的形象思维就进入了一个更为积极更为活跃的阶段。萌生了一个主题,也就是产生了一种愿望,一种想要达到某种具体目的的社会愿望。艺术家的立场和世界观、思想和感情,他的生活经验和艺术经验,以及他所具备的各种主观条件和主观能力,就都作为思维的要素和因素,围绕着基本主题而发生更积极的作用了。这当然不是说这一切已有的条件在认识的感性阶段不起作用,而是说在萌生了主题思想之后,这种作用就更大了。因为,某种主题的萌生、获得或形成,正是艺术家从一定的立场和世界观、思想和感情出发,在实践中产生的结果;同时,主题思想本身,也最集中、最强烈地表现着艺术家的立场和世界观、思想和感情,也即态度和倾向。一句话,萌生了一个主题就是形成了一个明确的或比较明确的社会意识,而在阶级社会里,所谓社会意识也就是阶级意识。

---

① 见黑格尔《美学》第一卷,349页。

主题思想作为思维结果表现为抽象概念的形式,但艺术形象,决不是对抽象思想的图解。

这里的关键在于,我们所说的主题思想的萌生或形成,是实践的产物,是对一系列现象、事物和人物形象进行观察、体验、分析和研究的结果,是同具体情景、具体情节、具体环境、具体细节和具体的人物形象紧密联系着的具体的主题思想。因此,这样一种思想,虽然在思维过程中也表现为抽象概念的形式,但它却是概念和形象紧密联系、生动统一的思想。

我们认为,形成主题思想之后,形象思维的特点表现为更全面、更深入地逐步接近着和发现着对象的本质具体性和现象的内部矛盾、内部联系和内部规律性。虽然规律总是抽象的,但形象思维的任务却是要通过具体的环境、情景、人物,把规律按照生活本身的形式,活生生地显现出来。如果说在感性阶段,由于形象思维的目的性还不十分明确,因而对生活现象主要是观察、体验、了解、吸取而没有什么扬弃的话,那么,在这个阶段,形象思维则由于有了主题思想就仿佛有了思维的轴心或焦点,因而就使思维活动集中到了一些特定的人物、环境、事件和某种特定的目的上。这时,对于与主题无关的某些人物和事物(素材),它如果不是扬弃也将使它们退到印象仓库的后面而不予注意,而对于同主题有关的人和事则特别注意。这些人和事正是在艺术家的头脑中形成主题思想的客观原因,同时,也由于有了主题思想,这些原来分散的、孤立的、表面上互不相关的人和事,就会围绕着主题思想而聚拢。一个主题思想的萌生或初步形成,就意味着对事物的某种程度的本质的认识也即内部联系的发现,因而有关的素材在一定主题思想指导下、在思维活动中的突出、靠近和聚集,就好像被一条红线串连了起来。鲁迅所说的脸在山西、衣服在浙江的"杂凑",高尔基所说的观察研究几十个商人而后塑造出一个商人,其实就是对事物的内部联系的发现,是从这种发现而走向艺术的概括。

每一个真正的艺术家的创作过程都证明这样一个真理,即:以形象思维这样一种思维方式对世界的认识,它的理性特点不是在思维中舍弃掉或丧失掉对象的生动的外观和个性特征,而正是要保持这种生动的外观和个性特征。如果对象的外观不够生动,如果对象的个性不够鲜明,那么,他就要去发现这种生动的外观和鲜明的个性。它是一个矛盾统一的认识过程。

例如,一个当代作家在农村,遇到了李双双(不是已经完成的作品中的李双双)这样一个新型的妇女,他开始也许不介意,这个妇女只在他头脑里留下一个一般的印象或画像。可是,他不仅在一个地方遇到这样一个妇女,在别的地方也碰到这样的妇女。不同的李双双有她们的不同之处,同时也有她们的共同之点。这种新人渐渐引起了作家注意,作家在实践过程中渐渐形成了一个认识,作出了一个判断:这是一种新人,是社会主义的新人,具有共产主义风格。由他的立场和世界观决定,由他的思想和感情决定,他认为应该歌颂这样的人物。于是,歌颂具有共产主义风格的新型农村妇女,就成了未来作品的主题思想,也成了他的一个充满感情的强烈愿望或曰创作冲动。这时,可以认为作家已经开始由感性阶段上升到了认识的理性阶段,但是,既是开始,就还不是终结。事实是,他要塑造出一个完整的、统一的、具有自己的独特生命而又代表着一种新的精神品质的典型,则还需要在实践中和思维中经过一个也许不算短并且相当复杂的历程。

毛主席说:"问题就是矛盾。"又说:"事物矛盾的法则,即对立统一的法则,是自然和社会的根本法则,因而也是思维的根本法则。"

在作家作出"这是一种新人"这一判断之前,在这样的新人渐渐引起作家注意的过程中,面对着这样的新人,作家可能并且一定会向自己提出过这样那样的问题,而在基本上确定了这个主题之后,他则仍然可能并一定会进一步向自己提出这样那样的问题:我的认识是准确的吗?这样一些有共同点又有不同点的妇女之中,哪一个更具有代表性而足以作为基本的模特儿呢?她们的个性和性格为什么会是这样而不是那样呢？我应该怎样概括她们呢？怎样才能创造成一个有机的活生生的典型呢？通过什么情节、什么细节来完成或表现这一主题呢？等等。

矛盾是一切事物发展的动力，当然也是思维深化的动力。这里，每一个可能提出的问题都包含着矛盾，都需要作家去克服，也只有克服了这些矛盾，思维才能前进，认识才能深入。而在这里可能出现的所有矛盾之中，现象和本质的矛盾，个别和一般的矛盾，又是主要的。这种矛盾反映在作家的认识上，就是主观和客观的矛盾。这些矛盾不可能同时克服，作家在认识过程中可能走弯路、犯错误，因而不得不遵循实践、认识、再实践、再认识这个规律，或先或后地修正自己这一方面或那一方面的谬误。

现象总是比本质丰富，个性总是比共性多样。形象思维中的主题思想虽然是由外在的生活和形象决定的，虽然作家在初步形成这种主题思想的时候已经占有和积累了相当的甚至是丰富的生活素材，但要从这些素材中创造出一个独一无二的典型，却又是一个艰苦的过程，在思维中有一个反复的过程。一般说来，这时候，可能已经基本上准确地把握了本质，然而却在丰富的现象形态（社会的和自然的环境，事件的情节和细节，人物的个性和冲突等等）之中，一时决定不下来该如何取舍；相反，也可能已经比较准确地抓住了人物的某些个性特征和事件的某些细节，但却由于对生活的本质把握得欠深刻、欠准确，因而一时不能达到生动的和本质的概括。即使所谓已经"思考成熟"、"构思就绪"、"完成腹稿"，也不意味着形象思维的理性阶段的终结，由腹稿到真正写作的过程，仍然是形象思维按着对立统一这一矛盾的运动规律的继续深入。在创作过程中改变原来的想象和构思的事例，是中外古今文学史上常见的现象，而且在一部作品已经"完成"问世之后再来修改的事例，也屡见不鲜。所谓形象思维的完成，只具有相对的意义。列夫·托尔斯泰在写《战争与和平》时，说他要在一百万个可能之中选择一个可能；他在写《复活》时，仅仅玛斯洛娃的面部特征的描写就修改了几乎二十次。这也说明形象思维是一个现象和本质、个性和共性、主观和客观的矛盾运动过程。但是,一旦形成了真正符合生活之发展规律的主题思想,就获得了解决这些矛盾的强有力的杠杆,而这些矛盾的解决过程,也就是主题思想的进一步明确、深化和形象的完成的过程。

总之,抽象思维和形象思维,它们作为思维的任务都在于认识事物的本质,发现和揭示现实运动的规律,但在完成这个任务时各有其不同的特点,即:一个是抽象化,一个是形象化,一个采取着抽象概念、抽象理论的形式,一个采取着生活本身的生动的形式,一个是通过一般来概括个别,一个是通过个别来反映一般。而不管如何,它们都不能违背人类认识的总规律,也即马克思主义的认识论。

形象思维的特点是在思维过程中围绕着生动的形象,形象思维的工具是语言,形象思维是有逻辑而不是无逻辑的思维,形象思维不能脱离世界观的指导,也不能违背人类认识的总规律,不能离开实践,但在体现这个总规律时,它有自己不同于抽象思维的特点。这就是我们对形象思维的基本看法,当我们说"形象思维"这个概念时,就意味着它至少、起码包含这些基本内容。这就是说,我们并不认为自己的分析已经穷尽了形象思维的各个方面,特别是它在各个不同的艺术部门里的更具体的特点,但我们认为对这个概念的内涵和外延作出尽可能完整的规定,应该是一个方向,是马克思主义文艺科学的一项任务。

二 "表象——概念——表象":这是符合马克思主义认识论的艺术创作公式吗?

形象思维的否定者,提出了这样一个创作公式,即:"表象(事物的直接映象)——概念(思想)——表象(新创造的形象),也就是:个别(众多的)——一般——典型。"

对这个公式,我们表示怀疑。

首先,"表象——概念——表象",使人想起了两千年前柏拉图的那个客观唯心主义的公式,即"绝对理念——感性事物——艺术作品"。这个公式固然在内容上与柏拉图不同,但有一点却是共同的,这就是都否认艺术是现实的直接再现。柏拉图认为艺术同真理隔着两层,是绝对理念的"影子的影子"。这个公式的提出者虽然承认思维和存在的同一性,却有意无意地否认了艺术和现实的同一性,而认为艺术只和抽象思想具有同一性,只是抽象思想的形象化。这样一种理解是不是太惊人了呢?否认了形象思维这个客观真理,又制定出这样一个公式,对艺术创作有什么好处呢?这难道真是符合马克思主义认识论的艺术创作过程吗?

毛主席说:"**一切种类的文学艺术的源泉究竟是从何而来的呢?作为观念形态的文艺作品,都是一定的社会生活在人类头脑中的反映的产物。革命的文艺,则是人民生活在革命作家头脑中的反映的产物。**"这是对于艺术同现实的关系的最科学的概括。这就是说,艺术作品不能不经过艺术家的头脑而自然产生,因而它是"观念形态"的东西。但是,它经过艺术家的头脑并不意味着它是第三性的现象,它仍然是第二性的现象,因为它不过是"社会生活在人类头脑中的反映的产物",而决不是什么抽象思想的形象表现。

形象思维的否定者宣称,自己是用马克思主义认识论来解释文艺创作,但却违背了毛主席的科学论断,这就使得他某种程度上陷入了唯心主义。他曾引用黑格尔这些话:"'艺术的内容就是理念,艺术的形式就是诉诸感官的形象',艺术作品'是概念从它自身出发的发展,是概念到感性事物的异化';'艺术的使命在于用感性的艺术形象的形式去显现真实','表现理念,以供直接观照'"(重点原有)。他引用了这些话,说明了"黑格尔才是形象思维的创始人",指出"黑格尔对于艺术本质的论述,自然是唯心主义的"以后,又赞赏黑格尔"说明了概念和形象的辩证同一性"。我们发现,他的文章有一个总倾向,就是反复强调思想和形象的同一性("思想意图转化而成的"形象,"理性认识在人们头脑中的感性体现","从概念再回到感性形象上来",艺术作品、艺术形象就是"用一定的艺术手段描绘出来的〔头脑中的〕第二阶段的表象",等等),而不是彻底唯物地承认艺术和现实的同一性,也即艺术再现现实的真实性。他用抽象思想代替了现实生活,把艺术家的世界观和抽象思想同艺术所反映的生活内容等同起来,而认为形象只不过是抽象思想的一种图解。这不符合唯物辩证法,因而并不是在文艺领域里坚持马克思主义的认识论。

　　毛主席教导文艺工作者必须深入生活,必须"根据实际生活"进行创作,而形象思维的否定者却要文艺工作者对抽象思想进行图解;毛主席指出,人类的社会生活是文学艺术的唯一源泉,而形象思维的否定者却认为抽象概念才真正是文学艺术的靠得住的根据。试问,这算什么马克思主义的认识论?算什么"文艺创作不容代替的科学理论"?显然,这如果不是曲解,至少是误解了毛主席说的**"观察、体验、研究、分析一切人,一切阶级,一切群众,一切生动的生活形式和斗争形式,一切文学和艺术的原始材料,然后才有可能进入创作过程"**这一思想,把认识的阶段性作了机械理解。形象思维自然要分析、要研究,不分析不研究就不叫思维,就不能进行艺术创作,但这并不意味着它是总结出几条抽象理论之后再来图解理论。事实是,毛主席说的很清楚,要分析、要研究的是一切"生动"的生活形式和斗争形式,是在这样的前提之下进入创作过程,如果分析研究的结果反而丢掉了生活的生动性,这样"转化"出来的作品能够动人吗?如果把毛主席的这一教导理解为一个"从概念到新的表象的转化"过程,文艺创作岂不是一件太容易的事了吗?学学理论(而且是非常正确的马克思主义理论)不就可以进行"创造性想象"了吗?这样的作品自然也能够"生产"出来,但却不会是现实生活的具体的、鲜明的、生动的再现,其中的人物决不可能是具有明确的个性的活生生的典型,决不可能是特定的"这个",而是只象征或只表征某种共性的**"时代精神的单纯的传声筒"**(马克思)。形象思维的否定者虽然也说过要创造有个性的形象,但形象的产生既然不是根据于现实生活而是依据于抽象概念,那么,这种所谓"个性"也只能是添加一点言谈举止的"习惯"而已,因而也只能是一种**"恶劣的个性化"**(恩格斯)。

形象思维的否定者把艺术创作的实际过程曲解了。他认为他是强调"思想"在艺术创作中的重要性,但这种理论却正好贬低了思想在艺术创作中的重要性。因为,艺术作品的思想性不是外加的东西,而是同活生生的形象血肉般统一在一起的。这就证明,对形象思维这个客观真理以及它的特殊的矛盾规律,不能否认而只能科学地去说明。如果主观地武断地否认它的存在,那就只能得出一系列错误的结论,会把革命的艺术创作引入歧途,那决不是捍卫毛主席革命文艺路线,而是相反。

我们敢于承认形象思维,敢于承认艺术创作的特点,敢于承认艺术创作的客观规律,是因为,只有这样创作出来的作品,才能真实地本质地再现阶级斗争,反映生产斗争,揭示生活的真理,从而更有效地团结人民,教育人民,打击敌人,消灭敌人,推动历史前进;相反,"四人帮"不敢承认形象思维,取消艺术创作特点,歪曲艺术创作的客观规律,杜撰和臆造"三突出"之类的所谓"创作原则"和"规律",炮制和兜售"主题先行"、"从路线出发"一类黑货,形而上学猖獗,则是为了混淆黑白,把历史拉向后退。他们关起门来,鬼鬼祟祟,从反革命的主观意图和主观概念出发大搞阴谋文艺,编造骗人电影、骗人小说、骗人戏剧、骗人诗歌,不就是他们罪恶行径的最好证明吗?

一九七八年

附记:此文与《关于艺术创作中形象思维问题》内容大致相同,但有修订。因郑季翘同志在反驳我时引用了此文的某种提法,故仍收录,以免"回避"之嫌。

二〇一三年五月

澄清关于形象思维的理论是非

——学习毛主席关于形象思维问题的科学论断

怀着极大喜悦,学习了毛主席给陈毅同志谈诗的信。

在揭批"四人帮"的"文艺黑线专政"论的战斗中,英明领袖华主席批示发表伟大导师毛主席这一光辉信件,是意义重大、影响深远的英明措施。

这篇珍贵文献的发表,是诗歌界的大事,是文艺界的大事,也是我国整个思想理论界的大事。在这封信里,毛主席不仅再次阐发了我国诗歌发展的道路问题,继承和改造古典文学遗产问题,文艺的内容和形式问题,而且,在马克思主义发展史上,第一次十分明确地作出了写诗要用形象思维的科学论断。毛主席说:"诗要用形象思维,不能如散文那样直说,所以比、兴两法是不能不用的。"又说:"要作今诗,则要用形象思维方法,反映阶级斗争与生产斗争,古典绝不能要。"

毛主席的这一论断,当然不仅适用于诗,而且适用于各种文艺形式,是文艺创作的普遍规律。形象思维这一概念,经毛主席予以确定和阐发,无疑将成为马克思主义认识论中的一个经典命题。

这封信,是毛泽东思想体系在哲学和文艺学方面的新的发挥和组成部分,是指导我们的文艺创作和文艺批评的灿烂明灯。毛主席发挥了他的唯物辩证法思想,如此明白地指出文学艺术的创作确有它自己的规律和特点,这使我们对林彪、陈伯达和"四人帮"这些也借文艺以反党的阴谋家的嘴脸,认识得更清楚了。

毛主席肯定形象思维,是对文学史经验的总结和概括。毛主席通晓我国古代的和现代的文学艺术历史,不止是诗,就是对许多戏剧和小说作品,甚至包括神话,他都有精深的见解。他直接间接地征引和论及过多少作品和作家啊!仅从给陈毅同志的信看,他对唐宋诗词多么熟悉!他说:"宋人多数不懂诗是要用形象思维的,一反唐人规律,所以味同嚼腊。"这是完全符合历史事实的评价。唐、宋诗两相对比,把问题提到创作规律的高度,是以大量的事实材料为根据的。

"四人帮"专搞阴谋诡计,不懂历史。他们为达到其反革命的政治目的,一贯颠倒黑白,歪曲事实,大搞指鹿为马的实用主义和诡辩论。他们梦想篡党、窃国、复辟资本主义,将人类历史的总规律尚且不放在眼里,更何况文学艺术创作的规律。他们否定文学艺术的历史,否定无产阶级革命文艺的成就,否定形象思维,否定文学艺术创作的规律。他们炮制"文艺黑线专政"论,迫害广大革命文艺工作者。他们制造反革命的阴谋文艺,也为自己的阴险目的编造了所谓"创作原则"、"创作规律",实际上是唯心论、先验论和形而上学的胡诌乱扯。他们利用已经把持到的舆论阵地,大肆宣扬自己的反动谬论,使一些年轻同志,除了"三突出"、"三陪衬"之类的三字经,对马克思主义的文艺理论所知甚少或全然无知;除了"四人帮"一伙指使炮制的那些阴谋文艺,对古今中外文艺的历史所知甚少或全然无知。在"四人帮"的毒害和影响下,有的作品确是"主题先行"、"设计矛盾"、"设置人物",没有生活,向壁虚构,或者是把丰富多彩的生活简单化,去套他们的那些个模式,完全不是形象思维,违背了艺术创作的规律。有的现象,荒唐到了惊人的程度。

现在,发表了毛主席这一重要文献,为我们清算"四人帮"的罪行,澄清是非,提供了极其有力的理论依据。

反复学习毛主席这封信,深感毛主席肯定形象思维,也是对他自己的创作实践的总结和概括。

澄清关于形象思维的理论是非

毛主席是伟大的马克思主义理论家,又是伟大的诗人。他的内容和形式完美统一的、革命现实主义和革命浪漫主义高度结合的不朽诗作,构成了一部中国革命的壮丽诗史。在这个意义上,不论是运用文艺反映现实,还是运用科学理论指导革命斗争,改造世界,毛主席都是我们无产阶级的权威。毛主席肯定形象思维,肯定艺术创作有它自己的规律,对马克思主义的认识论和文艺理论,作出新的发挥和发展,是完全合乎逻辑的,毫不足怪。

"四人帮"在理论上一窍不通,又没有艺术实践,一切服从于阴谋需要,当然不敢承认艺术创作中存在着形象思维这一客观规律。否则,他们的《反击》之类的帮电影,怎么能拼凑成呢,《朝霞》之类的帮刊物,怎么能混得下去呢。他们是一伙法西斯,实行反动的文化专制主义,在文艺问题上都是一言堂,根本不敢实行百家争鸣。像形象思维这样的问题,如果让人们研究讨论,那么,必定会触及他们的谬论邪说。他们像蝙蝠害怕阳光那样害怕真理,完全靠栽赃诬陷、造谣撒谎、骗人吓人过日子。他们把毛主席革命文艺路线占主导地位的社会主义中国的整个文艺界,诬之为"黑线专政",涂抹得一团漆黑,把革命的文艺工作者已经批判过的东西,颠倒过来变成革命文艺工作者的罪名,罗织成所谓"黑八论",其罪恶用心是要把文坛变成他们的帮天下,为他们篡党夺权服务。什么工农兵方向,他们的需要就是方向。什么艺术规律,他们的需要就是规律。

但是,真理封不住,扫不掉,打不倒。毛主席给陈毅同志的这封信,是对"四人帮"的有力批判。

关于形象思维,我国文艺理论界和哲学界,在五十年代和六十年代的一段时间里,曾进行过讨论和争论。当时提出的问题是:文学家、艺术家在通过他们的作品反映现实生活的时候,是不是存在着与理论科学家(如哲学家和政治经济学家)不同的思维方式?也就是说,在人们对现实世界的认识活动中,是不是存在着形象思维和抽象思维这样两种不同的思维方式?对这个问题有两种看法。一种看法是:存在着两种不同的思维方式,即形象思维和抽象思维;

另一种看法是：根本不存在这种差别，人类只有一种思维方式，即抽象思维的方式。

为求得这一问题的正确解决，当时文艺界的多数同志，进行着两方面的工作。这就是：一方面，批判那种把形象思维绝对化，将革命文艺家创作过程中的形象思维，同马克思主义世界观割裂开来，对立起来的错误；另一方面，批评那种否认形象思维，以抽象思维取代形象思维，以马克思主义一般原理否定艺术创作规律的倾向；同时承认，对于参加这一讨论和争论的多数人来说，学术上一时不同的看法，是认识问题而不是根本立场问题，应该遵循毛主席的指示和党的政策，百家争鸣，在不同意见的争鸣中，逐步统一认识。这本来是正常的情况。

但是，自从林彪、江青炮制的"文艺黑线专政"论抛出来以后，形象思维就被宣布为所谓"文艺黑线"的一个"反动理论"，"是现代修正主义文艺思潮的一个认识论基础，是直接反对毛泽东同志的《实践论》的，这种所谓形象思维在世界上是根本不存在的。"这就断然否定了形象思维，否定了艺术创作的规律，使这个本来可以、而且应该研究、讨论的带有学术性的问题，成了不得有异议的严重政治问题。并且，这就好像成了结论。一晃十一年，形象思维这个术语和概念，成了禁忌，不能讲；真正的艺术创作的规律，成了禁区，不能探讨。被宣判为"修正主义"的所谓"形象思维论"，实际上和林彪、江青制造的所谓"黑八论"一起，都成了"文艺黑线专政"论的支柱，理论工作者和广大文艺工作者被压得不能动弹。

而今，"四人帮"打倒了，毛主席的这一文献公布了，人们不禁要想：林彪和江青真的对毛主席关于形象思维的见解毫不知悉吗？这是个什么问题呢？

现在，问题的解决有了最权威的根据和最好的条件。揭露和批判"四人帮"在形象思维这个问题上搞的阴谋，是一项极其重要的工作。同时，从理论上探讨，规定这个概念的内涵和外延，它与抽象思维的关系，它的各种要素，既防止把它绝对化、片面化，又防止否认它的规律和特点,也是马克思主义文艺科学的一项战斗任务。

  这些年,"四人帮"把马克思主义的文艺理论和毛主席文艺思想糟蹋得不成样子。要繁荣社会主义的文艺创作,必须完整地准确地学习、研究、宣传、解释马克思主义文艺理论和毛主席的文艺思想,并坚决地依照革命导师的教导去实践。让我们在华主席为首的党中央领导下,高举毛主席的伟大旗帜,打好揭批"四人帮"的第三战役,把被"四人帮"颠倒了的路线是非、理论是非,再颠倒过来!

      一九七七年十二月 人民文学出版社

致郑季翘同志的公开信

郑季翘同志：

你好！我读了你发表在《文艺研究》创刊号上的文章：《必须用马克思主义认识论解释文艺创作》。你的文章点到了我。引起我想同你讨论两个问题：一、政治和学术；二、关于今后的形象思维问题的讨论。在谈这两个问题之前，要首先表示一下：我不能完全赞同你关于"历史的本来面目"的叙述，因为你的叙述是不完整的。例如，关于毛泽东同志对你的文章的评价，是不是仅仅如你所说的那样呢？又是在什么背景和条件下讲的呢？应该怎样完整准确地理解呢？另外，假使要叙述那一段历史的话，我认为，你至少还应该提一下，你一九六六年四月和同年八月六日分别发表于《红旗》和《人民日报》的文章的社会效果；你至少应该提到，你的那些文章造成了"始料所不及"的后果，使文艺界许多赞成形象思维的同志吃了苦头，或者说，是曾经让他们吃苦头的"因素"之一。

现在来谈第一个问题：政治和学术。

在你的新作中，你写道："……有的同志把我和'四人帮'联在一起，说我的文章反对毛主席，是为'四人帮'篡党夺权阴谋服务的，俨然成了一个政治问题，这不利于贯彻百家争鸣的方针，不利于形象思维的探讨。"如果我理解不错的话，你这是提出了一个政治与学术的关系问题。

这个问题确实重要。政治和学术确实应予区分。这方面有过多年的严重教训，大家都应该吸取。而就形象思维的论争来说，我觉得，你似乎首先要吸取这种教训。因为，当初，首先是你，把这一学术问题或者说带有很大学术性质的问题，提到了很高的政治高度。

你在一九六六年四月发表的文章中写道："近年来，在我国文学艺术领域中流行着一个特殊的理论，这就是形象思维论。这个理论很有势力：一些文艺理论家在倡导着它，大学的文学课程在讲述着它，文艺工作者在谈论着它；一句话，这是我国文学艺术领域中普遍流行的、用以说明作家进行文艺创作时思维过程的基本理论。这个理论断言文艺作家是按照与一般认识规律不同的特殊规律来认识事物、进行创作的。正因为如此，每当某些文艺工作者拒绝党的领导、向党进攻的时候，他们就搬出形象思维论来，宣称：党不应该'干涉'文艺创作，因为党委是运用逻辑思维的，而他们这些特殊人物却是用形象思维的。被一些同志奉为金科玉律的形象思维论为什么会成为某些人进行反党、反马克思主义活动的理论武器呢？这就不能不引起我们的怀疑：文艺创作的特质果真在于'形象思维'吗？这个被某些人祭在空中，借以唬人的'法宝'，到底是个什么东西呢？

"经过研究，才知道：所谓形象思维论，不是别的，正是一个反马克思主义的认识论体系，正是现代修正主义文艺思潮的一个认识论基础。近年以来，文艺领域中不断发生这样那样的问题，这反映了这个战线上复杂尖锐的阶级斗争；而形象思维论，却正给一些否定马克思主义和党的领导的人们提供了认识论的'根据'，起了很坏的作用。这个特殊的理论，无益于作家创作，相反，正是它，迷误了许多作家。

"当前，我们的社会主义文化革命正在深入发展。在文艺领域中，我们正在对一些反社会主义的作品和理论进行斗争，这是完全必要的。但是，如果不彻底破除形象思维论这个反马克思主义的体系，那就等于还给反社会主义的文艺在认识论的根本问题上留下一个掩蔽的堡垒。所以，为了保卫马克思主义的认识论，捍卫毛泽东文艺思想和坚持党的文艺路线,对形象思维进行彻底的批判,扫清形象思维论者散播的迷雾,应该是思想战线和文艺战线上一个重大的战斗任务。"

这就是你曾在第一篇文章里写下的话。

此外,你引了我在《澄清关于形象思维的理论是非》一文中的话,说你的文章同"文艺黑线专政"论没有关系,因为"'文艺黑线专政'论是江青伙同林彪在一九六六年二月在上海炮制的……"这里,我首先要指出,你这种说法是不尊重事实的。我所说的并不是只指你这一篇文章,而是两篇,那就是还有你发表于《人民日报》的整整两版的那篇文章。看来,有必要重温一下你的第二篇文章。

你在一九六六年八月六日,也就是你第一篇文章后四个月,江青伙同林彪炮制"文艺黑线专政"论后六个月,在《人民日报》发表的所谓"彻底清算罪行"的长文中,一开始就这样讲的:

"中华人民共和国成立以来,文艺界一直存在着一条反党反社会主义反毛泽东思想的黑线。文艺界所以被搅得黑浪翻滚,十几年来基本上不执行党的政策,这就是因为这条黑线不断兴妖作怪。而这条黑线所以能够不断兴妖作怪,又是因为在文艺工作的领导部门里资产阶级专了我们的政……"

接着,你在这篇长文中,"归纳"了所谓"十大罪状",而那第十大罪状,就是所谓"宣扬形象思维论,反对毛主席的《实践论》"。

你自己声明和披露了你前后两篇文章的本质联系和同一意图,这能说你的文章、你的观点,同"文艺黑线专政"论没有关系吗?

形象思维本来是一个学术问题,就以你所引证的周扬同志关于形象思维的那些话(在你的新作里,现在仍然在引用它们!)来看,也全是探讨艺术创作规律,可是,你却根据那一些学术见解,说人家"是钻进我们党内的资产阶级代表人物,是文艺界黑线的主帅,是死心塌地的修正主义分子",等等,要在包括形象思维这样的问题上,进行所谓"资产阶级复辟与无产阶级反复辟的你死我活的斗争"。

这就充分证明,当初,不是别人,首先是你,把形象思维这个学术问题,搞成了严重的政治问题。

据我看,你的两篇文章至少是适应了"文艺黑线专政"论炮制者的客观要求,而由于你当时的身份,由于你文章的调子,由于你发表文章的特定背景和时机,你的文章在当时实际上成了一种政治根据和很大的政治压力,致使许多同志因为赞成形象思维而被揪斗、被迫害,这些你真的毫无所知吗?

本来,已经过去的事,尽可以不再提它。可是,你似乎一点教训也没有吸取,连起码的自我批评也没有,在这篇新的文章中,仍然是那么武断、绝对、没有讨论精神,似乎真理只在自己手上,而别人一股脑儿都是错的,并且把政治和学术混淆归罪于别人,这就使人不能不把事实真象摆出来让群众鉴察。

你在提到我于一九六五年写的《关于艺术创作中的形象思维问题》(见《社会科学战线》创刊号,一九七八年)一文时,说我"负有批驳"你的文章的"特殊使命",并说我"声称要'科学地阐明和规定形象思维这一概念'的"。

我不能不指出,你在这里引用的我的话,是断章取义的。我的原文是:"应该尽力全面地、科学地来阐明和规定形象思维这一概念。"很显然,这句话所表明的是对讨论形象思维问题的看法和希望,决无舍我其谁之意;而你把我的话那么一掐、那么一改,我就成了一个狂妄者。这似乎大可不必吧!

至于说到事实,那是这样的:

一九六五年时,我在中央宣传部工作,读了你第一篇文章的铅印未定稿。由于对形象思维问题有兴趣,我查阅资料,进行研究,并写了那篇文章。但在那篇文章写成前以至写成后,都没有哪位领导同志就此问题跟我谈过什么理论观点。有关的领导同志对我的探索表示了兴趣,但那文章中的观点则应由我自己负责。我是花了很长时间,学习经典作家的有关著作,阅读语言学、心理学和文学艺术家的一些论著,反复思考,才认为形象思维是人类的一种思维方式,你否定它是不对的。而为了进行正常的讨论,尽管当时你给形象思维和赞成形象思维的人,扣了那么多政治帽子,我在撰写文章时,还是尽可能地只谈学术问题,并没有反过来给你戴政治帽子。我那篇文章之所以用了《关于艺术创作中的形象思维问题》这个标题,正是为了体现探讨而避免武断。同时,我根据自己的判断,对你文章中某些合理的东西,都尽可能加以吸收。这是事实,有目共睹。

你还提到一九六五年十月中宣部为你那篇文章召开的座谈会,似乎以为别人回避那个会。这里也不妨说一说。

参加那次会的有若干人,意见并不完全一致:多数人赞成形象思维;你之外,也还有人不赞成或不大赞成形象思维。但是,几乎所有的人,包括除你而外那些不赞成或不大赞成形象思维的人,都不同意把形象思维说成是"反马克思主义"理论,不赞成给形象思维戴"修正主义"帽子。那次会的一个基本情况是:为了使关于形象思维问题的讨论能够进行下去,不同的意见可以发表出来,许多同志对你提出建议和规劝,希望你从学术上来说自己的观点,不要把这种讨论归结为政治问题。你对大家的建议和希望全然听不进去,说你坚持你自己的观点并坚信自己的观点符合毛泽东思想,闹得局面尴尬,不欢而散。这也是事实。参加会的人想必都还记得。

你在文章中说周扬同志在会上讲过如你所引的那样的话,据我的记忆,那是不完全、不确切的。按自己的需要断章取义地引用一种内部谈话,我认为这种作风是不好的。

在《形象思维二题》(它实际上是《关于艺术创作中的形象思维问题》一文中两个段落的修订稿,见《解放军文艺》一九七九年第三期)中,我曾对把形象思维绝对化和否定形象思维两种我以为片面的看法,提出自己的见解,我写道:"前者,把形象思维绝对化,从这里出发,把毛主席《在延安文艺座谈会上的讲话》和毛主席的《实践论》,对立起来了。后者,为了否定形象思维,也把毛主席的《实践论》和毛主席《在延安文艺座谈会上的讲话》,对立起来了。不仅如此,还把《实践论》、《讲话》和《矛盾论》都对立起来了。

"但是,只要融会贯通地领会毛主席这些著作的精神实质,就不难理解：

"（1）艺术创作的思维确有它的特点，这就是形象性；因为，每一种思想现象和思想形式，都有它特殊的矛盾和特殊的本质；

"（2）毛主席在《实践论》里，除了阐明人类认识的总规律之外，集中阐述的正是思维对现实的论理的认识，即抽象思维；

"而（3），在《讲话》中，毛主席则强调的是思维（作家的头脑）对现实的形象地反映。

"后者不去正确地阐述毛主席这些思想，是因为他首先定了一个出发点：要否定形象思维。而如果阐述了这些思想，他否定形象思维的总观点就不能成立了。

"由此可见，马克思列宁主义和毛泽东思想，是严密的科学体系，只有完整地准确地研究、学习、解释它，才能使人信服，解决问题。否则，适得其反。"

你当然知道我这里说的"后者"是指你。

你在自己的新论之中，说我"为了论证人类有抽象思维和形象思维两种不同的认识规律，"在上述第二点里，"露骨地歪曲《实践论》的基本观点，把抽象的思维排斥于认识的总规律之外"，这使你"感到惊异"。又说我这个第二点是"任意地篡改马克思主义认识论的基本概念的内容，决不能认为是对马列主义，毛泽东思想的新解释，而是一种实用主义的篡改，至少可以说是缺乏起码的严谨的科学态度。"

首先，我的文字在那里摆着，说明那是我的"理解"，是一种学习的体会，这难道是不可以的吗？

其次，关于第二点，我什么时候说过抽象思维和形象思维是两种认识规律呢？我说的恰恰是一个总规律，两种方式，两种特点。郑季翘同志，你连这点也看不清楚吗？

另外，如果"拿本本来"的话，请问郑季翘同志，毛泽东同志什么时候讲过"抽象的思维"即等于"认识的总规律"？

关于我上述的第三点，你也认为非同小可。你说："毛主席《在延安文艺座谈会上的讲话》,也同样没有为形象思维论提供任何根据。……而孟伟哉同志强加给毛主席的纯属他自己的提法,则是莫名其妙的东西。"你又说:"孟伟哉同志所以要用他自己的提法冒充毛主席在《讲话》中的提法,无非是为主张不经抽象即可思维的形象思维论提供论据。这自然也是徒劳的。"

一连串的帽子! 这就是你的新论文至今所采取的讨论方法。

首先,我写明那是我的"理解",是一种学习体会,我以为这是正常的,允许的。

其次,我的话就是我的话,什么时候冒充了毛泽东同志的话呢? 如果用这种方法和逻辑来论战的话,人们该怎样形容你的文章呢? 你的文章是那么充满权威气。

另外,我要请问郑季翘同志:你对毛泽东同志《在延安文艺座谈会上的讲话》里的如下一些论断,究竟作何理解?

"政治并不等于艺术,一般的宇宙观也并不等于艺术创作和艺术批评的方法。"

"学习马克思主义,是要我们用辩证唯物论和历史唯物论的观点去观察世界,观察社会,观察文学艺术,并不是要我们在文学艺术作品中写哲学讲义。马克思主义只能包括而不能代替文艺创作中的现实主义,正如它只能包括而不能代替物理科学中的原子论、电子论一样。"

你一直说:"文艺领域里必须坚持马克思主义的认识论",一直说:"必须用马克思主义认识论解释文艺创作",却始终不触及毛泽东同志的上述论断,我一直不理解。在这里,毛泽东同志不是很照顾到艺术的特点了吗? 这难道同马克思主义认识论无关吗?

我不知道为什么你没有对我前述的第一点感到惊异,而那一点,正是我学习《矛盾论》的一个理解。

毛泽东同志特别注重研究矛盾的特殊性,曾列举了若干门学科的特殊矛盾。他虽没有明确列举文学艺术,但我认为他那个"等等"里是包括文学艺术的,他那个"每一种……思想形式"里是包括文学艺术的,而各种思想形式,如哲学和文学,在思维运动中是各有其内在的矛盾的特殊性的。正是根据这种理解,我提出了第一点看法。而我的总观点是:形象思维遵循着人类认识的总规律,但有它不同于抽象思维的特点。我希望你对我的第一点理解也加以评论,共同切磋。

讨论要有一个讨论的愿望和气氛,而这里最重要的就是不要动辄断以政治结论,那等于抽掉了平等讨论的基础,毫无积极意义。

你的新文章的简单武断之处,并不止上述这些,还有一些。例如,在对毛泽东同志给陈毅同志谈诗的那封信的理解上,你提出了一种理解,这本无不可,但你却把和你的理解不同的人们和观点,概称之为"曲解毛主席关于形象思维的论述,为自己过去宣扬的错误理论'形象思维论'(应该说明,这个"论"只是你的令人费解的表述)进行辩解",把人家学习、探讨毛泽东同志的信,叫做"进一步发挥其错误思想";这难道是进行学术讨论所应取的方法和态度吗?其实,你的理解并不是全新的,并且是大可商榷的。

综上所述,就发生了一个问题:你是否真的认为关于形象思维的探讨是个学术问题,或者说是一个具有很大学术性质的问题?我以为,这问题不解决,讨论很难有效地进行。总不能只要求别人从学术上对待自己,而自己却把别人当成政治问题。

第二是关于今后的形象思维问题的讨论。

自从公布了毛泽东同志给陈毅同志谈诗的信以后,从首都到各地的报刊,发表了许多文章,探讨形象思维问题。这些文章、观点并不尽一致,有的甚至互有分歧。由于对这个问题感兴趣,我看了其中一些论文,觉得,这一年多的探讨和论争,基本状况是良好的,大家各抒己见,是学术讨论的气氛。而就其学术意义来说,我觉得,若干看法是有价值的,促进了对文艺创作规律的探索,也有助于丰富和发展马克思主义的认识论。因此,我以为,要真正地推进这一讨论,就不能不研究这一现状,确实抓住一些问题,较为充分地予以论证。而我觉得,你这篇新的文章,却几乎没有新的观点和新的论证。

你似乎只是概括地重述了自己的为大家已熟知的见解,并简单地断言别人是"错误理论",这不能把讨论引向深入,当然也不能解决问题。

因此,我想谈谈自己对今后的讨论这一问题的一些想法,同你商榷,请你批评。

首先,我认为,关于形象思维的探讨,是一个学术问题,即使有的同志有的看法不准确,基本的也还是学术问题,不是政治问题。这已经为二十多年来的实践所证明(从五十年代中叶算起),无须赘述。今后仍应坚持进行学术讨论。

其次,我认为,马克思主义认识论的原理必须坚持,但不能拿这种原理来代替或取消对具体学科领域中具体矛盾的研究;如果这样,那也便不是马克思主义。只有对具体问题进行具体分析,例如对文艺与生活的关系以及文艺创作规律的研究,拿具体的成果来丰富和发展马克思主义的认识论原理,才是真正坚持了马克思主义。而在这个过程中,要允许走弯路、犯过错,因为科学的道路从来都不是平坦的。马克思主义并没有结束真理而是开辟了认识真理的道路,这个老道理应该永远是新鲜的。

另外,关于人类思维的问题,是个涉及到生理学、心理学、语言学、逻辑学、哲学、美学等等学科的问题,应该展开更为深入的研究。这需要收集许多事实,在某种时候甚至需要科学实验,因此,应该有多方面的同志参加进来。从这个意义上说,我觉得以下两个方面的研究更为重要:

一个是思维史。如:人类的思维是怎样产生的?它经历了哪几个阶段?有什么发展变化?究竟是一种形式还是两种形式或多种形式?等等。我觉得,只要这些问题从历史的角度得到较为全面的考察,目前的一些争论就有可能解决。

一个是文学家艺术家的创作实践。如:一部成功的作品究竟是怎样产生的呢?一个文学家、艺术家究竟是怎样工作的呢?他们在进行创作活动时,在心理上、在思维过程中,同哲学家、科学家或政治经济学家相比较,究竟有哪些特点呢?等等。只要这些问题能够得到较为真切的研究,当前存在的一些争执不下的问题,就有可能迎刃而解。

我个人正在试图进行后一项探索,给自己立了一个题目:《作家的头脑怎样工作?》第一篇这方面的札记,已在黑龙江的《北方论丛》(一九七九年第二期)发表。我想继续把这件事做下去,但这也许需要很长时间。

郑季翘同志,给你的信,就谈到这里吧。
　　顺致
敬礼

孟伟哉
一九七九年六月二十五日

生活潮流与文学潮流

如果说林彪摔死在温都尔汗是一个前奏,那么,王洪文、张春桥、江青、姚文元一伙的覆灭,就是中国现代史上一个灾难性阶段结束的标志。是的,从人们称为难忘的一九七六年的十月起,中国历史又进入一个新的发展阶段,一个十分伟大的阶段。在这个历史阶段里,从政治到经济,从文学到艺术,从理论到实践,几乎在生活的各个领域,都出现了新情况,发生了新问题。这些新情况、新问题,以各不相同的意义、内容和重要性,牵动人们的理智和感情,引起人们的关注和思考。于是,分歧和争论,随之出现。

这毫不奇怪。

每一次伟大的社会变革,每一次伟大的历史进步,都不是田园牧歌式的,都不是月下花前的玩狎,而总是经历这样那样的斗争;这是客观规律,逃脱不得,想要前进的人们,尤其不应回避。同政治、经济和其他领域相似,近三年来,文学艺术领域出现的某些前所未有的新现象,也迫使人们表明态度,决定弃取。

争论围绕着一批新作品展开。这一批新作品,以《班主任》、《伤痕》为先头,扩及到内容相近的戏剧、电影和中长篇小说。一种意见充分肯定这些作品,另一种意见持保留和反对态度。人们所熟知的《"歌德"与"缺德"》一文,是后一种观点的代表作。此文虽没有点名批判某一篇作品,实际上对当前这些最有代表性的新创作进行了谴责。我们不能赞同此文的观点。有一些看法,试述如下:

生活潮流决定文学潮流

此文作者从潮流和倾向的意义上看待"四人帮"被粉碎后的文学创作,特别是那些大胆揭露我们社会中的阴暗面、反映林彪、"四人帮"给人民群众造成的痛苦和伤痕的作品,认为是错误的倾向和潮流。我们不否认一个新的文学潮流正在我国兴起,但我们对它的态度是肯定和欢呼,并希望对它进行探讨。

文学的历史如同生活的历史,划分为若干阶段;每个阶段,在题材、内容、人物形象乃至风格和形式上,都有某些新的特征;稍为深入地考察,就会发现,文学的这种发展变化,不是孤立的,而是有条件的。一般说来,其条件如下:

1. 与前不同的新政治、新经济;

2. 与这种新政治、新经济的发展相联系的新的社会思潮;

3. 文学本身的继承和革新以及民族和国家之间文化交流的影响;

4. 在新时代涌现的新作家。

例如,当科学技术的发展造成了新的生产力,新的生产力促进了资本主义生产关系的进一步发展,资产阶级的力量更为强大的时候,在中世纪后期的欧洲,一种与封建神学和经院哲学相对立的新思潮,所谓人文主义,便随之发展起来。那是欧洲社会经济政治大变革的时代,也是欧洲的思潮从宗教蒙昧统治下大解放的时代。正是在这种新的历史条件下,文学呈现出新面貌,出现了新潮流,这就是文艺复兴运动。文艺复兴这个概念所包含的内容远不限于文学和艺术,但从文学的角度说,它是以新的作家及其作品为标志的,如意大利的但丁及其《神曲》、薄迦丘及其《十日谈》。他们的作品,在内容和形式上,都对教会禁令和禁区是大冲击、大突破。他们不用教会官方所准许的拉丁文而用人民群众的俗语写作,不歌颂宗教而予以揭露和抨击;他们用曲笔(如但丁)或直笔(如薄迦丘)描写人间的世俗生活,召唤古希腊、罗马的亡灵或借用古希腊、罗马的文学题材,宣扬自己新的生活理想和新的人文主义世界观,这在当时都是革命行动,都是文学上的崭新现象,所以标志着欧洲文学的一个新的历史阶段。欧洲的文艺复兴运动,是随着资产阶级反封建的革命运动而发展的,是完全符合历史潮流的。因此,当时,尽管有宗教裁判所和火刑柱的镇压与威胁,它同新的科学与新的哲学一起,仍以不可抗拒的必然性,开拓着自己的阵地,壮大着自己的队伍。在但丁和薄迦丘之后,英国出现了莎士比亚,法国出现了拉伯雷,西班牙出现了塞万提斯,构成了一个群星灿烂的文学时代,而且,其影响一直绵延至今。

中国的五四文学革命运动,是又一个富有启示意义的例子。

在古老的封建帝国的内部,假如没有资本主义经济的发展;在它的外部,假如没有西方资本主义势力的侵入;同时,假如没有国际无产阶级革命的发展,特别是俄国十月革命的胜利;假如没有马克思主义在中国的介绍和传播,没有无产阶级登上政治舞台;总之,假如没有这些内部和外部的条件,所谓反帝反封建的五四革命运动是不会发生的,五四文学革命运动也是不会发生的。而由于有了这种社会政治经济的变革大潮,才产生了鲁迅和郭沫若这样划时代的伟大作家。恩格斯把但丁誉为欧洲"新时代的最初一位诗人"。鲁迅何尝不是中国无产阶级革命时代最早的一位文学家呢。毛泽东同志称颂鲁迅是五四文化革命新军"最伟大和最英勇的旗手"、"主将",说他"不但是伟大的文学家,而且是伟大的思想家和伟大的革命家",这种崇高评价,不是令我们想起恩格斯对欧洲文艺复兴时代那些"巨人"的赞扬吗!

任何一次大的社会进步(是的,这里说的恰恰是进步),都必然同时伴随着一场大的思想解放运动,在许多情形下,甚至是以思想解放为政治经济的变革开路。反帝反封建的五四运动,也是以民主和科学为口号的一次思想解放运动,而五四革命文学,正是在这个思想解放的过程中,在题材、主题、人物和语言文字上,都呈现出崭新的面貌。它继承了我国古典文学的民主性传统,同时也吸收了外来的营养。当鲁迅的《狂人日记》于一九一八年五月发表时,我们可以想象,他那如电光和炸雷一样的新思想,曾引起多少封建遗老遗少的震动和骇异!在五四时期,虽有许多封建国粹们反对,随着革命的深入,革命文学队伍虽也发生分化,右翼的资产阶级知识分子投入了反革命营垒,但以鲁迅为代表的革命文学运动,终以不可阻挡之势,在斗争中节节获胜。

列宁为什么称高尔基为无产阶级的艺术权威?就因为在十九世纪末、二十世纪初俄国工人运动高涨的年代,在俄国无产阶级革命的前夜,在那个无产阶级同地主资本家阶级的斗争迅速发展的时代潮流里,他创作了《鹰之歌》、《海燕》、《母亲》这样的作品,表现了人民群众的革命愿望,反映了那个正在高涨着的社会革命潮流。所以,他一露头,最初的几篇作品刚发表,就被早享盛名的大作家如契诃夫,视为崭新的人物。如果他的作品以多少不同的方式重复别人已经写过的东西,没有新的独特的内容和形象,他能代表一个新的文学时代吗?能开创一个新的文学阶段吗?显然不能。

历史现象很少简单重复,却往往颇有一些相似之处。目前,在我国,就仿佛出现了与上述例子相类似的情况。

"四人帮"倒台以来,我们的文苑里涌现出一大批文学作品。如:表现我们党和我国人民同林彪、"四人帮"及其极左路线和法西斯暴行的尖锐、复杂斗争的;描写革命领袖和老一辈无产阶级革命家的生活和形象的;反映工农兵斗争生活的;以及再现历史生活和人物的;等等。

各类作品综合在一起,呈现了一种百花齐放的繁荣局面。

这些作品虽然题材、主题各异,其共同点却是可贵的现实主义精神,体现了思想的解放。当然,由于这是从"四人帮"十年的禁锢中刚刚解放出来的文学,它们的现实主义成就各有差别,但毕竟与"四人帮"统治文坛时大不相同。

各类作品中,反响格外强烈、争议格外激烈的,是反映同林彪、

"四人帮"斗争的作品。

人们之所以特别注意《班主任》、《伤痕》、《神圣的使命》这一类作品,是因为,在新中国将近三十年的文学中,它们带来了一些崭新的内容,表现了前此不曾表现的题材、主题、情节和人物。

在无产阶级专政的国家,在我们的文学中,人们可曾见过忠心耿耿的革命者,一夜之间变成"特务"和"反革命"吗?在此以前,在我们的文学中,人们可曾见过有那么多革命者忽然成为自己监狱的犯人吗?在此以前,在我们的文学中,人们可曾见过那么多非人的法西斯暴行吗?在此以前,在我们的文学中,人们可曾见过党无纪、国无法,或者说党纪国法遭到空前严重的破坏吗?在此以前,在我们的文学中,人们可曾见过副总理、政治局委员、开国老帅这样的人物,不经任何党纪和法律程序,便失去自由以至抱恨终天吗?……凡此种种,不胜枚举,在我国三十年来的文学中,确是很奇特的。

正是在这种很奇特的现象面前,发生了意见分歧。一些同志实际上不赞成写这些内容,而我们却认为,应该郑重地对它进行研究。

历史唯物主义多次证明:一种具有相当规模的新的社会现象的产生,总有某种必然的原因;理解一种大量产生的文学现象,应该遵循存在决定意识这一客观规律。

我们党和我国人民,同林彪、"四人帮"斗争了十年之久。这是社会主义革命过程中一场极尖锐、极复杂、极深刻的斗争,斗争的结果,党和人民胜利了。但不可否认,在十年的斗争之中,这伙阴谋家曾经很为得势,使我们党和人民付出过极为惨重的代价。他们不仅对我国的经济和政治进行了极大破坏,也给了我国文学艺术和精神生活以极大摧残。现在看得很清楚,他们横行的十年,是我们国家历史倒退的十年。

然而,事物总是向它的反面转化。广大人民(当然包括文艺界)同林彪、"四人帮"斗争了十年,也对党和国家的命运思考了十年,对时代风云、现实生活观察了十年。林彪、"四人帮"从反面教育了我们的党和人民,使我们痛感到,必须得出某些相应的结论,做一些切实的事情,才能保证悲剧性的历史不再重演。于是,"四人帮"一旦被打倒,实现四个现代化、建设强大社会主义国家的宏伟纲领一旦再次提到日程上,一个以实践为标准的伟大的思想解放运动,便在党中央领导下,以锐不可挡之势发展起来。这个思想解放运动意味着:我们不但要前进,更要知道怎样前进;我们不但要强大,更要知道如何强大;我们不但要揭批林彪、"四人帮"的罪恶,更要了解过去是怎样吃了他们的苦头;我们不但要防止林彪、"四人帮"式的野心家重新出现,更要找到他们出现的原因和防止他们的办法;我们不但要坚持四项原则,更要知道怎样坚持这些原则,怎样才是坚持这些原则;等等。这个思想解放运动,同经济的建设、政治的发展不可分割、同时并进,某种意义上甚至可以说,没有头脑的清醒、思想的解放、正反面经验教训的总结,我们也许将寸步难行,一事无成。十年的教训太深重了!革命领袖本来是人,林彪、"四人帮"却利用领袖的威望进行造神,把领袖变成偶像;马列主义、毛泽东思想本来是行动的指南,林彪、"四人帮"却把它变成僵化的教条,用以制造现代迷信;我们的世界观本来是辩证唯物主义和历史唯物主义,林彪、"四人帮"却把它变成唯心主义、形而上学和庸俗社会学;社会主义制度本来应该是人类史上迄今最先进的制度,林彪、"四人帮"却借社会主义之名,行封建法西斯之实;等等。

严重的历史教训,深重的民族灾难,痛切的内伤外伤,激起了一个伟大的生活潮流,那就是,必须变革我们的现实;也激起一个伟大的思想潮流,那就是,必须重新认识许多事物,包括文学同生活的关系,文学的功能和作用。多年来,特别是林彪、"四人帮"为害的十年,文学干预生活,揭露生活中的矛盾,暴露生活中的阴暗面,反映人民的疾苦,被认为大逆不道,离经叛道,甚至是"修正主义"、"右派"、"反革命";而历史的结论却是,文学如果不正视现实,不走现实主义路线,不深刻而真实地反映生活,便是自欺欺人,没有存在的价值。

要问《班主任》、《伤痕》、《神圣的使命》、《未来在召唤》、《生活的路》这一类作品是怎样产生的吗？答曰：它们正是这个伟大的生活潮流的产物，正是这个伟大的思想解放运动的产物。

　　这确是一个新的文学潮流，但它只不过是真实生活的真实反映而已，是由文学同生活的关系所决定的一种必然现象，并不是某几个人凭主观意志掀起的怪浪。正如抗日战争、解放战争、土地改革、抗美援朝、农业合作化这些广泛深刻的社会历史运动，都曾经留下并将继续产生自己的文学记录，中国共产党和中国人民同林彪、"四人帮"艰苦斗争的这一段历史，中国人民为实现四化而进行的英勇斗争，也正在并继续为自己留下一系列文学的画幅和画卷。所不同的是，比起以往的文学（比如十七年的文学）来，这一批新的作品，在揭露生活的阴暗面上，在描写社会主义社会中的悲剧性事件上，确实比较多些。但这又有什么办法呢？我们在社会主义革命和社会主义建设的过程中，既然走过这么一段弯路，发生了这么一种曲折，让林彪、"四人帮"这伙野心家阴谋家整得这么惨，害得这么苦，怎么能不记录在案呢？不！历史必须记录，文学必须反映，这不仅对于当代，而且对于子孙后代，都有着重要的教育意义。《"歌德"与"缺德"》的作者以为，写到这些就是"阴暗的心理"，反映这些就是"灰色的心理"，这是闭眼不看事实的唯心主义，是一种人所熟悉的调头。我们说，只要不想把文学变成麻醉剂，只要不想把人民引入乌托邦，就必须承认，社会主义是向共产主义过渡的历史阶段，不可能没有矛盾和斗争，这一批大胆干预生活、勇敢揭露矛盾的作品，正是为了吸取教训，继续前进的，是完全合乎革命道德的，而且是大德大功。此文作者套用革命导师恩格斯对青年黑格尔派的批判语言，用了一个带引号的社会主义，说什么这类作品的作者是"怀着阶级的偏见对社会主义恶意攻击"，把这些作者和林彪、"四人帮"拉在一起，恶狠狠地咒骂他们，说什么"让其跟着其主子林彪、'四人帮'一伙到阴沟里去寻找'真正的社会主义'也就罢了"！这真是惊人的荒谬！看到这样的文字，人们完全有权提出如下的问题：这样的同志究竟是生活在书本上的概念世界还是生活在可感触的现实世界？十多年来的现实历史，是不是向我们尖锐地提出了真假社会主义的问题？如果认为揭露批判林彪、"四人帮"的罪恶，表现社会主义革命过程中的经验教训，是搞假社会主义，那么，真正的社会主义究竟是什么？掩盖矛盾，粉饰现实，向人民隐瞒真相（其实，最终，人民是欺瞒不了的），企图这样来维护所谓社会主义的人，究竟维护的是哪家的社会主义？他们的真理究竟是什么货色？算了！生活最有说服力，实践最有权威，封建主义、法西斯主义、平均主义、无政府主义，这些都不是真正的社会主义，恰恰是社会主义的对立物，早就被马克思主义经典作家批判过了。我们对科学社会主义充满信心，因此，就是要弄清真正的社会主义，坚持科学的社会主义。这一批反映当代生活的作品，从各个角度和侧面所提出的一个时代性主题，正是究竟如何建设社会主义，有什么不好？好得很嘛！至于那种认为抨击、谴责了林彪、"四人帮"的罪行，暴露了这些人民公敌所造成的阴暗面，就会动摇人民对社会主义信念的观点，只不过是"民可使由之，不可使知之"的愚民思想和蒙昧主义的现代版，同马克思主义的世界观是完全对立的，早应该进历史博物馆了。

这些作品，不仅有着崭新的主题内容，而且多数出自一批新作者之手。这些新作者，摈弃了"四人帮""从路线出发"、"主题先行"、"三突出"等主观唯心主义的创作模式，恢复并发展了我国革命文学自五四以来的战斗的现实主义传统。从文学发展的意义上说，他们确实开创了我国社会主义文学的一个新阶段——一个同生活联系得更密切、反映生活更真实更深刻的阶段。这些作品给我们提供了新的认识对象和思考材料，是社会主义文艺不可分割的，有机的组成部分。

如此看来，这些反映当代生活的作品，这个新的文学潮流的出现，是完全合乎规律的，不管说它们是"伤痕文学"、"感伤文学"、"暴露文学"或"缺德文学"，不管给它们戴什么样式的帽子，合乎规律的潮流，是势不可挡的！

文学潮流反作用于生活潮流

无可否认,文学,以及一般意识形态的潮流或流派,并不总是进步的、革命的,也有相反的情形;更正确地说,落后的反动的潮流或流派,与进步的革命的潮流和流派,往往同时并存、互相斗争。这不难理解,一切事物都是对立统一的。问题在于,如何辨别它们的是与非? 按照马克思主义的方法,只能以实践为标准予以检验:看它反映哪个阶级、哪种社会力量的情绪和愿望,是推动历史前进,还是开历史倒车? 用这个方法和原则,便不难看出,如同哲学上的唯物主义思潮(学派、流派)在各个时代都具有进步意义,文学上的现实主义流派(积极浪漫主义可视为现实主义流派中的一个分支),在各个不同的历史时期,也始终是同革命的阶级和先进的社会力量紧密联系在一起,它是前进的革命的潮流的反映,又反作用于这种潮流,促进这种潮流。欧洲文艺复兴时代的文学,在资产阶级反封建、反教会、反神学的革命中,起着呐喊助威的作用;我国五四时期的新文学,在无产阶级和广大人民群众反帝反封建的新民主主义革命中,也起着鸣锣开道的作用。今日之中国,需要从现代迷信中获得解放,需要清除极左流毒。为此,哲学上就要真正恢复辩证唯物主义的思想路线,文学上就要真正坚持现实主义的创作方法,一切都要以实践为标准,都要实事求是。只有这样,才是真正坚持马克思主义和社会主义,否则便是假高举。这是从十年痛史中得出的教训。从这个意义上说,如同历史上进步的革命的文学潮流一样,在打倒"四人帮"之后兴起的这一股文学潮流,对我国当代的社会生活,正发生着多方面的积极作用,例如:

它是反法西斯的。它揭露和抨击林彪、"四人帮"篡党夺权、推行极左路线的法西斯暴行,激起人民对这类野心家和阴谋家的憎恨;

它是反封建的。它触及到两千年封建主义在我们当代生活中

的流毒和影响,使读者意识到我们的民主革命还有不彻底的方面,还必须继续反对各种形式的封建残余;

它是反官僚主义的。它描写官僚主义对我们社会主义事业的危害,激发人们同形形色色的官僚主义者作斗争;

它维护民主和法制。它尖锐地提出社会主义的民主和法制问题,揭露林彪、"四人帮"践踏民主和法制的惊人情景,教育人民为健全社会主义民主和法制而斗争,有利于党和国家改革某些与客观规律不相适应的体制,使社会主义制度更加完善;

它教育人民树立长期奋斗的思想。它反映林彪、"四人帮"肆虐时期人民所受到的创伤和疾苦,使人民群众认识到社会主义革命的艰苦性、长期性、曲折性、复杂性。它塑造了张俊石(《班主任》)、王公伯(《神圣的使命》)、欧阳平及其母亲(《于无声处》)、方凌轩(《丹心谱》)、梁言明(《未来在召唤》)、东方骥骅(《沉浮》)等等一批当代英雄和先进人物的形象,鼓舞读者坚持真理,为科学社会主义理想而斗争;

它反对蒙昧主义,给知识分子和科学以应有的地位。它真实地描写了多年来被禁止或遭歪曲的知识分子和科学家形象,肯定知识分子和科学技术在我国社会发展中的作用,这有助于调动知识分子的积极性,提高了读者的思想境界;

它恢复了文学的"人学"特征,探索着无产阶级的"人学"。它较为深刻、较为广阔地写到社会主义时期人和人的多种关系,包括家庭、友谊、爱情、公私、个性、情操、幸福、理想等等方面,有助于提高我国人民共产主义的伦理道德水平;

它坚持实践标准,反对现代迷信。历史的发展和前进,同思想僵化和迷信绝不相容。这一批作品既是以实践为标准的思想解放运动的产物,又反转来促进着人们解放思想。它把生动活泼、意气风发、实事求是、探索思考的精神发扬起来,这也许是它的最具有特征的积极作用。

如此看来,这一批文学作品,其主流和总倾向,完全符合四项基本原则,有什么可指责呢?难道四项基本原则同现代迷信、同林彪、"四人帮"的法西斯主义、同两千年的封建残余、同官僚主义,是可以相容的吗?难道四项基本原则是排斥民主、法制和科学的吗?

如此看来,这一批文学作品,其主流和总倾向,完全有利于在我国实现四化,有什么可忧虑呢?人们不是说实现四个现代化必须同时实现政治民主化即思想的现代化吗?难道四化同愚昧和僵化是没有矛盾的吗?难道四化不需要人民的聪明和为了人民幸福吗?

这些作品,热情地歌颂那该歌颂的,大胆地暴露那该暴露的,勇敢地干预生活,使人民群众警醒感奋,团结战斗,改造自己的环境,奔向光辉灿烂的未来,何"缺德"之有?否!说这些作品是"一股错误思潮",恰恰反证这种观点离开了实践标准,是一种思潮的错误。

潮流刚开始,高峰在后头

文学反映生活,这是文学的基本品性。文学反作用于生活,这是文学的基本功能。我们的国家正处在伟大的历史转变之中,新的生活潮流刚刚开始,正向生活的各个方面,向它的深度和广度(经济基础、上层建筑、意识形态)奔涌,新的文学潮流岂能就此止步?不,它将继续发展,按照自身的规律,涌现一个个高峰。

欧洲的文艺复兴,历经三百年之久,其间,在文学形式和创作方法上,就有明显的发展。但丁的诗篇《神曲》,在篇制上是宏大的,其创作方法却带着浓重的中世纪的象征主义;而薄迦丘的《十日谈》,不仅是新型的短篇小说集,在内容和创作方法上,都比但丁前进了一步。他们的作品都有自己的特色,都曾影响了整个欧洲的文学,但后人也有自己的创造和贡献:拉伯雷和塞万提斯各自完成了独具风格的长篇小说,莎士比亚成就了戏剧大师。从发展的意义上说,他们是互相继承的,却不能互相代替。

我国五四革命文学,早期以鲁迅的短篇小说和郭沫若的短诗为代表,随后,便有叶圣陶、巴金、茅盾等作家的长篇小说。戏剧方面,先是改编、搬演外国剧目,继而才有了自己的作品,并逐步臻于成熟。作为一个文学运动,它不仅在艺术形式上有发展变化,在反帝反封建这个民主革命的时代总主题上,也表现得越来越丰富,越来越深刻。

新的文学潮流的发展演变,也需要人们拭目以待。因为,从艺术形式上说,迄今为止,主要的收获是诗歌和短篇小说,戏剧有了一些,中长篇小说正在露头;从题材上说,还有若干重要方面未得到反映。已有的作品中,不少是很优秀的,将会长期存在下去,但那种史诗式的作品,如恩格斯所说的巨大的思想深度和意识到的历史内容,同莎士比亚式的情节的生动性和丰富性的完美融合的大型作品,也许要过相当时间才能出现。这样的作品不但需要更多的写作时间,也需要更多的生活和对生活的深刻理解。两千年的封建主义、封建制度的影响,共产主义运动一百多年的理论和实践的曲折的历史,三十年来(特别是林彪、"四人帮"肆虐的十年)的经验和教训,所有这些,都是巨大的认识任务,更是复杂的描写领域。然而我们既然有过那么丰富、那么深刻、那么严峻的生活,我们既然正经历着如此丰富、如此深刻、如此伟大的历史转变,我们就坚信会产生种种纪念碑式的作品。它将歌颂真善美,歌颂那崇高的、激动人心的、鼓舞人前进的事物,也将鞭打假恶丑,暴露那卑鄙的、腐朽的和令人憎厌的东西。它在主题、题材、人物和风格上将是怎样的多彩多姿,我们很难预料;但我们坚信,作为冲破桎梏、获得解放的现实主义文学潮流,必然会一浪高过一浪奔腾前进!

一九七九年　北京

生活气息·时代主题·宪法党纪

——在人民文学出版社中长篇小说座谈会上的发言

一 关于作品的生活气息问题

严文井同志提到僵化半僵化的文学。结合这个问题,我想谈谈作品的生活气息问题。避免僵化,或者说公式化、概念化,要很多条件,比如,首先自己的思想不僵化。但即使思想解放了,作品如果没有生活气息,恐怕还是难脱出僵化半僵化的窠臼。

我们一些编辑同志曾经议过,觉得似乎可以把文学作品分为三种境界:1、引人的; 2、感人的; 3、不仅引人、感人,而且发人深省的。

我们有句行话,叫做"还读得下去"。我们在实际工作中感觉到,一部书稿叫人家能看下去而不勉强,不烦恼,所谓还能抓住人,并不容易。一般讲,这样的书稿就接近或达到出版的水平了。当然判断一部书稿能否出版,还有其他条件。

我觉得,达到第一境界的作品,一般都具备故事性强,动作性强,结构上一环套一环,即或略有不尽合理的东西,读者也还是看得下去的,比那些公式化、概念化、僵化半僵化的东西还是好的,那些东西叫人看了几页就放下,看了头就知道尾,不愿卒读。这种第一境界的作品的读者群,多是青年、少年和其他通俗读者。对于文艺专门家、高雅的鉴赏家来说,就不灵了。这后一类读者,是很不好

"侍候"的。因此,我们希望更多地看到第二、第三境界的作品。

我觉得,一部书稿中有相当一些篇幅感动人,就算达到了第二境界;另一些篇幅写得差些,可以理解,不能求全。当然,如能修改得更好,那是件好事。但一部书稿中只要有相当的篇幅感动了人,就算较好的作品了。

我们要努力争取的是第三境界,不仅能吸引人看下去,不仅有些感人的篇章,还能发人深思,给人以启发,给人以思想,给人以感动。要获得这种艺术效果,作家首先得有丰富的生活,独特的发现,强烈的感受,深刻的见解,而在这些之外,必须使作品具有浓郁的生活气息。没有浓厚的生活气息,不给人真实感,不逼真,不可信,多么正确的思想都会是苍白的。

最近读到两部书稿:一部是王祖玲(即竹林)同志的《娟娟呵娟娟》(即《生活的路》),一部是刘亚舟同志写农村生活的(即后来出版的长篇小说《男婚女嫁》)。觉得生活气息都比较强。

王祖玲同志插队六年,经历了艰苦、曲折,情不自禁地写了这作品,她确实对生活有自己独特的感受和见解。她是现实主义的,写得相当真实,有深度。我在看她的稿子时,几次流泪。她的作品中塑造了几个可爱可亲的好人的形象,如农村女青年小李子、农村男青年大憨等。当读到大憨愤怒起来,在村中大骂、痛斥坏人和恶势力时,我联想起了《红楼梦》里的焦大。女知识青年娟娟是作者着力塑造的人物。当这个娟娟为了离开那个她无法待下去的地方,到"支部书记"那里去取报考大学的志愿表时,作者写她当时的内心活动是:支部书记会问她要什么?是上海牌手表?还是的卡衣服?她想得很细、很多,而最后的想法是:不管支书要什么东西,只要她能凑够钱,买得起,她就给,即使把自己的行李卖掉也情愿。这些地方,写得很有生活气息。可是,娟娟万没有料到,这个坏人、"四人帮"的帮派体系分子,所谓支部书记,要的是她的身体……要奸污她!终于,在她被麻醉,失去自卫能力以后,也失去了她的贞操,人的尊严。接着一章,作者用了这样的题目:《一个死去了的灵魂》,

就是说,从那以后,娟娟在灵魂上已经死亡了。仅仅这个提法,这个题目,就反映了作者对生活的深刻、独到的感受,很发人深思。在娟娟经历了种种屈辱、打击无法活下去时,她写了一封遗书给她的男朋友。这封信写得撼人心灵,感人流泪。这个娟娟竟说出了"向亲人、向社会控诉","寻找永久的解脱"这种话!这些,都表现了作者对现实生活有她自己的观察和见解,很真切。……看了这部书稿,是令人沉思的,是激发斗志的。而如果作品不真实,没有令人可信的生活气息,它是不可能获得这种效果的。这部书稿在表现手法上可以说是常规的,没有什么新花样,也还有其他弱点,但总的效果是好的。为什么?重要的一点就在于作者大胆地面对现实,按生活本来的严峻性描写生活,于常规中见深刻,全无僵气,是一部现实主义的作品。

刘亚舟同志的稿子是写东北边区农村生活的,还有这样那样的不足,作者正在修改。但我们看初稿时,就颇为喜欢这部稿子。为什么?就因为它有较浓的生活气息。我们写农村的作品可真不少,大部分在政治上、思想上挑不出毛病,但就是叫人不爱读。又为什么?就是因为它们缺乏生活气息。刘亚舟同志从生活出发,写自己最熟悉的人物和事件,好几个模特儿是自己的亲人。他敢于写出他们的喜怒哀乐,矛盾冲突,走的是现实主义的创作路子。这样,读他的作品常使人哑然失笑,就不奇怪了。例如,他写到一个贫农小伙子和一个要求进步的富农女儿结了婚,小伙子的父亲很"左",把他们赶出了家。叫他们住到另一个地方,还闹了一个隔墙。可是,这一对年轻夫妇却生活得挺有乐趣。作者多次对他们作了富有特色的描写。描写他们互相之间怎样倾心、满意、爱慕,又怎样时有矛盾,以及作妻子的又要求进步,又为自己出身不好而苦恼的内心活动,等等,有若干好的细节。看惯了那种"三无世界"和"三不主义",也就是没有家庭、没有爱情,没有父母;不吃、不喝、不睡的人物的作品,那种全是"公人公事"的作品,那种干巴僵化的东西,看到这种有血有肉、真实可信的人物形象,真觉得清新。我们希望刘亚舟同志把这部稿子改好。

现实主义的创作方法从理论上讲起来问题很多,但它在作品中的表现,很重要的一个特征似乎可以说是有生活气息,总要像那么回事,总要像活的人,总要像真正的人间生活。没有这个,现实主义就没有意义,无法理解,在作品中也无法检验了。

打倒"四人帮"的时候,有一个说法,叫做"打倒'四人帮',文艺得解放"。现在,三中全会后形势更好了,我们可以提文艺大繁荣了。作为编辑,希望看到更多的生活气息浓烈、内容深刻的稿子。

二 关于时代主题的问题

前面的同志谈到我们时代的主题的问题,我觉得提得很好。

我们时代的总主题是什么呢?同意前面同志说的是建设社会主义;想补充一句:怎样建设社会主义?如何建设社会主义?内容很广,侧面很多,涉及到生活的一切领域,题材无穷。

周总理曾经讲过:我们还没有一套建设社会主义的经验(大意)。的确,到现在为止,国际共产主义运动还没有提供出一个完整的建设社会主义的经验。三十年的历史证明,我们自己也还没有解决好这个问题。同时也不可能在有了这样的经验之后再搞社会主义,只能边干边摸索。我们要搞社会主义,这是肯定无疑、坚定不移的,但究竟怎样搞呢?历史上和当代,有若干所谓社会主义的学派。我们要搞的是科学的社会主义,不要"四人帮"那种封建法西斯的所谓的社会主义。

在这个探索的过程中,要总结正反面的经验教训。这个总结需要的时间,有的领导同志估计两三年,有的老同志说十年,有的老同志说不管它多少年,反正要真解决问题。他们是政治家,我们是一般文学工作者,所知甚少。但我们有义务,有责任,在党的领导下,和人民一起,用文学艺术的形式,帮助党来探索,来总结。正因为是探索,所以没有直路,可能还要付出代价,掏学费,只是如何使这种代价和学费花得尽可能少些。从全国来说,这是中央的领导艺术问题。从我们写作、出书来说,也有个工作艺术问题。怎么办呢?独立思考,自己掌握,有胆有识。

三 宪法、党纪和双百方针

我觉得"用艺术的规律领导艺术"还需要有两个前提条件。根据过去的经验教训,我希望主管艺术的领导机关和机构,用宪法、党纪加双百方针来领导作家,领导文艺。

首先是宪法。宪法是我们国家的根本大法,每一个公民都要遵守,都要有宪法观念、宪法意识,脑子里得有宪法。而领导机关、领导同志,则更要研究宪法、运用宪法、执行宪法,在文艺领域促进宪法的落实。例如,宪法规定的公民的言论、出版、结社这样的权利,有什么正面反面的经验教训呢?如何使它生动起来、具体起来呢?我想,只要正确地执行,它只能有利于巩固无产阶级专政,有利于社会主义经济建设和思想文化建设。每一个党和群众团体的领导人是公民,作家也是公民。领导和群众之间有差异,在水平上,认识上,在等等方面,都可能有这样那样的矛盾。解决这种矛盾、调整这种关系的有力工具和武器之一正是宪法(当然,我们的宪法还会进行修改)。宪法是我们自己制定的。它维护我们国家的大利益,是考虑到个人(群众)和国家之间可能产生的矛盾的。比如,一个作家,如果利用言论自由进行诽谤活动,也就是造谣,利用出版自由出卖国家机密(外交的、军事的、党的),利用结社自由组织一伙人私设公堂、打砸抢,假如这样,国家司法机关就同对待任何违法的公民一样,要对他起诉,经过法律程序给他治罪。反过来,如果不是这样,如果是另外一些性质的问题,思想问题,学术问题,那就应给予帮助和保护,使作家的公民权利(作家不要求其他公民之外的任何特权)不受侵犯。宪法里规定了一种互相制约的关系,这正是它的生命所在,党应该积极地发挥它的作用。

其次是党纪。一个党员作家,当然应该服从党的纪律,和其他不从事文艺的人一样,违者党纪制裁。同样,一个管理、领导文艺的干部,如果违反党的纪律,比如,对文艺工作者打击报复,破坏民主,随意宣布一个文艺工作者"反党"、"反革命"等等,也应受到党纪制裁。

在这两个前提下,或者说,强调这两个前提,把它们作为双百方针的法律保障,双百方针似乎才可能贯彻得更好。

一九七九年四月　友谊宾馆

为了什么当作家

——应《人才》杂志之约而作

时而收到青年同志甚至少年小朋友的信,来讨论文学创作方面的问题,有的回过信,有的没有回,借此机会,有选择地谈一谈。

有一个十年制学校的六年级小朋友来信说:我喜爱文学,想写小说,写出来你能不能给我看一看?我被她的天真和勇气感动了,便回信给她说:我很喜欢你这种勇敢精神,那就请把稿子寄来吧!

由此我想到:一个喜爱,一个勇敢,不仅是想成为作家的人应该具备的特点,从事其他任何工作,都应当如此。

一个人为什么喜爱一种事情,这是有待专门研究的问题,且不去说它。可以推论的是:一个人如果不爱好一件事情而硬要去干,那是断难干好的。爱好、兴趣,是可以培养的,这也是要扯远了的话头,此处从略。需要强调的是:如果你真想成为一名作家,那你就必须持久地爱好它,并应该具有一种勇敢精神。我说的勇敢不是任意胡来,而是指虽然拙笨但却严肃认真,虽然幼稚却不怕别人批评。在文学创作上,我基本上不相信"一举成名天下知"。只要仔细调查研究一下就可发现,那些成了名的作家在"一举"之前,总或长或短、或顺利或曲折地有过一个学习和练习的阶段,而在这个阶段,他总多少有些笨拙和幼稚的。可贵的是,他们十个人有九个人不怕羞,不怕丑,敢把自己的稿子拿出来给人看,并且能够虚心地听取别人的意见;所以,终于获得了进步。……

为了什么当作家

有一个青年同志来信说:中外文学名著我看了五百部,可是仍不会写小说。这是为什么?我没有给他回信,一是我对"五百部名著"这个数儿有些疑心,二是有些道理还没有想清楚。

最近我从两方面想了一下:一是一句民谚,二是读书和生活实践以及写作实践的关系。

民谚说:"会看的看门道,不会看的看热闹"。此中道理,我想,也完全适用于文学阅读。我的体会和看法是:要想从事文学创作,一定得认真地读一些文学名著,但却不一定读得很多很多。关键在于要善于读,要会读,要在阅读的时候揣摸人家的思想立意、表现方法、艺术技巧等等。否则,读的虽然多,虽然记住了许多故事,却没有领会人家的匠心、窍门,不能从人家那里得到启示和借鉴,当然也谈不上推陈出新或青出于蓝而胜于蓝。再说,阅读是一个借鉴和继承的问题,而对于创作来说,更重要的还是生活实践,是在生活和斗争中产生的真情实感。有的同志醉心于文学而不安心于工厂、农村、部队、服务行业等等地方的工作,在我看来这是既不对头而又"失策"的想法。

高尔基之成为伟大作家,到底首先是因为他读了很多文学名著呢,还是首先因为他在艰难困苦的实践经历中获得了深刻的人生体验?所以,我总是劝一些青年同志:如果你真想成为作家,那就必须首先热爱你所从事的工作,全心全意地去干,以真正主人公的态度去干,干一行爱一行,酸甜苦辣都真正尝受到,痛苦欢乐都真正体验过,那就有希望了,那就是为你的文学之途安放了第一块牢靠的基石。别的东西都可以学,唯独现实生活的体验和感受无法学。坐在小屋子里,看上一百部兵书和战争小说,也不能代替在真枪实弹的战斗中的一个小时的感觉。"人情练达即文章。"——曹雪芹这句话深刻得很哪,他说的"人情练达",就是我们说的熟悉生活。生活是艺术的唯一源泉,这确是真理,含糊不得。假如有丰富的现实生活的感受,又继承和借鉴了前人的和别人的艺术经验,再加上自己反反复复地写作实践,那大约就不至于一无所获了吧!

《昨天的战争》出版之后,曾有同志问我:你有什么体会?我说:我最大的体会是,当我在战场上时,我恰恰没有想过将来当作家;虽然,那时,我确实由衷地爱好文艺,并在一种自发状态下练习写作……

有一个工人同志来信,说他读过我的一些作品,叫我跟他谈谈怎样写作品的开头?这问题我真说不出一定之规。我只能如实地说,我写每一篇作品,都觉得开头很难。常常是轮廓性的构思有了,却因为写不出满意的开头而拖延了时间。稍微重要一点的作品,总是想好几种方案,写好几次开头,才勉强定得下来。渐渐地,我形成了一种见解,一个比喻,觉得:为一部(篇)作品开头就像医生为病人开刀,要找到那个最理想的切口,真不容易。假如一个瘤子长在腋下,而医生却从手指头上开切,那肯定费力不讨好,还可能把人开死。我的想法是:像这样的问题,得一个抽象的回答是无济于事的,还是自己从生活出发,反复琢磨,多次实践为好……

有一个同志来信说:我写了一百篇稿子,都被编辑部退回来了,我真灰心了,不干了!我把这件事告诉了一个朋友。那朋友想了想,笑了笑,说:他为什么不再写二百篇呢?二二得四,也许在第四百篇上他会成功呢!

这个朋友的话说得好。除了古代的自刻自印,在现代的作家中,大概只有极少的人不曾遇到过退稿之事吧!那么,多数人是怎样走过来的呢?是怎样成为作家的呢?我想,持之以恒这个条件大约是少不了的。

一个青年同志当面跟我明确地说:他写作品并且急于发表出来,目的是为了能在城市里获得一个好的工作职位。我欣赏他的坦率。我们作了交谈。不过,效果似乎不大。分手之后,望着他渐渐远去的背影,我想:如果他坚持这样一种目的、动机和逻辑并且不加以改变,他恐怕是作品难得写成,"理想的"工作职位也难得获取;或者,即使他呆在城市里并且成了作家,恐怕也难得有深刻而辉煌的成就……

真的，最终，我们到底为了什么而当作家呢？到底应当为了什么而去当作家呢？

一九八二年

作家的头脑怎样工作？

作家的头脑怎样工作？——我以为,这迟早将成为形象思维研究的中心问题之一。推而广之,研究其他门类艺术家的思维过程,同样将会成为重要问题。虽然,迄今我们还不能确切地知道人脑的全部秘密,比如说,它的两半球的分工,然而,就人脑作为一个整体来说,它最卓越的能力正是思维——抽象的思维和形象的思维,这是我们可以研究的。

当阅读古今中外那些优秀的文学作品的时候,我们曾怎样地感动、激动过呀！那些作品的深刻的思想,鲜明的形象,广阔的生活,复杂的矛盾,丰富的色彩……曾怎样令我们惊叹不已呵！面对那些作品,我们会自然地提出一个问题:作家们是怎样创造了这些作品的呢？

几乎每一个作家,都有自己的写作习惯。几乎每一部作品,都有自己诞生的历史。这就是说,作家的思维,作家的工作,就其个性来讲,千差万别,情形极为复杂。然而,个性之中正有着共性。实际情况尽管很复杂,那共通的东西,那共同之点,还是可以抽象的,可以概括的,这就是规律。这个共同的规律,最根本的一点,就是形象思维。不是别的,正是形象思维,决定了文学艺术不同于其他社会意识形态的特征。一部文学作品,例如一部小说或一部叙事诗,为什么和一部历史著作不同呢？那是因为作家通过具体生动的形象来认识世界,又以鲜明生动的形象反映了自己的认识。

毛主席说得好:"作为观念形态的文艺作品,都是一定的社会生活在人类头脑中的反映的产物。革命的文艺,则是人民生活在革命作家头脑中的反映的产物。"作家不是天生的,他的头脑不过是一个加工厂。

形象思维作为人脑的一种功能,并不是从事文学创作的人所特有的,但要创作文学艺术作品,却必须运用形象思维方法。换句话说,在作家的头脑这个加工厂里,最重要最基本的工作方法,正是形象思维的方法。

工厂需要原料,才能进行生产。机器需有动力,才能转动。机器需要有润滑油,才能运转得轻快、和谐。工厂还有操作规程,不可违犯,违犯了,就会发生事故,生产不出好的产品。

作家的头脑作为加工厂,道理同此。它在开始工作之前,先要具备一些条件。这些条件是:

1. 生活; 2. 思想; 3. 感情; 4. 想象; 5. 一定的表现能力。

生活犹如原料,是加工对象,越多越好。

思想、世界观犹如动力,是统帅,是灵魂,越充足,越强大,越好。

感情犹如润滑剂(这个比喻有些蹩脚),保证机器运转得昂扬有力,或者悦耳动听。

想象力犹如翅膀,可以飞越高山大海,时间空间。

表现能力犹如操作技术,越熟练,生产出来的产品越好。

这些已成为不言而喻的常识,无须赘言。问题是:仅仅是这五条?多一些不更好吗?

是的,多一些更好。例如,丰富的文学知识、历史知识和自然科学知识,绝不会使人变得愚蠢,对文学创作有百利而无一害。事实上,文学艺术的巨匠、大师们,我国作家如曹雪芹、鲁迅、郭沫若、茅盾,外国作家如巴尔扎克、列夫·托尔斯泰等,他们所具备的条件,就非一般人所能比拟,因而,他们在文学上的成就,也即他们形象思维的产物,便特别杰出,成为我们学习的典范。但一般说来,基本的就是这五条,其他,是努力奋斗、多多益善的事情。

从生活到艺术——这句话概括了形象思维的全过程,同时,也有些笼统。能不能再具体些呢?可以的。这个过程,按照一般情况,似可分为三个阶段,即:

发现题材,提炼主题;

掌握人物,进行构思;

完成形象和形象体系,完成主题。

没有实践经验,没有生活,根本不可能进行文学艺术的创作;而有实践经验,有丰富生活经历,也不等于就能进行文学创作,只能说存在着进行创作的可能性。为什么会是这样呢?这里就有着作家们的工作的特点了。

生活、斗争,对一般人来说,只是自己走过的路子,应该进行的工作,他亲身经历了,他耳闻目睹了,他甚至是满怀感情的,但他却没有考虑如何把它们变成文学艺术作品,却没有注意从何处入手可以创造一部文学作品。与此相反,作家们不仅参与现实生活,而且还随时注意对生活进行艺术的发现。这种发现,往往是从题材开始,或者叫做捕捉。

题材还需要发现和捕捉吗?是的,要发现,要捕捉。作家们应该是很敏感的人,或者说他应该把自己训练得十分敏感。常可以听到这样的说法:"我要写工业题材","我要写农业题材","我要写部队题材"等等。其实,这种说法,往往只是表现了某种创作愿望和自己所熟悉的生活方面,并不意味着对生活已经有了艺术的发现,并不意味着真的发现了艺术的题材。一般的生活经验,可能包含着艺术题材,却不等于真的已经成为艺术题材。这些年来,我们自觉不自觉地把文艺的工农兵方向理解为创作上的工农兵题材,这虽然并非毫无道理,却也实在有些简单。这样理解的结果,不仅使创作的题材越来越狭窄,还使得对这些狭窄的题材的表现呈日趋肤浅之势,即所谓公式化、概念化。至于"四人帮"叫嚣"三突出"、"三陪衬"盛行之时,题材则简直就不需要发现,而是命令当头,"主题先行",主观"设计"了。从这个意义上似乎应该说,我们不仅要研究作家的头脑是怎样工作的,还应该进一步研究作家的头脑应该怎样正确地工作。

世界上有许许多多酒,但是只有某几种酒浓度最好,醇香可口。世界上有许许多多茶,但是只有某几种茶颜色漂亮,味道佳美。现实生活中的艺术题材,犹如酒中好酒,茶中名茶,最有典型性,并且潜在的具有巨大的牵引力、概括力和动作性。

发现一个艺术题材,实际上就是发现了一个或一组典型人物,一桩或一连串典型事件(矛盾、冲突),其中,蕴含着深刻的巨大的社会意义,显示着某种生活的历史的真理。

发现这样题材并非易事,它需要思想水平、判断力和敏感再敏感。

这一点,即使在艺术大师们那里,也是不容易的。

果戈理不熟悉俄国的生活吗?很熟悉。但他也常苦恼于没有题材,向朋友们求援,而《钦差大臣》这个剧本的题材,就是普希金讲给他的。

列夫·托尔斯泰不熟悉俄国的生活吗?显然,极熟悉。但是,他的长篇小说《复活》,就是请求别人"让出"给他一个题材。

可见,熟悉生活并不等于拥有题材。题材,在艺术创作中,就像化学中的催化剂;没有催化剂,其他成分是活跃不起来的。

作家们在现实生活中,总是留心各种各样的人和事,思索各种各样的人和事,这实际上就是在对世界、社会进行生动地认识,形象地思维。这些平时的观察、体验、印象,对他未来的创作是极宝贵的,仿佛肥沃的土壤。但是,在发现和获得题材之前,一般说,这些印象是片断的,零散的,处在一种库存状态,仿佛机器的部件、半成品和原材料,在库房里安静地呆着。通常,人们把这种情形叫做形象记忆。然而,一旦发现题材——那么一个或几个人物,那么一个或几个情节——他们的情绪便特别振奋起来,注意力便格外集中起来,思维便异常积极地运动起来;仿佛面粉里面加了酵母,土壤里面播了种子,得了雨露,要发酵,要长芽。

但题材不自然而然地成为艺术。要使题材所具有的那种潜在的可能性变为现实,必须明确意图,提炼主题。从理论上说,到了这个阶段,所谓形象思维才呈现出它的最典型的状态;也就是说,到了这个阶段,作家们才算开始对现实生活的某一时期、某一侧面,作相对来说是完整的系统的认识——他们要创造典型环境中的典型人物了。因此,这是形象思维的理性阶段,是形象思维的飞跃、深入和发展。

还回到果戈理《钦差大臣》的例子上来。

普希金告诉果戈理两件事:一件是一个人冒充彼得堡的大官,竟然接受犯人的请愿;一件是一个人冒充部里的官员,骗取了市民的许多钱。

果戈理感觉到了这个题材的重要意义,感觉到了它给自己提供了某种艺术的天地,引起了创作冲动,但他并不是简单地处理这个题材,而是把它做了很大的改造。

按照实际生活,两个冒充者确实是骗子,是蓄意的诈骗犯,也是沙皇俄国混乱腐败的现实的反映;但果戈理不满足于此,没有停留于此。在他的笔下,赫列斯塔科夫并不是预有目的的骗子,他根本没有想到要假装钦差大臣,而是在穷愁潦倒的时候,被人们误以为是钦差大臣。这样一来,他揭露和打击的对象,就不是莫名其妙被人们当作钦差大臣的那个落魄公子,而是沙皇俄国的贪官污吏和剥削人民的商贾,是这些人的沆瀣一气、贪赃枉法和趋炎附势的种种恶行、内幕、丑态。

情节上的这种变化,正是提炼主题的结果。

由此可见,主题的提炼何等重要。

一部作品若没有明确的主题,就等于没有创作的指导思想,就等于没有行动方向。这样提炼出来的主题,和"主题先行"是完全不同的两回事。它植根于生活,从生活出发,是对生活的典型意义的开掘,因而其作品也就不是对思想的简单图解;而"主题先行"则是脱离生活,出题作文,按照抽象观念去编造干瘪的情节。在生活中发现题材,从生活出发提炼主题,使创作的路越来越宽,使人物形象丰富多彩;相反的做法,则必然导致题材越来越窄,人物越来越贫乏,似乎一个阶级只能一个典型,那就是艺术的毁灭。

作家的头脑是怎样工作呢?上面的例子是一个证据。它表明:当作家要创造一部作品时,他确是通过形象认识世界,围绕形象进行思维,并且,这种思维遵循着由浅入深的规律。

主题的形成,引起的是作家的更强烈的创作欲望和创作冲动。因为,他急于把他对生活的感受、理解、主张、信念、爱憎……活生生地描绘出来,宣扬出去,诉诸读者,诉诸社会,他要以他的作品参与现实生活的斗争。

真正的作家,不仅是描写人生的能手,同时还是严肃而深刻的思想家。他非常爱他在现实生活中酝酿成熟的思想,非常爱他从一个特定的题材中提炼出来的主题。这种思想,这种主题,如果不表达出来,对他便是一种精神上的负担和心灵上的痛苦。

曹雪芹在《红楼梦》第一回里,曾写下这样几句话:

满纸荒唐言,一把辛酸泪!都云作者痴,谁解其中味?

这里所说的"味",其实就是他创作《红楼梦》的思想意图。而为了表达这个意图,写出这种"味",他曾在艰难的生活环境中,"披阅十载,增删五次"啊!

鲁迅把他的第一本小说集,定名为《呐喊》。这呐喊其实就是一个巨大的思想,或者就是一个巨大思想的凝结。为了打倒帝国主义、封建主义,改变中国半封建半殖民地的命运,他认为是战士就必须起而斗争,奋力呐喊,而他的《狂人日记》、《阿Q正传》等作品,也确实呐喊得震撼了人们的心灵!

据列夫·托尔斯泰夫人的日记,有一天,托尔斯泰说过这样一些话:

"唉,但愿快一点结束这部小说(指《安娜·卡列尼娜》)

……开始另一部新的。现在那个思想在我心里已经那么地明确。要使作品写好,就必须爱它里面的那个主要的、基本的思想。就像我在《安娜·卡列尼娜》中爱家庭的思想,在《战争与和平》中由于受一八一二年战争的影响而爱人民的思想;而现在我又那么明确地意识到,在将来这部新的作品(指关于十二月党人的小说,未完成)中我将要爱具有极大感化力的俄国人民的思想。"(《托尔斯泰评传》306页)

在确定主题的过程中,作家头脑里可能已经有了若干画面、情节,甚至人物对话和细节;然而从理论上说,此时,他对世界的形象思维只是上了轨道,却还远未完成,还需要而且必然继续发展,这便是艺术构思。

艺术构思的要义或实质是什么呢?

常听到这样的说法:"这个作品构思巧妙","那个作品构思平庸",等等。

难道构思不是作家头脑的思维活动?已经完成的构思,是这种思维活动的结晶?从这个意义上看,构思好像是主观的;而且,无可否认,主观作用在构思过程中也确实很大。但构思的本质则不是主观的,而是对现实生活中客观存在着的"妙"处的发现。因此,从实质上讲,构思是客观的,是主观和客观的统一,思维和存在的统一,是客观存在的人、事、物,在作家头脑里得到了巧妙的加工、改造、剪裁、联系。当然,加工得好不好,剪裁得当不当,生活的戏剧性,它的矛盾冲突、内在联系、典型意义,是否真的被发现了,某些素材本身包含的发展、变化的可能性,是否真的被采掘出来、利用起来了,和对生活熟悉的程度、艺术经验的多少、思想水平的高低、感情力量的强弱、想象力的大小,都直接有关。但这正说明,构思不是主观的,不是主观意志的体现,不是主观心灵的异化,而是主观思维是否正确地深刻地按照艺术规律反映了真实。

进行艺术构思,首先要把握人物,特别是主要人物。只有主要人物的形象在脑海里(也即思维中)鲜明起来,活动起来,只有主要人物的性格、使命和命运明晰起来,艺术构思——一连串的人物关系、一连串的矛盾冲突、一连串的情节,才能充分展开。

果戈理曾这样叙述过他写《钦差大臣》的意图:

> 在《钦差大臣》中我决定把当时所知道的俄罗斯一切丑恶的东西、一切非正义的行为都集中在一起加以嘲笑,而那些非正义的行为恰恰是在最需要人们表示正义的地方和场合下干出来的。(《论情节的典型化与提炼》19页)

可以设想:假使果戈理构思这个剧本的时候,没有准确深刻地把握住市长这个人物,那么,所谓市长夫人和市长小姐就可能不会出现,或者说,就不会那样地出现;其他一些人物,贪官污吏、商人警察等等,就很难得纵横交错地扭结在一起,他那个要揭露、鞭挞、嘲笑"俄罗斯的一切丑恶的东西、一切非正义的行为"的意图,便不能实现。而由于他抓住了那个城市的首脑和神经中枢,各种人物的关系就自然地合情合理地交织在一起了;那个城市作为俄罗斯的一个社会面,作为十九世纪上半叶农奴制俄罗斯的一个缩影,就浮雕似的突现出来了。

还可以设想:假使这个剧本的中心人物不是那位市长而是一位商人,当然也可以写下去,但它的思想意义和艺术力量就会差得多,它也就不是流传至今的《钦差大臣》了。

人物是最重要的。情节只是人物性格的历史。人物不能由作家随便揉捏。有血有肉的人物一旦站立起来,行动起来,作家便必须尊重他,尊重他的性格逻辑,尊重矛盾演变的生活逻辑。而只有主要人物确实带着自己的生命和性格行动起来,活跃起来,所谓"故事线索"才出得来,各个人物之间的"分子结构"才能完成,也就是说,各个人物的位置和他们的关系才能确定。

有人曾埋怨列夫·托尔斯泰,说他使安娜·卡列尼娜卧轨自

杀,未免对她过于残忍。托尔斯泰笑了笑回答说:

"这个意见使我想起了普希金的一件事情。有一次,他对他的一个朋友说:'你想想看,达吉雅娜跟我开了一个多大玩笑。她结婚了。我万万没有料到她会这样。'关于安娜·卡列尼娜我也完全可以这样说。一般说来,我的男女主角们,有时跟我开那种玩笑,我简直不大欢喜!他们作那些在现实生活中应该作的,和现实生活中常有的,而不是我愿意的。"(《金蔷薇》47页)

这就是人物的力量。

这就是现实主义——从生活出发进行的形象思维。

艺术构思是形象思维最活跃的一个阶段。在这个阶段里,时间空间越来越具体,人物形象越来越鲜明,情节事件越来越集中,生活现象之间的内在联系越来越紧密。而作家,在他的思维中,则仿佛有了分身术:一方面,他清醒地检查、品评着自己的构思、幻想和想象,好像同自己意念中的人物保持着一定距离;又一方面,他又好像化作了自己"内心视觉"中的人物,体验着不同人物的不同心理、不同感情,并使自己好像成了一种多种性格的人:因为,他的人物的性格是多样的,不同的。这时候,许多事情都是历历在目的,许多人物是栩栩如生的。无怪乎,有些作家还在构思阶段,便已经情不自禁,或拍案而起,或声泪俱下,向人们讲述他构思的故事时,已经是喜怒哀乐诸情并发,仿佛他讲的根本不是一个虚构的故事,而是实际发生过的事实。这表明,在思维中,他和他的人物生活在一起了。或者说,他好像同时生活在两个境界:一个是现实境界;一个是他思维中的艺术境界。

这里,我们用了"许多事情"、"许多人物"的说法,没有用"一切事情"、"一切人物"的说法。这是因为,构思阶段虽然是作家的形象思维最活跃、形象感最强的时候,但毕竟还是构思阶段而不是写作阶段,就是说,是纯思维阶段而不是手脑并用的实践阶段。因此,这时,事实上,还有若干细节或某些人物形象不甚清晰或有疏漏。而要最终地完成形象和形象体系,完成创作意图,则还需要将如在其中的环境和呼之欲出的人物,精确地逼真地刻画出来。当我们看到雕塑家把想象中的人物活生生地雕塑出来,当我们看到美术家把想象中的山川景色和人物构图,按照透视法,用线条、色彩描绘出来的时候,我们就会感到,形象思维是一种极为真实、极为生动的精神现象,而否定形象思维的人是多么荒唐又荒谬。雕塑家和美术家的工作情景,对文学作家的形象思维是一个最有说服力的证实和证明,只不过,文学作家是用语言和文字作为塑造形象的工具。而在第三个阶段,作家将克服他在构思时的那些模糊不定之处,疏漏矛盾之处,不够圆满之处。这将是形象思维继续深化和发展的阶段,是作家越来越强化着自己对形象的感受和把握的阶段。他将在这个阶段创造出典型的形象,描绘出多彩的画面,展示出错综复杂的矛盾冲突,以至最终完成他的主题和意图。

可以想象,当鲁迅住在北京写作《阿Q正传》时,那江南的未庄,那未庄的土谷祠,那未庄附近的静修庵,那拉着阿Q去杀头的没有篷的车……他是"看"得很真切的,在他头脑里是很具体的。也许,他人虽在北京,却神游在千里之外的未庄,并嗅到了那里的泥土的气息……至于人物形象,例如"阿Q的影像",则在他"心目中似乎确已有了好几年",仿佛有一帧照片在手头——不,照片的比喻是不确切的,他心目中的阿Q,不是一张静止的呆板的照片,可能更像一部连续动作的电影。《阿Q正传》出版十二三年后,一九三四年,有人给阿Q画像,鲁迅看了,仍能指出其画得不对。他在一封信里说:

> 在这周刊上,看了几个阿Q像,我觉得都太特别,有点古里古怪。我的意见,以为阿Q应该是三十岁左右,样子平平常常,有农民的质朴,愚蠢,但也沾有些游手之徒的狡猾。在上海,从洋车夫和小车夫里面,恐怕可以找出他的影子来的,不过没有流氓样,也不像瘪三样。只要在头上戴上一顶瓜皮小帽,

就失去了阿Q，我记得我给他戴的是毡帽。这是一种黑色的、半圆形的东西，将那帽边翻起一寸多，戴在头上的；上海的乡下，恐怕也还有人戴。

普希金在写作的时候，就喜欢在稿子上画出他的人物的形象。

这就可见，写的时候并不是形象思维终止的时候，而正是形象思维向精细之处深化的时候，包括人物的一颦一蹙，甚至包括"那帽边翻起一寸多"这样准确的小关节。

《阿Q正传》发表以后，曾引起很大反响，直使许多人"栗栗危惧"，怕是骂自己，这正是阿Q这个典型形象的艺术力量。然而直到一九三六年，也就是小说问世十五年之后，鲁迅仍说，"《阿Q正传》的本意，我留心各种评论，觉能了解者不多"。因而，他不甚主张把这作品改编电影搬上银幕，以为那样做，"大约也未免隔膜，供人一笑，颇亦无聊，不如不作也"。

阿Q的行为有许多可笑之处。读《阿Q正传》的人似乎没有不笑几声的。然而鲁迅在构思和写作阿Q时，却是深沉的，沉思的，严肃的，悲愤的；他的主题，他的用意，他的苦衷，又过了一些年，才为更多的人所理解和了解。而且，时至今日，这个典型的教益，仍然是巨大的……

一九七九年初　北京弓弦胡同

附记：《作家的头脑怎样工作？》这是一个很大的题目，我本也准备一段一段写下去，但由于事务繁杂，只写了这个开篇便中辍了。不过，这几年来，我确在时时地思考这方面的问题，并将一些见解和体会，随时地夹带在自己的某些文字中，读者从本书中，将会察觉到。我希望，在今后的岁月中，我终能获得必要的条件，继续这一工作。

一九八二年十月十日夜
人民文学出版社

作家素养三题

——在解放军文艺社军事题材短篇小说读书班的谈话

文学创作是一种高尚的精神劳动,是一种美的和严肃的事业。研究从生活到艺术的过程,问题很多,角度和方法也很多。我既懂得很少,时间也有限,只选择几点来谈,与同志们交流。

一 养成文学创作者的工作习惯

假使立志从事文艺创作,假使想长期从事文学创作,假使想源源不断——也就是较多地写出作品,那就必须自觉培养和真正养成文学创作者的工作习惯。

这种习惯是什么呢?那就是勤于观察,敏于思考,善于捕捉,强于记忆。我把这又叫作文学习惯。

这种习惯不是天生的,可以培养,可以训练,可以长期地形成,可以使它成为自己的一个性格特点。习惯是一种力量。一旦养成这种习惯,它就会自然释放能量,导引出相应的结果,也就是各种各样的作品。

从事创作需要多种条件。在不忽视其他条件的前提下,我以为这个习惯的问题是极为重要的问题,犹如军事素养对一个军人那样重要。

为什么这样讲?理由就在于:我们工作着、战斗着、生活着,但如果我们不善于感受、思索、分辨和记忆各种各样的环境、人物、画面、事件,那么,所谓创作的素材对我们来说就等于不存在,或者只是非常模糊、非常抽象的存在,甚或只是一些概念,而模糊的、抽象的、平淡的、概念的东西,对创作是意义不大或没有意义的。

因此,一定要自己培养这种习惯,长期去养成这种习惯。

为什么有的人就写得多,写得好,写不完?为什么有的人就写得少,或觉得没有东西可写?这两种现象各有什么道理呢?

我以为很重要的原因之一就在于我所说的这个习惯。

那些写得多、写得好、写不完的人,除了其他条件之外,肯定具备了一个文学创作者的良好的工作习惯、性格习惯;而长期苦于没有东西可写的人,除了其他不足之外,至少还有一个不可忽视的弱点,便是缺乏这种工作习惯和性格习惯。

看鲁迅写得多么多!他不仅总的数量多,品种、花样也多。他从青年时代直到临终,几乎是不停地写,临死都没有把他想写的东西写完。鲁迅的作品就是他整个的人——整个的人格、性格和思想。不说别的,单讲他的杂文小品,多么鲜明地表现着他的思想的敏捷啊!他如果不勤于观察,不敏于思考,不善于捕捉,不强于记忆,能写出那么多篇章吗?肯定不能。

请看看《契诃夫手记》,那里用一言两语、三言五语,记下了多少他对人生的观察和思考!从那里可以看到,他的短篇小说,正是从简明的《手记》发展起来的;就是说,那《手记》里,正包含着他一些作品的胚胎和萌芽。

列夫·托尔斯泰的日记也很有意思,其中记载了许多他的观察、思考和感受。这老头子直到死,思想都是活泼的,目光都是敏锐的。

这些大师的艺术精力、创作才华,所以至死不衰,就在于他们养成了一种文学创作者、文学事业家的良好的习惯,那已经成为他们的自然而然的性格,使他们对生活一直保持着新鲜的感觉。

谁不想写得多、写得好呢?

那就让我们学习这些老前辈。

那就让我们认真训练我们的感觉,提高我们的感觉能力:眼睛、耳朵、视觉、听觉,有时还有嗅觉、触角……直至大脑这个总枢纽,让它们保持高度的灵敏:使感觉器官能随时随地摄取各种人、事、情、景,使大脑能及时处理并善于储存各种信息资料。

这不是唯心论,这是唯物论的反映论。

否则,变化无穷、丰富无限的大千世界,就不能成为我们的灵感之母和创作之源。

生活中值得用各种艺术形式表现的东西太多了,无穷无尽,只要你善于看、善于听、善于想、善于记,当然,还有亲身的体验和感受。

一定要养成这样的习惯,一定要有这样的兴趣:不论在任何场合,都要注意各种各样的事;一定要带着文学艺术的眼光,研究各种各样的人,以及与人有关的各种各样的现象,上至天文,下至地理……

我自己没有什么经验可谈。我好像是由于喜欢文学,慢慢变得眼睛、耳朵、脑子闲不住。有几年时间,我坚持写日记,似乎很有好处。我的日记不是记每天的流水账,而是记自己的各种感情、思想、见解,似乎是一些小的抒情的或议论的散文,有时候就不加修饰地写成诗。当然,开始写的时候,文字是很拙劣的。而现在,一般又写得很简单,因为没有时间写。

我发表在吉林《新苑》上的那篇三万多字的散文:《从北京到乌苏里江》,实际上是我一个月旅途的日记。不过,在小本里我都记得很简单,大部分只写几月几日从哪里到哪里,有的只写几句话。但它的真实性和准确性是可靠的,包括某些光线和色彩,因为我都用心观察过、思索过,把它们记到了脑子里。比如在黑龙江边看吴八老岛,我没有画地图,但那地形、地貌我至今记得。比如在乌苏里江边的瞭望塔上,用望远镜看到的苏联的兵营、军人、坦克,我并没有记在本子上,但记在了心里。

我抗美援朝那几年的日记在"文革"中烧掉了。但我写《昨天的战争》和《一个参谋和三个将军》这些长、短篇小说,还是真实地记下了我那时的感受、思想和情绪,在写作时,我有着身临其境的感觉,这大概跟我那时动过脑筋写了日记有些关系。过鸭绿江大铁桥时,我是一步步量过的,到新义州后的第一个画面和气氛,至今犹如在眼前。

我常常遗憾于自己不会绘画。假如会画,我真想凭形象的记忆画出许多画。我认为,文学创作就是用文字和语言作画。

我至今一直是在业余时间从事创作。因而,我从来还没有为写小说专门去搜集过材料。在靠收集材料(访问)还是靠直接感受和体验写小说上,我个人更主张后者。我是"体验派"和"感受派"。因此,我主张做生活的主人而不是做生活的客人。我认为只有让人家不把自己当做客人,才能体会到生活的喜怒哀乐和酸甜苦辣。例如,我当兵时,在战场上,我们的领导就决不会因为我可能牺牲而不让我到危险的地方去。但要是总政的客人到部队时,那各级领导者首先考虑的就决不是你将来要写小说,而是"你在我这里可别死掉",这样,有些滋味你就尝不到。我绝对不相信一个战场上的客人和一个必须执行自己战斗勤务的军人,对生活的感受会是完全相同的,绝不相信。

文学创作贵在实感真情,先有实感,那情也才会更真。可是,一旦成为领导机关的创作员,下到部队人家就当客人,更糟者是自己也有一种客人心理。这就无形中跟生活有了隔膜,这同创作的要求刚好有些矛盾。忘掉自己是客人,到生活中去真干,来真格儿的,这样去训练自己观察、感受、思考、捕捉和记忆的习惯。

杜甫说:"读书破万卷,下笔如有神。"这话有道理,但是片面。我认为只有训练出这种勤于观察、敏于感受的习惯,下笔才有神。这是第一性的,是生活之源。杜甫讲的是第二性的,是文化之流。我们要源与流的结合。

二 培养自己的想象力

创作,创作,这就是说它是一种创造性的工作。文学创作的创造性,体现于能够广泛地调动生活材料,善于和敢于对原始的生活素材进行大胆而合理的加工、改造,完成新颖而精巧的整体构思,敢于写生活的可能性,在似与不似之间显示艺术特性和艺术的力量,显示艺术的美。

为此,就要有丰富的想象力。

没有从生活出发的丰富而合理、多彩而多姿的联想和想象,作品往往是苍白的、枯燥的、肤浅的。

联想、想象和虚构,是相近的,在某种意义上,它们就是一回事的不同的说法。

联想和想象,在某种意义上也就是思维形象和形象思维:思维形象——就是理解和认识形象;形象思维——就是根据理解和认识了的形象的性格特点和行为规律,去展开情节、表现生活、完成意境(意图)、开掘主题。

只有诗歌是讲究炼意和意境的吗?不,小说、戏剧、电影同样有其总的意图和意境,有作者的胸臆,有一种作者认为最能揭示生活之某种底蕴(意义)和自己对生活的审美评价的境界(思想的、艺术的),这就是作者的美的追求。

艺术创作是艰苦的,也是愉快的。艰苦是指创作中需要克服的种种矛盾(物质的、体力的、时间空间的除外),愉快就是矛盾的解决,从生活出发而完成了意图,达到了自己追求的艺术目标,确实是极大的愉悦。

但是,心目中的那个艺术目标或艺术理想,往往是很不容易达到的。

我们一些编辑同志,对稿件的评价常常有这样几种说法:

——这个作品写得太老实。

——这个作品写得太像生活。

——这个作品写得清新、别致,有灵气,但不很深刻。

——这个作品写得生动、深刻,有独创,有突破,有自己对生活的独特的发现。等等。

头两个说法大同小异,无非是指对生活缺乏必要的剪裁取舍,缺乏艺术熔铸的匠心,平铺直叙等等。

对这样的作品我们还有个说法,叫做"还读得下去"。就是说,可以出版,可以发表,但估计反响不会太强烈,因为还缺乏一些艺术的美和魅力。

第三种说法是指这样的一类作品:它似乎没有深厚的社会历史内容,没有大的思想道德的价值,也没有典型形象,但作者显示出颇有艺术气质,颇有才华,叫人读起来轻松愉快。这样的作品一般在剪裁、取舍、情节结构上做得很好,有一种艺术的魅力。

《基度山伯爵》和《福尔摩斯探案》,在文学史上它们不能和巴尔扎克、德莱塞的作品比肩,但却历久不衰地拥有一代一代的读者。《基度山伯爵》里有些悬念是不合理而近乎荒诞的,但它的联想和想象的丰富性,它的情节的曲折性,确是引人的。这样的作品实际上比我们第三个评语说的要好些,但还不是世人公认的艺术之林的最佳的经典。

达到最佳水平是很艰难的,它实际上是无限的,但绝不是不可以追求的,更不是不应该追求的。

我们必须努力追求。

在这个追求中,需要具备的条件和需要解决的问题很多,而丰富的联想力和想象力就是不可缺少的一个方面。

为什么要联想、想象,对生活材料进行改造、加工、取舍、增添?因为生活只是艺术之源,并不等于艺术本身。

一件玉雕艺术品是由璞玉变化来的,但如果没有艺术家的雕琢,那璞玉就只是一块坚硬而粗糙的石头,和其他石头一样,出不来晶莹诱人的光彩。同时,艺术家如果不能凭借自己的联想力和想象力,看出那璞玉中所包含的特有的色泽和形象,那么,他就可能事倍功半,以至于毁掉一块可能成为无价之宝的材料。

生活中很难得有不经加工就可以成为小说的材料。比如我们这个研究小说创作的会,有没有可能把它写成一篇小说呢?有的,但需要花很大力气。只写它的表面,还是由表及里、由此及彼地调动其他素材?是按照自然过程从头到尾地实录,还是从中间写起或者倒叙?这就大有讲究,这就需要精心构思、添油加醋、取舍补充。

所以,一方面我们坚定地说:生活是艺术的源泉;一方面我们说:没有虚构便没有艺术。所谓虚构就是合理的创造。真正的创作正是从生活出发,从虚构开始。

没有想象,没有这样一种思维能力,创作就缺少光彩。而联想、想象、虚构,实际上就是发现生活现象之间的内在联系或矛盾的统一,就是发现生活中的可能性。发现不了这些,就不能对生活进行深入的概括,就不能形成一个完整的构思。当然,构思还有它另外的含义,那就是选择表现生活的角度和方式,等等。

想象,是一种积极而复杂的心智活动。如果我们在动笔之前已经仿佛清晰地、栩栩如生地看见了我们所描写的环境和人物,仿佛自己就站在那个环境之中,仿佛自己就站在那些人物的面前,而所谓写作只不过是把那些自然的山川草木和人物的神态动作录下来,如果做到这一步,那么,想象就算成功了。这也许就叫"出神入化"。

创作是一种个体劳动,而且是微妙的精神劳动。我不知道别人是怎么做和怎么感觉的。就我自己而言,我是在想象中看见了我要描写的环境和人物的,否则我根本就无法下笔。所以我是赞成形象思维的,坚决地赞成。我认为自己没有从事过文学艺术创作的人,自己没有实际体会的人,根本没有否定形象思维的发言权。我不能想象,一个在心目中看不见自己的描写对象的人,怎么能够说是在进行文学创作。

我觉得,多年来,我们关于想象在创作中的地位和作用,谈论得太少、太少,重视得太差、太差。我这里提出这个问题。我以为我们应该自觉地培养和训练自己的想象力。

想象力的培养和训练主要也是一个长期实践的问题。办法是什么呢？我现在还说不清楚，一种朦胧的感觉是：由观察入手，由此及彼，由已知到未知，由推想而及于联想，由联想而及于深入的或广阔的想象，如此久而久之，就会成为习惯，成为一种思维能力。

我想起一个例子。一天下午，我下班回家，骑着车，碰上一个女同志也骑着车。她的车是带斗的。我一看，那个斗儿里坐着两个不满周岁的小孩，胖瘦大小一样，长得很像，肯定是孪生子。这就引起了我的好奇，我就放慢速度在后面跟了一会儿。为什么跟呢？这就是观察生活的习惯。而在这观察中，面对这情景，我就开始推想、联想和想象了。我看那女同志头发梳理得不漂亮，衣着也不讲究，总的说虽然不很邋遢，却也有点儿懈。两个小孩穿的也不好。包括她那个车斗子，也显得陈旧。面对这些情景，我就想，这个年轻的母亲和她丈夫大概是双职工，家里没有老太太，所以每天一早要把两个孩子带到机关或工厂的托儿所，晚上下班再带回来。他们的生活肯定比较紧张、艰苦、劳累。慢慢地我仿佛看见了一间不大也不够整洁的房子。……慢慢地我又想到了刮风、下雨和冬天的飞雪……在那种情况下，这两个孩子怎么办呢？会不会闹病呢？……这个女同志能够这样坚持，是一种什么性格和力量在支持着她呢？……这就是我当时的心理活动。我至今闭上眼还能看见那个小车斗。我记住了那情景。如果我一直思索、推想、想象下去呢？如果我由此出发，再去把我已有的生活经验联想、调动起来呢？有没有可能构思出一篇小说呢？我想有可能的。

可见，想象力并不是主观唯心的东西，并不是空中楼阁。它是植根于生活的土壤，而又靠推想、联想熔铸于广泛的生活经验。一个作者若不善于生动地记忆许许多多场景和人物形象，他的想象是很难展开的。

因此，要培养和训练自己的联想力和想象力，就必须热爱生活，一定要热爱生活，关心各种各样的事物。一个视而不见、听而不闻的人,一个没有鲜明爱憎、不关心他人痛痒的人,不管他的自然秉赋多么富有想象力,他所想到的东西也是苍白的、虚妄的、狭隘的、自私的,因而是没有社会价值的。

三 塑造当代中国军人的形象

军事题材的文学作品,是我们社会主义文学艺术的一个重要组成部分。我们已经有一批这样的作品,还应该写出一批又一批,这是我们的国家利益和民族利益所要求的,是符合我们为之奋斗的崇高理想的。

对于已经过去的几个战争历史阶段,还应该继续写。我个人认为,对于这一类题材,现在应该有更新的和更高的要求,这其实也是广大读者的要求。这要求是什么呢? 就是要写得深、写得广——真正展开历史的壮阔画卷,或者深刻地描写战争中的人,也就是塑造更鲜明、更生动的典型形象。

从我们接触到的几个大国的一些军事文学——如美国的《战争风云》、苏联的《围困》——来看,这似乎是一种合乎规律的趋势(当然,对这些作品的评价,我们完全可以有自己的观点):战争结束若干年了,人们对过去的历史看得更全面了,思考的时间也长了;同时,读者已不再满足于那种写一个战斗、一个小侧面或一般过程的作品;于是,就出来了历史画卷式的作品。他们也有继续写"小"题材,"小"角度的作品,但立意重在表现人在战争中的伦理道德问题。

我们有自己的传统,当然要走自己的路子。但是,研究读者心理,生活需要和军事文学的发展历史,岂不是更有利于我们继续前进吗?

就数量来说,我们现在所缺的并不是那些写战斗故事的作品,而是写大战役和一般战争的作品。我们一些文学编辑就曾说过:真希望写抗日战争的作品,能使我们从延安、南京、重庆、东京等等地方的军事政治中心,一直看到几个大战场啊! 真希望写解放战争的作品,能让我们从延安、南京两个大本营看到全国呵!

这样的要求是不合理的吗?我看没有什么不合理。而且,历史发展到今天,我觉得时机和条件也越来越成熟了,应该有人立下雄心壮志,构思和创作这样的大作品了。"小"作品自然也还要写,只是应该发掘出人的灵魂和性格上的更深、更新、更高有当代意义的东西。

作为一个读者和编辑,一个当过兵的人,我觉得我们在不忽视军事历史题材的同时,还应该重视军事现实题材——着力塑造当代中国军人的形象。

为此,我们应该站得更高些,看得更远些,应该历史地看待我们的军队和我们的军人。我们的部队经历了第一次国内革命战争、第二次国内革命战争、抗日战争、解放战争、朝鲜战争、中印边界反击战、对越自卫还击战,各有其历史特点。世界历史在发展,我们国家的历史在发展,我们的军队也在发展变化中:指战员的素质在变,兵器装备在变,战术技术都在变。必须看到这种变化,在这种变化里去认识和理解当代中国的军人形象。那种以为只有土、粗和无知才是中国军人特征的看法,我是不能同意的。

我不了解现在军队的生活,严格讲在这个问题上没有发言权。我只是有这样一个愿望:希望我们部队的作者们,特别是中青年作者们,解放思想,努力为我们塑造出一系列当代中国的军人形象——写出他们的战略胸怀,写出他们的科学头脑,写出他们的军事素养,写出他们的高尚情操,写出他们美好而多样的性格,写出他们的才干、智慧和风度,供我们的青年效法和学习。

中青年作者是当代军人的同辈人,应该以塑造当代军人的形象为己任,应该把刻画出翱翔于长空、搏击于海洋、叱咤于大地的光辉的中国军人的精神风貌和性格特征,当作自己庄严的历史使命和美学追求!

一九八〇年六月

世界观、当代感和文学意识

——在淮河乡土文学笔会的发言

在北京时我就在想,来了要发言的。讲什么呢?昨天晚上还在想,越临近发言的时候,思维活动的频率就越强。我拟了个题目,叫:学习,学习,再学习,换一个说法,也可以叫做:武装自己,充实自己,为人民写出更多更好的作品。

大家聚在一起开这次笔会,无非是想多写出一些好的作品。作品拿不出来,给谁服务?有这么几种类型的作家:一种作家,活的时间并不长,写的作品很多,而且也很好。在我国古代有这样的作家,现代也有这样的作家。我们的鲁迅就是这样。他只活了五十多岁,但是他写的作品很多、很好。他是个伟大的思想家,伟大的文学家。是我们的旗帜。外国的巴尔扎克,活了五十多岁,他的《人间喜剧》计划写一百一十多部,结果完成了九十多部。雨果对他有个评语:"作品比他生命的岁月还要多"。这个说得很形象、很好。也有另外一种作家,寿命很长,同时他的创作生命也很长。如中国的巴金同志,茅盾同志,就属于这种类型。外国最新的作家不了解。列夫·托尔斯泰,活了九十多岁,他的最好作品恰恰是他七十来岁写出来的《复活》。有的是数量多,但质量不一定高;但也有的写一篇,是一篇,数量不多,质量很高。这就提出一个问题,我们自己想做什么样的作家,是做活得短、写得多的,还是做那种活得长、写得多的?是一辈子写一部,让它永垂不朽,还是写得很多,最后烟消云散?这是值得思考的问题,既然干上这一行,就要不枉此一生啊!

我觉得凡是成功的作家,不管是长寿的,还是早死的,都有共同点,有个规律性的东西。从他们登上文坛,一直到临死的时候,一直保持对生活的新鲜感觉。他们的思考能力不衰竭,对生活有敏感性。我们也可以设想一下,假若我们自己对生活采取厌倦的态度,毫不感兴趣,能写出好作品吗?能写出新鲜活泼的东西吗?所以,我曾经在一个地方讲过,后来整理成一篇文章,叫《作家素养三题》。我提出一个人能不能源源不断地写出作品,这中间除去种种原因之外,一个很重要的原因,就是自己对生活是不是保持着新鲜的感觉,敏锐的思考,能不能同生活一个步调前进,甚至走在前面一点。我认为这是非常重要的一点。我不相信一个人两耳不闻窗外事,两眼不看大世界,而能写出有生命力的、新鲜活泼的作品。

常常看到这样的情况,有的人写了几篇后,再也不见他出来了,读者也就把他忘了。但也有的人,作品就那么一部,就永垂不朽。像曹雪芹留下来的就是一部《红楼梦》。最近看了一个材料,说西班牙的塞万提斯,以前也写过一些小东西,他的传世之作,却是五十岁才写的《堂·吉诃德》。看了伟大的、成功的作家的情况,能不能吸取一点启发我们的经验,得到一点启示呢?我认为是可以的。现在讲下面几点。

向青年朋友推荐两本书

第一点是向青年朋友推荐两本书,第一本是《马克思的青年时代》,第二本叫《手术刀就是武器》,就是白求恩传,"文革"前版本叫《手术刀和剑》,加拿大人写的。我为什么要推荐这两本书?我觉得要武装自己,坚定信念,看这两本书有好处。党的十二大开过了,政治报告大家也看过了,都在深入学习领会。这些年来的现实生活,我们都经历了,是怎样走过来的,自己也知道。在实际生活中,在自己思想中间,确实有一个问题,就是关于社会主义与共产主义的信念问题。我觉得,一般讲一些大道理,我讲不出,也没有更多的意思。但是,我觉得研究这两本书,对于我们很有好处,很有说服力。

白求恩最初是人道主义者,有点民主主义思想,后来信仰共产主义,加入共产党。为了这个事业,到西班牙参加国际纵队,后来又来到中国参加抗日战争,牺牲在中国。我看他的传记时很激动,特别是白求恩的世界观转变的过程。白求恩从一个资产阶级的知识分子,一个人道主义者、民主主义者变成共产主义者,不是靠别人向他灌输一种道理。他是通过自己的生活实践、科学调查、社会研究和社会分析,通过他医生的特殊的职业,对社会进行了解剖,经过调查研究后,觉得共产主义、马克思主义这个学说是好的,他应该信仰。由此他为这个事业,为这个信仰奋斗终生,死而无憾。

马克思、恩格斯一开始也不是共产主义者,是人,不是神。恩格斯没上过大学。马克思上过大学,有点天分,但也是普通人。最初,他们信仰黑格尔的哲学;后来,他们批判黑格尔,看到了人民的疾苦,变成革命民主主义者。最后,就形成了一种学说,一种严整的体系,就是马克思主义的学说。这是一个很曲折的过程。譬如关于"异化"的问题,我们这几年理论界、文学界谈得比较多。"异化",是马克思早期的一种观点,是马克思从黑格尔那儿继承和演化来的一种观点,他还有他的创造性。马克思对人类历史研究了几十年,产生了比"异化"这个概念还更为深刻的概念,就是生产力与生产关系相互适应,相互矛盾。他认为这是解释一切社会现象最重要、最基本的观点,这才是万能钥匙。他后来保持"异化"这个概念,是在有限意义上面使用这个概念。我到这儿来,许多青年朋友也和我谈到这个概念。如果我们的思想,只停留在"异化"这个水平上,不符合马克思主义的观点,不符合马克思主义的本意。

列宁在《哲学笔记》中有句话:"理解而后信仰。"我们讲信仰,不是你讲什么我就信仰什么,理解的要执行,不理解的也要执行,列宁把这叫"僧侣主义",这就叫迷信。我们的格言是"理解而后信仰"。要理解马克思主义,才能为之奋斗,变成我们的世界观。

要建设社会主义的高度精神文明,是以共产主义世界观为指导的,要使自己能够更充实一点,多一点武装,建议同志们看看这两本书。我认为很有说服力。列宁说过,研究马克思主义观点的形成过程,是掌握马克思主义的前提。我们不知道马克思主义怎么来的,怎么能掌握、理解它呢?只有理解了马克思主义观点形成的过程,才能深刻地、忠诚地信仰它。这样,解决了世界观问题,对我们进行创作来说是很必要的。

要同当代科学建立信息联系

第二点,我想讲讲我有这么一种感觉,我们的头脑要与当代最先进的科学,建立最广泛的信息联系。我们现在处在什么时代,怎样概括这个时代?我们中国是一个什么状况?的确处在一个伟大的历史性的转变过程之中。我曾经把它形容为一个新世纪的黎明期,一个光辉的前景在前头等待着我们,好像光辉的太阳就要出来的前夕。我们现在是二十世纪,还有十八年就进入二十一世纪,我就总想起恩格斯在《共产党宣言》序言的某一版里讲的,意大利出过一个诗人,叫但丁,他是新世纪的黎明期的人。就我们中国来说,是一个伟大的光辉的前景的前夕,是一个新世纪的黎明阶段。从自然科学上来说,自六十年代以来,全世界的技术进步,科学发明,超过了在此以前两千多年的总和,人们把它叫做"信息爆炸",出现了新的概念。譬如,我们搞文学创作的,研究作家的思维,过去"形象思维"提得很多,现在提出了"灵感思维",还有"模糊思维",这些概念,都要尊重它,研究它。数学上有"模糊数学",天文学上有"航天学",还有"宇宙考古学",有人怀疑若干年前外星人已经来过地球,需要考古学家去研究它,一时也解答不了。天文学、地质学、生物学、化学,发展的不得了。每门学科的应用科学和实验科学,每一个东西出现,都影响着一个民族、一个国家,甚至全人类的生活和思想感情,我们不能不注意。

要做当代作家,对当代的事态,人类的思想观念,人类的科学文化,我们中国的事情,中国人的情绪,中国的大的事态变化,没有了解,没有自己的信息系统和信息储备,连一些新的概念都没有,不行呵!写出作品,当代人不喜欢,没有共同语言呀!总之,这个问题,也可以长话短说,基本观点就是我们中国处在伟大的历史转变过程中,伟大的前景召唤着我们;我们的世界,特别是在科学技术上,处于空前迅猛发展的过程中间。在我们国家,实现四个现代化,不能和国际社会隔绝,要引进他们先进的东西,吸收对我们有用的东西。作为共产主义者,应该了解全人类,在意识形态上,我们同他们有若干不同,甚至是原则性的分歧,但应该了解他们。每个时代有成就的作家,好的作家,都是知识很丰富很渊博的人,思想很活跃的人,如果不能成为这样的人,他就不能成为优秀的、好的作家。所以我认为这很重要。

建立强烈的文学意识

第三点,谈谈文学意识的问题。别人提过没有,我不知道。对这问题我有一个由浅入深的思考过程,我比较早的提法叫文学习惯,后来对北京的青年朋友讲过小说意识。昨天晚上,我又在思考,又在推敲这个概念,我觉得应改成"文学意识"。怎么才能使一个人经常不断地写出作品呢?除了前面所讲的以外,一个很重要的原因,就是要建立极强烈的文学意识。

我们写作,说有多少创作构思,有多少题材、素材,全不算数,要最后拿出成品来,发表了,社会承认了,这才算。我是一九五〇年发表第一篇散文的。从那时算,时间也不算短了。五四年从朝鲜回国,发表短篇小说和诗歌,到现在近三十年了。最近十几年当编辑,经常谈论文学问题,有这么个收获、心得:从事文学工作的人,必须建立极强的文学意识,使这种意识成为我们的潜意识。所谓文学意识,是指对生活经常抱着一种文学创作的态度,去判断、分析、研究,包括观察、体验、选择、捕捉、记忆,这样一种精神现象,这样一种心理活动,这样一种思维习惯。我现在到哪儿见着什么人,说着话,就想着写小说,就有意识地注意。我就称这为文学意识。

我觉得有这种意识,有这种习惯,有这种自觉性,有这种本能,那你听到别人一句话,看到别人一个动作,认为可以写小说,就能用了。生活中可以写成小说的题材太多了。

我有篇微型小说《在远离北京的地方》,有的同志可能看过,《小说月报》转载过。这是同一个朋友吃饭时无意之间扯到的一件事引起的。他说,在北京郊区某个县,县委书记站在楼上看到一个姑娘穿裙子,就问:"谁让你穿裙子?"这姑娘吓得就跑,县委书记下去就追。我听后琢磨着,这有点什么意思在里边。后来听另外一个同志在一个会上发言,说我们国家太大了,每次搞运动发展不平衡,北京搞得热火朝天,边远的省份还没有动呢。我们也纠正过一些错误的倾向,在北京已经纠正了三个月、半年,那最远的地方还按老章程办事呢!后来又发一个文件,意思是还按老章程办。一些地方官就说:"怎么样?还是我的看法对吧!"于是就越来越"左",许多次运动都是这样。我想,这话讲得多好呵!我把这段话吸取过来,和听到的故事结合起来,又同进军四川时的生活感受结合起来,写了这篇带有寓言色彩的小说。我就假定这个偏僻的小县城,发生了上面那么一件事情。

我的大儿子是个工人,有一天回家他说:"我们那个师傅是个女同志,说了个事情挺逗的。她说:'我们家喝小米粥,孩子问:妈妈,这小米粥是大米粥的什么?我就回答她:是妹妹。'"我儿子讲完这句话,我想了很久。啊呀,一个妈妈怎么回答孩子才正确?这有意思呀,我就写了个小小说《小米是大米的什么》,今年二月在《文汇报》上发表。由此想开,这顿饭怎么吃?四岁的小孩提出一些问题,小米是大米的什么?那么,今天吃花卷,花卷是馒头的什么呢?那个是妹妹,这个就回答是弟弟。那么,今天午饭端上来的是绿豆芽,孩子会提出:"绿豆芽是黄豆芽的什么?"这个母亲就回答,一个是妹妹,一个是弟弟,一个是朋友,还要想问酱豆腐是臭豆腐的什么?母亲就制止了她,不让她说。母亲还看过电影,像《列宁在1918》里讲的:"一个傻瓜提出的问题,十个聪明人都回答不了。"不让这孩子问了,这孩子自言自语地说:"喝妹妹,吃朋友,就弟弟。"然后,母亲还把这作为家庭的笑话讲给邻居听:"我们这孩子多逗!她问这些,我回答啥呢?真是逗!"还怨孩子。后面我就加了两个人,点题的:一个是儿童文学老作家,一个是儿童文学中年作家。从旁边走过,听到了这段话。中年作家就对老作家说:"这是一个小说素材,很有趣!"老作家说:"不,很不幸。"结论是人们常常把聪明当作愚蠢,而天才也就这样夭折了。

除此之外,文学意识还包括一个方面:自我反思,自己对自己的思想进行分析,对自己的经历进行重新认识,经常来回想。自己也是社会的人,也有代表性,自己知道的事别人也知道,自己产生的心理状态,别人也能产生。不要抱着旁观者的态度,如果那样对待生活,就不能深入到生活的内部,也写不出好作品。

我举这些例子,想说明什么是文学意识,我是怎么实践、怎么理解的。我觉得当一个作家,有的同志不是苦恼自己没有东西可写吗?我说是因为你没有极浓的、极热烈的文学意识,没有从生活中去吸取文学素材、文学的原料。我写不出好东西,总还可以写点东西。有人说:"你从事编辑工作,这么忙,怎么还能写这么多东西?"我告诉同志们一个秘密,我过去叫它文学习惯,现在叫它文学意识,狭义讲叫小说意识,就因为我现在已养成了这个习惯,建立了强烈的文学意识。我觉得,我们搞文学创作,要有这种文学意识,随时随地、每时每刻地留心观察,对自己的爱人和孩子也一概不要放过。不要以为是两口子,就什么都不注意了。要用有血有肉的感情去观察一切、看待一切,时时保持着自己的文学意识。

最后把我自己的创作情况和同志们交流一下,我对处理历史题材有点体会,就是应该很清醒的有这么一种观点,不是为写历史而写历史,不是消极地记录过去的生活,简单地归结为传统教育;而应该是为现实服务,是为了今天而写过去。处理历史题材,赋予它尽可能强的当代精神、当代气息,引起当代人的共鸣。这不是我的发明创造,一些名著,都是这么做的。《斯巴达克斯》这个小说大家很熟悉,事情发生在公元前古罗马的奴隶制时代。如果只是简单地把过去的事情记下来,只有认识价值,虽然也具有一定的教育意义,但对当代人心灵的激动差得很多。我写《昨天的战争》,阎纲同志评论过,我也是有感而发,要不是有现实的刺激,还想不起过去那些事呢。譬如,我说文学意识,要对自己反省、内思。我写过一个短篇叫《尊严》,就是我自己的一件亲身经历。我们在朝鲜前线,队伍被敌人包围了,我身上穿着件美国军衣,我就把它脱掉。当时在日记上写了一段话:我要突围了,不能穿着美国人的服装,不能死了让美国人骂我,给祖国丢脸。这个事,三十年过去了,一直没想把它写成小说,后来决定把它写成小说,是因为我们生活中发生新的情况,不能失去我们民族的尊严。我写的那个大家所熟悉的中篇小说《一个雕像的诞生》(改编的电视剧叫《大地的深情》,电影叫《心灵深处》),也是有感于今天的生活而写的。我觉得在我们生活中间又在滋长着、萌芽着一种新的不太好的东西,就是个人主义,就是实用主义,就是自私自利,特别强调个人的幸福,不管他人的痛苦。另外在文学创作上,不能一味地崇拜、迷信,以为古人、洋人什么都了不起,不能这样的。《一座雕像的诞生》就是在这样的情绪下产生的。这个故事是虚构的,是我多年生活的结晶。我的女战友中就有人在留守处幼儿园当教师。还有一个影子是什么呢?在干校时,我不能回家,有个女同志回北京,我托她看看我的小孩,孩子才三岁。她看了回来说,小孩见她很亲热,送她上公共汽车,还不放她的手。说了这么几句话,使我很动感情,我当时在想,孩子是不是认错人啦,是不是把这位女同志当成了她的妈妈,或者想自己的妈妈?我有点感慨,只要一跟别人讲这事,就要掉眼泪,就觉得嗓眼里堵住,以后就写了这篇小说。总之,立足今天处理过去的材料,是为了明天。一般说来,这样处理历史题材,效果好一些,只简单记下过去的东西,不会引起今天人们的共鸣。

写当代生活的作品,也要展望未来,有一个文学意识与生活方式关系的问题。每一个历史时代的文学艺术,实际上反映它那个时代的生活方式,甚至不同民族的、不同阶级的、不同阶层的生活方式。我们中国的社会主义文学艺术,在按照我们的传统和国情建设中国的社会主义事业中,应该努力探索我们的人民应该怎样生活?应该过一种什么样的生活,才是合理的,理想的,合乎实际的,幸福的。幸福也有具体内容。我们应该在这方面进行探索,做出贡献。把文学艺术作为一种科学,科学地去研究生活,而又艺术地表现出来,不是僵化保守,而是推动历史前进。

我们正处在一个伟大的历史时代,三中全会是一个历史的转折,伟大的前景还需要我们创造。在中国历史上出现这种状况,是我们付出许多代价得来的。在我的感觉上,这是类似欧洲文艺复兴那么一种巨大的变化。人战胜了神,一种新的生产关系战胜了旧的生产关系。整个社会的思想,如同恩格斯在《社会主义从空想到科学》中,描写法国的启蒙运动,一切都要拉到理性审判台来,接受审判,进行鉴别。这个前途、历史的命运,需要出现许多人物,了不起的人物。这些人应该像恩格斯所说的最少保守思想,最有个性,博学多才,善于用笔战斗,善于用舌头战斗,善于用刀枪战斗。我们就是处在这种时代,呼唤这种人。写社会主义新人不去谈它了。我们自己怎么样?我有这么个体会。我曾给一个作者题词,是这样写的:一个作家应该为创造他的作品而死,创造出好的作品,也就在他的作品中得到永生。作家的坟墓就是他的作品,作家的纪念碑也就是他的作品。我认为我这两句话,还是比较科学的,如果成就很大,他的坟墓就很大,纪念碑就很大。自己给自己造坟墓。坟墓究竟多大多小,要由作品和读者来鉴定。马克思把搞科学说成入地狱一样,不能有任何犹豫。文学艺术也是科学,要为它而死,尽可能让自己的作品活得长久。还有一句话,八个字,"人生有限,真实不死"。

人生是非常短暂的,而如果真能搞点货真价实的好作品,可能比自己的自然寿命长得多,我们大家共勉吧!

一九八二年十月于蚌埠
发言记录稿,文字略有斟酌。

从希特勒及其情妇之死说起

——关于形象思维的札记

文学艺术应该真实地深刻地反映生活,换一个说法,也可以讲:作家的头脑应该正确地深刻地认识生活、理解生活。因为,作品是人类生活在作家头脑中反映的产物。如果一个作品——或者它的某一部分——不能够令人信服地反映生活,那重要的原因之一,便在于作家的形象思维进行得不正确。

这里有一个例子,不妨试予比较。

希特勒和他的情妇是怎样死的?

两部苏联电影——《攻克柏林》和《解放》,都表现了第二次世界大战中人们所关心的这件事,但是表现得不一样。

根据看过影片的记忆,情景是这样的:

《攻克柏林》:在帝国行将灭亡的最后时刻,希特勒和他的情妇爱娃·勃劳恩在地下室举行婚礼,在仓促简单的宴会上,爱娃从军医(也许是副官或将军)手里,接过一个药瓶,并问了一声:"有效吗?"在对方作了肯定回答之后,她打开药瓶,取出一粒,塞在一块奶油蛋糕里,先将蛋糕喂狗,那狗马上倒地死去。之后,爱娃才把药丸塞在已经切开的大蛋糕的其他块里,和希特勒以及他们身边的另外几个党徒,一人一块地吃下去……

《解放》:在帝国即将覆灭时,希特勒提出要爱娃同他一起自杀。爱娃的回答是:"我不愿作为一个情妇死去!"于是,希特勒同意举行婚礼。婚礼过后,房间里只剩下希特勒和爱娃两人,希特勒拿出毒药让爱娃服,而爱娃却恐惧起来,怕死了,身子贴着墙壁躲避。希特勒强行将毒药塞进她的嘴里。接着,镜头转到室外,一个将军对一个军官说:"元首应该作为一个军人死去。一会儿要是听不到枪声,你去完成此事。"(大意)当镜头又转向室内时,爱娃的尸体被陈放在长桌上——人们可以想象是希特勒抱上去的——希特勒面对爱娃的尸体作痛苦状。希特勒取枪、举枪自杀时的动作是发抖的,不坚决的,也有恐惧状……然而,当镜头再次移到室外时,枪声终于响了。

这就是两部影片对同一情节的不同处理。

整个来说,《解放》在处理这个情节时,用的镜头多,时间较长,比《攻克柏林》表现得复杂。

两部影片围绕着这一情节给观众提供了两组画面,可以说是两种不同的思维产物。问题是:哪个优?哪个劣?

艺术品的优劣不能以某个人的主观判断为根据,而应该以"是否符合生活实际"为标准;只有这个客观标准,才是实践的标准、权威的标准。

从这个意义上说,我认为,《攻克柏林》的处理优于《解放》,《解放》的处理劣于《攻克柏林》。

本来,两部影片的处理都没有完全拘泥于历史事实,从艺术的提炼、概括和典型化的规律上说,这不仅是允许的,而且是应该的。但这种加工、改造、取与舍是否成功,归根到底还是要拿实际生活来鉴别。

我们说《攻克柏林》处理得好,主要是指它对希特勒和爱娃的心理、性格把握得比较准确,符合生活真实;而《解放》的处理则违背生活真实,违背性格逻辑。

当战争失败、野心破产、整个事业毁灭的时候,希特勒和爱娃已经没有也不可能再有任何幻想。在绝望中,自行结束,是他们所能做出的唯一选择。所以,希特勒只有毫不犹豫的决心自杀,而纳粹主义的绝对崇拜者爱娃,也是清醒地甘愿与他同死。这些,完全符合他们的处境和身份。观之,使人觉得,革命人民同他们的关系只能是不可调和的、势不两立的,这就是《攻克柏林》在这个情节处理上的艺术效果。

在同样的规定情景下,《解放》却把希特勒和爱娃表现为先是信誓旦旦地要自杀,继而又有些贪生怕死;特别是让希特勒强制爱娃服毒,尔后又向爱娃做忏悔和祈祷,自己举枪时又那么战战兢兢、优柔寡断;这些都令人感到破碎、矛盾,不是完整统一的性格。一个恶贯满盈、达于疯狂的法西斯头子,和他的已经失去普通人心理的教徒式的崇拜者,怎么会被描写成这种样子呢?这就是作家头脑中形象思维的问题了。

形象思维是一种感性形式的理性认识——形式,是感性的;实质,是理性的。要对形象作出正确的思维(认识,在艺术实践上也可以说是表现、描写、刻画),就必须排除主观随意性,使思维保持其客观性,要言之,要使认识符合于客观存在的形象,而不是用形象来图解自己的主观观点。这样,才能塑造出充分现实主义的形象,否则,便只能是半真半假或者矛盾混乱的形象。

影片《解放》对希特勒及其情妇之死的艺术处理之所以不成功,主要原因就在于作家不是从生活出发,而显然是将自己关于所谓人性的观念,强加于这两个形象。作者也许以为,留恋生、厌恶死,是人之常情。但实际上,这种所谓的常情并不是任何人在任何时间都有的。像希特勒和爱娃这样的人,在他们的帝国即将灭亡的时候,已经不留恋生,也没有可能再留恋生,只有死路一条。他们要死,这正是他们特有的人性。而那样一种处理,则歪曲了他们的法西斯人性。

结果是:作者的主观观念表现出来了,形象的真实性被破坏了。这是糟糕的形象思维。

由此可见,文学艺术的创作应当从生活出发,忠于生活,力戒以主观观念代替生活。

由此可见,"形象思维是通过形象表现思想"或"思想意图转化为形象"这样的说法,是不确切的,是似是而非的,易于导致图解观念。

我们应该学习曹雪芹和莎士比亚、巴尔扎克和鲁迅这样的作家,他们在观察生活和表现生活时,是多么地客观而深刻啊。

一九七九年　人民文学出版社

形象思维·现实主义·性格探索

——在吉林大学的座谈发言(摘要)

一

同志们可能知道,我跟郑季翘同志在形象思维这个学术问题上有分歧,我就此说几句。

我认为,从严格的意义上说,人类的思维都是逻辑的思维,这种逻辑的思维,又可以至少分为两种方式:一种叫抽象思维,一种叫形象思维。

郑季翘同志根本否定形象思维,不承认形象思维的逻辑性,把抽象思维和逻辑思维两个说法混同起来。

对形象思维可以有一个通俗的解释,那就是:好像我们在森林中辨认不同的树木,面对着马尾松、虎皮松、落叶松、白桦等等具体的树木,展开我们的认识活动。一个作家创作时,在心目中他是看到了他所描写的环境和人物的,如果他看不到,看不清,他肯定写不好。这种"看",也就像他在森林里看树木一样。他是看着那个形象在思维,这种思维是遵循着逻辑规律的。

二

我从编辑工作中感觉到,有这样两点在创作上应该进一步发展：

——不粉饰生活，不掩盖矛盾，而又能揭示矛盾解决的趋向，预示生活发展的趋势。

我认为这同现实主义并不背逆，恰恰正是现实主义。

我们的国家在打倒"四人帮"之后，进入了一个伟大的历史阶段，正处在一个新的历史时期的黎明，它正在前进，大有希望。即使有阻力，有曲折，我们也应把握历史的总趋势。

——在深刻描绘人物心理的同时，又能够刻画出他外在的行动的特征。

我认为，抛开别的不讲，从比较狭义的角度说，文学创作的最高任务就是塑造典型形象，就是写出"这一个"。

这几十年，许多中国人的性格变得特别怪，特别复杂，这值得我们很好研究。

鲁迅研究上个世纪和这个世纪之交那个历史时期的中国的"国民性"，写出了阿Q那样具有巨大概括力的不朽的艺术典型。我们怎么办？我们难道不应该也塑造出一些性格非常鲜明的典型形象吗？

三

我最近完成了一个中篇，题名《影》（即中篇小说《夫妇》）主人公是一位妇女，一位夫人。在这个作品里，我想探索环境、个性和人的命运的关系，它涉及到婚姻、爱情、家庭、道德方面，也涉及到这些方面同政治斗争的关系。我试图探索一个人的个性和性格，试图在环境和性格的关系上，不同性格的关系上，探索一个人命运的特殊性。想是这样想了，但究竟做到了多少，那是很难说的。

这个作品，将在《十月》杂志今年第六期上发表。

一九八〇年八月

看《伽俐略传》纪事

中国青年艺术剧院的艺术家,演出了德国戏剧家布莱希特的《伽俐略传》。

一天夜晚,下着零星小雨。我看完这个戏,走出剧场,跟随着几位观众,在王府井大街上听到了如下一些交谈:

"这戏真好!看这个戏,是一次真正的艺术享受!"

"你说这个戏好在哪里呢?"

"好在哪里?也许,就好在一句话说不清楚。"

"是呀!好戏就是这样,你感到它好,可要说清楚,还得费点儿劲——所谓一言难尽其美呀!"

"嗨!我看这个戏好就好在它的现实主义上,伽俐略这个人物没有被简单化——你说他伟大吧,他在宗教法庭宣布放弃自己的学说;你说他不伟大吧,他确实做出了那么伟大的事业,用他的实践证实了哥白尼的太阳中心论,推翻了托勒密的地球中心说,沉重地打击了神学上帝的权威,在破除人们的迷信上起了划时代的作用。他的结局很悲,却说不上是英雄悲剧——布鲁诺在火刑柱上还大声宣布:地球在转动!而伽俐略呢,虽说在终身囚禁之时还继续写科学著作《对话》,那精神状态可有点儿窝囊。他怕死,怕皮肉吃苦;他宣布放弃他的学说,并不是为了完成他未完成的计划;他继续写作,是因为他是习惯的奴隶;他嘴馋,老昏快死了,还要吃烤鹅;他的前半生叫人崇敬,他的晚年则更多的让人怜悯和同情;他没有轰轰烈烈的性格,也没有慷慨悲歌的结局;他好像又伟大又平庸,或者可以叫做'伟大的庸人';可是,你不能不承认,看了他的遭遇,激起了你对宗教迷信统治的深深的仇恨……"

"是呀!是呀!这就是布莱希特的现实主义。他忠于生活。他很深刻。他没有把生活简单化。他不是用丰富的生活去套抽象的概念,而是从生活出发去提炼主题,提炼思想;并且,主题和思想在他那里,不是越提炼越单一、越干巴,而是越提炼越丰富、越深邃……"

"对!你看他通过伽俐略这个形象,涉及了多少方面的问题啊:科学的命运和社会制度的关系,知识和愚昧的冲突,进步和保守的斗争,需要特殊勇敢的科学事业心和伽俐略个人性格的矛盾,种种思想交织在一起,生活气息浓,感情饱满,富有哲理,引人深思……"

"唉!你们的看法我都同意,可是我看这个戏,却有另外一些感想。"

"你有什么高见?"

"不是高见。我是从反面想了一些问题。"

"反面?什么反面?"

"不懂吗?就是——跟你们说的相反,完全可以写一篇文章批判这个戏和布莱希特,基本论点是:伽俐略是懦夫和叛徒,布莱希特在宣扬叛徒哲学!"

"好家伙!你怎么搞的?"

"怎么搞的?按照'四人帮'的观点,伽俐略公然宣布放弃他的正确的学说,这难道不是懦夫和叛徒行为吗?而且,他公然说,他害怕肉体上的痛苦,这难道不是他怕死的证据吗?布莱希特公然宣扬这一套,这难道不是宣扬资产阶级人性论和叛徒哲学吗?"

"哈哈!这是历史,这是历史剧。伽俐略是三百多年前的人物,布莱希特——不,文学艺术不能歪曲历史呀!"

"这个我知道。正如它不能歪曲现实一样。不过,历史也许比现实好办一点。我是说,无论哪个作品,按照'四人帮'那套逻辑,只要从反面一想,问题就来了,词儿就有了,批判文章就出来了;至于历史呀,生活呀,全可以不顾——他们把这美其名曰:辩证法,其实,见他的鬼,是地地道道的唯心主义诡辩和形而上学!"

"你以为'四人帮'完蛋了,他们那一套逻辑和观点的影响也消失了吗?"

"这个没有研究。我只是一边看戏,一边想到曾经有过的那种情景,觉得可气、可悲、可笑。"

"问题是:假如这个戏或者类似这样的戏,是你、我或者他写的呢?"

"你写得出来吗?"

"假设嘛!——假设如此,剧院或电影厂、出版社或编辑部,能顺顺当当通过吗?能不给你改改吗?能不要你改改吗?"

"现在情况不同了。"

"这是事实。而事情并不总是那样顺当的……"

他们拐弯了,看不见了,他们的声音,却一直萦绕在我的脑子里……

一九七九年四月

生活·艺术·灵感

——与鲁迅文学院几位青年同志的谈话

一 从生活到艺术

从生活到艺术,大体分三个阶段:感受,发现,表现。

第一、感受。

当一个作家,应当自觉地培养自己的感受能力。这个问题解决早一点,艺术上的进步就快一点,工作中的自觉性就多一些。

作家要养成这样的习惯:勤于观察,善于思考,善于记忆,最后变成艺术上的发现。

作家要充分运用自己的眼睛、耳朵、手和大脑。这四个感觉器官对我们特别重要。

我们每到一个地方,都要习惯地、自觉地去注意一切事物,从天上到地下,从风俗、风景到地形、地物,包括各种色彩、光线,都要认真地观察。搞文学的人,要学习美术工作者的习惯,要多方面感受,天时、地象、房屋建筑、气氛,甚至是不同的声音,都不要放过,都要放在自己的视野、听觉之内。

要多方面积累。创作也和带兵一样,积累等于是养兵,养兵千日,用兵一时。什么时候创作冲动产生出来,什么时候就用上了兵。

我经过了四五年时间,到五一年才开始养成了自觉感受生活的习惯。我出差比别人累。我总是睁大了眼睛,拼命看。虽然生活是丰富的,但作为概括生活的艺术,有时(某种意义上)比生活更丰富。培养自己感受生活的习惯,应该看成是作家素养、素质的训练。由于职业的原因,战士每到一地先找厕所,而指挥员先看地形、地物。作家要注意一切,从自然到人,到社会,全面观察分析,寻找出典型环境中的典型人物。

文思敏捷,是和作家的观察、动脑有关的。作家、艺术家、诗人,总要对新鲜事物感兴趣。有意留心,培养兴趣。

生活在农村,要注意农村的泥土味、人情风俗、人物性格,各种不同的形象要储存在自己头脑的仓库里。这样,写作的时候就可信手拈来了。医生切脉断病,那也是经千百次体验所积累下的结果。

鲁迅就讲要留心各种各样的生活。

外国作家也很注意积累生活。

第二、发现。

说发现一个问题,似乎欠佳,从文学艺术上讲,应当说发现了人们之间的矛盾、冲突。

作品雷同的原因,就是因为没有自己独特的发现。在生活中,要有艺术的发现,就要不断地听,不断地看,不停地思考。

捕捉题材和发现差别、矛盾是一个道理。

有人写"问题小说",什么青年问题,干部问题,农业大干,工业支农,这些既不是题材概念,也不是主题概念。

感受的习惯养成了,发现的就会多。有了许多发现,就有许多东西可以写。艺术一通百通,可以从任何一个侧面入手。

"写什么?怎么写?"这样说不完整。首先是感受,然后是发现;没有感受,没有发现,写什么呢?什么也不能写。

第三、表现。

说短篇小说都是生活的横断面,不那么准确,也有纵剖面,横断面只是一种。鲁迅的《肥皂》,写了一点一滴,一件事,但入木三分。

短篇为什么写不短呢?有时是因拿不定主意。需要一种训练,要决断。

《李顺大造屋》通过造屋这个线索,写了三十年。《脖子上的安娜》通过"安娜勋章"把要写的东西都写了出来,构思巧妙,笔调幽默。素材杂乱、纷繁怎么办?用一个东西去穿。《夏》通过一张照片,《悠远的钟声》通过一块金表,很有意思。

一个人三十年怎么写?通过一种东西穿在一起。我写的短篇《头发》,就是这样的。写短篇,要善于牺牲某些材料,实际上是要善于舍弃一些过程。

短篇很清楚地表达了一个思想,有时比写长篇还有意思。有的东西,放在长篇里,反而可惜了。

有了创作欲望,就写。

有感受,写起来就有血有肉。

要表现自己独特的感受。有些东西谁都能够这样写,那就没意思了。

一九八〇年五月二十一日

二 关于灵感

灵感是和一个人的感受、生活、思维习惯等联系在一起的。这个问题过去在中国一直搞得很混乱,当做唯心主义的东西一概否定。可是,创作这种精神活动,有没有它的特点呢?有些什么特点呢?都是需要很好研究的。

其实,亚里士多德、柏拉图很早以前就提出过这个问题。刘勰的《文心雕龙》里的所谓"神思"就是指这个。灵感不是唯心主义的,而是具有很高的科学价值的。

五十年代苏联有一位作家说过:"灵感就是最适于作家工作的那种时刻,那种状态。"作品并不是想要写的时候就能写出来的,而应该是竞技状态最好的时刻,北京话又叫"开窍"。实际就是"长期积累,偶尔得之",也就是创作条件最成熟的时刻,并没有什么神秘的地方。

每个作家都有自己的工作特征。灵感在每个作家身上的表现都是不同的,有的人想到一点马上写下来,有的人却要有一个较长的思考过程。所以我们对灵感应有一个唯物主义的解释,那就是:灵感——作家在生活中长期的体会、思索、积累的结晶,是艺术火花的爆发。它来自生活,爆发于作家的心灵。

那么,灵感是否可以培养和制造呢?能否自觉地抓住它、寻到它呢?

第一、要去感受生活,特别注意观察生活,广泛地接触生活。兴趣爱好一定要广泛。因为每个人的经验都有局限性和狭隘性。要养成观察的习惯,使之变成头脑的一种条件反射,变成自己的素质、本能、性格。凡是具有巨大成就的作家都这样做的。

第二、在生活中,不能只注意一类事,只找一种素材,凡是有意义的事都应该关心。偷金子的人只看见金子,旁若无人,就被抓住了。我们不能这样。比如写诗,下去生活只去寻找诗的素材,别的许多好的题材就忽略了。在舞台上表现火车经过,不是直接显现的,只是响几声汽笛,冒一阵烟,而电影里就可以直接表现。所以,有的题材适合写小说,有的题材适合写散文,不能只关心一种文体、一种样式。到了什么地方单单去找诗,真正的诗可能就跑掉了。

第三、要以主人翁的态度对待生活,认真地生活,认真地工作。捕捉生活要有焦点,要抓住,而且抓紧。捕捉到的最好马上记录下来,挂上号。为了使思考有成果,在一定的时间里,不要想得很多,最好只想一个题材,一个故事,反复咀嚼。灵感是艰苦劳动、思索的结果,而不是不可追踪的东西。如果优柔寡断,想一半想不下去就不想了,是很糟糕的。想不下去也不要轻易放弃,否则也许就会把很有苗头的作品毁了。最痛苦的不是思索,而是公式化、概念化的创作,图解别人的思想,编造生活故事,这才是最糟糕的。

要获得真正的灵感,还要注意下面这个问题:

灵感有时会有一种假象,迷惑作家。我们有时感到很兴奋,似乎一道霞光射来,但不一定对,很可能是假的。石榴花开得时间较长,而昙花只是一现。要学会判断自己思维中的不同现象,不要被它欺骗。有的东西写不下去,应该赶快收兵,因为自己选择错了,这种情况往往发生在自己不熟悉的事物上。想象得很美,但是不行;像是那么回事,却不能深究。有的思想像过的一道彩虹,很迷惑人;一个故事,很有吸引力,但人物形象却是虚幻的,当你要把它精确地描绘出来,就无从下笔了。使你激动的东西,不一定都能成为好的作品。心灵的颤动是宝贵的,但不一定马上可以变成艺术作品。将来也许可以,但现在不行,条件不成熟。灵感是一种激动,但千万不能把一时的激动,都当作艺术创作的灵感。

艺术理论研究作家、作品,而艺术心理学则研究创作各个阶段的过程。

作家应有好奇心、童心,但作家的好奇心也会使自己陷入泥潭。但不要绕开矛盾走。长篇的提纲太细,似乎把一切矛盾都解决了,可是写作过程中怎么会不遇到难题呢?写作过程中可能会写不下去,会有解决不了的问题,这或许正是作家的思想放出光彩的时候。你的才华就在于你能不能解决它。我写《昨天的战争》第一部第一章,是从四五个方案中选择了一个。这不是说我有才华,我只是努力去达到自己设想的高度。为了第一部的结尾,我想了一年多。即使达不到那个高度,但也不是草率从事的。托尔斯泰写《战争与和平》,从许多种方案中选择一个,是值得我们学习的。我写《昨天的战争》,许多情节,我自己都先哭了一场。我写一首三千行的长诗,老作家方纪不满意,我烧掉了,只发表了四行。

就是亲身经历过的生活,也有我们不熟悉的东西。一个现实主义作家,忠于生活的作家,不能强迫他的人物,而只能追踪他的人物。挖煤不是一下子挖出来的。小说构思是必要的,但是写作进程中该变化的还是得变。这是一个认识由浅到深的过程。由绕圈子达到开门见山,由隔靴搔痒到抓住根本,才能获得创作的契机。比如托尔斯泰写《安娜·卡列尼娜》,想了很久,生活、人物、意图都有了,忽然有一天读报看到一个女人卧轨的消息,才感到自己可以动手了。这件事我是听人家讲的,自己没有看到资料,但我相信这个道理。

有时,一个细节可以引起我们的一个整体构思。

文艺的繁荣当然和经济的繁荣、稳定分不开,但是社会的动荡、变化也会带来文学的繁荣。

文学应该真实地反映生活,征服读者,改造世界。

一九八〇年五月二十七日

附记:一九八〇年夏季,鲁迅文学院(当时的文学讲习所)安排几个青年同志与我交谈。我们总共交谈了七八次。张抗抗记录,我稍加整理。这里是已经摘要整理发表过的两段(其中第一段曾被香港《大公报》转载),其余的因无时间,迄未整理。

一九八二年十月
人民文学出版社

艺术,应该令人信服

假如一首优美的歌词,谱上曲子以后却不悦耳,不上口,不能拨动人的心弦,那么,作为一个声乐作品,它在艺术上是失败的,也就是没有力量的。

一幅精心绘成的油画,可能很真实、很美,吸引着观众流连忘返。但是,如果把它在画布上的铅笔草图,那些轮廓性的和甚至不确定的线条,也都算作艺术作品,怕画家本人和观众也不会全同意。这种草图只有这样的意义,那就是,它使人们可以看出创作的某一阶段,某一种过程,在更专门的意义上有某种参考价值,但无论如何它还不是已经完成的艺术品。当然,一个人如果只是任意地调配颜料,随意地进行涂抹,人们也很难相信他会完成一件艺术作品。

我看了几个舞剧,在进剧场前总要买剧情说明书。但从说明书里,我无法看到我从舞台上将看到的情景和形象。而看过演出之后,我觉得这种说明书所告诉我的,只是几个人名。我们不能要求剧情介绍就是舞剧本身。

一个话剧或电影剧本,可能写得很好。但如果导演和演员很蹩脚,那个剧本应有的艺术效果肯定体现不出来。反之,不论多么高明的导演和演员,如果演出的是一个很糟糕的剧本,我想,那本来糟糕的剧本决不会因此而成为优秀作品。所谓"人帮戏,戏帮人",在我的理解中,是有条件的,有限度的。

人没有骨骼,没有血肉,不成其为人。一个活生生的人,特别是青年人,加上得体的服饰和发式,可能很美,很诱人;可是,当他们死亡,被解剖,只剩下一副骨架在医学院里作为标本时,我就看不出他们美在什么地方了。

这样一个假定,也许是用不着证明的:两个同样身高、同样性别、同样年龄和体重的人,当他们生活时,肯定有美丑之分,至少,给人的美感是不相同的。可是,假使他们僵化、死亡,只剩下一副骨架,我相信,人们是分不出他们的美与丑,也辨不出他们的善与恶的。因为,只有活着的人才有心灵、头脑、思想、感情和品格,而一副骨架是不存在这些东西的。

一个活人,光他的一张面孔,光他的一双眼睛,就令人感到仿佛是一个无限丰富的世界。而一个骷髅,那么苍白的骨头和那么几个黑洞,肯定是贫乏而又令人厌恶的;解剖学家和医生,从他们专业的角度,可能有另一种感受,但我猜想,他们大概不会认为这就是艺术品,这就是美好的艺术形象。

据说,太平洋的伊里安岛上,有一个阿斯玛特部落,那里的人,迄今还以猎取人的头颅为荣耀。那是因为他们尚未冲出历史的束缚,还被愚昧和落后的迷信观念所禁锢,现代文明人类对此只能理解而不能赞赏,只能同情、悲哀其不幸,而不会为其野蛮喝彩。

当"北京人"的头盖骨化石被发现时,人类考古学家的极度兴奋是理所当然的。可是,假如他们不进行复原并作出科学的测定和说明,不让人们理解这一发现的价值和意义,我想,那块化石片对一般人来说,就是无价值和无意义的。他们在荒山野岭做了独特的挖掘和发现,他们对自己的发现又进行栩栩如生的复原,并予以正确地说明,于是,赢得了人们的尊敬。自然科学的这个例子,却有点儿类似文学艺术的创作过程。那一块头盖骨化石,岂不就像是一个文学艺术的创作素材?科学家后来的工作,不就是对这个"素材"的"再创造"?他们给人看的如果只是一个"素材",能获得那么生动和令人信服的效果吗？

欧洲文艺复兴时期的大画家达·芬奇，曾对人体进行解剖，但他的目的和旨趣，不在于欣赏已经死亡的人，而在于真实准确地描绘人的形象。不仅如此，他还在日常生活中注意研究那似乎神秘而虚幻的人的各种感情形式，以真实而深刻地展示人的精神面貌。他的作品是令人信服的，是因为他抱着严格的科学态度，又满怀艺术家的深沉和激情，对社会和人生有精到的理解，并谙熟绘画艺术的创作规律。

某公司今年印制了一种挂历，叫做《唐寅画选》，是平时难得见到的作品。我绝不想贬低这些艺术遗产的价值。事实上，唐寅这位四百年前的画家，在艺术上取得很高的成就，如关于山水、亭台和人物服饰的描绘，就很细腻而真实，给人以美感。但作为一个观众，我对他关于人物形象的描绘，就无法衷心恭维。如那幅《四美图》，在一个月的时间里我天天看，却越看越觉得他关于人体比例和人物精神的描绘，是僵化贫乏的。在这幅《四美图》中，我们可以看到两个妇女的面孔。但这是两张同样的面孔，其特征就是僵滞刻板，徒有其形，只有颜面轮廓，而没有个性特点。至于人物的手，则显然不合比例，太小，而且没有筋骨之气。在这些地方，他是"形似"而不是"神似"，是不真实因而也是没有足够的力量的。

任何一门艺术，都有一个历史发展的过程。我们今天的有代表性的美术家，既对唐伯虎有所继承，在成就上当然又超过了他。这就是说，唐伯虎的作品作为遗产是可宝贵的，但从发展的意义上说，我们必须前进再前进。其理由就在于：艺术的力量和艺术作品的优劣成败，有着直接而巨大的因果关系。

令人信服，是一种力量：在人们的现实交往中，它是一种力量；在艺术与读者、观众、听众的关系中，它也是一种力量。概而言之，任何意识形态作用于现实社会，能不能令人信服，是它有没有力量的一个标志。不能令人信服的作品也许不能称为艺术，因为它不能使人激动、深思、悲欢和共鸣。

我是从实际工作中感到这个问题的。

一位同志让我看过他的一篇小说稿。那稿件,向人们提供了这样一个情节梗概:一个青年,在某处农村插队。同他插队的几个人,都因种种理由和方便,回到城市了,最后就剩下他一个。他不满,有牢骚,不好好干活,骂街,遭到了农村干部的折磨。在一次挨打中,他忽然喊道:"王洪文是我舅舅!"这一来,事态发生了变化:折磨停止,代之而起的是将信将疑,询问究竟,这青年便编了一套假话。村干部们一听,果然相信,而且交口称赞:"王副主席就是水平高,对后代的要求真严!"接下去,这青年受到的当然是安抚和阿谀,很快被调到了公社,由公社又上调至县里,由县里再调转城市某工厂,并逐级地将"×××是王副主席的外甥"这一谎言,作为"内部情况"介绍上去。这样,这青年到某市的工厂后,也格外受到重视,很快成为厂革委会委员。一次,王洪文来此工厂视察,厂领导就要让这个青年来见"舅舅"。这青年心里明白,诚惶诚恐,不愿来又不能不来,便给王洪文写了一封信,想说明自己为了进城而撒了个谎。但王洪文接到此信,没有来得及看就失落了。厂领导拣到这封信后,不敢拆阅。以后,青年人又被上调到市革委当了副主任。又接着,被调到国务院某部当了副部长,一下子有了四个女秘书。……故事以倒叙的手法开始,是在"四人帮"被打倒之后,在国务院某部的一次批判会上展开的。

在此,我相信,这篇稿子的作者会理解并谅解我引用和披露了他这个故事的梗概,理由是:我曾坦率地向他讲过我对这篇稿子的看法,供他参考。

我对他说过大意如下的一些意见:

第一,我对他说:我不知道生活中是不是有过这样的事,不知道你写这篇东西有没有起码的生活根据,但从"四人帮"横行时的一般情况而言,它并不是不可理解的,甚至可以说,在某种意义上它还是相当真实的,或者说,具有某种"本质的真实性"。

但是,第二,我又对他说:这样的故事作为一种社会的传闻,听起来比看起来更有效果,说起来比写起来更有味道。因为,当人们只听了一个幽默故事的梗概时,他是带着自己的生活经验和感受,加上自己的想象和推理,来联贯、补充和丰富你的故事的,他喜或怒,是在你的简单叙述中加上自己的创造的。

因而,第三,我进一步对他说:你这个故事作为口头文学和趣闻,是可以的,作为文字固定下来的文学作品,则是不成功的。理由就在于:你现在所写出来的东西只是一个粗线条的轮廓性的构思,像一副骨架,血肉很少,而破绽和漏洞却很多。

我的结论是:这叫做有构思而没有艺术,有概念而缺乏生活。

我赞赏这位作者思想的大胆和敏感,理解他对林彪、"四人帮"横行时所造成的种种时弊的憎恶和愤慨,并认为如果他坚持下去,肯定会或迟或早在文学上作出成绩。但眼前这篇东西,在艺术上是不真实的,是没有说服力的,是失败的。

试想:一个插队青年在不长时间之中,由一个"社员"而层层上升为国务院的副部长,这牵涉到了多么巨大而又多么复杂的社会生活面?牵涉到了多少不同的环境和人物?要经历多少曲折和矛盾?而且,他还是在一个偶然的情况下,靠着说谎扭转了自己的道路,改变了自己的命运,他的内心生活该是何等的复杂?他并不是天上掉下来的人物。他有亲属,也有同学,他的根底并不是没有人知晓的,"王洪文是我的舅舅"这句话,就能使人相信吗(顺便说一下,稿件中并没有交待王洪文和这青年的籍贯,王洪文有没有姐姐妹妹)?即使作为"绝密"而没有外泄,不为人所知,他的那么多同学、同辈对他作为一个大市的革委会副主任和国务院副部长的才能,就不觉得奇怪吗?我们可以认为"四人帮"是不讲高尚的才能的,但搞阴谋的才能还是需要的,这个青年究竟有什么才能又有什么作为呢?他怎样能在那荆棘丛中和阴风呼啸的时代气氛中生存并发迹呢?……如此等等,在这篇稿件中均没有给予生动而具体的艺术表现。

但是，实际上，这样一个看似简单的构思，所需要的见闻、知识、体验、观察和艺术表现的才能，也就是通常所说的创作的准备，是精湛而又多方面的，不是短时间所能具备的。

正因此，这篇稿子在艺术上便经不住推敲，而不能令人信服了。

艺术就是一种意识形态，若不反映客观世界的某些真实，便没有生命。但客观世界的真实并不等于就是艺术的真实。艺术的真实要通过艺术特有的手段去完成，而且，它还要处处渗透作者的生活信念、生活态度和审美标准。它是一种自觉的意识活动，它还有自己的创造性规律。它要给人以如生活本身的那样的真实感，令人信服。并且，"往往"或者说"有时"，它要比生活本身更强烈、更集中、更普遍、更典型，因而也才能更有力量。

任何一件或大或小的艺术作品，都有如一个或大或小的生活天地或现实世界的一角。它有光线，有色彩，有声音，有人物，有情节，有细节，有人物的外部特征和心理特征，特别是有人和人以及人和自然的或社会的各种错综复杂的关系……它是风俗画又是风景画，是诗又是音乐，有素描又有彩绘……在这里，只有把一切浓淡、明暗、粗细，表现得如在眼前、可以捉摸、可以理解而又恰到好处，才可以称为艺术，才算是有了艺术性……这当然不是唾手可得的，但却是应该追求的。

艺术，只有以人们称为"艺术性"的那种力量，才能赢得读者，去说服人。良好的愿望，抽象的观念，干巴骨架，是不能成为艺术也不能解决问题的。

这篇编辑工作的杂感和随笔，是同初学写作的青年朋友们聊天的。因而，在此，我还愿提点建议。建议有志于文学的青年朋友精读几部真正的文学名著，或者，还可以像列宁所说的那样，用唯物主义的观点，读读黑格尔的《美学》。我之所以想起这个建议，是因为，我收到过一位青年的信，他说他读过五百部中外名著，然而却为自己写不出东西而苦恼。我们家乡有句俗话，叫做："会看的看门道,不会看的看热闹。"我想,读得多不是坏事,但只有读懂,读出味道,从中(哪怕是从它的某些章节中)悟出道理,摸出门径,掌握了艺术地表现生活的技巧和规律,在长期的观察中,锻炼出自己入情入理、有血有肉表现生活的才能,才可以变苦恼为愉快。

一九八〇年

谈谈微型小说和从道德及性格上写人

今天是漫谈,跟大家交换意见。有些问题我自己也正在思考,没有成熟的看法。

想谈两个问题:

一、谈一点微型小说的问题。二、关于道德问题和个性问题。这两点合起来,也可以叫做关于人物的刻画问题。在谈这两个问题之前,先就概念的重要性说几句题外话。

我们从事创作或理论批评工作,或科学研究工作,都有一些相应的概念,应该对这些概念有确切的理解,这样才有利于所从事的工作。概念是人们对客观世界认识的一种理论的反映。一旦我们有了概念,就等于有了比较深刻的理性认识;概念同时也是思维的工具,思维的动力。比如,我们成天过日子,生活环境怎么样?整个星球怎么样?我们的星球和其他星球的关系怎么样?五千年前的人类对这类问题大概谈不上有什么认识;但当代的人对这些事情如果还是完全无知,那我们的生活又将会是什么样子呢?又如,本世纪六十年代,世界上有人提出"环境污染"这个概念,我们都会写这四个字,但形成这样一个概念或说法是不简单的。它是人类思维的成果,是对客观事物认识的升华。从此我们知道,在地球上生活,还有一个污染生活环境的问题,这就使我们的认识有了一个跃进。假如不知道这件事情呢,我们很可能继续盲目地毁坏自己的生活环境,也就是说对保护生存环境这件事缺乏自觉性。打倒"四人帮"

之后，党中央提出要"解放思想"，这也是一个新的概念。虽然不是新的名词，但具有全新的含义。"解放思想"这四个字谁也都会写，但会写不等于懂得这个概念。我们说的解放前、解放后，一九四九年为界的那个"解放"，同"解放思想"中的"解放"是两个不同的概念。"解放"是一个词，"解放思想"也是一个词，是另一个概念。脑子里有这个概念，人的认识就飞跃了一下，想到自己的思想需要解放解放，越想，需要解放的问题越多。看起来是四个字，正确理解这个概念，对我们整个思维的活动，思想的发展和认识的提高，有很大的作用。在现实生活中，从自然科学到社会科学，经常提出很多新的概念。这些新的概念不是哪个人随意创造的，它是客观现实在人的头脑里的反映，是人对客观现实的认识和概括。有的概括对了，也有概括错了的。如"以阶级斗争为纲"，我们搞了三十年，后来就发生偏差了，结果造成了阶级斗争扩大化和严重的"左"的错误，一直到"文化大革命"的大灾大难。所以我们不能忽视理论的作用。我们虽不专门搞理论，还是要使我们脑子里具备若干观念和概念。思维要依靠概念，没有观念，没有概念，思维又怎么能推进呢？我们从事创作也是这个道理。如果对创作中的一系列基本观念、概念没有思考、没有自己的理解和看法，那么，写东西在很大程度上往往处于自发状态。看别人写了这样的东西，受了一点启发，自己就那么写起来了，至于今后怎么再写下去，不知道，也不想。这样，你就还是处在自发的状态中间，因为你脑子里没有必要的概念来推动你思想的发展，提高你的认识的能力。我曾经是很懵里懵懂的。当然，不是一直处于这样的状态，不然，我的艺术生命在六十年代初就结束了，今天也不可能到这里来同大家交换意见了。其实，即使那些很有成就的作家，他脑子里也经常在吸收新的概念和新的观念，他也要研究新情况，了解新动向，认识新问题，否则他就僵化了。这就是马克思主义的理论，是哲学原理。除非一个人脑子里缺乏这个概念，不懂得辩证法，不然是不会来反驳我这个道理的。

　　为什么先说这一段题外话呢？因为我想在这里强调几个概念。

很可能并不新鲜,但强调一下,造造舆论,希望引起大家思考,在脑子里加深一点印象。

一 关于微型小说

首先要说明的是,我过去没有研究过"微型小说"。据说这种艺术形式外国有叫做微型小说的,有叫超短小说的,还有叫袖珍小说的。天津《新港》从五十年代就刊登一种"小小说"的小说,《北京晚报》上经常登"一分钟小说"。微型小说列成一个栏目,始自不久前上海创刊的《小说界》。我在这一栏目里发表了两篇作品。有人说这是我的创造。我说不是的。在一九八〇年十一月底以前,我脑子里没有微型小说这个概念,是上海文艺出版社的同志提出的,他们说这是从外国来的。他们向我约稿,我说可以写一点,写十篇不超过一万字。到十二月写了二篇,《小说月报》转载了其中的《在远离北京的地方》,《读书》杂志有篇文章还评论了一下,提倡微型小说。第二期《小说界》又发表了从维熙同志两篇——《狗的死刑》和《猫的主人》。因为有人在运用这种形式发表作品,很自然地引起社会和读者的注意,议论怎样看待这种艺术形式。

为什么读者对这种艺术形式感兴趣?可能有这样两个原因:一是刚出来,比较新鲜。这好理解。就看今后是否能出好作品,如果出不来好作品,读者的兴趣也会逐渐消失。二是现代的生活节奏在加快,人们的时间紧张,工作、学习、休息都很紧张,时间排得满满的。在快节奏的生活中,人们的艺术欣赏的心理和美学趣味,可能也会发生一定的变化。这一点是否也应该考虑在内?

更重要的是,这种微型小说在艺术上有什么特点?在写作上应当注意什么?我同你们上期(指中国作家协会文学讲习所第五期)学员张抗抗同志,还有《文艺报》的雷达同志,就这个问题交谈过看法。我认为,微型小说它要采撷的是生活的某一瞬间发生的富有典型意义和概括力的那样一个事件,一个情节,甚至一个细节,这是它在选材上的重要特点。哪些东西可以采取这种形式,哪些东西不能采取这种形式,这也是内容决定形式。要在一篇几百字、一千字的微型小说中,写时间跨度很长的东西,比如写几十年的事情,一般说来是不可能的,但概括几十年的意思是可能的。概括不是靠发议论发出来的,而是通过在一瞬间(或短暂的时间里)发生的人物的言语动作所构成的人物关系、矛盾冲突等,来显示特定的社会内容,生活意义。举个例子,我最近在《人生》杂志创刊号上发了一篇《父母儿女》,编辑同志在题目中间加了一个点,变成《父母·儿女》,仔细琢磨,也有它的意思。内容如下:第一章,描写儿子和他父亲谈话,说要找对象,问有什么嘱咐。他父亲思考了一下说:"像你妈妈那样的,你就不用爱。"第二章,写女儿找妈妈谈话,说要找对象,问妈妈的意见。母亲想了想说:"像你父亲那样的,你就不用爱。"第三章,姐弟俩见面互相说了谈话的情况,但关键的都没说。他们互相问:咱们父母的关系怎样?一个说:"凑合。"一个说:"我将来可不愿意凑合。"另一个说:"要好好想想这个问题。"第四章,过了十年,姐姐恋爱了三次,没有找到合适的;弟弟失败了好几次,最后抱了独身主义。而他们的父母虽然互相不满意,但还在那里认真地、积极地凑合着。这个小说几百字,写了四章,特意这样安排,关键的就是那两句话:"像你妈妈那样的你别爱"和"像你爸爸那样的你别爱"。作品里的人物都有很长一段经历,但内容写的又是一小会儿的事情。这是作品选材上的一个特点。

另有一篇题目叫《插图》,是偶然想到一个具体的动作情节写成的。内容是:做父亲的一天下班回到家里,看到儿子趴在桌上正画一张很蹩脚的画。画了一个人,脑袋很小,身子很大,不成比例。父亲说:"你胡闹什么?我以为你在学习呢!"儿子说:"你怎么看不出来?我画的就是您呀!"画的下面写了一行字:"父亲的思想史插图之一"。父亲说:"我是这个样子?"儿子解释:"您干了几十年工作,没有自己的头脑,人云亦云,什么事都得找根据,查查文件上是怎么说的,没有自己的思想。刚才我还看到你的检查和你起草的报告,都没有自己的语言。现在您开始有了自己的头脑,但不大,就这么点。"儿子比画着。父亲听了,觉得有些道理,没吭气。第二天一早,父亲拿张画给儿子,下面写着:"儿子的成长史插图之一"。儿子一看,跳了起来:"爸爸您怎么把我画成这个样子?脑袋这么大,身子像支铅笔,脚丫子也看不见在哪?"父亲解释道:"你不是说我现在有一点自己的头脑了吗?这就是我对你观察的结果!"故事结束了。

我对新老两代人的看法是:各有长短。父辈身上有不大符合比例的东西,青年身上也有不大符合比例的。青年人脑袋容易膨胀,当然不是人人如此。作品写了有限意义上的一点儿东西。通过以上两个例子看,微型小说要选择一瞬间发生的有典型意义的情节和场面。

第二,微型小说仍旧是小说。里面有动作、有人物,里面的幽默、讽刺、歌颂、赞美是个人的创作,不是政治笑话。要把微型小说和政治笑话区分开来,这个观点要明确,否则就可能把微型小说庸俗化。有的政治笑话有小说性,但一般说形象性也许不那么强,这是应该注意的。

第三,微型小说是以小见大,小中见大。有时叫做小题大作,有时叫做大题小作,总的说是小中见大。通过很短的篇幅,很小的事情,不长的时间,概括比较丰富、比较深刻的社会内容。有时我们有这样的感觉,想铺开写写不成,写成短的,反而写成了。这里面有辩证法,值得琢磨。总之,是通过小的事情,反映它的典型意义。在短小的作品里塑造具有复杂性格的人物是很困难的,但写有性格、有特点、有典型意义的人是可以写出来的。

第四,在某种情况下,用微型小说这种形式,既可以表达自己对生活的观察、体验和见解,又可以回避自己的弱点和不足。今天我们是研究实际的创作问题,不能骗人。下面举个例子,是自己的一点儿感受。有一次去镇江开会,听到作家陈登科同志和一个人聊天,说某时某地某些人受到招待,发现鸡汤里有十六条鸡腿,一个大盘子里有三样菜,四个盘子就是十二样菜。名义上是四菜一汤,实际上比菜单上规定的都多。这是搞不正之风。我感到这个不正之风搞得很巧妙、有趣。要展开写写不下去。想了三个来月,找不到合适的形式。因为对这方面不熟悉,写长了要露馅。但又觉得不能不写,就采用了对话的方式。构思了一个检查组,下去检查工作,驻进了招待所。检查组领导对招待所领导说:我们不能搞特殊化,按照"准则"办事。招待所领导说:没问题,四菜一汤,会议标准,就这样定了。但到吃饭时,每个桌子上四大盘菜,每个盘子里三样菜,十人一桌,汤里有十条鸡腿(五只鸡的腿),并让他们在单间吃。检查组说:怎么把我们放在这里?招待所领导说:这样谈论工作方便,没有别的用意。吃完饭,有个有点儿心眼的人说:汤里有十条鸡腿。领导说:我只吃了点鸡肉,不知道哪是鸡腿,哪是翅膀。这个人又说:一个盘子里有好几个菜呀!领导说:不就是四菜一汤吗。这个人就说:你看到老刘的表情没有?他们几个人可是没有吃鸡腿呀。领导说:他们吃不吃没什么关系。这个人说:你看他们情绪不对头,怕他们成了检查团里的检查组,最后把咱们一块检查进去。故事到此结束。这个故事采用微型小说的形式写,是在生活中有了感受,了解到一些事情,但又不熟悉这方面生活,怎么办?那就藏拙,回避一些自己不熟悉的,抓住典型的东西并赋予它恰当的形式,把它表现出来。作家不可能对各种生活都熟悉,在创作中藏拙的问题,经常出现。这不是骗人,是个技巧问题,也是个艺术规律问题。

二 对人物刻画、塑造的几点看法

要在人物刻画、人物塑造上往前推进,达到一个新的境界,需要注意的事情很多。我感觉有两个问题应该特别引起我们的注意:一个是伦理道德的问题,一个是性格的问题。

我读到的一些作品,是从政治上写人,从生产上写人,从战斗上写人,都是可以的。但是从道德上写人还很不够,包括我自己的一些作品,这是写作概念上不明确。比如,你问写什么?有人就说,我写工业支农,技术革新……,这到底算不算文学题材上的概念,我表示怀疑。写"文化大革命",写"四化",是不是题材概念,恐怕也值得研究。我认为它们不是题材概念。我们一些同志习惯于这种说法,习惯于这种模模糊糊的观念,结果使复杂的问题简单化,简单的问题复杂化。

文学是个很复杂的问题,题材是个很复杂的领域。千变万化,无穷无尽。但到了我们的头脑里,成了"工农兵"三大题材,这就不是正确的、精确的题材概念。这样的理解占据头脑,可写的东西就会觉得越来越少。比如,一个人在农村生活了二十年,写了一部小说《合作化》,写完了,还写不写?题材概念在很多方面用得不准确。有人说,他的作品是写抗日战争的。抗日战争何其大也!一个作品就写完了?这个牛我不敢吹。只能这样说,写了关于那个方面的或者某个生活领域中的一个什么故事。题材概念不明确,因袭下去,就把生活的丰富性、复杂性,不知不觉地简单化了,好像生活就这么几方面:党政军民学。写完这几种人就写完了。我们所说的从概念出发,和这种对题材概念的误解不是没有关系的。有的作品就出现这种情况:写了二三十万字,里面的人物没有吃过一次饭,没有喝过一次水,没有回过一次家,连家住在哪里也不知道。有一次,我看一部稿子,突然悟到这个事怎么写了半天,人物家在哪儿,家里有几口人都不知道!这岂不成了不吃、不喝、不睡,没有家庭、没有爱情、没有婚姻的"三无"世界里的人物了吗?是的,我们若干作品写的都是"公共生活",大家都是公家的人,都办公家的事,开会,讲话,谈话,表决心……。公共生活固然也是生活的重要方面,但人的生活却不仅仅是这个方面,他还有个人生活,还有私生活。所谓生活气息,应该是一个完整的概念。我感觉过去有的作品缺乏生活气息,尽管我们对现实主义的创作要求很低,作品里有一点儿生活气息,有一点儿人间烟火,就觉得不错了。过去有的作品为政治服务得太紧了,运动一过,就不想再读了。为什么像《红楼梦》、《三国演义》这样的作品,几百年了人们还要读?而我们有些作品,随着某件事情或某个运动的结束,人们就不要读了?怎样才能写出生命力比较长久的、读者喜欢多次阅读的作品?这个问题值得研究。我最近一两年来感觉到,至少要从两个方面努力:一个是要写人们的道德,一个是要努力刻画人物的个性、性格。

先说道德问题。一般说,道德是一种社会意识形态,是人们相互之间发生关系的一种原则、准则。是个人和社会、国家相互关系的一种原则、准则。道德属于历史范畴,它是变化的,发展的。道德有阶级性,不同阶级有不同的道德。道德是在一定的经济基础上形成的。全社会或者一个阶级大体上有比较一致的伦理关系、行为观念、准则和标准。这样,人们的道德关系中就渗透了一定国家、一定民族、一定阶级、一定历史时期的特有的社会的、政治的、经济的内容。我们如果经常想一想这个问题,对我们的创作是大有好处的。人和人之间以及人和国家、集体之间发生的关系,就是人们的生活。在我们的创作实践上,思想理论上,思想过程中,道德常常被忽略,伦理道德常常消融到政治原则中去了。我们常常只用一种政治观点看人,而不用道德观点观察人。这对创作来说,是很不利的。举个例子,夫妇都是共产党员,两人打架闹离婚,怎样判断是非呢?如果用我们习惯的政治上的话来说,这就叫人民内部矛盾。你如果对他们说:都是同志嘛,目标是一致的嘛,干吗要离婚呢?如果这样处理,可以想象,很难解决问题。搞创作的人,不是搞一般的思想政治工作,不是一般地划大线、落实政策。我们是写人的,是研究人的,是搞人学的,是研究人们之间各种非常微妙的、非常具体的关系,是通过这些日常生活中的复杂的微妙的关系,来显示人的本质和典型性。

在现实生活中,看人有几种不同的角度。对一个人,可以从政治上进行鉴定,这是党的系统和人事、组织部门的事。搞文学创作就不能这样。

再一种是用法律的观点看人。一个人只要不偷不抢,不搞违反法律规定的事,他就是守法的公民,政法部门就无权惩罚他,他就可以心安理得。我认为文学创作也不能停留在这一点上。

法律不管细小的事情。政治上往往是画大框框,讲大道理。文学家应该懂得法律,也应懂得政治,但要真正创作,还更需要从道德观点上来看人,这样才能看得更细致,更完整,看到一个活生生的人。

下面谈谈道德观念包含的两层意思。

邓小平同志在四次文代会上说:"我们的文艺,应当在描写和培养社会主义新人方面,付出更大的努力……力求把最好的精神粮食贡献给人民。"我看到于光远同志一篇文章,里面有个很好的观点:社会主义国家和它的文化艺术有一种责任和义务,就是要引导和规范它的人民的生活方式。我们的作品要起到这个作用,就要具体研究在我们的生活中,人们之间发生着一种什么样的社会关系。哪种关系是合理的,应该发扬的;哪种关系是不合理的,应该改造的。人们之间的这种关系,就是伦理道德关系。我们每个人每天都按照自己的道德观念生活着。道德观念无时无刻不在支配着我们的行动。有些事情,处理好可以愉快,处理不好,往往导致苦恼。要经常调整这种关系,使人们能够正常交往,有利于国家和整个社会。我们的社会正处于一个大变动阶段,各方面都在发生巨大的变化。我们的伦理道德也发生着变化。有好多互相区别、互相联系的东西。新的旧的道德观念,这样那样的心理感情,你认为是,他认为非的行为方式,常常构成人们之间的伦理道德的冲突。这种冲突和矛盾,渗透、表现在人们的公共生活、私人生活和日常生活的一切方面。所以从道德方面观察人,用伦理道德的观点研究人,是很重要的。实际上人们在很多情况下,不自觉地用自己的道德观念在评判人,评判生活。我们需要的是:把这种自发朦胧的状态,变成清醒自觉的状态。

用道德观点观察人,就会发现:正是不同的道德观念,决定了人们的不同的行为。有人主张集体主义,有人主张个人主义,这就是不同的道德观。解决道德观的问题,有的可以用政治手段,有的可以用法律手段,而文学艺术则可以同时反映政治的、法律的和人们日常生活中的各种问题。我们要从这方面下功夫写出作品,为的是更好地为社会主义服务,对人民的生活起一种引导、规范的作用,起一种调整、促进的作用。

伦理道德是有历史性的,有阶级特征的,不同的道德观念有着不同的阶级渊源和历史特点。我们要研究这些问题,要研究不同的世界观在生活中如何表现自己,研究人们世界观的矛盾、冲突。例如在婚姻问题上,有些人并没有正确理解恩格斯在《家庭、私有制和国家的起源》一书中的观点,却引用了恩格斯的话为自己辩护,根本不考虑作为一个公民对我们这样的社会主义国家应该承担的责任、义务,这难道是正确的吗?我们作家就不可以用文学艺术的手段干预一下吗?电影《不是为了爱情》提出的问题,表达的意境,反映了一种新的道德观念,一种新的情操,我是很赞成的。我在生活中看到这样的事:流氓打人,被打的人头破血流,打的人得意洋洋。看到这种情景,我浑身发抖,心都哆嗦,残暴得很哪!这种人又是什么心理状态、思想感情和道德观念呢?我同情受害者。我要有权力,有体力,就把打人的家伙先揍一顿,这就是我的感情、我的道德感情。对于新发现的各种道德观念,我们都不应该放过,都应该注意它,研究它。

《谁是最可爱的人》,提出了一个很高很大的道德问题,即个人在祖国面前应该怎样做人。作品里有一种高尚情操,不是简单论事,所以它激动人心,至今读起来还感到有许多新意。《安娜·卡列尼娜》有深刻的社会政治意义,它反映了十九世纪六十年代俄国社会的大变化。但它是通过卡列宁和安娜、列文和吉蒂这些具体人物的具体生活表现的,每个人物身上都有鲜明的伦理道德的印记。据我看,托尔斯泰实际上在探讨这样一个问题,即:当时的俄国人,究竟应当按怎样的方式生活?莫泊桑的《羊脂球》,写一个妓女,有人认为没有什么了不起,比不上他自己后来写的作品。而多数人为什么评价那么高?就因为他通过这个妓女牺牲自己救大家的行为,暴露了资产阶级达官贵人卑劣低下的嘴脸,这样才成为轰动一时的名著。

我这两年写东西,有意无意地思考了这些问题。今年发了一个中篇《一座雕像的产生》,是军事题材,又是一个道德题材,涉及了爱情,涉及了我对爱情的看法。八〇年还发表了中篇《夫妇》,也涉及了这方面的问题。我感觉这样写,题材更宽广,人物也可以刻划得好一些。

我不赞成简单地用"有坏人"解释"文化大革命",好像就是因为有坏人,大家才倒了霉。

另外,我也不赞成用共性解释个性。比如,"文化大革命"中,一家人的遭遇就不一样,结局就不一样,甚至两个双胞胎也不一样。有的飞黄腾达,有的下了牢狱,有的吃了苦头……这都是因为什么?不是共性能解释的。要研究特殊性,要研究个性。

在创作上,曾经有几种提法:从生活出发,从人物出发,这是比较好的。从路线出发,从政策出发,从主题出发,这显然是不对的。我觉得从人物出发比从生活出发又要好一点。去年,我谈了一个观点,干脆提"从个性出发"、"从特殊性出发",这样去捕捉题材,捕捉人物,创作作品。总不能从一般出发吧!要从具体的人出发,从这个人特别吸引你的特点出发,去研究和构思作品。有一句话:江山易改,秉性难移。这就是说人的性格是很难改的。同时,性格的形成也有复杂的原因。这几年来,有的文章强调要写人的命运。写命运是对的,是针对过去的千篇一律,要写人物的多样化,复杂性。但如何写人的命运呢?我觉得至少有两点应该注意,就是:要研究人的个性,要研究人的道德情操。在相同的社会历史条件下,往往正是人们的不同的个性和不同的品德,导致了人物的不同的命运和结局。

每一个人,都是非常非常具体的。我认为一个作家不能说这样的话:那个人没有性格。这是外行话。没有无性格的人。任何一个人都是典型,只要你仔细去研究。这在哲学上是正确的,在实际生活中也如此。正因为在实际生活中是这样,哲学上才说没有绝对相同的事物。说某某人没有性格,无非是一种习惯的说法。比如一个人讲话很死板,你们可能觉得他没性格,但这正是一个典型,问题是要搞清楚:他为什么是这样?一般人认为这叫性格不突出,我认为搞文学的人不能这么讲。你认为他死板、呆板,这不正是他的鲜明之处吗?如果能把那种似乎没有性格、性格不鲜明的人,研究透彻,写出来,倒可能成为文学史上不朽的人物哩!关键在于下功夫研究人。应该怎样去研究呢?先研究自己最熟悉的人,从自己周围的人开始研究,甚至包括自觉地研究自己的各种心理。这样,我觉得才是搞文学,才不是把文学变成政治学,才是真正通过文学自己的途径和方式,去作用于我们的社会,为我们的社会服务。

最后归结一下,怎样注意从道德上、性格上去看人,去写人?

第一、从道德上研究人,要注意道德环境。从大处说,是历史、时代、社会;从小处说,就是他的家庭,他的活动的圈子。这两方面合起来,就是恩格斯说的"典型环境中的典型人物"。第二、要注意从道德的角度去看人,去看生活,去评判真、善、美和假、恶、丑。第三、要注意一个人的个性、性格在他的命运中所起的作用。我不赞成环境决定论,反过来,我也不赞成唯意志论。我认为环境、社会和个性、性格,是对立统一的关系。环境可以改变人,人也可以改变环境,当然这个过程本身是复杂的。

附记:这是一九八一年十月二十二日在中国作协少数民族文学讲习班的一个发言,根据记录整理。

一九八二年十月

从个性出发

——在沈阳、大连两个座谈会上的发言

我是一个文学编辑,业余时间也写点儿东西。在编辑工作和自己的创作中,我感觉到必须研究人物的个性,必须注意性格的描写,必须努力追求典型的塑造。

我考虑得比较多的是小说创作。

有各种各样的小说:重在表现哲理的;重在描写心理和感情的;重在铺叙事件的,等等。

但从文学创作史来看,每个时代,每个作家,凡能保留下来的优秀作品,大都塑造了性格鲜明的典型人物。

一个艺术典型被世世代代的人们承认着,那塑造这个典型的作家,也就成了一个永生的人。

例如鲁迅,就凭阿Q这一个典型形象,他就是不朽的作家。当然,事实上,鲁迅的遗产是更为丰富的。

在文学创作上,曾经有过种种提法:

——从路线出发;

——从政策出发;

——主题先行;

——写中心。

这些提法,在公开的理论上已经没有什么市场,但实际上在人们的思想中怎么样呢?是不是都纠正了,澄清了呢?我看不见得。

这些提法和这类认识,在创作实践上所导致的是图解概念,演绎公式,从未给我们的文学画廊增添过一个艺术典型。

这些提法、这类认识和这种实践的致命弱点是:脱离现实,无视生活,蔑视客观。

因此,按此种"原则"写出的作品,往往是短命的。

还有过这样的提法:

——从生活出发;

——从人物出发。

大家公认这是两个比较好的提法。

但是,为了强调,我想补充一种提法。

——从个性出发,从性格出发,或者就叫从特殊性出发。

这里所说的个性、性格、特殊性,也就是黑格尔所说的"这一个"。

共性包容在个性之中。没有个性就没有共性。只有个性才是具体的。似乎没有独立存在的共性。

我认为,在创作中,只有从个性出发,从性格出发,从人物的特殊性出发,从一个一个的"这一个"出发,才算是悟到了高尔基所说的"文学是人学"的真谛和核心。

如果说:因为文学是描写人类生活的,所以说文学是人学。那么,这样的理解和这样的说法,我认为是不够的。如果以为这种理解是正确的,那岂不就是说随便一篇作品和随便一个形象,都可以算对"人学"的一个贡献了吗?

不,事情不是这样的。

从个性出发

人是最复杂的。人是最具体的。

每一个人都是个性。每一个人都有性格。

一个在一般人看来最"没有"个性、最"没有"性格的人,其实,只要仔细观察、认真研究、深入了解,他都很有自己的特点的。

因此,严格地讲,每一个人都是典型。

人之所以具有典型性,就因为人是社会的动物,他的本质就是社会关系的总和。

从这个意义上说,人的共性,人的社会性,是自然而然的存在着的(存在于他自身之中)。

因此,在创作上,我们应该担心的不是人物有没有共性,而是他是不是活生生的"这一个"。

如果他不是"这一个",他就连真正的共性(典型性)也没有了,而只是一个观念的幻想,概念的图符。

我几乎天天看稿子,这是我的工作。

我在一部分稿件中感觉到,在多多少少相异的情形下,它们实际上是以共同的社会历史原因,来描写、解释若干人的不同的命运。

例如,反映十年动乱生活的某些稿件,就是这样:张三受苦了,李四倒霉了,王五是悲剧,赵六坐了牢……什么原因造成的呢?林彪、"四人帮"的极左路线、法西斯专政,还有就是坏人的迫害,等等。

这样一种归结(对生活的解释、结论,对人物命运的交代),正确倒也正确,甚至可以说是很正确,但没有写出当事人的个性和性格及其性格和个性的作用,或者表现得很弱,因而,自然更不能成为令人难忘的典型形象。

我觉得在我们的现实生活中和我们的文学作品中,脍炙人口的故事多于脍炙人口的典型人物。

这一方面是正常的;另一方面是值得思考的。

生活永远比艺术丰富,所以它的故事多;但是艺术比生活更集中、更强烈,所以它应该树立典型人物。

我们的典型形象还不够多,而它应该是更多一些的。

人们是以各自不同的个性和性格生活在共同的社会历史条件下的。

因此,尽管环境——也就是社会历史条件——是相同的,而他们的经历和命运,却是各不相同的。

这就是个人的个性和性格对于个人命运所起的作用。

共同的社会历史环境(如十年动乱)是共性,每个人都这样那样的被打上了这个时代的印记,但各人的遭遇、结局,又确不相同;真的不相同。

为什么一个机关的同事,一个学校的教员,一个班级的同学,甚至一个家庭的成员,都有着迥然不同的遭遇呢?

反"右派"以后,为什么有的夫妻离了婚,为什么有的夫妻感情反而更亲密了呢?

十年浩劫中,为什么有的家庭破裂了(夫妻反目),为什么有的家庭能共同度过大灾大难而没有毁灭呢?

即使坐监牢,难道人们的坐法都是一样的吗?

不,不同,不一样。仔细考察起来,没有一个人和另一个人是一样的,没有一件事和另一件事是一样的。

为什么有的人飞黄腾达了?

为什么有的人在"文革"中变坏了?

为什么有的人在历次政治运动中是"不倒翁"?

为什么有的人明明很坏而现在仍居要位?

这都有相应的共同的社会历史原因;同时,无可否认,最终都是通过他们的个性和性格表现出来的。

这就是生活。生活就是这样。无数的例子证明:人是非常具体的,人的命运是非常非常具体的。

没有具体性就没有一般性。

文学创作上最艰巨的任务就是发现、把握和表现这种具体性,文学创作最高明的手笔就是发现了、把握了和鲜明生动地表现了这个具体性——个性、性格、特殊、"这一个"。

什么叫个性?什么叫性格?什么叫典型?

我读了许多文章,自己断断续续思索了若干年,仍然还是模模糊糊。

我没有读到过能够系统地解决我的问题的文章。或者说,我还没有发现这样的有严密的逻辑体系而又确实解决问题的文章。

请不要以为这是狂妄。谁有这样的文章请拿给我看,或者,谁看到过这样的论著请推荐给我。

在这方面我很不满足。我以为我们的文艺理论,在这个问题上太落后。

这不奇怪。多少年来,我们往往偏于从社会学和政治角度看待文艺,真正的文学艺术本身的问题怎么能够搞得清呢?

因此,我只能模模糊糊地讲自己的想法,或者顺带介绍一点情况。

二十多年前,还在大学的时候,我读到一篇苏联人的文章,在一篇长长的文章之中,我只觉得一句话对我略有启发。那文章谈到了性格,其大意是说:性格是一个人特有的行动方式。这话,我经常在思索。

最近,我读到两篇美国人的文章,其中一篇引用了另一个美国人的话,说:"动作就是个性。"另一篇文章是一个演员写的,他有这样一段话:"我的任务就是扮演你。演得好不好,就看我能不能把你吃透。我必须查明你的所作所为。除了婴儿,没有一个人是简简单单的。人们一旦具有自我意识,就产生行为,因此,演员就是把人们的行为表现出来。"这两个美国人的话,也值得玩味。如果我们把后一段话中的"扮演"改为"描写","演员"改为"作家",岂不是对文学创作也有启示吗?

高尔基写过一篇很长的论文,叫《个性的毁灭》(我记得是这个题目),他不是全面谈个性、性格的描写和刻画问题,似乎主要是谈旧制度特别是资本主义制度怎样毁灭个性、扭曲个性、破坏个性,但谈得很深刻。

希腊哲学家赫拉克利特说:"性格即命运。"

罗马历史学家科尔纳利乌斯·奈波说:"人的命运往往在于自己的性格。"

恩格斯说:"典型环境中的典型性格。"

英语中,"人物"和"性格"是一个词,这很有意思。

巴尔扎克在他的一本小说前面,对一位古罗马诗人的诗句,作过这样时髦翻译:"从一个人拿手杖的姿态,可以看见他的灵魂。"(我可能记得不正确)这就是巴尔扎克对人的个性和性格的一种理解。

我查了最近出版的三大册《辞海》,那上面对"个性"和"性格",都有解释。按它的说法,个性是一个大于性格的概念。

我介绍这些情况的意思是:我们应该搞清楚这些概念。假使对概念都没有一个基本的理解,我们在创作中又怎样自觉的实践呢?

我不是按哲学教科书来理解个性和共性的,我是从创作的角度、从自己的体会来理解它们的。

根据我的体会,个性和性格是同等的、同义的概念,只不过在不同的时候、不同的地方有不同的用法。我不能想象,一个作家在创作的时候,会能分清"我现在是写个性",而"现在又是写性格"。我无法想象这种情形。我不知道个性和性格怎么能够分开。因为他所描写的是一个整个的人物。

我认为性格就是人,人是个性,每一个人都是这样。

我们说写人,就应该说是写性格;我们说研究人,就应该说研究个性。

性格,是一个人特有的心理特征(心理习惯)和行为特征(行为习惯)的统一或矛盾,是他的内在的心理、感情、思想等等和外部行动的统一或矛盾(矛盾的统一)。如果是这样真实地、准确地、鲜明地、生动地、深刻地写出了一个人物,这个人物就会是、就可能是一个艺术典型,他就肯定会具有某一种或某一方面的社会概括性。

西方文学界流行着一种理论,认为文学就是描写心理的。他们因此瞧不起我们东方的和我们中国的文学。这是他们的自由。由他们去吧!

但是根据我的浅学和孤陋寡闻,世界文学史上似乎还没有那种只有心里活动而没有行为动作的典型形象。

奥勃洛摩夫还要起床,还要做事。

我不能想象我们只让一个人坐在椅子上,一动不动,而我们就写他的心理,他就会成为一个活生生的典型。个别章节这样做不仅是可以的,而且也许是必要的,但总体如此是很难设想的。

我认为光靠所谓心理描写难于写出个性、性格——典型。

一般心理描写的危险之一是:易于陷入"常规性"和常人之见。

例如,父亲死了,写儿子悲哀;妻子或丈夫死了,写丈夫或妻子的伤痛。这有什么不对呢?按常规和常情是完全对的,而且,在较有才能作者的笔下,还可以写得十分动人,催人泪下。可是,实际上,并不是每一个父亲、妻子、丈夫等等死了,他的亲人都真正悲伤,有的可能早就希望他死,有的可能假惺惺地流泪,等着分他的遗产,或者正好去另找新欢……

这才是个性,这才是性格,这才是生活的复杂性。在这里,常规的推理可能导致艺术上的失败,或者,路子越走越窄。

一般心理描写的又一个危险是:易于陷入主观性和神秘性。

这就是:离开人物特定的环境、特有的经历、特殊的心理等等,以作者主观的理解和猜测,去代替那客观真实的东西,而不是立足于深入观察、深入研究的实际生活。

因此,必须研究人,必须尊重人(从艺术创作上说,即使坏人,也得尊重他),必须理解人的特殊性、个性。这就是尊重生活。这就是对生活做独特的发现。

"一个人一旦具有自我意识,就产生行为"。那个美国电影演员这句话说得很好。他懂艺术。如果我们再加一句,那就是:一个人一旦具有自我意识,那就产生自我行为,不同于他人的行为。

一个一岁半、两岁、三岁的小孩,就会跟父母发生矛盾,成为父母的对立面。你可以哄他,但你不能总哄骗他。每个孩子都跟父母要糖果、冰棍、玩具,但如果仔细观察,他们要的方式是绝不一样的。这就是个性,而其中又有共性。

要研究性格和环境的关系。

这个环境,就是一定的时代,就是特定的社会历史条件,也就是我们通常所说的典型环境(有小典型环境,有大典型环境,时代历史环境就是大典型环境)。

人改变环境,环境也改变人。

比如我们建国三十多年来,有几个不同阶段,有若干次这样那样的社会政治运动。这就是我们的现实生活,这就是我们的时代历史环境。我们有些人的性格(包括他特有的个性心理),就是在这个大环境中(当然也包括他的家庭、学校、机关、工厂等等小环境)形成的,而所有的人(我说是那些年长的人),都或正或反、或多或少带着这个时代的印记,其性格都受到一些这时代的影响,不是同这个环境相适应,就是同这个环境相冲突。

这个,大家只要想一想,就会找到无数的例证。

要研究性格的发展变化和它的复杂性,它内在的矛盾和矛盾的统一。

性格的发展变化和复杂性,它的矛盾和矛盾的统一,是由经历、教养、环境的曲折性、多样性、不稳定性所造成的。

这,不要说远了,仅从我们三十多年的社会历史生活、每个家庭甚至每个人的变迁,就可以得到证据。

这里有一种极为深刻的因果关系。

要研究性格和性格的关系。

性格即人,即人的特有的道德观念、心理习惯和特有的行为方式等等。这个人和那个人不同,父亲和儿子不同,母亲和女儿不同,妻子和丈夫不同,兄弟姐妹不同,同学、同事、朋友不同。不同就是差异,就是矛盾,就可能发生冲突。当然,由于种种原因(例如一方特别通情达理等等),也可能相互适应、和谐,或者,正如相反相成。

要研究性格和命运的关系。

从某些报刊上看,这几年谈"命运"、谈人的"独特的命运"的文章多起来了。但是,我觉得,谈性格和命运的关系的言论还太少。

事实上,这是不能回避的,不应回避的。

如果不把人抽象化为一个概念,而是确实把人当作真实的、具体的、生动的、特定的"这一个",那么,就会发现,人的性格和人的命运(也就是他的遭遇和他的结局),在某种意义上是有很大关系的。

十年动乱是一场大灾难,但有的人就因为性格坚强而度过了这场灾难;相反,在同样的困境和压力下,有的人就因为性格软弱而至于毁灭;有的人以沉默的方式过了关;有的人以逍遥的方式度日;也有的人以公开的斗争成为英雄;有逃避者;有告密者;有自己胡说者;有胡说别人者……例子是举不胜举的,但都是共同社会历史条件下的个性。

在某种情形下,环境可以压扁以至压死一个性格;在另一种情形下,性格可以抗住环境的压挤。

人对于自己的命运并不是完全无能为力的,这就是看他具有怎样的个性和性格。这当然并不意味着都是好的性格。

性格和环境可以发生尖锐的冲突;性格和性格也可以发生激烈的矛盾,这就是主观和客观之间的矛盾,也就是做什么和怎么做的矛盾。

我看过一部英国和意大利(或法国?)合拍的电影,叫《兰姆·卡洛琳夫人》,是近些年的作品,就完全是一个性格的悲剧。

它叙述的是贵夫人卡洛琳和诗人拜伦的一段私生活的浪漫史:卡洛琳小姐接受了贵公子兰姆先生的求爱,并且结了婚。但婚后她在一次乡村的拳击比赛中遇见了拜伦,一见钟情。她不顾上流社会的礼法,私自拜访拜伦,请拜伦吃饭,公开地和拜伦恋爱,不顾自己的名誉身份,甚至不惜牺牲丈夫的仕途官运,要爱拜伦,对人们的非议和舆论也置若罔闻,就是要爱。为了这种爱,她甚至把自己装扮成半裸体的黑人侍女,在化装舞会上侍奉拜伦(拜伦扮成一个东方国王);把自己扮成佣人随从,抓着拜伦的马车跑步(其实这时,车子里已有另一个淑女和拜伦厮混);当拜伦与别的小姐们玩乐时,她气愤嫉妒得在大庭广众之下以刀自刺……她的狂放不羁、无视世俗、我行我素、真情不掩的性格,就同十九世纪上半叶英国贵族社会的虚伪的道德礼教,形成了尖锐的冲突。正如影片中一个老头子说的:在我们这个环境里,秘密的搞多少情妇情夫都可以,就是不能公开来。也正因为是在这样的环境里,比较世故的拜伦和真诚坦直的卡洛琳在性格上发生了冲突:卡洛琳要抛弃一切地爱拜伦,拜伦想背叛这个爱情。这两人矛盾激化的时候,拜伦对卡洛琳说:你和我,都不懂得爱情。那个老头子的话点破了卡洛琳的性格和贵族社会的环境的冲突;拜伦的话则不仅点破了卡洛琳的性格和环境的冲突,还道出了他自己和这个女性的性格矛盾。这个女性终于落得身败名裂,在风雨飘摇中死去。

这个卡洛琳夫人假如道貌岸然,偷偷摸摸与拜伦来往呢,就不会有这场悲剧。可是,她的性格不是这样,这就造成了悲剧。然而,她的悲剧,岂不是深刻的暴露了那个贵族社会的虚伪吗?这就是个性之中的共性。这就是艺术典型的社会概括力量。

我们的《红楼梦》中贾宝玉和林黛玉的悲剧,道理不亦是如此吗?

我新近完成了一个中篇小说,篇名最早叫《看不见的波涛》,后叫《看不见的世界》,后来又叫《嫦娥》、《影》,最后定名为《夫妇》。它将在《十月》杂志发表。

在这个作品里,我试图探索一个女主角的心理、性格和她的命运的关系,所以我在作品的开头写了这样几句——

> 在同一片天空下,
> 在同一块土地上,
> 在同一个不幸的时代,
> 为什么,我的命运,
> 与别人如此相异?
> 啊,这是为什么?

从这些题词可以看出,我试图写一点个性和特殊性,通过个性和特殊性反映一定的社会历史内容。但这只是主观的愿望,实际上做得如何,是很难说的,自己是无权说的。

发现一个性格,观察到某种性格特征,可能是从人物的动作、语言开始的,但要深入地把握一个性格,则要仔细地研究他的心理,研究他的特殊心理、个性心理,研究他为什么会是那样一种心理;这样地去把握他的行动和语言特征。

如果对一个人物的心理感情都摸不准,又怎么能正确地描写他的行为呢?

这和纯心理描写是两回事。

我不知道别人怎么做的。我自己常常为了写几句对话(如《昨天的战争》),要花好几天时间去琢磨人物的心理。有的情节、细节要思索好几个月。这大约是因为我太笨。但这都是同对人物的特征的理解有关的。

要想不一般化,不简单化,就得花脑筋。

基督教讲:是上帝给了世界第一个推动力。

在文学创作上,是生活的矛盾和冲突,是人在矛盾冲突中的地位,通过他的特殊的心理和性格,产生了他的第一个动作。

这第一个动作一旦产生,人物就有了自己的性格生命和行为规律,作家便应该把握和遵循他的性格规律,真实而正确地表现他,而不能任意地摆弄他。

这是现实主义创作方法在性格刻画上的很重要的一点。

否则,就不会塑造出完整而统一(包括矛盾的统一)的典型形象。

发现个性、认识性格,是一件既难又不难的事。

难,是因为人海茫茫,人生茫茫,人是最复杂的一种社会动物;不难,是因为我们自己也是人,人和人终究是人的性格,不妨先研究自己,先解剖自己,先认识和理解自己;再就是研究自己身边的人,父母兄弟、妻子儿女、亲戚朋友、同事同学:他们过去是怎样的?后来变得怎样了?现在又是怎样的?

这是自己熟悉的,是自己容易理解的。

这种观察和研究(通过他们的言行举止、情绪思想)是很有趣的。

由此扩大,就可以慢慢的知之甚多。

要从个性出发、从性格出发进行艺术构思。这是比从问题出发、从概念出发、从事件出发,都要高明得多的方法。

要从性格出发去选择情节、细节、动作、语言。

从性格出发的构思,可以是现实主义的,也可以是浪漫主义的。可以是喜剧性的,可以是悲剧性的,也可以是所谓正剧性的。

喜剧性构思重在性格的夸张;悲剧性构思重在性格的深沉、严峻或激烈;正剧性(常规的)构思的性格,大概就是像生活本身那样多侧面。

但根据那些世界名著的成功经验,不论是哪种类型的构思,都重在从深厚的生活基础出发,进行高度艺术的集中、概括、提炼——是艺术的集中、概括、提炼,不是化学的配料、混合、提炼……

艺术理论和艺术创作都是无止境的。我们在创作实践上达不到或尚未达到的,并不意味着我们不能想,不能说;即便说得不对,说说又何妨?如果说说都不敢,活着岂不是一件很痛苦的事吗?

我说了,我可能说错了,那就请指正。

一九八〇年八月

谈谈坚持业余创作的好处

有些同志认为我是个专业文学创作者,其实不然,迄今我还是个业余作者。

常听到一些工人业余作者说,搞业余创作,时间少,见识窄,困难很多,希望早日成为专业作者。我想,他们这种愿望是可以理解的,但看法却不一定是全面的。

世界上的事物都有两重性,在文学创作上,业余和专业的问题,也是这样。

诚然,专业作者可以从早到晚地写,业余作者只能挤下班后的晚间或者节假日写;专业作者在各处走走的机会更多些,业余作者活动的场所主要是自己劳动、工作的地方;但对这些,都应该进行分析。

我的体会和意见是:一个有志于文学的青年,应该尽可能地坚持较长时间的业余创作。

为什么呢?较长时间地坚持业余创作,有利于深入地熟悉和了解某一方面的社会生活,使自己获得一个比较坚实的生活基础。人,不可能同时认识一切,谁也永远做不到这一点。他不能在一个早晨了解整个社会和一个时代,不能在几天或几年之内了解各行各业的人。他的认识是按着由点到面、由浅入深、由未知到已知的规律丰富和发展的。对于工农商学兵各种人物和生活,一个作者如果知道一点而都不甚知,依我看,很难写出深刻动人的作品。从这个意义上说,较长时间地坚持业余创作,是大有好处的。这好处就是:他从事实际工作,在某一种生活领域,如工厂、农村、部队、学校、机关等等,他是主人而不是客人。因为是主人,便可以而且必能感受这些生活中特有的酸甜苦辣,便必须面对和参与这些生活中特有的矛盾和斗争,这就使他在心理上和行动上,都可能观察和体验到一些最真切最微妙的东西,而这些,正是迟早会开花结果并决定作品命运的东西。一个作者如若深谙某一方面的生活,某一群人的心理和他们的各种关系,这便如同一个出发点,由此出发,便可以较容易地深入了解其他的生活方面和其他的人群。反过来,一个人如果没有"拿手戏"而又过早地成为生活的客人,靠收集材料和采访(新闻记者又当别论)写大部头,我很怀疑这能收到理想的效果。诚然,列夫·托尔斯泰写《复活》的素材是听来的故事,但他若不熟悉俄国贵族和上流社会,是不可能达到现在这种艺术境地的;他若不曾当过兵,亲自体验过军队生活,光靠收集材料写《战争与和平》,肯定要大为逊色,使他的艺术才能无法得到光辉的体现。

由此可见,较长时间坚持业余创作,与其说是自己先提炼生活,不如说是让生活先培育自己、锤炼自己。从长远来说,这是大为有益的。

无可否认,业余创作的困难在于时间少,视野小,同别人交流经验的机会也不多。因此:专业作者写三篇,自己也许才能写一篇;专业作者见识过的事,自己闻所未闻;专业作者之间短时间可以谈清楚的某些文艺诀窍,自己也许要花很长时间甚至经过多次失败,才能体会。从这个意义上说,某些生活底子确实坚厚、艺术准备确实不错的同志,在条件允许的情况下,未尝不可以去搞专业创作。但是,若把专业化当成能够写出作品的唯一保障和康庄大道,那就不对了。须知,一般业余作者现在经历的困难,正是许多专业作者也曾经历过的,甚至,他如果不经过这些磨炼,也许恰恰不能成为专业作者,或者,不能成为一个好的专业作者。这里,我认为,解决这些矛盾,克服这些困难,重要的是:学习,苦干,以及养成一个文学创作者的习惯。

专业作者的直接见识多,业余作者可以通过间接的办法增长知识,多读一些优秀的文学作品和各种各样的书报杂志;专业作者写起东西来也许是从从容容的,业余作者只好把时间抓紧,提高每一分钟的效率(这也是对生活的一种体验);而尤为要紧的,我觉得,是养成一种文学创作者的习惯,这就是:站在时代的高度,勤于观察,敢于思索,善于捕捉,敢于表现。一个工厂,或者其他的地方,可以写的东西何其多呵!但是,有很多素材,因为不被注意,便在生活的河流里悄然流逝了。一个成千上万人的工矿企业,并不是一个太小的生活空间,那里也不乏活生生的知识,一个作者只要注意观察,时时发现那些有典型意义的人情、世态、矛盾和斗争,那真会有"取之不竭"之感。当我出差到克拉玛依,听人们粗略讲起那个油田的历史时,我真觉得那是一部激动人心的史诗,完全可以写成一部巨著。可是,生活在那里的某些业余作者,却有点司空见惯,对那么动人的历史和现状缺乏新鲜感,似乎没有多少东西可写。克拉玛依有这样的情况,别的地方的业余作者就没有这种情况吗?

可见,对文学创作来说,专门的时间,万里的行程,固然重要,条件适当时也可以争取,但更重要的是以主人的姿态投身于生活的海洋,在生活的激流里做一个有心人,训练我们的感官和大脑,真正按照艺术的规律和要求,去感受,去表现。我们的眼、耳、手、脑,若不能按照文学创作的规律和要求,辛勤地劳作和运动,即使当了专业作者,也不一定意味着能有众多的作品和巨大的成就。空间和时间的价值,对每个人并不都是一样的,全看每个人怎样训练自己有效地利用它。

一九七九年十月

读竹林书稿《生活的路》

一九七八年九月,我从东北大兴安岭地区回到北京。大约是十一月底或十二月初的时候,接到了长篇小说稿《生活的路》。我是一天中午下班时把它带回家去的,从下午开始读,一读就放不下,吃过晚饭之后继续读,一直读到夜里凌晨三时,可谓一气读完。阅读这部书稿,我一直很兴奋,越读越兴奋,中间流了两次眼泪,读到最后时,抓起铅笔,抑制不住地在稿末写了祝贺的话,我现在还记得的有"……努力吧,你是大有希望的!"这时,我还没有见过竹林同志。

这部书稿为什么一开始就抓住了我,那是她在开头一小节里关于丘陵的描写。我这里不去引证原文。我想说的是:她关于丘陵的描写用字不多,却很准确,这使我暗暗惊讶。因为,我刚从大兴安岭地区归来,在那里,曾经十分留心地观察过丘陵地形的特点。而这部书稿对丘陵的描绘竟和我加倍注意过的观察相同,并且出自一个年轻女孩子的手笔,这就令我很感兴趣了。我曾经以为,像这样的自然特点,一般初学写作者,特别是女孩子,很可能不大留意的,但她硬是真切地写出来了,这就给我一个感觉,觉得这位作者确曾用心地观察了现实。

当然,如果仅仅这点,那是不行的,如果她接下去的描写、刻画是不准确的,笔头不是根据对生活的真切感受转动,而是依照主观意志在随意飘洒,那么,她的稿子肯定不能持久地吸引我,我只能承认她在局部有点儿才气。问题恰恰在于,无论对自然环境还是人物形象的表现,她一直很有特色,除张梁这个人物的塑造上时有观念的痕迹外,其他方面和其他人物,基本上都使人感到一种或强烈或浓郁的生活气息,显示出作者对生活的深切而独特的感受。例如,娟娟是作者着力刻画的人物,而她对这个人物的心理、动作和外形的描写,她在表现这个人物时所使用的词汇和语言,许多处都给人以独特、清新、真实之感。其他人物如小李子、大憨、崔海赢及其妻子,以至于划船的老汉等等,都各有其特殊之处。"一个死去了的灵魂"——这是多么深刻的语言。娟娟给张梁的遗书,写得多么动人!正是因为娟娟的遭遇和命运,我抑制不住地两度泪下……这样,读完全稿,我确信,它的作者对生活是真有感受和见地的,这作品是真有生活根基的,作者走的是现实主义的创作路子,她写出了一部现实主义的长篇小说,有勇气,可喜可贺!

世界上没有绝对完美的事物,自然永远也没有绝对完善的艺术作品。谁都不可能写出绝对完美的作品,但这并不妨碍他继续写出美的、相当美的、更美的作品。我不能说《生活的路》是完美的,但我相信,它的作者肯定还会写出新的作品;因为,从这部作品看,竹林同志善于观察、敏于感受、勤于思考亦颇有艺术再现的才能,她的这些素质和才华,是还会继续发展的。

这部小说原名《生活的道路》,我们编辑们曾建议作者改为《娟娟啊娟娟》,她很有自己的主见,终于只删了一个字,改为《生活的路》。作品中娟娟的遗书,我们最早看时就在现在书中这个位置,但作者修改时,曾一度将它移到最后一章,以小李子向社员群众读遗书,群情激愤,小李子受群众之托去告状而结束全书;后来,是经过研究,才又恢复到现在的地方。书稿原来的结尾是:娟娟跳进了涧弯,似乎死了,但过了若干时,又出现在虎山上,原因是,她被摆渡老汉救起,老俩口在一个很僻静的地方把她护理好了。这个结尾,在艺术处理上很浪漫,给它蒙上一层古色古香的神秘气氛,使人感到像一个神话传说故事。这当然是一番好意,也是为了避免批评者们的某种责难,但她的人物娟娟,却只能站在山上而不能下山,不能回到村子里去；理由是，很难想象在"四人帮"爪牙崔海赢的淫威之下，这姑娘将如何生活。因此，经过研究，删掉了原先的结尾，改成了如今的样子。还有，在娟娟和崔海赢的关系上，原先的写法是：那姑娘遭奸污以至被奸污之后从县城里返回时，对崔海赢似乎都存在幻想，怨而不怒。后来经过研究，改为娟娟被奸污是完全被动、完全被迫，从县城回来时对崔海赢仇恨满腔……我们以为，这样理解和修改，更好一些。

  作为编辑，我在这里介绍一点有关这部作品的情况，披露一点它的内幕，对一部分读者来说，也许是不无兴趣的吧！

一九八〇年夏秋之间

  附记：二〇一三年一月，竹林找出她的手稿，用手机短信告诉我，我当时写的是："结尾应该发人深省，不必这么欢快。深沉些，再深沉些！你是大有前途的青年！努力吧！"

二〇一三年五月

电影随想两点

一

由于从事文学编辑工作,我时常向电影界熟识的友人推荐一些文学作品,供他们改编。同时,我又时常建议原作者:不要参与改编。我为什么采取这种矛盾的态度?可以这样解释:我推荐作品,是希望我们的电影繁荣起来;我劝原作者不要参与改编,是因为改编一个本子太困难——来回返工次数太多,所费的时间太多,而且,往往还可能以失败告终,"不合算"。我们常说:有那份时间,第二个新的作品早就写出来了。这是一种想触电、怕触电的心理。

一个电影本子的成败的原因可能是多方面的,但原因之一是导演"不满意",通不过。因此,我想到这样一个问题:一个电影导演,如果为一部文学作品所激动,在阅读一部文学作品的过程中,产生了强烈的电影创作的冲动,引发了许多体现于银幕的想象……为什么不可以亲自动手把它改编出来呢?这样做,岂不是省人、省力、省工、省时吗?大多数导演没有这样做,尚未这样做。

编剧和导演的"双轨制",可能有它自己的许多道理,但已有的实践亦证明:并非不可以"一线穿"、"单轨行"。我们不能说"双轨制"搞不出好作品,——这不是事实——但现在最缺乏的似乎正是"一线穿"。

因此,作为一个局外人,一个外行,一个观众,我希望有更多的导演亲自改编和创作电影剧本。我这里所说的"剧本"的概念不是单指通常所说的"文学剧本",而是包括所谓的分镜头剧本。我觉得由导演直接创作本子,也许一开始就可以写成分镜头本子。这妨碍审查吗?我觉得不会。既然是电影厂或电影事业的专门机构,审查一个分镜头剧本怎么会成为问题呢?

总之,我觉得,在电影剧本的生产上,有一种低效率、无效率和多层次的浪费人力和工时的现象,应予改进,而改进的办法之一就是:提倡、发动导演亲自编写剧本……

二

影片《喜盈门》放映以后,观众反映强烈,观看的人数创了纪录。这部片子尽管在客观上产生了不容否认的效果,可也有同志不以为然。持这种态度的同志的意思之一是:这部影片似乎没有反映重大的社会问题,不应该获得以上所说的效果,包括不应该给它像现在这样高的评价。

我听到了这样的意思。对这样的意思,我也是不以为然的。理由何在? 就在于,我以为,《喜盈门》这部片子,触及了八亿农民(实际上,一亿多城市人口的大部分,未尝不可以包括在内)的伦理关系,而这本身就是极大的社会问题之一。

社会生活是复杂的。所谓社会问题也是复杂的。人们根据自己的经验、悟性和判断,对不同问题的重要性有不同的看法,希望艺术中表现的问题(内容)也有所不同。这都是正常的,可能的。在实际生活中,在某个时期,也许,某个问题真的比其他问题显得重要一些,或突出一些,或紧迫一些。但是,重要的、突出的或紧迫的问题,不一定准有相应的优秀作品应时而生,而在其他问题(主题、内容)上,倒可能产生成功的优秀的作品。这怎么办呢? 能因此而不肯定、不承认这样的作品吗? 个人想提倡什么作品是一回事,客观上出现了什么作品又是一回事。这里还有一些复杂而微妙的艺创作本身的规律问题,恐怕是主观不得的。至于说到像《喜盈门》这样的片子,我则认为它的内容和价值,决不亚于其他主题的片子。这,只要把社会作为一个整体,把社会生活作为一个整体,想一想八亿农民(近两亿个家庭)这个巨大而惊人的数字,便不难理解了……

一九八二年八月

革命战争题材文学的原创型作家

——在《古立高文集》座谈会上的发言

无论从年龄还是从文学生涯说,作家古立高同志都是我的前辈。早在上世纪五十年代,他的作品和名字便为我所熟悉。他的《永远向着前面》和《老营长》集子中的若干中短篇小说,是我最早阅读的反映人民革命战争(也叫军事题材)的作品。和刘白羽、魏巍、寒风、苏策等一批部队老作家的作品一样,从他的作品中,我受到的不仅是思想教育和情感陶冶,也得到文学的启发和滋养。

《古立高文集》的出版,对他的人生经历和文学道路是一次检阅,对他的晚年是一个慰藉。同时,这一套文集,对细心的读者特别是对文学史的研究者,更提供了一个较为完整的历史评估和审美认识的对象。我的感觉是,只有将一位作家的大部分作品归拢到一起,才能较为恰切评断这位作家同他时代的关系,他作品的价值,以及他本人创作演变的轨迹,包括我们后来者所感觉的他的长处和短处。简言之,才能对他有个比较恰当的定位。

翻阅古立高文集,我反复思考的正是定位问题。这个定位问题,不是为立高同志个人争名次和荣誉,排什么座位,而是对一种文学史现象的审视。在这套文集中,我最感兴趣最受感动读起来放不下的,是他的传记《从学徒到作家浮沉录》上卷。这部传记,让我们了解了立高同志艰难、坎坷、战士的不凡经历,更向我们显示了作家与生活、文学与时代不可分割的关系;这部传记本身,还显示出文学本身的某种发展规律。这规律,对作家本人具有个案性意义,对文学,具有一般性意义。

假设立高同志不曾当过学徒,不曾做过敌工工作,不曾受过日寇牢狱之苦,不曾亲身经历抗日战争、解放战争和抗美援朝战争,可以断言,他即使最终成为一名作家,也不会写出现在文集中这样一批作品。现在,他公开了他的个人经历,倒使我们在读他的作品时,几乎字里行间时时处处能感觉到他的足迹他的呼吸和他的理想与感情。

当获知立高同志在部队不只做过机关工作,还担任连指导员和营教导员时,对这一点我特别重视。部队的连营干部,是和战士在第一线战斗的人,他们经历的危险和困难,他们的牺牲概率,是没有打过仗的人难以理解的。

作家的学校是生活——立高同志是在艰难复杂的生活激流中成长起来的作家。

战争是对人的严峻洗礼——立高同志是在民族解放和人民革命战争的烽火中成长起来的作家。

在共产党领导下,中国的人民革命战争和反侵略战争,历时30余年,但我们现在很难看到在北伐、南昌起义、井冈山、中华苏维埃、红军长征等等这些历史阶段历史事件的"第一时间、第一时段"产生的文学作品,除了一代伟人毛泽东的部分诗词,尤其很难看到这些历史运动历史事件直接参加者所写的作品,特别是小说作品。这不难理解。当农民暴动革命战争发端之时,最当紧的自然是军事斗争,是以武力的革命反对武力的反革命,直接从事武装斗争的人们不可能将"文事"提上日程,即使对文学有兴趣的革命队伍中的大大小小的知识分子,在急剧变化的残酷的战争环境中,也难得发生"创作的灵感"。没有持久稳定的立足点和根据地,没有较长的相对平静的时光,没有或极少自己的报纸杂志等载体,没有这些最基本最起码的条件,加之生活需要经过作家头脑的沉淀加工和认识过程,自然谈不上产生大量文学作品。但历史毕竟进入一个新阶段,由中国共产党领导的新民主主义革命和八路军新四军的抗日斗争，毕竟是一种崭新的时代现实。伟大的现实迟早要发出对文学的呼唤，文学也只有成为历史风云感应的神经和号角，才会具有灵魂和生命。

在我朦胧的感觉中，反映这一崭新的时代现实的新的文学，特别是军事题材的创作，是在抗日战争全面爆发，延安成为中国革命"圣地"后才逐渐勃兴。这里，无可讳言，毛泽东的《新民主主义论》和《在延安文艺座谈会上的讲话》的问世，是重要的历史性标志。崭新的历史运动，崭新的时代现实，从文学角度说也可谓崭新的内容。新内容要求新形式。中国文学有深厚的传统可以继承，但继承的同时必须有所创新。从军事题材创作的角度说，在步枪、机枪、火炮、飞机的热兵器时代，怕就很难简单地仿照《水浒传》和那些舞弄长矛大刀的侠义小说来写，更何况，由无产阶级政党领导的人民和人民军队的武装斗争，其信仰、其宗旨、其组织形式和斗争方式，更包括其斗争性质，都不可与那些绿林好汉草莽英雄同日而语呢。这样，一批新的作家，尤其是表现武装斗争的小说作家，就面临着一个在继承传统的基础上创造新的表现形式的难题。还不能否认的是，这一批新作家中，相当多数的人，如马烽、西戎、徐光耀、白刃、杜烽、胡可，包括立高同志，他们当时的学历都不高，也就是文化起点都比较低，这个新形式的创造在他们就更为艰难。

我扯了这么远，想说明在中国现当代革命文学史上，特别是其中表现武装斗争的文学方面，这一批作家属于开拓者，属于原创型作家。在这一批作家中，古立高同志可能排不到前头，但也不是最后一名，重要的是他在其中，他属于这个作家群。

原创型！表现人民革命战争生活的原创型作家——这就是我想特别表明的想法和看法。

我觉得我们应该给包括古立高同志在内的这样一批作家一个历史定位。这一点很重要。我为什么说立高同志的传记很令我感动呢？就因为这是他走过几十年创作道路之后的作品，从语言文字到结构技巧,也就是从内容到形式都把握得很好;当然,如果他没有那些揪人心的经历,文字技巧再好也不会有大的感染力。

但是,在经历半个世纪之后,我们再读立高同志早期的作品,在感动的同时又多少会有些不甚满足的感觉。有时,我们会觉得,那些情节、素材(现在叫"资源")如果重新处理重新加工,其艺术效果也许会更好。但是反过来我又想,这就是历史,这就是原创型作家开拓期的面貌。你现在可能觉得它们不精致,可几十年前你读它们时却激动不已。你不应忘记这些作品在历史上的作用和这样的作家的历史性贡献和功绩。你是他们的后辈,没有这些原创型前辈的开拓,你也许不会走上文学之路。

真的,由于有丰富而切身的生活阅历和体验,立高同志表现战斗生活的有的作品,好像在小说和战地通讯之间难于区分。这说明战争年月生活节奏紧张,时间匆迫,他来不及精心打造。这不是他一个人的状态,是他们那一批那一群那一辈老作家的状态。毛泽东在《讲话》中提出过"通讯文学"这一概念。在紧张的战争环境,通讯文学的作用也很大呀!在抗日战争、解放战争和抗美援朝战争时期,老实说,我们最喜欢读的恰恰是短篇的通讯文学。魏巍的《谁是最可爱的人》就是一篇通讯,可这篇通讯曾影响了整个中国的人心。华山、西虹、李庄等都是著名通讯文学作家。刘胡兰、董存瑞、黄继光、邱少云这些英雄的名字和形象,正是由一篇篇简短的通讯而家喻户晓,影响巨大,鼓舞人心。这一批作家在上世纪四十年代和五十年代,是反映人民革命战争的中坚、骨干和主力军,他们的作品曾教育激动了不止一代人,他们的历史功绩和他们作品的价值应得到中肯地研究和郑重地评估,这归根到底是对他们的历史定位。

二〇〇二年十二月三日

读《臧克家评传》

一九八六年七八月的一天傍晚,诗人贺敬之同志跟我谈起一部书稿,即现在读者看到的《臧克家评传》。他虽然是中共中央宣传部主管文艺的副部长,同我谈到这部书稿的出版事时,话语却是十分委婉的。他说:北京市社科院张惠仁同志写了一部《臧克家评传》,你能不能想想办法帮助他出版?人民文学出版社能出更好,如果你们有困难,可不可以推荐到别的地方出版?我答应一定尽力而为,而且力争在我社出(当时我任社长)。这时,敬之同志讲了一句语气略为激切的话:人民文学出版社出这样一本书,决不是耻辱。他这句话,对我的感情是有震动的。我直感到,诗人贺敬之内心深处有着超出这本书的某种悲愤。

我把敬之同志的意思告诉了总编辑陈早春同志,我们二人作了研究,作了安排。但由于计划已经排满、出书周期漫长,而张惠仁同志为撰写此书已经花了二十多年,难于再拖,他终于不得不另想办法。结果,一本文学研究著作在一家非文艺出版社出版,这使我也深感不安和遗憾,甚至有些痛苦。我未能帮上忙。

最近,当我看到这本书在一九八四年就被另一家文艺出版社排出校样而终于也未能出版时,我的心情就更为复杂。是呀,我们出版界曾高速度高质量地出过一些质量并不高超的书,而这本努力以马克思主义观点研究臧克家创作道路的书,其问世的过程却这样艰难,这确是让人不能心安理得的。

作者本是请贺敬之同志为之作序的。敬之同志太忙,让我来写。我要写,就不能不先说上面这些话。

我看了老熟人曹子西同志早在一九八三年就为此书写成的序。我觉得他讲的很好。

作者张惠仁同志,跟我相识也近三十年了。那时我们都还年轻。在我的印象里,他是一个少言寡语、诚实质朴的人。正如他想不到我在二十年之后会写出长篇小说,将近三十年前,我也想不到他会成为研究臧克家的专家。因此,当他的著作摆在我眼前时,我是很为他高兴的。

子西同志的序和惠仁同志的引言,把该说的话似乎都说了。看过这部著作之后,我只想谈这样一个感想:

历史是严峻的,历史是曲折的,历史最终也是公正的。诗人臧克家在半个多世纪的创作中,其道路也不是笔直平坦的。他有过自己的成长和苦闷,也有过自己的丰收和欢乐;他受到过喝彩,也遇到过不公正的对待。但无论如何,不管怎样,他始终是一位有崇高理想的战斗的诗人,他是以自己的笔为人民大众的利益服务的。而且坚定不移。他而今已年逾八十,而仍然奋斗不息。他也是我熟识的一位老前辈,我对他深怀敬仰。

一个真正严肃的作家的作品和他所走过的道路,在他生前或者身后,都不可避免地会被人们加以评价,而只有不怀偏见的人们把他放在特定的历史背景上加以考察的时候,他的贡献和价值才能被正确地论定。

我相信,臧克家的贡献和价值,将会随着时间的推移而被愈来愈多的人所认识。

一九八七年四月二十八日　北京

先生不信人类之爱

——纪念鲁迅诞辰110周年

鲁迅先生成为伟大的文学家、思想家和革命家,是因为他站得高、看得深、看得远,真正具有远见卓识。他生于十九世纪八十年代,逝世于二十世纪三十年代,正是中国社会在半封建半殖民地状态下动荡不已、斗争激烈的时候,正是中国人民从旧民主主义革命向新民主主义革命过渡和转变的时候。一切都在震荡之中,一切都在流变之中,风云变幻,扑朔迷离。什么人物都有,各种思潮竞起,都想以自己的立场、观点、主张和主义来影响社会,左右时势。以文艺而论,就有若干团体和派别,多种主张和理论。其中,超阶级的"人类之爱"和"人性"论,便是叫得最响的一种。这种理论的代表人物之一是梁实秋,他在《文学是有阶级性的吗?》一文中说:"文学……没有阶级的界限",资本家和劳动者的"人性并没有两样"。这个梁实秋,把人性抽象为"生老病死"、"怜悯与恐怖"、"恋爱"等等,以此来否定文学的阶级性,反对革命文学家描写劳苦大众的生活和形象,诬蔑这是"太肤浅太狭隘",更反对革命文学对劳苦大众和无产阶级的教育和鼓动作用,诬蔑这样的作品激发的革命思想和革命情绪以至革命行动是"反文明"。他的结论是:"文学是属于全人类的。"

针对梁实秋这种论调,鲁迅先生进行了反驳,严正指出梁的说法"是矛盾而空虚的"。鲁迅先生问道:"既然文明以资产为基础,穷人以爬上去为'有出息',那么,爬上是人生的要谛,富翁乃人类的至尊,文学也只要表现资产阶级就够了,又何必……包括……无产者?况且'人性'的'本身',又怎样表现的呢?"鲁迅说:"文学不借人,也无以表示'性',一用人,而且还在阶级社会里,即断不能免掉所属的阶级性,无需加以'束缚',实乃出于必然。自然,'喜怒哀乐,人之情也',然而穷人决无开交易所折本的懊恼,煤油大王哪会知道北京捡煤渣老婆子身受的酸辛,饥区的灾民,大约总不会去种兰花,像阔人的老太爷一样,贾府上的焦大,也不爱林妹妹的。……倘以表现最普遍的人性的文学为至高,则表现最普遍的动物性——营养,呼吸,运动,生殖——的文学,或者除去'运动',表现生物性的文学,必当更在其上。倘说,因为我们是人,所以以表现人性为限,那么,无产者就因为是无产阶级,所以要做无产文学。"

以上这些话,都引自《"硬译"与"文学的阶级性"》一文,是鲁迅先生一篇很著名的文章。从这里可以看出,鲁迅先生立场观点多么鲜明,爱憎多么分明,反驳多么有力。

鲁迅先生不相信"普遍人性"和"人类之爱"。他太了解封建地主怎样压迫剥削贫苦农民,太了解资本家怎样剥削压迫工人,太了解帝国主义列强怎样侵略欺侮中国和中国人民。严酷的历史和现实,他自己一生的经历都告诉他,普遍的人类之爱是根本不存在的,把人性抽象化和庸俗化,只是自欺欺人之谈。

鲁迅先生这种马克思主义的思想观点,见诸他的多篇文章,现在读来,尤觉亲切。为什么?因为近些年来,一些鼓吹资产阶级自由化的人,不仅在文艺理论上,而且在哲学和社会政治理论上,也在高唱"人类之爱"和"普遍人性"的调子,因而鲁迅先生在三十年代所批判的观点,即使在八十年代,也仍然有着现实意义,使我们感到非常有力而深刻。

这种"人类之爱"和人性论观点,完全是一种资产阶级观点,在世界范围内,已经争论了几百年了。在当今的时代,它不仅在中国被争论着,同样也在世界范围被争论着。在国内外敌对势力对我们实行和平演变的种种理论观点之中,正包括这样那样的改头换面的"人类之爱"和人性论观点。这种观点抛弃阶级的、民族的、国家的区别和利益,用一种貌似深刻的"全人类的"说法蛊惑人心,鼓吹社会主义和资本主义的"趋同",实际上是变社会主义为资本主义、要资本主义吃掉社会主义,这是应当特别引起我们警惕的。

毛泽东同志和鲁迅先生的观点是完全一致的。一九四二年,他在《讲话》中批判"文艺的基本出发点是爱,是人类之爱"这一资产阶级观点时说:"世上决没有无缘无故的爱,也没有无缘无故的恨。至于所谓'人类之爱',自从人类分化成为阶级以后,就没有过这种统一的爱。过去的一切统治阶级喜欢提倡这个东西,许多所谓圣人贤人也喜欢提倡这个东西,但是无论谁都没有真正实行过,因为它在阶级社会里是不可能实行的。真正的人类之爱是会有的,那是在全世界消灭了阶级以后。"

在全世界消灭阶级就是在全世界实现共产主义。这是一个漫长的曲折的历史过程。我们人民解放军的战士,是以社会主义、共产主义为奋斗目标的。我们一代人甚至几代人也许都不会见到共产主义在全世界完全实现的伟大现实,但我们相信历史发展的总趋势,坚信共产主义这一伟大理想的真理性。在纪念鲁迅先生诞辰110周年的时候,我们应该认真学习鲁迅的思想,学习他的硬骨头精神,立场坚定,爱憎分明,更好地保卫我们现在的社会主义国家和社会主义制度。

一九九一年十月《解放军报》

在战斗序列里

　　人民文学出版社与驻京某部队结成精神文明共建单位,今年三月二十一日,由该社社长聂震宁率队,到部队驻地,将二百套《昨天的战争》赠予部队。我作为这部小说的作者,应邀参加了这一赠书活动。部队为表示谢意,让出版社编辑和我习武打靶。胸像靶,距离一百米,卧射,用过去我没有见过的自动步枪。第一枪我打飘了,后九发子弹全部命中,几十年没有正经打靶了,年近七十而能有此成绩,我自己相当高兴。

　　座谈中,部队有同志问,当年,我是以什么身份了解部队生活的,是记者还是文化人？类似问题,也有别的读者或口头或信函提出过。我的回答是：我是一个兵,在战斗序列里,不是客人,不是以记者或作家身份采访部队,而是以战斗部队一员的身份,执行各种任务,在自己的岗位上,和我所在的部队一起,经历种种情景——享受胜利的豪情,承受挫折的艰难痛苦……

　　那一天,部队旅长说他曾经当过参谋,读过我写的《一个参谋和三个将军》,我就告诉他,那个参谋和三个将军的原型是谁谁谁,那几乎是发生在朝鲜战场的一个真实故事。

　　前些年,一位在地方从事党务工作的老同学对我说,他读过我的短篇小说《留党察看的人》,"印象很深",那也可以说是确有其人确有其事。那个人物是一位营教导员,因为仗没有打好受了双重处分——党纪,留党察看；军纪,由营级撤成士兵,然而又让他担任副连长,是一名兵级副连长。当在前线坑道里看到他背着背包、扛一支步枪时,我被深深激动和震动了。当天晚上,他带一个排去与敌人争夺一处阵地,我心里直为他祷告,希望他打赢,不死。在这个阵地的争夺中,我已亲眼看到三名连级指挥员牺牲,因而对这位兵级副连长的安慰特别挂心。我希望他活着,在战斗中活着,通过机智勇敢的战斗,消除自己的两个处分,重新获得骄傲和荣誉。那天夜里,当他胜利地回到坑道时,我虽没有直接跟他交谈,内心里却真诚为他庆幸。作为改名换姓的小说中人物,这个兵级副连长是牺牲了,那是我对一个共产党员、革命军人崇高灵魂和情操的艺术开掘,但若没有对生活真实的亲身感受,没有自己感情的震撼,我写不出这篇小说。

大概是一九八一年或八二年,《解放军文艺》将我的短篇小说《尊严》列为优秀作品予以奖励,文艺社副社长王文苑同志当我的面对这篇作品表示赞赏。我自己倒不觉得这作品有多么好,但它却是由我的亲身经历生发出来的。那还是在朝鲜战场,我们部队陷入敌军重围,而这时,我身上穿着一件美军上衣。这件敌军服装,原来是战利品,当准备突围、准备战斗、准备牺牲时,虽然天气阴冷,我也不愿再穿它。我想到,假如自己牺牲还穿着敌军服装,敌人可能踢着我的尸体拍一张照片,污蔑我军穷得没有志气,穿他们"扔弃"的服装,这有损我们国家和我们军队的尊严,因此,我脱下扔掉那件衣服,为维护个人的、军队的和国家的尊严。在战场的大背景上,个人的这点儿经历当然也作了艺术的改造,但若没有真切的情感体验,我怎么也虚构不出这篇作品,设想不出这种情节。

大概是上世纪九十年代初,我在光明日报发表一篇散文:《穿过黑色暴风雨》,正在医院治病的解放军文艺社社长张忠同志读过后,特地从医院写一封信来谈他的读后感,给我以鼓励。说起来,那是解放战争中一九四九年在西北战场的一次真实经历。盛夏时节,夜间,那真是一场黑色暴风雨,黑得伸手不见五指,狂卷的沙子打得人脸痛,我的一双布鞋都被湿泥拽掉,不得不赤脚走过一片麦茬地。

散文讲究意境，我只是在新的历史氛围中，赋予此种经历一种新的意蕴而已。

在纪念毛泽东《在延安文艺座谈会上的讲话》六十年时，絮叨这些往事，是想表明一个观点，即：生活是艺术的源泉。说实话，当我最初学习写作并写成几篇东西时，并没有读过毛泽东的讲话，而是由我亲身经历、亲眼所见的人物和事件的激动和感动，但这也正好说明，毛泽东阐明的道理是正确的，是合乎规律的：没有对生活的亲身感受，不可能进行艺术创作。

我现在不研究文艺理论。从学术上谈文艺，内容很复杂。但是想到毛泽东的《讲话》发表于一九四二年，那正是中国抗日战争的艰难时期，是中华民族命运的危难时期，顾及到这种历史背景，我想，毛泽东在讲话中认为文艺家应关心民族兴亡，应关心千百万人民群众的生活和斗争，有出息的文艺家应投身到时代的潮流中，升华自己，吸取养料，写出对人民群众有益的作品，等等，如果我们不是咬文嚼字而是理解其精神，这些道理并未过时。邓小平同志提出文艺为人民服务，为社会主义服务，江泽民同志提出代表先进文化的前进方向，文学艺术应为中华民族的伟大复兴做贡献，都是对毛泽东思想和毛泽东文艺思想的继承和发展，所呼唤和期待的都是文艺家的历史责任感和社会使命感。

因为在战场上负伤致残，我离开部队已经很长时间，但我忘不了在部队经受的锻炼和战争年月受到的教育。随着年龄增长阅历增多，我当然不可能只写战争题材部队生活，但在心理上我很珍惜在部队时那种状态——不是客人，而是在战斗序列里。

二〇〇二年五月十五日

曲 径 求 索

《语文教学通讯》编者同志:你们好!

来函收读,你们提出几个有关我自己的问题,要我谈一谈。本来,关于自己,我是不愿谈的。但因为我是山西人,你们的编辑部设在临汾,设在我的家乡,这就叫我有些为难了。人总有乡土感情。我经常怀念故乡。故乡对我有养育之恩。我最初的——少年时代的——生活天地,正是亲爱的故乡。所以跟你们谈谈,我又有一种亲切感。无可奈何,先抄出你们的问题,再写下我学习创作的某些情况吧!

作者　一九八〇年二月

一　你是怎样走上文学创作道路的?

迄今,我只是在工作之余进行文学创作,文学创作还不是我的职业。这样,对我来说,讲"创作道路",也许不甚恰当。不过,人干一件事,总有个过程,从这个意义上说,我即使是业余学习着写一些作品,也还是有个过程的。

文学是语言艺术。促使一个人写出一部或若干作品的原因,可能是多方面的,有一点却是不可缺少的而且是普遍的,那就是:他总要对这种艺术有点儿爱好,并且喜欢写写;对一个小学或中学的学生来说,他至少得喜欢语文课。

我上小学时,正是抗日战争艰苦的岁月,家乡是游击区,环境不安定,教材稀缺而不完备。在这种情势下,不知是由于偶然原因还是必然原因,我比较地喜欢语文课,在老师的安排下,尤其喜欢写日记和作文。那时候,讲究背诵。有一段时间,我一上午背两篇文章。有一度,因为没有课本,老师买了一本《模范日记》让我背。这本书里似乎包含了多种文体。背诵的结果,确有好处,它使我接触了若干词汇和不同的句型,还有那些我当时并不理解的叙述、描写和议论的文体。慢慢地,往后,加上在老师指导下的继续学习,按照当时的水平和要求,我觉得作文是一件愉快的事,不怕它,乐于作,作的时候不打稿……假使追溯什么原因的话,小时候喜欢语文,这是我通向文学创作的最早的原因之一。

高小毕业后我参了军,那已是解放战争时期。在部队里,一切似乎都是一个学习过程,有的是领导的安排,有的是自己的兴趣。学习的内容,归结起来就是:文化、政治、军事。这里所说的文化,就是读点小说、诗歌,学习着写墙报稿、通讯报道和编快板之类的演唱节目。回想起来,那时,其实正如一位教导员的书面评语所说,我只是"粗通文字"而已,十分幼稚。但我总是喜欢读,喜欢写,并对自己那些粗糙幼稚的东西,还挺珍惜和欣赏——我想,一个人若没有这种感情,怕也很难有所进步;当然,如果仅仅停留在此种情绪上,那怕是更难有所长进。我是在每过一段时间之后,发现自己前一段怀着满腔热情写下的东西是多么可笑,才感到了更大的愉悦。这样一种过程,至今仍在继续着。

光喜欢"舞文弄墨",距离文学创作还有十万八千里。真正的创作要参加斗争实践,要感受,要体验,要有从生活中获得的激情和冲动。如果说语言文字的训练和驾驭是一个不可或缺的条件,那么,生活实践,对生活的感受、体验和激情,就是进行文学创作的决定性前提了。我喜欢语文,喜欢写和喜欢读,那似乎主要是幼年和少年的事,而对生活有所感受,有所体验,有所激动,则是青年时代的事,是解放战争末期的事,是一九五〇年了。只是在这时,我才开始越出一般意义的"写",开始有所虚构,从写真人真事——虽然我投出的稿子很少被采用——到有所虚构,我觉得这是开始沾了点儿文学创作的边儿。

作为一个在基层的兵,一个普通宣传队员,一个文字水平其实很差的人,当我开始有所虚构时,既不懂虚构的要领和小说特点,也不晓得文艺理论,我只是在接触一些英勇的剿匪战士时,被他们的事迹所感染,所激动,想描绘他们,又觉得他们的事迹中,似乎缺那么一点儿东西,便情不自禁地把这点儿东西(情节、细节)"编"出来,补充上去,使它较为完整一些。回想起来,这正是文学创作的萌芽和开端。

在根据地,在部队,我们一向所受的教育是"忠诚老实"、"讲真话"。因而,起初,当我只在真人真事之中加进那么一点虚构时,我真是忐忑不安,诚惶诚恐,以为自己犯了什么法呢!当然,写真人真事的通讯报道,不应该有假,不应该虚构(我写的这篇东西终究因为幼稚也没有在部队的小报上发表)。我以这个经历想说明的是:文学创作是一种创造性的精神活动,没有从生活出发的"添油加醋",没有对生活原型和素材的加工改制,一句话,没有虚构,也便没有文学的创作和创造。因此,我以为我是在做了第一次虚构时才开始在文学之途上挪步和学步,而这种虚构,只是由于生活的激发和冲动。

一九五〇年春,由于革命的胜利和全国的解放,我在四川岷江边上小县城眉山忽然写起诗来,在日记本里抒发自己的感情。这一年夏季,在川西军区《前进》报发表第一篇记实散文《我在接管工作中》。事情就是这样开始并逐渐进行下去的。一九五一年在朝鲜也写了一些诗,并开始写小说,到一九五四年春季和夏季,在国内才正式发表第一个短篇小说和第一首短诗……

二 在进行文学创作的过程中,你是怎么观察、体验生活,从生活攫取题材、酝酿主题、进行艺术构思的?

在部队的文工队里,我演过一些戏,是一个蹩脚的演员;因为喜欢写点小稿子,组织上又让我参加所谓的"创作组"。不管从演的角度或写的角度,领导上总是让我们经常到战士中去,同他们一起生活和锻炼,熟悉和了解他们。大概是由于个人兴趣和"任务压头",从一九五〇年春夏之间起,我开始失眠。怎么回事呢?白天和大家一同活动,晚间躺在床上,脑子里就过电影,让那些感受最强烈、印象最深的人物、事件在脑海里重现出来,并苦苦思索它们的意义何在?因为年龄小、阅历少、水平低,这种思考对我来说,既艰苦又愉快。艰苦的是我要反复思考,想很长时间;愉快的是,我虽然想不深、想不透,总还有所得。在这样再现和思索的过程中,某种程度的虚构——对真人真事的取舍,所谓创造性想象,也就开始萌芽和进行。为了思索就要观察(听与看),不观察也无从思索。观察就是留神摄取各种社会的和自然的特色及人事,听别人讲各种各样的矛盾斗争和人情世态;思索,就是理解那些事物的性质和它们的相互关系以及内在联系。这种观察和思索,有着无穷无尽的范围,是一个无穷无尽的过程,任何人的看、听、想,都是有限的;就我来说,在这方面更是有限。但我体会到,一个人若没有这种习惯——在实际生活中观察、思考的习惯,便很难从事文学创作。有许多同志从事创作而不失眠,令人羡慕,与他们相比,我这个失眠的习惯是糟糕的,但若不养成看与听、思与想的习惯,我以为我也许将写不出什么东西。

看、听、想,开初也许只是出于兴趣,不自觉,但如果自觉地训练,这习惯便可以更早地养成,更快地收获。我自己养成这个习惯经历了从自发到自觉的过程,相当缓慢;而且,在很长时间里和许多事情上,我这样做并不直接是为了创作,并不是专为写作收集和积累材料,而只是自己在从事各种各样实际工作时的另一种兴趣和精神生活、感情生活；或者可以说，只是朦朦胧胧地觉得，这些见闻、感受和思考，有朝一日也许对我写点什么东西有益处。我没有系统地写日记，也没有完整地保留日记，但却长时期断断续续地写日记。例如，我在朝鲜战场上生活了将近两年半，就把许多见闻、思考、感受，写在日记里。这种写日记的习惯，锻炼了我的观察力和记忆力，锻炼了我的思想和感情。我不会绘画。我是用文字记录一些画面。有些场景和事件，我像绘画写生的人那样，当场用文字把它记录下来。例如，当我们在一个晚上跨过鸭绿江时，我是趁部队休息的时间，在朦胧的月光下，记下了我到达朝鲜后的第一个印象，最初的所见；那情景，那气氛，和当时自己的心情，至今仍然鲜明不忘。我觉得搞文学创作必须有一种对形象、情景、情节和细节的强固的记忆力，而这种记忆力就要在看、听、想和写日记这些活动中来训练。这件事不难做到，不管乘车、乘船、步行，别人可以打瞌睡，不关心周围的事，我却必须长时间地睁大眼睛，看呵，想呵……

至于说到体验，我以为十分重要。没有若干亲身的体验，那看、听、想就失去了客观基础。实践出真知。实践生真情。实践的人可以不从事艺术创作，从事艺术创作的人却不能不实践。我不相信凭空的想象力。我认为丰富而有价值的想象，恰恰源自对生活的多方面地体验。我不敢说我对生活的体验多而深，但可以说我对生活有所体验。例如，从鸭绿江到三八线，行程一千五六百里，走了二十来天，那时，晚上行军白天休息。所谓休息还包括吃两餐饭，挖一个防空掩体。这样，倒下就打呼的人也只能睡三四个小时。而我，由于失眠，往往一昼夜睡不了一两个小时，甚至根本不能睡一会儿。不仅这个长途行军如此，在以后的日子里，我在很多时候大体上也是这样度过的。而且，如果往前追溯，早在一九五〇年冬，当我们部队准备从四川北上开赴朝鲜的时候，我就已经处于这样一种状态。这是为什么呢？我的失眠竟至严重到如此地步吗？不是的。我处于这种状态，完全是由于感情激动（也可以叫兴奋），是由于那严峻的战场、严酷的战争，以及那战争同我们祖国的关系，它的正义和神圣,敌人的残暴和我军战士的英勇,使我激动不已,无法安静。我的作品——通讯、短篇小说、诗和长篇小说如《昨天的战争》——写得不高明,弱点不少,但若没有亲身尝受过相当的甘苦,可以断言,我是连这些并不能令人满意的东西也写不出来的。

关于怎样撷取题材,我觉得很难回答。因为,迄今,我一直是在工作之余进行创作,从不曾专门去寻找过题材,对我来说,创作的题材都是"碰上的"和"遇上的"。也许正因为是业余创作,我写的东西便不多,有些题材,有些所谓创作的灵感和冲动,随着时间的流逝,也便被冲淡,或者在记忆之海里潜没和隐没了。我能说的只是:凡我已经写出的东西,都是被我捕捉住的题材,而这些被捕捉住的题材,不管被表现得如何,都有过一个酝酿主题和艺术构思的过程。这,举点例子,也许更能说明问题。

一九五一年四月下旬,在朝鲜战场,我军对美李军发动大进攻,直逼汉城。进攻途中,一天傍晚,在一个公路旁,我看到了一具美军尸体,直挺挺躺在那里。本来,看到美军尸体并不是新鲜事,但因为那时我们已经越过北纬三十八度线,我便觉得这次所见更有象征的意义。这意义是什么呢?一时说不清楚。在继续思索的过程中,其他一些耳闻目睹的生活现象也涌现于我的思维之中,那便是:这场战争是美国侵略者和李承晚在三八线发动的,美国兵是被欺骗来屠杀和抢劫朝鲜人民的……慢慢地,我军风驰电掣般的进攻行列,一个跨马飞跃的英勇战士,和一个被击毙了仍抓着朝鲜铜碗(美国人曾叫它金碗)不放的美国兵的形象,一起浮现于我的脑海,而这一切都不是发生于三十七度线而是三八线,并且恰好是在三八线的一块界标下……。生活素材在我的思维中逐渐变形和移位的过程中,一个原先较为朦胧的思想也越来越明确,那就是:侵略者在哪里挑起战争,就在哪里被我军击败,侵略者在哪里发动战争,我们就在哪里把他们消灭……这样,我便在日记本上草写了一首诗,最早的题目大约是《在侵略者挑起战争的地方》,最后定名为《让三八线界碑作证》。又过了五年,一九五六年,这首诗发表于上海的《萌芽》杂志上。

一九七八年八月,我出差东北,一直到达黑龙江和乌苏里江边境,亲眼看到苏方陈兵边境的某些情景,亲耳听到人们讲述了一些边境斗争事实。一天,我们乘一艘小汽艇在乌苏里江上航行,一位驾驶员几乎是顺便给我讲了这样的情况:苏方根本不承认主航道为两国之分界线,说什么他们的边界直抵我方岸线,整个江里的水属于它,只从人道主义出发,留三尺水域,供我边境居民饮食之需!一听这些话,我的感情便受到刺激,愤怒起来,抑制不住地想发出声音,以抒情怀。可是说什么呢?似乎意犹在心,却不能立即表达。于是,我重新望天,重新看江上的波涛,重新看两岸的景色。恰好,几只鸟儿,有的从这岸飞到那岸,有的从那岸飞到这岸,钻进了森林。这样一个意境在心中产生了,那就是:鸟儿是不讲什么故乡的,人却不能没有祖国……。有了这个心意,诗句也就随之而来,"飞鸟无故乡,人岂无边陲?寸土犹血肉,何论半江水!"上岸之后有同志建议我把第一句改成"飞鸟有故林",我接受他的意见,将头两句都改过,变为"鸟儿有故林,人岂无国陲"?但是,吟成四句,仍觉意犹未尽,经过思索和几次失眠,终于又吟出了如下两首:"万里到乌苏,江水满大杯。饮恨百年事,风搅心头雷。""船在江上行,心在月上飞。探今复访古,思之不能寐。"最早吟成的一首,倒位居第三了(这三首小诗,发表于一九七九年春的《解放军报》)。

一九七七年六月号的《解放军文艺》,发表了我一首六百多行的抒情诗:《吃草歌》,是歌颂鲁迅精神的。这首诗的创作冲动,始于一九七六年春夏之间。有一天,我去革命历史博物馆参观准备去日本的《鲁迅生平预展》。在那里,鲁迅的生活用品,他的种种遗物,如粗简的服装,他的遗言,例如说,"生活过于舒服,花在事业上的功夫就少了"(大意),以及许广平和宋庆龄同志给他的质朴的、深刻的挽词和书信原件,都使我极为感动;关于鲁迅的生平事迹,我当然早就有所知,但只有这一次,见到了见所未见的若干实物以后,我才禁不住热泪盈眶。而我之所以异常激动,坦率地说,是因为那时我自己从吃饭到住宅、到工作和写作,也十分艰难,所以,共鸣很强烈,对生活有了些新的感受和理解。因此,离开博物馆,骑车回家的路上,我心里就迸发出"人怎样生与死"和"生命的价值"这些题意,极想抒发对鲁迅的敬仰和自己对革命的人生的情怀。但当时其实只有几个散碎的句子和一些不连贯的想法,并不能命笔成篇。然而激情在胸,不吐不快。于是,在相当长一段时间内,我有空就想,自然又少不得失眠,在一个本子上,将所能想到的意思和不成文的句子,都随手写下来,同时进行整体构思,半年之后才使整个意旨归拢到"我吃的是草,挤出的是奶、血"上,觉得,鲁迅的光辉品格正可以用他自己讲的这句话来概括。由草而想到牛,由牛再思及人、人生和鲁迅的时代,以及历史和现实……才渐渐理出点头绪。但在"四人帮"覆灭之前,这首诗在思想内容上有杂质,因而有的部分写得勉强而不顺当,它是在又过半年之后,才差强人意地完成。这里,我要声明一下,诗人李瑛同志曾帮助我修炼过这首诗,对他给予我的友爱,我是很感激的。

我最近发表的短篇小说《一个参谋和三个将军》(《解放军文艺》一九八〇年二月号),那历史背景是我亲身经历过的,那基本的故事情节则是听来的,也就是作品中那个参谋的原型所讲的。那是在三年之前的一次闲谈中,他讲了他实际经历的几个相类似而又不相连贯的情节,包括某几个细节,给我留下了难忘的印象,总使我觉得其中蕴含着某种对人们有启示意义的道理。两年之后,一九七九年夏初,我以《参谋与首长》为题着手写这个故事。我虽然把实际发生的几个不相联系的小情节组织到了一起,找出了它们内在的联系,却觉得写得很不顺畅。我把稿子送给我很尊敬的老作家秦兆阳同志看,得到的评语是:"主题不明确","矛盾不尖锐"。我赞同他的意见。因为,在实际生活中,那故事的起因和背景本来是一个败仗,而我却把它写成了一个不胜不败的一仗,这就使得矛盾模糊,人物心理也捉摸不定。这样,我把稿子作为废品放起来,但并不认为那生活是没有意义的;废品是出在我的手下,并不是生活本身。半年之后,一个真的要调去给国务院某副部长当秘书的年轻人到我家来玩,谈起当不当秘书和如何当秘书之类的话题,使我忽然又忆起那报废的稿子,并觉得,在同这个年轻人交谈之后,我似乎获得一个契机,开始较为明确地意识到了故事中人与人之间关系的本来的意义和现实意义。于是,我把旧稿找出来,再构思,——主要是从生活实际出发把故事放在打败仗的背景上,从这里出发去把握几个人物的心理、性格以及通过情节、细节所显示的他们之间的关系——再改写,就写成了读者现在所看到的这个样子……这次的稿子未请秦兆阳同志看,但我感谢他曾经给予的批评。

以上例子本不值一提,但不提又只是一篇空话。好在读者可以看出,我在这里并没有掩饰自己的弱点。本来,每一个或优或劣的作品的诞生过程,认真地说来也许比那作品本身还要长许多倍,但因为我这些作品本身价值不大,所以我只是简略地提一提。这是故意的。

三　你在创作过程中怎样从传统中吸取营养?

我以为文学艺术这种精神产品,它们的创作过程在许多情况下和大部分时间里是看不见的,因为,它首先是在作家的头脑里进行的,是对客观现实进行形象思维的过程。当作家伏案挥笔的时候,那当然也是创作全过程的一个阶段,并且是一个重要阶段,——在这个阶段里他将在纸面上检验、肯定或修正自己的构思和见解,甚至推敲每一个字、句、段——但实际上这个阶段的准备要早得多,有时候甚至连他自己都不知不觉。这话听起来有点儿神秘,而我是根据自己的认识——只代表自己,不代表别人——说的。是的,每一个具体作品都有其具体而明确的创作过程,但若从"营养学"的角度讲,这过程确实可以说还有它的"史前时期",这就是它从文化史和文学史的传统中所吸取的营养。这正如一个成年人和一个婴儿大不相同,但细究起来,他作为胚胎的时候在母体里就吸取营养了,否则他便不能出世,当然也谈不上创造;然而在他的胚胎和婴儿阶段,他并不知晓是母体和母亲给予他生命发育的养料。因而,要说我在创作过程中怎样从传统中吸取营养,我觉得是很难说得清楚的。因为,正像人体的营养有蛋白、脂肪、铁、钙等等,既是多方面的,综合的,仿佛有机化学的化合过程,又很难用一个化学公式加以表现,因为它毕竟不是实验室里的配料和玻璃试管里的反应。因此,我只能说:即便是吸取不多,发育不良,我总还是有所吸收,否则,我便什么也写不出来。

这样说未免太抽象了。我可以试图说得稍稍具体一些。

母亲、祖母、外祖母以及乡亲们讲述的那些"古话"——民间传说和故事,给我留下了难忘的印象,大概是我最早吸取的一种文化和文学的营养。

我出生在穷乡僻壤,农民的家庭,《三国演义》、《水浒传》、《西游记》、《封神演义》等等古典小说,我是很晚的时候才看到,而它们的内容,那些神奇的故事,断断续续,片片断断,我是在乡里的时候先用耳朵听来的。

以上两种,都首先是口耳相传的营养。关于我们的世界,关于历史,它们最初也许给了我一些紊乱而不正确的印象,但却启发了我的某些幻想,对我的想象力有所培养。

我正式读诗、读小说的时间比较晚,是一九四八年,十四五岁的时候,从那时到现在,有时是出于兴趣,有时是由于学习、工作和研究的需要,总有所读。这大概算是正式地接触文学传统了吧!我深深地感谢我们的党和政府,是她提供了一种可能,使我在南开大学中文系学习了几年,又曾分配我从事文学教学和研究工作。我当然也衷心感谢那些给我讲解中国文学、外国文学以及语言学的教授们,他们给了我一些知识,并使我多少获得一些独立进修的方法和门径。

我愿意读各种各样的作品,愿意接受各种各样我所不懂的知识。但不知为什么——大约是由于个人童年的不幸遭遇和少年就直接经历的战争生活吧——,就偏爱而言,我对那种充满激情的、严肃、悲壮和风格崇高的作品,更易于发生共鸣。我羡慕某些作家的幽默感和幽默才能,有时候也想试一试,但大多数情况下,跳不出自己的"泥潭"。这,从我那些粗浅的习作中,如长篇小说《昨天的战争》、诗《真理》等等,读者当能有所窥察。我说这个的用意是,如果说文学的传统也曾熏陶和感染过我的话,那么,激情和严肃,悲壮和崇高就是一点。当然,这不是唯一的一点,却真的是我感觉到的一点。

说来好笑,我最早读的作品中,一本并不出名的小说《俄罗斯水兵》,给我留下那么深的印象,曾使我的心灵那么激动,我一直觉得我的美学趣味的滋长,同它颇有关系。鲁迅的《阿Q正传》是伟大不朽的,年龄小的时候读这作品,我虽不甚了解却为之发笑,年龄大些后,我对作家那含泪的笑和笑中的泪理解更深一些了。但他的《狂人日记》似乎更能直捷地使我激动和沉思。我曾说过,鲁迅的思想和作品像大海和高山,但他的散文诗《野草》更易于诉诸我的感情。茅盾先生通过细节出神入化地刻画人物及其心理的才能使我惊赞;巴金同志的激情、细腻也使我折服。郭老的粗犷、火热和坦诚;艾青的以小见大、于平凡中见深刻,以及耐人寻味的含蓄;都是美,我都喜欢。我国古典叙事作品的严谨的结构和情节的生动与丰富,我一直觉得难于企及。同时,巴尔扎克那么随便又那么深刻地开始和结束他的作品,那么俏皮又那么精辟地议论人生并和细致地描绘相结合,对我是一种征服。列夫·托尔斯泰那基督教徒的严肃、沉思未免有些沉重,可是我仍然喜欢和尊崇。我喜欢普希金的诗胜于莱蒙托夫,喜欢拜伦胜于雪莱(就翻译到中国的作品而言)。把席勒和莎士比亚放在一起,我不否认莎士比亚的伟大,但认为席勒也是了不起的。莫里哀令我在大笑中思索,是一种美的享受和启迪,而我却更偏爱古希腊那些严峻的悲剧……

假使借此机会发表一个学术见解,那么,我认为,至少任何现代意义上的作家,都是"混血儿",只不过,有的很漂亮,很美,有的则不中看,有些丑,就像人们在王府井大街上所见到的情景。

我承认自己是文学上的"混血儿",只可惜"造化"不好。

四　谈谈《昨天的战争》的创作过程，谈谈主人公及彭总形象的塑造。

一九五三年五月的最后一天，我在朝鲜前线负伤，一度失去知觉，尝了尝死亡并不痛苦的滋味，苏醒过后即被放上担架，几天之后，被送回国内。从那时起，我离开了战场，再过一年，我因为残废而正式离开部队。又过二十年，一九七四年十月二十四日夜间，我动手写《昨天的战争》。当开始写这作品时，我给它写下的名字是《烈火冲天的年月》、《三八线上》、《三八线南北》、《辽阔的战场》、《周天雷》、《远东的战争》、《没有打响的战役》、《战争没有结束》；我的朋友也曾给我建议过《半岛上的战争》等等；我自己也还想过其他名字。最后，在同终审人的一次漫谈中，才无意间带出来《昨天的战争》这名字，并就此决定下来。

朝鲜战争在事实上结束之后——在板门店签署的只是临时停战协定，并非永久结束战争的文件——，我一直阅读一些零零星星的有关材料，并曾以短篇小说、短诗和长篇叙事诗的形式，写过它的某些小侧面，但也有一度，我感到空虚了，觉得没有东西可写了。可是，我又觉得事实不是这样，对那浩大而丰富的战争来说，我已经写的只不过是几个小故事而已。现在想来，我早期写的那些东西，只不过是在真人真事的基础上稍予加工，那空虚感所表明的是自己在思想上和艺术上缺少更大的概括能力——没有理解自己的见闻、体验、感受和各种事件的内部联系，不能将它们有机地收拾在一起。一九五九年，我曾在一个终于失败了的电影剧本《祖国儿女》中，涉及现在这部作品的某些内容——主要是现在小说中韩飞兰这条线。次年起，一直到一九六二年，三四年的时间里，我又曾在一部长篇叙事诗《壮丽征程》中，再次涉及现在这部小说的某些内容——朝鲜战争的几个重大战役，战争的几个不同阶段，我方的侦察部队，敌我双方的几个高级将领，等等。但由于所谓"文化大革命"的到来，由于大家容易理解的原因,我把这部只写了头两部、长达七八千行的诗,以及十多个短篇小说稿——我记得最清楚的一篇叫做《女军医》,还是探索韩飞兰这形象的,另有两篇题目忘了,是探索现在小说中和金英淑、金达莱相类似的形象的——连同我在朝鲜写的日记,统统付之一炬,烧掉了。那时,我再也不想干这件事了,不想沾文学的边了,卷入了那"史无前例"的政治大风暴,从北京到了大西北腾格里沙漠边缘的一个农场。但是,不知为什么,在那个农场劳动的时候,我总是时时地产生一些艺术创作的冲动,主要是对现实生活有感,而我知道那在当时是不能写的。一九七一年底,对我的审查基本结束了,不知怎么的,死灰复燃,又想写了,而首先想到的又是《昨天的战争》这个题材。于是一九七二年春暖时节,我就又构思了一阵,执起笔来。这回是想写小说,那被烧掉的诗——它的一个小片断发表于"文革"前的《北京文艺》——是再也回不来了。但是,小说只写了第一章的一半,我便又把它烧了。理由是,因为受审查,我直到这时才听到林彪罪行的正式传达。林彪有一个反革命"小舰队",而我构思中侦察小部队的代号正是"远航的舰队",加之,我将要写到匕首、格斗,就更产生了顾虑,怕人家上纲上线,说成是什么"影射"和"宣扬恐怖主义"。一九七三年七月,我被分配搞文学编辑工作,几乎天天看稿,天天正式非正式地议论创作问题,同时在阅稿中间也有了自己对文学艺术的一些看法和想法,这就使断念的东西又复苏,创作的欲望又起来了。

事情就是这样,二十多年的岁月,几起几落,几进几退,死而复生,断而再续,我像一个蹩脚的运动员,在马拉松跑道上,受气候的影响也受到自己体能的限制,总想前进,总想冲刺,却总也没有达到目的。

我每次重写都重新进行构思,但我觉得,只有一九七四年十月间这次动笔之前的构思,才比较地有所突破,而这是有一些外部条件和外部刺激的。

那情况是这样的:这年的八九月间,正当我酝酿构思的时候,我原来所在的部队,来了几位同志,其中有跟我大体同辈的人,朝鲜战场上的战友。他们是为写部队的战斗历史而来的,想收集部队的史料,以进行传统教育。在接触中,我们回忆了当年,又谈到现在部队的状况,并展望了未来可能发生的战争——作战对象、战争形式、彼我之长短等等,很自然地,还谈到部队的建设,历史上经验教训的吸取。老战友的此次重逢畅叙,像给我正在进行的构思添加了能源和催化剂,使我忽然更明白了自己创作这部小说的使命和意义。是呀,苏联社会帝国主义大兵压境,亡我之心不死;新的战争假使爆发,其现代化程度与朝鲜战场将不可同日而语。然而,时间已经过去四分之一世纪,我军的兵员和中下层干部大部更新了。明天的战争对部队和人民提出的几乎是全新的要求,可是我们的财富之一正是昨天的战争的经验。怎么办?我们当然要学习和研究新的事物和矛盾,但如果忘记昨天的经验和传统,那就无异于愚蠢。而在我军的战史中,甚至在当时为止的世界战争史中,国际性的朝鲜战争是现代化程度最高的,这是我军最切近的经历,也是最宝贵的经历,有必要重温那一段历史,以经历未来的考验。不是消极地编故事,也不能消极地写历史,描绘过往的生活,应为现代化和未来服务……。有了这种理解和使命感,目的性和主题感——我用"主题感"这个词,是因为我很难用一句话说明这部长篇的主题,正像我最早把它定名为《烈火冲天的年月》,是那个年月,而不是一个概念——,当年的感受、体验、素材和人物,便十分新鲜和活跃起来,我的创作冲动也更强烈,急于完成它的心情也更迫切——我毕竟曾是军人,尚知战争临头和国家遭受侵略意味着什么,我想在大战打响之前做点事情,尽我所能勾勒几幅现代化战争的图画,让人们看看。在同这些战友交谈之前,我的构思侧重于侦察小部队的英勇惊险的生活;与这些战友接触之后,我觉得我应该尽我所能加以展开,纵横交错地去表现那个战场和那场战争,尽可能给人以战争的感觉而不是一连串战斗故事,而这就要涉及高层谋略、政治、经济等等。我自知才力有限,而且,许多秘密的历史档案和背景材料看不到,但我仍然想在力所能及的范围内,把视野投向那个历史阶段,尽可能地去概括一些时代的内容。这里我要怀着感激之情说明的是,当我写完头两章时,我非常幸运地得到了我的几位老上级的支持。他们使我看到了某些历史资料,特别是敌方材料,这大大地开了我的眼界,使我多少看到了交战的另一方,使我有了一定的想象的根据,使我能据此刻画和塑造范佛里特、泰勒、克拉克等敌军将领的形象。

对一部内容形象复杂的长篇小说来说,用"思想意图"这个概念,也许比"主题"这个术语更确当一些。我所以这样讲,是因为,在写《昨天的战争》时,我虽然不知道有个"四人帮",但我对当时那种否定老一辈革命者、否定革命历史、否定革命传统的倾向,对那种政治气候下人与人的关系以及某些社会风气,是有感觉而不满意的,因而我在完成上述意图时,也还另有一些原因,那就是探索和赞颂战争年代革命者之间的高尚的情操和相互关系,曲折地表示我对现实的态度,肯定我认为真善美的东西,寄托我隐秘的情怀。

在关于形象思维的学术论争中,有同志认为创作的过程是先有概念后有形象,是从概念出发去创造形象,我是不赞成的。我上面所说的这种似乎"虚"的思考过程,绝不是离开生活和形象的,不是凭空的。恰相反,如果我没有对那段历史的亲身的感受和种种见闻的素材(自然首先包括人物),不管我对六十年代、七十年代的现实有多少感受,我也无法构思这部作品,更谈不上塑造这些人物——构思必须在意念里进入那具体的环境,并一直追踪着人物;那人物在开初也许是模糊而不确定的,但最终必须明确、生动、肯定起来——,当然也无法通过这历史题材寄托我的任何情怀,表达我对生活的评价。这不是说我做到了我想做到的一切——也许事实上它差得很远——,而只是想说明,在漫长的二十多年时光中,在那些人物、事件一直或活动或潜伏于我脑海的岁月里,同老战友的几次会面和交谈,一种现实的、偶然的刺激和诱发,使我开了窍,获得了一种灵感——我认为"灵感"一词并不神秘,也不是唯心的,用"开窍"来比喻它最为恰切——,如此而已。

作了上面的叙述之后,其他问题也许就可以说得比较简明了。

1. 关于背景的选择和截取

《昨天的战争》不是严格的历史小说,只可以说是历史题材的小说。但在时间上,我是按照史实进行了选择的,在大的事件上,也是依据战史作了取舍的。

时间,我选择的是一九五二年底至一九五三年夏秋,也就是那场战争的最后半年。事件,我摄取的是艾森豪威尔担任美国总统之后,妄图在朝鲜半岛施行两栖战略和我方为击破敌之登陆阴谋的矛盾斗争。

为什么这样做呢?因为,我虽然在朝鲜呆了将近两年半,可是感受最深、印象较完整而又较深刻的,正是这一段。也可以说,当我十七岁刚到朝鲜时,因为年龄小,虽然激情满怀,对生活的理解却毕竟不能超越年龄和阅历的局限。而当一九五三年时,我已十九、二十,在前两年锻炼的基础上,理解力有所长进,见闻也较前丰富了。这就是说,我比较地熟悉这一段。即使如此,当最后一次——七四年十月——动笔时,我已届四十一岁,对那段生活又经过了二十余年的创作准备和咀嚼。可见,所谓"熟悉的",也往往有假象和错觉,并不简单意味着真正地消化;正如我写了近百万言,仍不敢自诩吃透了生活。

这个时间和事件的背景的确定,就我自己的体会而言是大有益处的。它使我的构思有了焦点也有了出发点,使我如同在一个非常具体的时间和空间里神游,不能主观任意地离开这个天地。我当然有时也漫游到北京、华盛顿和日本的东京,但我的出发点是在朝鲜,我还得再回到这里来。我当然也尽可能有机地追溯到那次战争、朝鲜以及远东等等的某些历史,但焦点是一九五三年,最终也还得集中到这焦点上。

这个时间和事件的背景的确定,又好像一个袋子。它使我只能、尽可能合情合理地往里面装东西——调动我的全部生活——，却不能主观随意地去掉什么，或者东拆西补。换言之，这个时间和事件的背景的确定，使许多死的史实活了，变得有用了，我只能尽我所能按照艺术的规律对它们概括、加工、提炼、描绘，却不能随心所欲地去篡改。例如，艾森豪威尔什么时间到朝鲜，大体上干了什么做了什么；范佛里特和泰勒哪一天换班，以及有案可查的其他事情，就只能进行艺术的处理，而不能予以根本的改变。例如，我方何时动员，怎样动员，为抗登陆做了哪些战术准备和技术准备，以及其他有案可查的事情，也只能进行艺术的处理，而不能歪曲那个特定阶段的特有的人物心理、生活形态和斗争形式……

效果如何我不知道，反正，在这一点上我就是这样想并努力如此为之的。

2. 关于周天雷小部队和韩飞兰小组

在朝鲜战场上，我们那支部队曾被敌军包围过，我自己也曾被包围在里面。有些同志没有突围出来，曾在敌方控制区坚持斗争长达一年有余，忠心不移。这样的同志终于回部队后，我们曾在一起工作，我曾亲耳听到他们在异邦敌后艰苦斗争的叙述，印象极深，感动不已。加上我自己也曾随军进攻到三十七度以南，对南朝鲜例如汉城附近的地形、地貌、风土、人情有所观察，留下印象，我觉得我能理解并可以想象他们的生活。他们的坚贞不屈是值得钦佩的，是战争中不为人知的插曲和侧面。我觉得把他们写出来是有意义的，这便是韩飞兰小组那条线的生活根据。当然，我们被围的时间是一九五一年夏天，而我在作品里把它移到了一九五二年秋季。还有，终于回到部队的同志中并没有女同志，韩飞兰形象是我根据其他生活经验创造的。在朝鲜战争中，我们那些女同志的表现，着实令我感动。

一九五三年六月的一天，在当时辽西省黑山县的第六陆军医院——实际上是几座居民的院子——，在一个临街的门洞下乘凉时,一个病员来到我身边,我们随便扯起来。当我询问到他患了什么病来住院时,我忽然听到了一个使我激动了二十多年的故事。原来,他的身体是因为长期地在南朝鲜进行侦察搞坏了,他就是因为这个被送来休养的。从他的叙述中我得悉,我志愿军和人民军联合司令部,曾派出一支由中朝双方指战员组成的侦察小部队,在南朝鲜汉城诸地,连续活动几个月之久。他们所经受的艰苦是那样令人激动,他们所经历的惊险是那样令人神往,他们的英勇机智和高尚情操——如捕获美军将官以及把自己牺牲了的战友的遗体带回到战线北方——,是那样令人难忘(我在五十年代的叙事诗《英雄像》中就部分地表现过他们,在《昨天的战争》中是继续进行艺术上的探索)。这里不必细述他们的可歌可泣的事迹,也难于详述我怎样取舍加工了他们的生活。我只想说明:小说中周天雷小部队那条线就是这样的,若干重要情节都是有他们的生活做基础的。他们当初都是男同志,我给他们加了两个女同志,这就是金淑英、金达莱。因为在那次战争中,朝鲜妇女的英勇不凡,也使我永难忘却。我曾和她们在一个坑道里住过相当长时间。有的同志觉得小说中小部队的经历有点儿"神",似乎不好理解。我想说的是:侦察兵——所有敌我双方那些深入对方的特工情报部队和人员——的生活,本身就不是常规的,本身就有着奇异的特点和色彩。

也许有一点应该说明一下:那样一支小部队既然是由联司派出的,我为什么把它写成是由两个军司令部联合派出?为什么降低了他们的规格?这是因为,当我写这小说的第一部时,彭德怀同志大冤未昭,写到联司就不能回避他,而写他就是"反革命"、"反党"。我何尝愿意如此呢?我在五四、五五年间发表的一个短篇小说《战后重逢》中涉及这一段生活时,就曾写到了他。但时过境迁,非不为也,乃不能也,我亦有苦衷呵!即使如此,当着手写第一部时,我依然准备着突然飞来的一顶"为彭德怀翻案"的帽子,也有同志劝我"小心",替我担心的正是这种飞来横祸。幸好第一部出版之前"四人帮"倒台了,但大家知道,当时已无法改,还不能改。

3. 关于主人公周天雷

在部队里,我接触过若干团级、师级领导干部,常常在他们领导下做一点具体工作,受过他们父兄般亲切的关怀和教诲,工作出了毛病时也挨过他们严厉的训斥。他们有的是长征干部,有的在延安抗大学习过,有的是打游击出身;有的调海军了,有的调空军了,有的后来去搞装甲兵。他们多是工农子弟,也有的小有文化,有的当过教师,也算知识分子。他们每个人都有一部小小的历史,都有一些毫无愧色值得夸耀的事迹。当然,他们都不是完人各有其弱点甚至有过错误。但是,无论如何,他们大都是忠心耿耿赴汤蹈火的,看不到这一点或不相信这一点,新中国的诞生就是不可思议的,一部中国革命史就是不可理解的。

周天雷的形象是一个艺术的概括,是根据我所熟悉的人们创造的一个"陌生人"。

我想说的是,朝鲜战争是一个现代化战争,我军的中高级指挥员是在实践中适应、学习和提高的。他们有些人确实性格顽强、虚心好学、富有聪明才智,能跟上历史的步伐。在漫长、艰苦、紧张的战争生活中,他们不仅学习到相当的文化理论知识,而且是军事上的多面手,多才多艺。他们和解放战争时期同一级别的人不同,和抗日战争时期同一级别的人更不同。其实,每一历史时期,下层指挥员和士兵的素养、素质,也在发生变化,中高级指挥员怎么能不发展呢?未来的更为现代化的战争,将更突出的需要知识、文化和科学,只凭勇敢是不行的,鲁莽更是大敌。因此,我花了很长时间孕育周天雷这个人物,而我要寻找和达到的,就是在那个战争中学习得最好、进步最快,由于对必然的认识而获得自由较多的人。这样的人不仅是当时的英雄,而且还属于未来的。我认识的几位同志都曾是高等军事学院的学员,有的还在那里担任教学工作,在他们的专业上他们就是专家。他们中的一些人,和周天雷正是同辈。但是光有一系列原型还不够,我必须使周天雷的身世、经历具体化。我们那支部队山西人多,我也是山西人。我回忆同山西有关的革命历史,计算时间,掐算时间,周天雷作为一个山西人,一个生活在黄河岸边的人,同红军东渡黄河就逐渐联系起来了,他的年龄、军龄、家庭、个人生活、社会关系和战斗经历,也慢慢具体起来了。因为我是山西人,较为熟悉山西的风土人情和三十年代以来的历史概况,慢慢地,我就像回到了故乡,并且在那亲切生动的环境里"看见了"周天雷,一直跟踪着他,对他的心理和气质也渐有所悟。他于一九五三年以前的经历,在作品中我是"见缝插针"地交代的,但在我的思维中,它是完整的。

周天雷形象的塑造,涉及关于人——或者说关于军人——的审美评价和审美理想问题,这是我在孕育他的时候认真思考过的。而我的想法就是:从生活出发,又有所寄托。这就是说,我认为他不应该是一个头脑简单、无知的莽汉,而是一个有丰富实战经验、相当的文化知识和理论水平的人。这并不是歪曲生活,而是事实。这样的人,正如我们在生活中所见到的,必然有一个好的性格,例如顽强、进取,也自然有一个高尚的内心世界,例如忠诚、无私……

总之,当我描绘他时,在内心视觉上我清晰地看见了他,并尽我所能去理解他,和他共同着欢乐与痛苦。例如,我写到周天雷父亲牺牲时是真正动情的,因为我父亲也是在红军东渡之后参加革命,在抗日战争期间牺牲的;我写他的父亲和他,实际上写了我自己的若干体验……我认为他是英雄——生活中有些英雄也许比他更美——,我是在衷心地表现他,至于这形象在艺术上的成败得失,我自己就难说了。

要补充的是:我孕育这个形象,选择这个人物,还同整个的构思和意图有关。那就是:他的水平、才能和身份,他在生活中的地位,使他既可以上通,又可以下达,既能俯瞰,又能仰视;通过他的活动和足迹,更方便于多方面地展示那战场和战争,表现那个历史阶段的生活。假设他不是一个团长,而是一个班长或排长,读者可以推想,那作品的结构、内容和面貌,将是另一种样子……

4. 关于彭德怀司令员的形象

当我写《昨天的战争》第一部时,由于大家所理解的原因,我不能写彭德怀同志。然而既然想要较为广阔地表现那个战争,不写我方的战场统帅,毕竟是很别扭、很遗憾的。当时,敌方,我写到了范佛里特,这个人物名为美军第八军军长,实际上是集团军司令,也即我们习惯上说的兵团司令;而我方,我只写到几个军级指挥员,与敌方并非同一级别,总觉不够般配。当我在军事学院和军事科学院写该书的第二部时,"四人帮"覆灭了,人们思想都有所解放,我的思想也在解放。可是,开头,我还是只能写到我方兵团一级的将领,仍不能写彭德怀司令员。

大约是一九七九年临近年末,我开始听到即将为彭德怀同志恢复名誉的消息,心中十分高兴。恰好,那时,我正在我那寒冷的小屋里对第二部书稿作最后的修改。于是,喜出望外,我就在一个我认为适当的地方,加写了两章。这两章写得很顺利,很快,几乎是一遍定稿,有的段落,写得我鼻子发酸。我仍然要说,当我描写这位老帅时,在头脑里,在观念里,我是看见了他的,跟我在刻画其他人物时,经历的是同样的心理过程。

在实际生活中,我并没有见过这位老将。但是,少年时代在抗日游击区的传说不算,以清楚的记忆而言,从一九四九年的夏天起,我就听到了一连串关于他的故事。那是在陕西关中地区,我在一个连队里当宣传员。我们的中队长也即连长,是一位经过长征的同志——他机智干练,大概因为有过某种过错而屈就此职——,同我这个小鬼同居一室,不知从何而起,大约因为那时我们的部队归属第一野战军,彭德怀同志是我们的司令员吧!这位中队长在几天里连续地给我讲述彭老总的故事,从长征路上一直讲到百团大战,从人家设宴招待他遭他拒绝,一直讲到某将军不打裹腿而受他批评。——照中队长的描述,那位将军为了免受第二次批评,竟把哨兵放到二里地以外,让哨兵看到彭总来时,跑步向他报告,他好整饬军容风纪——这位中队长似乎曾在红军和八路军的总部担任通讯员之类的职务,有亲身的见闻,善于表达,能抓住细节,讲得高兴起来,还模仿种种动作。从那时起,加上时而看到的照片,一个可敬可畏,严肃质朴的彭总形象,就活生生在我脑海里了。而随着时间的推移,我听到的有关彭总的故事更多,他的形象在我的观念中,也就愈益丰满鲜明。例如,事有凑巧,我们部队进入朝鲜以前,在华北某市举行的一次高级军官会议上,还是那位百团大战中因不打绑腿而受过彭总批评的将军,就讲过大致如此的话:"……我怕谁,毛主席让我跟谁;我怕彭总,毛主席偏让我跟彭总。现在彭总是志愿军司令员,我们大家都要服从他,勇敢战斗,不怕死……毛主席跟我谈过了,说:你跟彭总去朝鲜,你要是在那里死了,我给你立一个碑!……"这些极为有趣的话,我当然也只能是听来的。又例如,作品中写到彭司令员在前线不坐车,不乘马,拄一根木棍步行,使得几个军指挥员看到以后,下令全军团以上干部都弃马徒步,那就是发生于我们军的真实的事情。所有这些,都早已使彭总的形象在我心目中,栩栩如生。

彭总的形象是他自己塑造的,或者说,是别的许多老同志把他那真实的形象刻进我心里的。读者了解到这些,再看看作品,就可以知道我刻画彭总形象的生活根据了。当然,这不排斥我对生活有所创造和弥合。然而我究竟做到了什么,广大读者自会作出公正的评判。作为作者,我的感觉是,刻画彭总形象的机会虽然姗姗来迟,毕竟是来了;我写的篇幅虽然不多,毕竟写了。若没有这个人物,那历史岂不是有些残缺,那战场岂不是少一些光彩而又有些寂寞吗?

按照构思,这小说还有个第三部(也就是一个构思分三次写完,并不是重新构思,当我动手写第一页时,全部构思已大致完成了,只是一下子写不出来)。我希望,我能早些把它写出来供读者批评。

　　艺无止境。路途曲折。我正在学习创作的过程中。

　　"路漫漫其修远兮,吾将上下而求索。"

一九八〇年秋

关于我的创作

——致文学评论家雷达

雷达同志：

  你好！

  春节假日，我没有休息，也没有去向长辈和同事们拜年，整整四天，钻在办公室写东西，但我心里想着我所尊敬的长者和亲切的友人，只希望在另外的机会和场合，向他们道歉，请他们谅解。

  这几天，老作家郭风同志送我的水仙花开了！（我把它养在从遥远的乌苏里江带回来的大蚌壳里）我平时不养花，但不是不爱花，这水仙的碧绿的叶片和素白而溢散着淡香的花朵，就使我感觉到春天的气息和生命的美。我说这些的意思是，我们平时虽交往极少，但你在春节期间给我的信，却使我感受着友爱和温暖。

  你的信谈到我的三个短篇小说：《战俘》、《一个参谋与三个将军》、《尊严》。作为作者，我不想对你的评价本身作什么评价（这似乎很难，也不应该），但我要说，你作为经常注视着创作现状的专职评论编辑，对我的创作意图的理解和揣摸，是颇为准确和内行的。为了以文会友，这里，我不妨向你谈一点我自己的情况。

  如你所说，《昨天的战争》出版了两部，但我的创作意图还没有完成，还应该有个第三部才能收尾。可是，这三年来，虽然时有读者来信催促，我暂时还是没有写那个第三部。为什么呢？这是因为兄长般的诗人张志民同志给我提出了建议，他说：你要写一些反映当代生活的作品,作为一个当代作家,不写反映当代生活的作品不好……我理解他所说的"当代"是更狭义些的,但我仍然认为他的意思是很好的。我听从了他的忠告。我就开始构思和创作另一些作品,尽自己的力量,追踪时代的进程和生活的脚步。

一九七八年,应《长春》编辑部之约,写了我"文化革命"后的第一个短篇小说《冰河上的火焰》①,此后,又陆续写了《舌》②、《头发》③、《被俘者》④、《一件忘不了的小事》⑤、《在远离北京的地方》、《插图》⑥,再就是你信中提到的三篇;还有可称为中篇的记实散文《从北京到乌苏里江》⑦,短篇记实散文《陪审员笔记》之一、之二⑧等。这中间,花力气较大的就是中篇小说《夫妇》⑨和正在陆续发表的长篇小说《访问失踪者》⑩。

算起来,这个单子中,可称为军事题材和准军事题材的,除你读过的三篇外,尚有《冰河上的火焰》、《头发》、《被俘者》。

你对我所谓带有历史色彩的军事题材的作品发生了兴趣,这本身就是一个有趣的现象,倒也引起了我的"回忆"和思考。

真的,这几年,对我这些水平不一的军事题材的篇什,我也时时听到一些反应,收到读者的书信。例如,关于《昨天的战争》,先后就有从新疆到湖南的十多位素昧平生的读者要求改编成电影文学剧本,我收到的改编稿就有三个;《战俘》问世之后,小小的《沃原》编辑部就收到数百封热情的信函和一些评论,还有两个素不相识的

---

① 载于《长春》78年第六期。
② 载于《哈尔滨文艺》80年第四期。
③ 载于《十月》80年第四期。
④ 载于《钟山》80年第四期。
⑤ 载于天津《文艺增刊》80年第四期。
⑥ 载于上海《小说界》创刊号。
⑦ 连载于《新苑》创刊号与第二期。
⑧ 分别载于《人民文学》与《散文》的80年第五期。
⑨ 载于《十月》80年第六期,《新华月报》(文摘版)80年第十二期转载。
⑩ 连载于天津《智慧树》创刊号至第五期。

读者作了改编,还有人继续要求改编;《一个参谋和三个将军》发表后,有关的报刊编辑部和我个人,都收到一些读者谈感想的信……

当然,我不敢拿我的作品得到的这种反响同那些引起轰动的作品相比,但我仍然珍惜读者们的这种鼓励,并曾默然思索,结论是:广大读者群众的口味和需要是极其多方面的,即使在十年浩劫之后,在他们的精神食粮中,也还需要几粒历史题材、革命历史题材以及诸如科学幻想等等题材的食粮;就算我培植的只是几棵小草吧,在我们如此广大的国土上,它大约在某几个小的角落还有一点点生态平衡的意义。

我永远承认,我的作品,不论长、中、短篇,都是有不足和弱点的,正如什么人讲过的:那令自己最满意的作品,总是还没有写出来的那一部,也许,实际上,是永远写不出来的那一部。但是,反过来,我也不想做谦谦君子,说我已经写出来的作品(尽管水平参差),没有我对生活和艺术的理解,没有我自己的美学追求。这可能吗?

我没有什么"经验"可谈。我可以实事求是告诉你的是:

我之所以写一些革命战争历史的题材,是因为我有过那么一段生活经历,那段生活总激动着我,让我不能忘怀;同时,激发、诱发我挖掘这些题材的价值和意义,使我获得创作契机和灵感的,又恰恰是我们正在经历着的当前的现实。——有时是一个逆向刺激使我的心灵鼓荡;有时是一个顺向感应使我的情绪燃烧;而就已经写出来的这些来说,似乎是逆向刺激的居多,或者还有逆、顺相交的结果。例如你说到的《战俘》,一方面,这样的同志受到的极左处理的危害令我深思,是逆刺激;另一方面,他们许多人在敌人集中营那个黑暗王国里的充满牺牲精神的英勇斗争,又令我极为感动,他们在受委屈多年后,对党、对祖国、对人民依然忠心不二,更令我十分钦佩,这就是顺刺激,正面的感召。因此,就写了如你理解的那样。又例如《一个参谋和三个将军》,开篇的那一段序言性的引子,就道出了我写那篇作品的现实契机,显示了我获得灵感、升华主题的那个瞬间。我跟那个青年的交谈是真实的事情。当然,我们现实生活中,某些在领导干部身边工作的人,忘记或丢掉或不懂党的优良传统,无事生非、搬弄是非、有意无意地挑拨是非、破坏团结的现象,也是久郁我心,是我创作那篇作品的基因。我记得作品里有这样一句对话:"打了败仗的共产党员,党性应该更强……"那就是我认为我们在一场大灾难之后应该采取的生活态度。那篇作品曾几易题目,其中之一是《在困难的时候》,就是想寄托我认为在国家遭到严重破坏、百废待举之时,我们应有的精神状态。《尊严》里脱掉、扔掉美军服装这情节,事实上是我自己在被围困时的经历,我当时曾把我的感情写进日记里。但将近三十年来我没有想到把它写成小说。可是,我不隐瞒,这两年,当我耳闻到某些人竟那样地不爱国,以至于不惜丢弃自己的人格和丧失民族尊严时,我就想起了这件事,反其意结构了这篇小说。在《被俘者》里,我写了一个在被俘之后为保守军事机密而与敌人同归于尽的英雄,那是在现实生活中几种观感和思考的综合:一方面是因为我觉得有些人或是不了解、或是否认、或是忘掉了今天的生活同以往的历史——哪怕是一个战士的牺牲——的内在的积极的联系;一方面是因为我感到在关于革命者的人性和道德的某些议论和见解中,有某种我不以为然的观念……于是,我便根据一个真实的素材,探讨了一个共产党员在那种特定情境下的灵魂和道德面貌。《冰河上的火焰》和《头发》,可算是写"伤痕"的,——一位老将军被林彪集团无辜地整成"叛徒",流放发配,初步平反后又没有工作;一个当年我军的女歌手在"文革"中备受凌辱,挨批斗,剪阴阳头,灾难过去后丈夫又不忠于同她的爱情……但我觉得,在他们身上,在他们的性格里,最可贵的是充满信心,相信未来和坚强不屈。我尽我所能,探索他们品质、道德和精神的美。总之,在艺术上,我试图努力追求刻画人物。这几年来我逐渐形成的一个创作观点是:既不粉饰生活、不掩盖矛盾、不歪曲现实,又能显示矛盾解决的趋势和生活发展的趋势。生活中有假恶丑,也有真善美。我们刚刚经历过一场浩大的民族灾难,我国必须从灾难中前进,我们的人民不能不痛定思痛,同时更需要振奋。最黑暗的夜晚也有宇宙之光,中华民族在任何艰难困苦中都有脊梁骨。历史总是走着曲折的道路,但什么时候我们也不应该对未来丧失信心。这就是我在自己当前的创作中所理解的现实主义。

至于一般谈到军事题材文学的地位、价值和意义,我大体上同意你的看法。像我们这样从人民革命战争中诞生的国家,像我们这样战争历史漫长、战争生活十分丰富的国家,像我们这样经济上、军事上还远不够强大而又受到大小霸权主义者侵略威胁的国家,怎能够设想没有军事题材文学呢?君不见在多少现代化大国里,这正是一种历久不衰的题材,至少是拥有许多读者的题材,并受到官方的支持和资助,它难道是偶然的吗?任何一个民族要生存,任何一个国家要发展,都离不开军队的保护,都要准备打仗,它的公民便应有必要的尚武精神和爱国主义。当然,我们要创造的是无产阶级的军事文学。我的一部分作品,之所以从当前现实出发而又从战争历史中获取诗情和素材,也正包含着我的这些想法,其实是为明天、向未来的。我相信,军事题材的文学作品,自有它特殊的审美价值和启迪作用,只要我们努力创新、出新、开掘。这里,最重要的当然是战争中的人,也就是典型环境中的典型性格……这当然是无止境的艺术之途。

事情总是说起来容易做起来难。我拉杂了这许多,谁晓得能不能使你对我多一点理解和了解呢?比如,我说过,春节假日我没有休息,在写东西,那是一个名为《纪念碑的诞生》(暂定)(即《一座雕像的诞生》)的小说(也不知道是短篇还是中篇),也和战争及军队生活有关。在写到一个地方时,我曾流了许多泪,但谁知道终究会写成什么样子,奉献给读者时,读者又作何所感呢?一般说,作者洒泪之处,读者能觉得"还算真切"、"鼻子发酸,就不错了……"

天快亮了,打住!

谨此致意

孟 伟 哉
一九八一年二月十二日凌晨

从《一座雕像的诞生》
到《大地的深情》

我的中篇小说《一座雕像的诞生》先后在《芒种》文学月刊和《工人日报》发表以后,这两个编辑部都收到许多读者的来信。中央电视台的同志们将它改编为电视剧《大地的深情》播映以后,听说又收到许多观众的来信。一部作品能引起读者和观众的良好的共鸣,这对于原作者和改编者,自然是一种鼓励和慰藉。《电视周报》让我谈谈感想,我就长话短说吧!

《一座雕像的诞生》的构思,产生于一九八〇年夏秋之间,那是由于关于"人性"问题的种种议论渐渐激发出来的。

有没有不可捉摸的人性呢?人们之间有没有无缘无故的爱和恨呢?这涉及到文学艺术究竟怎样解释生活、怎样影响人们、也即社会的问题。我认为这并非一件小事。回顾自己的半生,翻寻自己的记忆,以自己的经历而论,我怎么也找不到无缘无故的爱和恨的事例,因而怎么也不能将人性抽象化。我有一种按自己的经历、体验和观察解释生活的愿望,但在一段时间内,只是愿望而已。是在慢慢思索的过程中,我才"忽然"想到了现在这个故事,而一旦想到,我便深为激动,热泪盈眶。这里就是我所看到和我所理解到的人性,——欧阳兰的、黄益升的、张森的(电视剧里叫陆岩)——我以为它们是非常具体的。

我的作品确实是有感而作。需要补充的是:当我产生这种创作愿望并终于构思了这个故事时,还因为我对我们生活中滋生着的实用主义和极端个人主义的现象极为厌恶。我理解这种现象的产生有其特殊的现实意义和历史的原因,但我认为要把我们的社会推向前进,决不能以自私为精神动力,因而决不能以自私为美德。我们有崇高的理想,我们也确有几代人为这个理想而牺牲了他们的生命、爱情和个人幸福,这是谁也否认不了的事实。于是,我决定讴歌这种高尚美。

大体来说,这就是我创作这部小说的"内心活动"。

中央电视台的导演、编剧和演职员同志们,紧张地,热情地,在很短的时间里完成了电视剧《大地的深情》,我看了以后,也颇为感动。虽然,在人物和情节上,他们有所增减和调整,——这是他们的必要的权利——但我认为他们相当真实、相当亲切地展示了我想象中的生活情景。我把他们的作品作为一个相对独立的艺术品来看。而在看的过程中,我确曾多次地动情和流泪。一部改编的作品要使原作者感动也许要比较困难一些,而他们的这部电视剧,却一直保持着那么一种内在的动人心弦的力量。我认为这就是他们辛勤劳动的成就。《大地的深情》自有其艺术的和谐和完整性在。

衷心感谢中央电视台!

衷心感谢《大地》剧组的全体同志!

衷心感谢收看这部电视剧的观众同志!

一九八二年一月二十八日

《心灵深处》和《一座雕像的诞生》

当我创作中篇小说《一座雕像的诞生》的时候,我确实满怀激情。那是一个虚构的故事,但决非主观的、随意的、想象的产物,而是在我几十年的人生体验中结晶出来的,升华出来的。因此,早在动手写作之前,当我向友人讲起它的时候,不知为什么,便哽噎流泪,说不下去。它在我的心理上和感觉上,完全是一个真实的故事,我从不怀疑它的真实性;应该说,正是它的真实性感动着我,激荡着我。

尽管如此,我仍然不能预料我写出之后,它在读者中会获得怎样的反应。这是创作心理上常有的一种矛盾。

出乎意外,这个故事竟引起许多读者的共鸣。它被改编成广播剧、电视剧、话剧,有的同志甚至将它改编成地方戏曲;而最后,它由常彦、李玲修诸同志编导成电影《心灵深处》。

样片出来了,常彦导演邀我去看,在北京的新影放映室,这是我第一次看自己的小说变成电影。入场之前,心中是没有底的。因为,我不知道,从语言艺术到银幕艺术之间,是一些怎样的微妙的路径。但是一般说来,在这种场合和时刻,原作者比其他局外人的要求是更严格的,挑剔是更多些的。

开演了,——烈火熊熊,炮声隆隆,流血,牺牲,胜利的狂欢,悲壮的热泪……我看到的是真正的战场和战斗的情景。——于是我进入了情景,并且受到了感染……

我流了泪,抑止不住地流了泪。就像为我们的女排在东京夺得冠军而流泪一样。我为影片中重现了抗美援朝战争的胜利而流泪……

　　在欢呼胜利的时候,我觉得那两位扮演护士(也许是医生)的女同志的感情特别真挚。我想,当年曾奔驰于朝鲜战场的女同志们,对她们的表演会作出更权威的评定。

　　我流了泪,和欧阳兰一起流了泪。当扮演欧阳兰的刘晓庆返回救护所而突然失声哭起来时,她的哭声震动了我,撞击着我的心。她表演得很真实,正是这种真实性激荡起我的共鸣。

　　影片的前半部分,我觉得比我的文字的叙述和描写更浑厚而丰富,我完全是作为一个客观的观者(而且是更严格的观者)而情绪激动。

　　在上海,在欧阳兰家里,在那个晚间的餐桌上,当欧阳兰的父亲说出"……值得吗?"三个字的时候,当欧阳兰的母亲表示要把两个孩子"拉扯大"的时候,我也很受感动,几至泪下。这似乎是很平淡的一场戏,我却觉得它颇有分量和深度。

　　在影片结尾时,我又流了泪。那是欧阳兰示意张森去抱渭渭和川川时,那是在张森含泪向两个孩子展开双臂的瞬间。这里有许多潜台词,有种种内在感情,特别是对两个孩子的崇高的"欺骗"……是的,正是这种悲壮的崇高的"欺骗",令我动情下泪……

　　走出放映室,我仍在沉思,然而更多的沉思是生活,而不是小说与影片之间的得与失。我自认为我是一个比较通情达理的合作者。我不参加改编,就是一种合作态度。我曾口头地向李玲修和常彦同志讲过一些希望和想法,但最终我信任导演的严肃的创作态度。常彦同志是严肃的,听说,他在写分镜头剧本时,就曾热泪盈眶。读者和观众也许很想知道我作为原作者和导演之间有些什么不同的见解,但我要说的是:我尊重的是艺术的规律。我相信这样一个事实:一万个人处理同一个故事,便会有一万种不同的样子,十万个细小的差别。这原因就在于:任何一种样式的艺术作品,都只能是一个艺术家头脑加工的产物。这里,重要的是基本情节、基本格调、基本思想是否一致?而在这一点上,我认为我们是一致的。

我尊重常导演的头脑。我尊重艺术规律。这决非外交辞令。

借此机会,我向长影的领导同志致意,并深深感谢《心灵深处》摄制组的全体演职员!

一九八二年国庆节

《黎明潮》脱稿之后

五月十日早晨六点半,我写完了中篇小说《黎明潮》的最后一行。从头天晚上九点算起,连续伏案写了九个半小时。我把这叫做最后一夜和最后的冲刺。对我来说,每一个稍微大一点的作品,似乎都有一个最后冲刺的问题:不咬住牙,不下定决心,不给自己限定时间,就是不行。

这作品的题目原来叫《一个奇怪而可恶的男人》,后来想改为《选择》或《方式的选择》,最终定为《黎明潮》。当读者读罢这作品的时候,对我在篇名上的这些考虑,也许会有所理解。

每一部作品的产生,都有一个很具体的、感受的、心理的、思考的、构思的和实际写作的过程。要把这种过程的曲折、细微、发展、反复和变化,包括情绪上的苦恼和快乐,写作中的遣词造句和语言的推敲等等,都如实地记载、叙述和描绘出来,那也许是比已经写成的作品本身更有趣的事情(即使那经写出的作品不一定有大的价值)。我相信每一个作家都会有这种体验。只是,我还不曾见到过有谁完整、详尽地做过这件事(也许我孤陋寡闻了)。对于许多所谓谈创作体会和经验的文章(包括我自己的一点儿),我总有"嫌简单"之感。这是因为我在创作之外还有另一个兴趣,想研究作者的头脑怎样工作,而这是一个更带有心理(思维)学色彩的问题。

读者在读完一篇作品之后,往往想知道写作的"内幕"。他可以喜欢或完全不喜欢一部作品,但对那"内幕"他肯定是乐于知晓的。这是人类在无数代的进化和遗传之中形成的一种本能:好奇心和求知欲。这是无可厚非的。而且,往往它对人类自身的智能发展极为有益。

然而作家的直接目的是写出作品,不是记写作品的各种过程(如果他不写作品,这过程也便不存在)。因此,对于读者和文艺学的研究者来说,他们首先看到的是果,不是因;或者说,他们往往是在读过已经客观存在的、物化的作品之后,才能据此回过头去寻摸、理解一个作家为什么写出某部作品的缘由。这个缘由是可以寻摸也可以理解的,往往寻摸和理解得是很准确的,不过,它毕竟缺少作家的关于"内幕"的生动的自白……

我把《黎明潮》奉献给读者。这作品是现实生活经过我的头脑这个加工厂出来的,它当然有一个加工的很具体的过程。但是,当《钟山》的朋友们要我就此谈一谈的时候,我还是只能选择简单的办法。这是因为:一、我相信读者的鉴别、理解和判断;二、要把这个过程说清楚是一件太费时、太费力而且也不一定必要的事情。这样,我就可以说:

——我朦朦胧胧产生想要写这样一部作品的念头,开始于三年之前。尔后,随着时间的推移,反复地思考,念头变成了愿望,愿望变成了冲动,终于在一九八一年十一月十九日夜间动了笔。

——这作品是从我所选择的角度和侧面,对我们现实生活的某种探索,而且是一面写一面探索,并不是一切都想好了一挥而就。这是因为:它不是已经过去了的历史,不是"过去时",而是我们正在经历的现实,是"现在时",而且,它还涉及到未来,"将来时",好像在解决实际问题,颇难。

——我必须坦率地承认,在写这作品的过程中,我阅读了一些材料,受到了某些经济学家对我们当今生活的某些研究性见解的启发。我愿意在今后继续这方面的学习。

——对这作品(对自己每一篇新写出的作品),我不作评价,更不作预言。它既然离我而去,就让读者去议论吧!

每一个时代的文学艺术,都这样那样地反映着它那个时代的各种人们的生活方式,反转来,又影响着人们的生活方式的演化和改变。生活方式分物质生活和精神生活两个方面(这两方面的内容很丰富),而它们又是同生产力与生产关系、社会制度与历史传统等等密切相关的。由生产力和生产关系这一基本矛盾所引起的社会制度的根本变化,或者一种社会制度在它既定的道路上所进行的重大改革,其许多矛盾和冲突,常常直接间接地以各种形式,也表现在人们的日常生活方式方面。这只要稍加留意,便可发现无数的例证。我们的文学艺术不仅是社会主义的,更是中国的,是中国的社会主义的文学艺术。我借此机会说一句题外的话,那就是,我认为,我们中国的社会主义的文学艺术,应该在促进、健全和发展中国人民的社会主义的生活方式上,发挥自己义不容辞的作用。

一九八二年五月十日夜

关于小说《夫妇》与萧乾的通信

伟哉同志:你好!

我又住院了,还是肾结石的后遗症,估计问题不大。我这是在病榻上给你写此信。

我在三十年代就不断思考恋爱与婚姻这个问题,八〇年还为《人民日报》写过《终身大事》。因此,在读你的小说自选集①时,很自然地对《夫妇》特别感兴趣。这里,你不但描绘了十年浩劫期间一个动人心魄的家庭悲剧,并且在结尾处通过女主人石萍在悔恨心情中所写的"随感",所做的呓语以及她女儿秋秋的正面阐述,还就男女结合这个重大社会问题作了细腻的剖析,对石萍这个类型的"造反派"的形成,进行了追溯,并用秋秋这个正面形象做出对照,是具有一定教育意义的。这绝不是伤痕文学,虽然这个伤痕很重。听说本来有两三家制片厂要把它拍成电影,只因为是伤痕,因而"过时了",就作罢了,未免可惜。我总觉得衡量一个作品站得住否,应主要看它本身的艺术性及教育价值,不然岂不就鼓励作者去赶浪头,我们的银幕岂不尽是些赶浪头的作品了?

我时常琢磨,那十年间,为什么有些人一下子就变成了鬼?比如听说我们一位老师在河南干校竟活活被他亲生儿子打死了,至于带红卫兵来抄自己的家的青年,为数更多了。石萍对自己的丈夫之

---

① 指《孟伟哉小说集》,四川人民出版社出版。

狠毒，也属此类。《夫妇》之可贵在于它不仅仅描述了这一悲剧，你还花了不少力气解剖了石萍这个人物的发展过程。她自己的分析太轻描淡写了："顺利的时候任性，宁静的时候自信……在风暴吹来时像一片轻羽。"如果她仅仅是这样脆弱，那么宋愚倒楣后，她只会痛苦地绝望、张皇失措，而不会变得那般凶悍。她不是"轻羽"，而是大棒。我觉得她这段情操颇为优美的"随感"同她这个人很不相称。

正如你在故事中所表明的，这种人平时个人主义及个人英雄主义必然是很突出，也不会懂得爱情。她并没爱过宋愚，她爱的是他的地位以及随之而来的一切。她品质恶劣，老早就背弃过宋愚了，因此，一切并非偶然。

然而使潜伏在石萍灵魂深处的那些肮脏的东西暴露出来，是需要一个特定环境的，那就是所谓的"文化大革命"，其特点是一切丑恶都打着"革命"的旗号猖獗起来了。我总觉得当年的"红色海洋"具有一种神秘的、难以名状的带有宗教意味的魔力。几年前美国不是有一个宗教支派，其头子率领一千多名信徒在南美一地服毒集体自杀了吗？去年我译易卜生的《倍尔·金特》，译到妖宫一幕时，我也想到过那是非颠倒、理性完全停止了作用的日子。"怀疑主义"像是包小苏打——不，像是一种能发酵的毒物，把整个社会搅乱，使人与人之间的关系变了质，幸灾乐祸，唯恐天下不乱，一切恶行都在"革命"的名义下得到了"批准"，甚至赞许。千千万万的宋愚就是那么被杀害的。是这种类似符咒的蛊惑作用，这种特定的社会环境，使石萍干出那种伤天害理的事的。因此，我认为仅仅描写她那些内在的因素还很不够，当时那片"红色海洋"的气氛也起了作用的。

我同新一代的青年接触不多，我的感觉很可能不准确。我总觉得秋秋成熟些，因而担心她在一定程度上扮演了作者的代言人，而不是她自己。试想，一个刚二十七岁，没见过多少世面的女孩子，怎么会在自己的婚礼上，就友谊——恋爱——婚姻做出那么深刻而老练的阐述?

这是在病榻上胡乱写的。不当之处相信你会原谅。

还有,很喜欢你那篇散文诗体的自序。

匆问

秋好

萧　乾

九月二十八日　友谊病房

萧老:

九月二十八日信已由洁若同志转我。

你竟将我那幼稚的集子带到医院,在病床上给我写了长达五页的信,这种对晚辈的关怀之情,令我钦敬,又叫我不安,——您本来是应该静心治疗的呵!

我拜读过你发表在《人民日报》上的《终身大事》的最后两段,那似乎是反映您的某些基本观点的段落。对您关于恋爱和婚姻问题上的观点,我是十分赞成的。记得,您最重要的意思之一正是:自私自利,个人主义,往往是导致不幸的爱情和家庭的悲剧的主要原因。我真诚的希望能有更多的人深深理解此点。

当我的中篇小说《一座雕像的诞生》被改编成电视剧上映时,您曾写信给我以鼓励;这次您对我的中篇小说《夫妇》又能发生兴趣,这使我很受鼓舞。我原以为,像您这样的老前辈,时间那么宝贵,能随便翻翻我的作品就很不容易了,而您竟然对它进行了相当细致的评价,这就更使我感动了。

您对《夫妇》的评点对我这个作者很有启发。

例如,您指出:石萍对自己的分析"太轻描淡写了"。这就是我原先没有意识到的。经您点出她不是"轻羽"而是大棒之后,倒加深了我对这个人物的理解:她悔恨、她痛苦,然而她还不能完全摆脱虚伪和矫饰,——她仍然生活在深深的精神矛盾之中。

您说秋秋"在一定程度上扮演了作者的代言人",这确是事实,我确实想通过她传达一些自己对生活的见解。在秋秋和她公公对话这个情节的处理上,我内心曾有过矛盾:她能讲出这些话吗?可是一想到某些青年同志竟能发表出使我深受启发和甚至吃惊的新鲜而独到的见解时,我觉得那又是可能的,——有点儿理想化,又似乎有点儿可能性,就写成了如您所看到的那种样子。我当努力改进,争取在每个情节和细节上更令人信服。在这方面,您这样前辈的作品总是值得我们学习的。您的《未带地图的旅人》和《一本褪色的相册》两篇大散文,写得多么好呵!在写这封信之前,我刚读完您一九三八年的短篇《一只受了伤的猎犬》。您的手笔多么自然又多么真实呵!

关于"文化大革命"这段复杂而惨痛的历史生活,我还有长篇和若干中、短篇的构思。业余写作困难很多。我希望有朝一日我终能完成自己的心愿。目前,我的兴趣集注在与《黎明潮》相类似的题材上,而这种兴趣是听命于自己心灵的召唤。

附上载有《黎明潮》的《钟山》第四期,请便中浏览,希望它能对您起一点儿消遣的作用。

待我学完十二大文件后,一定要读一下您译的《培尔·金特》。

衷心祝您早日康复!

敬礼

孟 伟 哉
一九八二年十月二十四日

文学札记与随想

[说明]因为我在思考"作家的头脑怎样工作",于是,在编辑工作之中,在业余创作之间,在读书会友之时,常有些星星点点的想法闪过,这些断想和一闪念的东西,有的记下来了,有的来不及记下,不知道跑到哪里去了。以前的随手记在若干本子里,一时难于收集。一九八〇年稍稍留意了一下,较为集中地记了几万字。这里抄写整理出的部分,曾先后在辽宁的《春风》杂志、广东的《随笔》杂志和上海的《文学报》上发表过,不知可供相识的或陌生的朋友于茶余饭后谈笑否?

老作家严文井讲:"我的作品是改出来的。我的经验和体会之一,就是要多改。"

他这话,我听过好几次,曾经不以为然,觉得,在创作上,最重要的似乎不是修改,而是其他一些方面。

近来,在写作中,当我对自己的作品不满意,真的要修改时,我又想起他这句话,觉得很有道理。

修改,——就是求深刻;

修改,——就是求准确;

修改,——就是求形象的鲜明和生动;

修改,——就是求情节的严密与合理;

修改,——就是求每一个字每一个词的运用得当;

修改,——就是形象思维(它是一种认识形式)的深化……

严文井的书房又黑又小,还有些乱。他就在这书房里会见过许多外国作家。

一次,我坐在他那"古老"的单人沙发上,向他谈起我新近的一个怪异的联想。我说:

"近来关于人体特异功能的谈论很多。可不可以说,艺术家、文学家在某种意义上也是有特异功能的人?"

他坐在他那"古老"的小转椅上,以他惯常的姿势,——半侧着身子,拿香烟的右肘抵在他那只有几十平方公分空处的写字台上——稍许沉思,向我点点头,说:

"是的,也许可以这样认为。否则,为什么有的人把几样东西放在一起就显示出某种意义和主题,为什么有的人就做不到?"

他的话令我觉得很可咀嚼。我望着他,忽然想起了一些画家的作品……

在回家的路上,——夜里,我多在夜间去跟他闲谈——我还在想:"特异功能"也许应该有广义和狭义两种含义,不能把这个概念庸俗化、神秘化,以至于导致唯心论和唯天才论,但应该从这个新诞生的概念里受到启发,扩大和深化我们对人类本身的认识。辩证的唯物主义者在自己的思维中,永远不应该排除人所赖以生存的社会环境这一客观条件,但人本身,如人脑的差异和经过实践的训练而产生的发展和变异等等,也许还远远研究得不够。在我们看来极端抽象的高等数学,在数学家的头脑里真是抽象的吗?为什么有的人在某一种专业上(甚至少年儿童)很容易开窍,很容易发展,能较快取得成就,而在另一种专业上则十分笨拙呢?……看来,思考和研究这个问题,对于所谓人才学是有意义的,对于人们设计自己——例如要不要终生从事文学艺术事业——也是有意义的……

我们当编辑的,从一篇不长的、不成熟的、甚至因有若干毛病而不能发表的稿件中,常感到这个人有才能,如果他能持之以恒,他有可能在文学上有发展前途,在将来取得成就;而有时面对一部用了颇多工夫、颇大力气的稿子,却觉得看不到他潜在的力量和未来可能的发展……我们常犯错误。但对于人类学家、人才学家、心理学家来说,我们在日常工作中常常发生的这种直觉,真是毫无道理吗?……

我把一个同志的小说稿给秦兆阳同志审阅。
过了几天,他看完了。我问他:
"怎么样?"
他笑一笑,说:
"写得太老实了。"
他这一说,我懂了:这部稿子不能按我们原先的预计安排了。
这里,重要的不是对这部稿子的事务性处理,而是秦兆阳作为一个作家和老编辑发表的这个艺术见解:写东西不可太老实。我的理解,就是不可太死板,不可太拘谨,要活,要活泼,要机智,要巧妙……等等,等等……

老作家韦君宜同志来到了我们的办公室,不知道怎样我们就扯到了创作问题。我把自己新近的一个想法讲出来,说:
"我觉得生活中可以写成短篇小说的题材太多了。"
这位老太太的一双眼睛在镜片后面闪着光,稍加思索之后,她笑着说:
"有一些事情,不必加工改造就是短篇小说,写出来就可以。"
我赞成她的话。

说"文学是生活的教科书",有道理。说"文学是生活的参考书",似乎更好些。

说"作家是人类灵魂的工程师",是对的。

说"作家是读者的朋友",也是对的。

说"作家是读者的敌人",难道就没有根据吗?

这全看一个作家给予读者的是什么作品。

当一个小说家越过编故事的阶段,而悟出自己写小说是在探讨历史和人生的哲理时,他也许就接近成熟了……

哲学家要写小说,当然得学会选择情节、编织故事。文学家写小说,也应该懂得哲学。他不是写哲学讲义,但需有哲学的灵魂。

有一次,王笠耘讲:

"有的作品并不一定很深刻,但显示出作家有才气。就因为有才气,人们愿意看下去,欣赏的是他的才气。"

他是老编辑。他的话唤起了我阅读某些作品时曾有过的体验。因此,我说:

"对,是这样。"

作为编辑,我们当然希望作者的才气能够发挥得最有价值,能够创造出上乘的作品。但我们不能否认那霞光似的才气。霞光与整个天宇相比是狭小的,却毕竟是美的。当我们看某些作品时,也许有一半,我们是在欣赏作者作为一个人的才气。

这好像有点儿怪,其实不怪。

黎之爱讲一句话:

"艺术的说服力,——就看艺术上是不是站得住,艺术上是不是有说服力。"

我同意他的话。但这需要发挥。

一九七九年春,我写了一个短篇小说《参谋与首长》,请秦兆阳同志指教。过了几天,我到他家——他自己住在一间不足八平方米的临时搭盖的小南屋里——去听意见。他说：

"主题不明确，矛盾不尖锐。因为矛盾不尖锐，所以主题不明确。"

"我同意你的评价。"我说，"我写的时候也觉得吃力、别扭。"

怎么回事呢？这作品涉及一次败仗。这是生活中的实际情形。然而在我军打了一次败仗这一点上，我总下不了手，不能痛快明白地交待出来；而我又想表达那么一种意图：写出几位高级指挥员在困难时刻的相互关系和心理，写出周旋于首长之间的一位参谋……问题就出在这里。

我又把稿子拿给妻子看。她也不满意。于是，我在稿末写下这样一段话："此稿经秦兆阳同志看过，主题不明确，矛盾不尖锐。我自己也觉得很不顺手。作废。"

很长一段时间，我不再想这件事。

同年深秋，一天，一位青年带他的女朋友到我家玩，说起他的工作问题：一位副部长要他去当秘书，他委决不下。在交谈中，我忽然又想起了我在生活中遇到的那个参谋如何处理几位首长之间的关系的事，并讲了出来供他参考。在我看来，那里包含着一些对做秘书工作者颇有启示意义的东西。尤其是现在，在"四人帮"的十年破坏之后，在我们党的优良传统作风大受败坏之后……

同这青年的交谈，使我获得新的灵感，更强烈地意识到这个题材同现实生活的内在联系以及它的现实意义。于是，我对曾宣布"作废"的稿子又发生了兴趣。

我把它找出来，重新改写，并决定忠于生活，解放思想，明确是打了败仗。不过，我并没有按照那个败仗的原来规模写——这样，改写得颇为顺利。这就是发表于今年二月号《解放军文艺》的《一个参谋和三个将军》。

《一个参谋和三个将军》是最后确定的篇名。当一九七七年秋冬在战友和老首长帮助下，在军事科学院和军政大学写《昨天的战争》第二部，开始接触这个题材时，以至到后来开始写它和改它时，我曾想到和用过如下的题目:《在困难的时候》、《参谋与首长》、《倒霉的时候——参谋与首长的故事》、《打了败仗的时候》。最后,又将"一个……和三位……"改为"一个……和三个……"真的,我为什么称参谋就是"个",称将军就用"位"呢?……

在《十月》杂志编辑部召开的一次座谈会上,作家陆柱国说:
"我的创作,都是哪里发生了什么事,我就到哪里去,然后,就根据真人真事进行加工。我不会编。"
他讲的符合他自己的情况。他的《决斗》和《上甘岭》,以及《战火中的青春》,似乎就是这样产生出来的。
他是这样走过来的。这是一种路子。
我们坐得很近,那是在向阳饭店的一个会议厅里。当他这样讲的时候,我想起了前两年我们一同去任邱油田参观时,他特别留心并询问那里一些令他感兴趣的事。他随时掏出小本子记,还专门去访问过什么人。看来这是他的习惯。
我很喜欢他的中篇小说《决斗》和电影《战火中的青春》。我猜想,他的《独立大队》大约也是对一个大体真实故事的加工。
我不相信作家陆柱国不懂得虚构在文学创作中的意义和作用。
然而他说他"不会编"。
实际上,据我看,《上甘岭》、《战火中的青春》、《独立大队》,"编"的成分就不小。
我想,他是不赞同主观主义的"编",没有生活根据的"编",凭空的"编",而并不是反对从生活出发,在坚厚的生活材料上虚构。否则,他的作品怎么能写出来呢?有一些,为什么会写得那么好呢?

四月十八日。傍晚,大家下班了。王笠耘站起来。我也站起来。
我对他说:我写了一个短篇。它的题目最早酝酿时叫《我们的女歌手》,后来动手写时叫《女歌手之歌》,写成后想改为《女歌手》,

今天在上班的路上,忽然想到,何不把它改为《头发》呢?既然我以一个女歌手在战场上自己割辫、在"文革"中被人剪发、粉碎"四人帮"后又为别人设计发式为故事线索……

他想了想,说:改成《头发》好。

我给他稍为具体地讲了一下故事(我们经常这样聊)。他说:假如她在战场上突围时割下的发辫留到现在呢?假如她女儿现在化妆用的就是她那条辫子呢?

我很兴奋,说:好!采纳你这个建议……

他建议女歌手还应该是文艺工作者,做化妆师的工作。我没有采纳这建议。我讲给他的理由是:我想使这故事更像生活那样朴实,不想使它过于巧,发辫留到现在就很好了……

我们又谈到一个句子。

我说:当女歌手在一九六六年九月与丈夫一起挨斗,被人强行剪成阴阳头时,她不像她的丈夫,她不屈,她抗争,她昂首挺立,她沉默,而作品中的"我"却看到她流出两滴眼泪。我写到此处,忽然用了"秋风似的冷泪"这样的句子,并且觉得很好,而我的妻子则认为"没有这样形容泪"的。我欣赏这忽然冒出来的句子,不过,这两天,一直又在琢磨这句子,究竟怎样好?"秋风似的"?"秋雨似的"?为什么不可以用萧瑟的秋风来形容泪?

"秋风似的……秋风似的……"他捧着他那翠色瓷杯,靠在他的办公桌上,在散光眼镜后面眨动着眼皮,重复沉吟,最后说:"还是'秋风似的'好,不一般。"

我们谈艺术时总是很兴奋很坦率的,不掩饰自己的真情。

我对他说:从这个短篇以及《一个参谋和三个将军》的题目变化中,我自思自想为什么会这样变来变去?自我分析的结果,悟出一个道理,觉得:当我最初用《参谋与首长》和《我们的女歌手》时,那是因为我首先想到人物,而后来,则是深化对形象的认识,提炼那生活素材中的意蕴,并在题目上要做到又含蓄、又引人、又要对意图有所显示。你说是不是这样?

他望着我,似乎回答了一句,可惜我记不清了;因为我要回家,他要去饭厅"吃伙食"……

> 附记:《头发》在《十月》杂志发表时,编辑同志大约在原稿的这个地方,看到我曾换过"风"和"雨"两个字,用了一个新的字——"水"。我在看校样时,觉得用风形容泪也许不易为人所接受,便又改为"雨"——"秋雨似的两滴眼泪"……只是两滴,不能再多,再多就不符合我对人物性格的理解和把握了……

比四月十八日早几天,还是在办公室,又是下班后。傍晚。

我说:王笠耘,请你给我看看这个稿子,给我掂一掂,它到底怎么样?——我说的是短篇小说《永久的秘密》。

他是一位富有鉴赏力的老编辑。我很重视他的意见。

他欣然同意。我把稿子交给了他。

第二天傍晚下班后,办公室只剩下我们俩,安静下来,我们就讨论起来。

他给我鼓舞性的评语。这使我增加了信心。

"没有问题吗?"我问。

他又是站在他的桌子旁,说:"这是写英雄的,有什么问题?"

我向他介绍:这作品最早题名是《遥远的祖国》,轮廓性的构思是:通过一个同志被俘不屈的历程,再现朝鲜战争期间我方被俘人员的斗争生活,以一个人物开始,逐步展开生活面和斗争的复杂性。可是,当写到这个人物——杜光甫——被抬上敌人直升飞机时,我忽然发现他的命运将必须在这飞机上决定,我必须改变写成一个长篇的预想。因为,这个人物自从受伤被俘清醒之后,为保守军事机密,一直想结束自己的生命。他认为这是保守秘密的最好的方法,而在这个飞机上,就是结束生命的最好的场合和时机。他能够做到这一点。因此,故事发展不下去了。为了集中写他以自己的死保守作战机密这一点,我删去了前面的八九千字,名字也改成了现在这样。但是当写到他在飞机上要结束自己的生命时,触及到了一个共产主义者以解放全人类为己任的道德感情问题。他了解了他面前这个犹太族女医生的情况:一个无辜的雇佣兵,一个为追求自己所谓幸福而替一位贵夫人当兵的人,拿自己的生命换取三万美元的人,没有政治头脑,没有军事知识,却信奉国际条约、两度阻挠美军拷打他的人。他内心深处多少有些不忍将她毁灭的情绪……这是很微妙的。为了这一点点对人物心灵的探索,我反复斟酌很长时间,逐字逐句来回推敲,掌握分寸……老实说,当写到这里时,我联想到了《第四十一个》那个作品。我认为我对生活的理解和处理,都同那个作品是不同的,但我仍然担心"人性论"的帽子……

王笠耘说,他没有这种感觉。

我很高兴。

于是,我们又讨论细节处理。

他说,可不可以让杜光甫问一问那个女医生:你有降落伞吗?你会开这机舱的门吗?

我理解他的意思。在重新整理稿件时,我吸收了他的智慧。

> **附记**:这个作品在《钟山》发表时,改名为《被俘者》,并根据编者的意见,又略作修改。

有许多次,当我骑自行车上班或下班时,或者,当我一个人步行时,例如无目的逛大街时,我忽然会想通那原来想不通的人物关系、情节发展和作品结构,头脑里会默语一些句子或一些话,会更清晰地看见我想要刻画的人物,会想到一些新的题材、素材,很高兴。

我觉得这是灵感的一种显现形式。然而我不知道为什么。为什么有时坐在案头反而脑子不灵?为什么专门思考时反而久不开窍?这是身体运动、血液循环对大脑机制的积极作用吗?

有许多次,我半夜醒来,午休醒来,清早起床,头脑里忽然出现了新念头、新想法、新感觉、新见解,某些昨天、前天,长久不想而又没有解决、没有理解的事情,会豁然通达。

这种时刻,我真兴奋,充满信心。这是为什么呢?是因为消除了疲倦,头脑又活跃起来了吗?

有许多次,我忽然有了新感觉、新意境、新语言,却因为没有马上记下来而又忘记了,被别的事情一干扰就消失了。有的事后还能追索起来,有的只能追索一部分,有的要过很长时间才会重新出现(不过已不是原先的样子),有的似乎再也不来了。这是怎么回事?

似乎可以把写短篇和短诗比作战斗,把写中篇比作战役,把写长篇比作战略性的更持久的过程。

战斗是速决的(只是就写而言)。而在战役特别是战略的长过程中,如果不能间歇,不能随时拿起随时放下,不能休息,一部长篇就可能把人累死。对于业余写作者来说,如果不能随时转移注意力,那也许就什么也写不出来。哪里去找长长的整段的时间呢?

巴尔扎克只活了五十一岁,长中短写了近一百部篇(短篇不多,主要是中长篇)。正像雨果说的:

"他的一生是短促的,然而也是充实的,作品比岁月还多。"

他太累了。否则,他可以写得更多。噢,不!如果他"慢慢来",也许,即使他活到列夫·托尔斯泰的高龄,也不定会写得比五十一岁的年华更多。

有人说他是为了赚稿费还债而拼命。有人说他死于五十万杯咖啡——为了写作要提神。

这些说法也许有道理。他抓紧时间、浓缩生命的精神是了不起的。

有的人可以在二分之一甚至四分之三世纪里享有作家的称号,然而作品也许只有一两部。有的人死得很早,如拜伦、普希金,然而留下的作品却很多。有的人活得久也写得久,列夫·托尔斯泰是这样的人。中国的郭沫若、茅盾、巴金也是这样的人。

鲁迅更像巴尔扎克,——作品比岁月还多。

活得短,写得多;活得长,写得久,——这是两种难得的人,巨人。

这真是有趣的现象。

莎士比亚以改编历史故事和别人的作品而成为大师,——他是再创造的天才;

凡尔纳以读书、做笔记为方法而创作幻想的作品,——他是想象和幻想的奇才;

曹雪芹凭一部(也许应说三分之二部?)《红楼梦》而永垂不朽,——他是写实的大师。

这些现象真耐人寻味。

四月二十五日。

这几天很焦急,因为二十六日要去参加全国文学期刊会议,而我的中篇《嫦娥》(它最早的名字叫《看不见的波涛》、《看不见的世界》)还不能收尾。

业余写作很困难。这个中篇已中断了两个来月。如这次不能完成,第三次再接着写,重新进入境界和角色,则要花更多的时间。

这促使我必须改变某些构思,把它早些结束,写短些,牺牲一些内容或予以压缩。

昨夜无法开夜车,因为二十三日夜曾工作到凌晨四时,只睡了两个小时。因而,昨夜十时便休息了。

今天早晨五时许起床。散步后,再次决定把这个作品缩短,实在不行,便写个附记,说明业余写作的困难:因没有时间,就此收场。但这不是说不要一定的完整性。不,它必须是相对完整的。为此,我用了这样两行作大的跨跃:

尔后……尔后……
　　尔后……尔后……

　　原来构思中,秋秋要照片,石萍开了门,从不大的门缝里把宋愚的照片递给秋秋,便赶紧闭上门,掩面哭泣。现在则不是这样,石萍从阳台上一进屋子就头晕目眩,不能控制自己的身体。她跌倒在地上了?扑倒在床上了?由读者去想吧!
　　至下午一时,连续伏案五个多小时,总算完稿。做到这一步就好办了,再增加再删减都好办了。

　　附记:后来,在六七月间,对这中篇又作了修改,将名字定为《影》,而最后看校样时,又改为《夫妇》……

　　二十五日下午五时二十分,打电话给《十月》的侯起同志,请她将《头发》结尾处"爱的包围圈"一语,改为"求爱者的包围圈"。几天来,有空就想到这个句子应该改一改。

　　一个文艺刊物犹如一桌精神的筵席,而编辑就是配菜的厨师。应该配得尽可能色香味多样,以满足各类读者的需要。在一期刊物中也许做不到这一点,从总体上说应该这样做。当然,每一桌筵席,都应该有主菜。

　　青年女作家竹林带另一位上海作者来玩。她似乎有点苦恼,为最近写的几个短篇不理想而苦恼。这使我想起自己二十多年前也曾有过这种体验。今天看了她的《希望》原稿,觉得没有突破《生活的路》。
　　我们作了交谈。我谈了我的想法。
　　我认为一个人的创作是波浪式发展的。每个作者,似乎都会几度地出现淡季和旺季的情况。有时候,写不出来,写不好,给读者以沉寂的形象,这没有什么;沉寂反而可能是新的跃进的前奏,只要不断地探索、学习、思考。

文学是历史的伴侣?这话颇有道理。但是不是也可以说:文学是历史的产物?似乎更应该这样说,首先应该这样说。因为它是历史的产儿,所以它才是镜子(当然不是柏拉图所说的那种镜子),接着才成为伴侣。

即使在我们的时代,现实生活中没有解决的问题(矛盾、冲突),作家在他的作品里也不可能描写出一个解决的方法。这正是现实主义艺术的特点之一。

我们的理想还不等于我们解决具体问题的现实,所以作家写不出来。

何况,即使我们的时代,也有峰回路转的曲折。如某些反映一九六六——一九七六年间生活的作品,之所以只能有一个胜利的信念和趋势,而不能有一个肯定明晰的画面,大约就因为那时,人们还不能确切断定"四人帮"将怎样覆灭、何时覆灭吧!

艺术需要异常具体的生活素材。

当然,为人民的艺术,革命的艺术,同时永远也需要信念、希望和理想。

信念,希望,理想,幻想,对未来光明前途的追求和向往,这是生活中的美,需要去发现,才能变成艺术的美,——比生活中的美更升华了的美……

我们的老作家很多都已七八十岁了,实事求是地说,他们确实年事甚高了。但恰恰是现在,在度过了十年浩劫的灾难之后,在他们的精力大不如前之时,他们勇敢地抛弃杂念,总是真实地讲出自己的思想和观点,按照生活的实际状况,创造出艺术作品,奉献于人民大众。

这就是作家的晚节。维护真理的人总是可敬的。

五月十六日,下午,北京东四南大街国家出版事业管理局三楼会议室,在我们《当代》编辑部举行的座谈会上,女作家宗璞谈到自己的短篇小说《我是谁》的时候说:

"……我写这个作品时,有这样的想法:人,人是什么?人就是人。可是,就曾有过这样的事:把人叫做'牛鬼蛇神'。那时候,在北京大学的校园里,我就看到过物理学教授×××曲着腰走路,——被斗得直不起来——忽然觉得他(她?)像一个虫子。《我是谁》的写作念头,就是这样来的。人们说这是卡夫卡的手法。我是接触过卡夫卡的作品,从手法上说也可以讲有些关系。但卡夫卡并不是没有道理的。人在走投无路的时候,往往会产生卡夫卡那样的心理……"

我根据记忆写下她的话,可能有出入,大意是不错的。她的《我是谁》作为一篇小说,在艺术上的得失自当别论,——例如,在座谈会上,作家玛拉沁夫就提出不大容易看懂,这是作品的一个弱点——但她说的这种创作心理,这种创作过程,我是理解并且赞同的。为什么?因为我曾体验过这种心理。

那是十年前在干校的时候,我因莫须有的罪名受到审查,或者是在审查前后吧,总之,有那么一段时间,我虽没有走投无路之感,心情却也着实灰冷,当然也夹杂着愤激;这使我常常陷入沉思,思考得很多。就在那时,不知怎么的,我有了一种情绪和心情,止不住地拿人类和动物相比较,久而久之,在我的视觉上,便觉得人和许多动物十分相似。比如,我觉得人的耳朵特别像老鼠和蝙蝠的,而眼睛、鼻子、嘴巴,则几乎和许多动物相似,甚至和鱼相似。我喂猪。我赶毛驴车。相当长一段时间,我几乎天天赶毛驴车往返几十里路。我仔细地观察毛驴的面容和耳朵,觉得它只是跟人的样子不同而已,此外,它到底多什么少什么呢?至于说到猩猩、猴子,——我在北京动物园留心地观察过它们——在我的感觉上,只不过比人的面孔多些毛发而已。我觉得,人的小腿特别像鱼。常常地,在某个场合,我凝望着坐在我对面的人,就产生了上面这些感觉,觉得人实在像动物。……这种感觉是如此顽强,长久地不能驱走。以至于,在沼泽草地和长长的公路上拣驴马粪的时候,或者喂猪,或者在冰雪中和烈日下一个人孤寂地赶着毛驴车的时候,我就产生了想写一部小说的愿望,产生了一种所谓艺术构思和创作冲动,想通过对动物之间的争斗的描写,来曲折地反映人类的生活。我确实有过这样的心理活动,我甚至定好了这样一部作品的名字……

在那些艰难而不幸的——灾难性的——年月中,在黄昏拣粪的时候,一个人走在那伸向无尽的远方的大路上,背着粪筐,提着粪叉,我还有过这样的感受:觉得自己像生活在疯人院里,仿佛人人都在丧失理智地狂跳。因而,我还想到概括这种感受的题目,其中一个叫《呼拉圈舞》。为什么想到这个怪名字呢?那是因为五十年代末或六十年代初,在一张报纸上看到过一则报道,说的似乎是缅甸有一种舞蹈:人把一个圈儿套在腰间跳,要跳得使那个圈儿摔不下来……它使我联想到"文化大革命"中的生活,就仿佛是跳呼拉圈舞……而当我想到《神经病》这样一个题目时,江青的形象便浮现在我的脑海。

在后面的这种感受和情绪中,我特别想塑造出一个哲学家的形象。其实,这只是一种情绪,还不是清晰而确定地构思,在那种历史条件下,也只能想一想而已。但事实确曾有过。

我还有过一个《我死了以后》的相当清晰的构思,但恐怕很难把它真正写出来。当我有了这种想法时,——它曾在一段时间内几乎每天萦绕在我的脑海——我并没有看过如《世界文学》复刊后所发表的意大利某作家的《朋友们》那样的作品,但我发现,我的想法和他有某种相似之处。我也许永远不会去写出这个构思,但我不能否认,人类的心理活动,至少在形式和过程上有其相同和相似之处……

当一片乌云遮住阳光,地面上便会出现阴影。人如果被某种阴暗的生活气氛所笼罩,被一种阴暗的生活浪涛所冲击,他大概就可能产生怪异的心理情绪和联想,其中自然包括变态心理——如将人视作非人……

如果要对创作进行真正科学的研究,就不能回避作家在创作过程中的各种心理状态,——这当然并不意味着每一种心理情绪都具有艺术美学的价值——否则,文艺学就不能成为真正的科学……

当我写中篇小说《夫妇》时,我并没有读过伯尔的《列车正点到达》。而当我写完自己的作品读到这位德国作家的这部作品时,我发现,我至少在一点上和他相同,那就是:一个中篇不分章,不分节(不是指自然段落),一气到底。我不是想说我比他高明或者和他同样聪明,而是想说明:人类可以有一些共同的发现,而这是因为有共同的(相似的)思维方式和认识过程。是不是这样呢?

对战争题材的深入挖掘,就是写战争中的人,战争和人的关系,战争所透视的社会历史内容和人生的哲理。离开战争的年代越久远,战斗过程的叙述和描写便越会退居到次要地位。我有此感觉。我发现一些最新的外国战争作品也正是这样。

一次,浩然说:他每年最好的写作时间是六个月,上半年是四月、五月、六月,下半年是九月、十月、十一月。

我觉得他的话有道理。因为我也有这种感觉。最热的时候和最冷的时候,写作都不得劲,特别是在住宅条件较差的情况下,汗流浃背或者手脚僵麻,都影响情绪,影响身体,亦影响写作效率。

不过,我最怕的还是热。每年从五月中下旬开始直到八月底,我都很难受,头晕脑涨,写作很吃力,人显得很愚钝,而一到秋凉,头脑便好使了。我的写作效率最高的季节是秋、冬、春。我不怕冷,却怕热。冷的时候我可以把自己包起来,热的时候却不能把自己泡起来。

读《国外文艺资料》一九八〇年第二期,在有关美国影片《克雷

默夫妇》的一组介绍文章中,看到如下两个说法:

1."动作就是个性。"(斯科特·费茨杰拉德语)

2."我的任务就是扮演你,演得好不好,就看我能否把你吃透。我必须查明你的所作所为。除了婴儿,没有一个人是简简单单的。人们一旦具有自我意识,就产生行为。因此,演员就是把人们的行为表现出来。"(克雷默的扮演者达斯廷·霍夫曼语,原无重点)

这两个说法好。把第二个说法中的"我"、"演员"改为"作家",把"扮演"、"演"改成"写",从写作的角度当更易理解。当然,在"产生行为"之间,似乎还应加两个字,即"个性",——"产生个性行为",在"人们的行为"之间,也应加"个性"二字,——"人们的个性行为"。

作家写作和演员演戏有什么不同?也许是不同的,也许显然是不同的;然而我却觉得更应当重视它们的相同之处。

在《克雷默夫妇》中扮演女主角乔安娜的演员梅丽尔·斯特里普,在三年中曾扮演了四十个截然不同的角色,最著名的是在《白痴卡拉玛佐夫》中扮演衰弱的老太婆,在《装满了棉花的二十七节货车》中扮演一个美国南部的小姑娘,在《驯悍记》中扮演脾气暴躁而勇敢的凯特,在《仙境》中扮演滑稽、幼稚的艾丽斯等等。

关于扮演乔安娜,她这样说:"我越来越觉得乔安娜的离家是有理由的。乔安娜的父亲照顾过她,她的学校照顾过她,然后是特德(乔的丈夫)照顾她,突然她觉得她没有能力照顾自己。我要扮演一个自己感觉没有能力的人,而我自己却什么都能做到。"(原无重点)

这个演员的经历和自白很有趣。

她是一个青年,然而却能扮演一个衰弱的俄国老太婆;她快三十岁时,却能扮演一个胖小姑娘,而从照片看,她自己是窈窕的……她自己是精明能干的,却要扮演一个缺乏生活能力的人……

她总是做着一些同自己个性和特点相反的事情,而且,居然都很出色,很成功。

许多演员能做到这一点(正因为他们精明能干)。不过,也有一些演员,戏路窄,只能演某一类角色。

重要的是扮演若干迥然不同的角色。

诀窍何在?观察,思考,感受,进入剧情,进入角色,出神入化,想象,创造。

这和作家(小说家、剧作家)的工作有什么不同呢?就思维过程来说,就心理体验说,就创造性想象说,很难说有多少不同。

有些不了解文艺特性、不了解文艺规律的读者和观众,在某些情况下对某些作品提出批评,所持理由之一正是作家不曾干过那件事,不曾到过那个地方等等;更令人遗憾的是,有的作家竟也束缚自己,不敢大胆去写本来可以写好的东西,怕人家做出上述指责。

其实,一个演员可以扮演四十个截然不同的人物,一个作家又何尝不可以描写、刻画、塑造四十个乃至四百个截然不同的人物呢?

完全可以,而且应该。曹雪芹在《红楼梦》里,就描写了四百来个人物嘛……

当作家在描写、刻画、塑造各种各样人物时,他也就是在思维中认识和心理上扮演着各种各样的人物;就这点来说,他比演员更像演员,虽然,真叫他上台,他可能一个也演不了。

演员一般是在剧本规定的情景中理解、体验、体现、发挥,作家是面对生活的大千世界发现、选择、集中、提炼、想象、创造……

任何演员都不可能完全地观察、更不可能亲身地体验自己要扮演的各种人物的生活,任何一个作家也做不到这一点。然而,不能由此得出结论说演不好或写不出。事实并非如此。人类有举一反三、触类旁通的能力,有相互理解的能力,有利用间接经验的能力,而这其实正是人们熟悉社会、熟悉人生的结果,——用已知的、已经熟悉的(越多越好)去猜想、改造、溶化不曾实际体验的……

这并不神秘,更不是提倡闭门造车,但它确有微妙之处。

一部小说,一开始就出现四五个人物,又没有重要的情节,四五个人名倒来绕去,没有各自富有特征的心理和性格,读的人记不住,不理解,不能进入作者自以为清楚的环境,不能深入人物心理,只觉很乱;看来,这不是写小说的好方法,至少不是写开头的上策。

我刚刚读的一个中篇稿就是这样。

这使我想起,许多成功的著名的小说,是从对一两个人物的较为深入地描写(刻画)开始的。也有从所谓事件、突变、群像开始的,但终久还是要突现出一个或两个主要人物,或由一个两个人物,逐渐发展到众多人物,如《红楼梦》、《三国演义》、《水浒》、《战争与和平》等。

一开篇就"打群架",是叫人眼花缭乱的。谁在看打群架的时候,能很快理出头绪、分清是非呢?看来,从一到二,从少到多,从点到面,从简单到复杂,从静到动或者从动到静,或者动静交错,松紧交叉,这不只是技术和手法问题,而是人们认识客观世界的心理过程。读者读作品如此,作家写作品又何尝不是这样呢?

文学作品应该促使民族语言的规范化。那些需要加注才能理解的过于奇僻的方言土语用得太多,既不利于民族语言规范化,也不利于作品的流传。那些只在某个地区流行的语词,对于广大读者来说,犹如航道上的礁石,造成诘赘,损害读者的审美感受。

六月十八日。

凌晨一时半,收起未改完的《嫦娥》(即《夫妇》),开始就寝。眠中做一梦:梦见《十月》的编辑章仲锷同志站在我面前,对我说:"这个小说第一稿对石萍的那种描写法,也许更好些?也许给读者的印象更深些?那样,石萍这人物也许更真实些?"我说:"是吗?那就恢复原来的写法。"而实际上,当此刻——上午八时二十分——又开始修改时,我知道那是不能恢复的,因为第一稿中在两性关系上有些过露的叙写。

做这个梦,是因为章仲锷同志曾经看过我的一部分稿子(王笠耘同志也看过),更重要的是因为我在反复地考虑如何改得更好一些。

这使我想起,我曾多次做过这种性质的梦。

在《昨天的战争》第一部、第二部写作处于高潮时,也就是写得最兴奋、最紧张时,我也恍若置身在战场上,和我的人物在一起,或看见我的人物们在活动。有时,即使清醒时,也仿佛在梦中。那个深秋的漆黑的夜晚,评论家艾克恩到弓弦胡同我那个小小斗室中来,我停下写作,同他聊了一会儿,他临走时,我对他说:"外边下雪吧?"他笑了,我也悟了,觉得好笑。这使他又留了一会儿,就这个"走神"的事,又取笑了我一阵。其实,这是因为,我正在写到南朝鲜的黑夜和风雪,我的情绪还在那风雪中,我的感受还在那黑夜中,对于他的来访,我好像是以大脑的某一部分在接待,而整个情绪和感受,并没有摆脱我曾经体验过、又充分想象了、并在心理上置身其中的环境……

《嫦娥》(即《夫妇》)修改的主要点是什么呢?

1. 对比。在石萍夫妇和外科大夫夫妇之间造成对比,从对比中加强人物和加深意图……外科大夫的第二次出场,即出席秋秋的婚礼,和秋秋的公公——内科学教授是同学……

2. 删除。删除那些带有官能刺激性的东西(描写、心理剖析),使之含蓄……

3. 加强时代感,渗透社会内容……

4. 省俭篇幅而又充实内容(生活场景,情节细节)……

5. 尽可能加强人物意识(即石萍的)的流动性,以此跳跃过"无戏"的时间和空间……

6. 语言。尽可能推敲、修改,力求准确……

这中篇的名字到底叫什么好?《看不见的波涛》?《为什么》?《惊回首》?《回视》? 也许应该叫《夫妇之间》? 拿不定主意,真恼火。

我应该如实地记下这一事实：

《夫妇》这个中篇曾写过几个开头，已记不太清。但最后定下这个梦境的开头，是一次蹲在厕所里时忽然想起来的。本来也想起过几个，当时也觉得不错，句子都有了，但因为没有记下来，后来都忘了。现在定下的这个，是在一次蹲厕所时所想起来的，——当时，思维中出现了那划船的情景，并且涌出一串句子——从厕所出来马上记下来的。我一直在追求开门见山地触及人物心灵的情景、动作和语言，而我对最后记下的这个比较满意，虽然，早先想到的，也许比这个更好一些，可惜稍纵即逝，再也找不到了。

今天，六月二十日，仍在想中篇的题名，想到以下几个：

《宋石夫妇》、《残月如舟》、《不幸的家庭》、《家庭》、《妻子和丈夫》。

这里，有的，其实早就想过几遍了。

下午，在小西天看完《晴朗的天空》和《杨梅树下话当年》两个电影，骑车回家的途中，忽然想到《爱，应当是怎样的？》。

《晴》是苏联片。《杨》是瑞典片。前者是通过一个妇女分段回忆表现的；后者是所谓意识流手法："一个老教授（？）自己看见了自己过去的某些经历。没有想到，我正在修改的这个中篇的表现手法，与《杨》有相当的不谋而同之处。就我自己而论，我想到采用此种手法，根据的是自己做梦的体验，是从自己的梦生活得到的启示……"

今天，六月二十一日，星期六，一早起来，在原稿第二十八页上，关于石萍的内心描写中，加了如下几句：

"她觉得，从今后，她所需要和应当追求的，是那种更充实、更满足、令她的感情更激动的精神生活，那才是生活的高境界——超凡脱俗的境界……"

我以为这是必要的。

因为，我看见，她在那小洋楼里走来走去，而我感觉到她想到了这些，真正地想到了这些。不开掘出她内心的这种活动，那是肤浅的。当然，我永远不敢说我对她理解透了，——因为，人的心理是无可穷尽的——但我可以说，我在努力开掘。

在原稿的四十八页上宋愚的语言里，在"一个人如果没有这一点，自己不了解自己，自己不相信自己"之后，加了"自己怀疑自己"。

我以为这也是应该的。

石萍对宋愚的揭发，原因之一正在于她对宋的怀疑。而政治生活经验远比石萍多的宋愚，是应该说出这话的，是能够说出这话的。

在昨夜改过的宋愚的话："时间长短、斗争复杂不要紧，关键是……"（第一稿为："但无论如何，我还是那句话……"）之前，加了"一切都乱套了"。

在昨夜重写的一节里（原稿第七十三页），在宋愚说的"当心报复噢"之前，加了如下句子：

"一切都不是永恒的。我终究会死的。这个国家是五亿人民的。"

昨夜（记错了，其实是前天）写完那一小节，写出宋愚那句话后，总觉得还没有把宋愚的心理状态较好地表现出来。于是，他总是时时地出现在我的脑海不走，总使我琢磨。他是言犹未尽呵！

前几天对宋愚和石萍在海滨别墅外松林小路上的交谈和争论，几乎重新作了改写。我自以为它比第一稿更加贴切、朴素、真实。

性格是一个人特有的行为方式。

性格就是命运。——这是一个相对真理，但在某种意义上应该说，是一个非常重要的相对真理。只要我们仔细地观察、研究一个人，我们便会发现这个见解何等深刻！观察得越多，研究得越深，便越会发现这个真理的深刻性，到处都显示着这个真理的客观性及其光辉，甚至在作家群里也不例外。

性格是一个人的各种内在的素质——经历、教养、学识、见解、心理特性、感情特点……——和外部影响的综合表现。所以，一个人的性格有其主要特征，同时又是复杂的。性格的发展和变化，不过是人物的各种内在素质——包括信念、气质、遗传、年龄……——和外部条件（环境）的变化的结果。

仔细考察，人的性格在某种程度上还带着地区性特征——甲地人认为是"亲切的"行为，乙地人反而认为是"粗野"、"不礼貌"。由此可见，性格的民族性就更不难理解了。

六月二十一日夜。

散步去严文井同志处时，又思索正在修改的中篇小说的名字，觉得应该叫《影》（这是从李商隐的七绝《嫦娥》中得到的启示），或者叫《开影》？《影魂》？《魂影》？但这样色调又有些暗淡了。在《影》、《宋石夫妇》和《月如舟》之中择一而定。

六月二十二日晨。

把原稿第九十八页关于石萍心理分析的一大段和一百零六页的几行，都准备移到将近结束的部位，改为石萍第一人称的自我剖析和内心独白，用她写一封信的形式表现。我看到了她在写这样一封信，但她不知道写给谁，也无法（也不能）投递，因而抬头只用了两个字"朋友"。我之所以这样做，是因为很长时间以来，她老在我的意念中伫立着，内心很痛苦，而我却摸不透她的痛苦——为一些怎样的自己意识到的东西痛苦——，而昨天修改这一部分时，在看到九十八页时，我觉得那实际上正是她痛苦的内容，只不过，我原来写时角度不对，用的是第三人称，而不是第一人称。

当然，这一内容的移动不能是简单的，必须重新改写，尽可能丰富些，深刻些。

六月二十二日晨。

人类有两种逻辑思维：

1. 抽象的逻辑思维；
2. 形象的逻辑思维。

前者在抽象的思辨中运用概念；后者在活生生的环境中，面对各种各样人物，运用语言，包括感受，进行推理……

我将第九十八页的内容移后、改写，并不是像我写学术论文那样推理的结果，而是因为石萍这个人物一直站在我脑海里，有她复杂的痛苦的表情和神态，我却长时间未能理解她更深的痛苦是些什么内容……而我终于有所悟了，开始摸着她的心灵了。这些内容似乎只属于她。我是一直围绕着她在思索，在探索……我认为这就是形象思维。

所以，我说：形象思维是一个完整的概念。

我不同意用二元论的观点来解释形象思维。这里有很大的误解。

如果我不是长期潜心于琢磨、研究石萍这个人物的心里活动，——她可能有和应该有的心理活动——我可能根本就不会想到这些内容，特别是不会使这些内容（思想、感情、语言）带上她个人的、个性的色彩。她在我心目中站着。我是面对着她在思维。如此而已。

近年来的作品中，何以有那么多由癌和心脏病纠缠起来的人物关系呢？……

上周四晚上去看老诗人臧克家。这位七十五岁高龄的老人，很讲究待人接物，把我送出了大门。临别，他说：

"我已留下遗嘱，死后不上八宝山。"

他的话令我深思。

我以为，一个作家，应该为他的作品而死，也应该活在他的作品中。一个作家如果真能活在他的作品中,这便是一种最大的幸福,最好的归宿。

应该研究母爱,社会主义的文学艺术应该表现高尚动人的母爱。这具有很大的社会道德和价值。我们的文学中,关于这方面的作品,恐怕不是多,而是少。

我的一位同学、周恩来总理的一个后辈,在同我谈起周恩来同志的少年时,就曾抒发过关于母爱的见解。他讲的大意是:许多伟大人物的第一个培养者,不是别人,正是他(她)的母亲……尽管,有时,也许,那个给他(她)的智力、性格和品德以有益启迪的女性,并不一定是他(她)的亲生母亲。

我赞同这位同学的见解。

母爱不是抽象的,而是历史的,具体的。

结合自己的观察,我相信某些学者提出的这一见解:一个孩子的性格,从很早的时候起——半岁至三岁半——,就开始有其特征了,除了一些先天的因素之外,就看那直接抚养他的人怎样抚养他了……

但是,很遗憾,我们许多做父母的人,迄今并不懂得这一点,常常做着一些蠢事……

设想一下:假使整个社会的长辈人都懂得这一点,那会培养、塑造出多少优秀和可爱的人呵!

前几天,同文学讲习所的几位青年朋友在一起交谈,谈到与人才有关的种种问题。其中之一是要研究嫉妒,研究嫉妒的各种心理状态和表现形式,从文学艺术上加以表现。

嫉妒是非常可恶的。

嫉妒、仇恨、报复(关于后两种,当然不是指战争中的敌对关系),是极为可恶的品性。它对我们的国家、社会、民族、事业以至一

般社会生活,都极为有害。艺术应该把它们揭示出来。(六月二十二日,星期天)

六月二十五日。

凌晨三时十五分,终于将中篇改毕,题定为《影》。作品前有两段题词性的话:

1. "幸福的家庭并不相似,不幸的家庭各有不幸。"——这是"篡改"老托尔斯泰的名言。这样做,是因为前几天想起了巴尔扎克在某本小说的开头,以"时髦翻译"的手法,修改了贺拉斯(维吉尔?)的一句诗:

  从一个人拿手杖的姿势可以看出他的灵魂。

(按:所改的托翁的话,在最后的校样上,移到了末尾。)

2. 是几句诗,自己写的,但是是根据女主人公石萍的内心活动——内心语言——写的。在正文中,原准备照样写出来,后来,只以变动的形式,用了一句。我以为这样倒可能好些……

由此想到,作品的名字和题词性的东西,无非是两种作用:

1. 吸引读者。
2. 暗含或暗示某种意图或意向。

忽然想到,暗含和暗示,正是艺术之所以为艺术的一种艺术。没有无暗含和暗示的作品(完全失败者除外)。问题在于如何暗含和暗示。看来,较好的作法是既要"暗",又要"示",又含又露,又隐又显。这是矛盾的,又是统一的,要统一好,就要有分寸感。

然而就自己的体会而言,我又不主张在作品的开头暗示作品的结尾,在第一章暗示出第二章的发展,在甲情节里暗示必然出现的是乙情节,所谓"看了开头便知道结尾","看到这样便猜到那样",——这是不足取的。军事上的奇与正、形与势、虚与实、攻与守……出其不意、攻其无备、声东击西、出奇制胜……是活生生的辩证法;艺术与此相似之处正在于:出乎意料,合乎情理……也是辩证法,都是实践和心理的辩证法……

完成了一个作品,觉得表达了自己意识到的内容,而且真动了情,是一种愉快。《影》这个作品的结尾共修改了三次,也就是重写了三次,三次都曾激动。第一次流泪,第二次第三次鼻子酸(前面还有两个地方为之流泪),这使我愉快。

附记:这个中篇的名字,在最后校对时,改为《夫妇》。

"自然流露"说绝不是唯一的艺术标准。

用各种方式写作的动人的艺术作品,都有其所以动人的道理。评论家应该研究文学作用于读者的各种情形,由此而探索创作的各种奥秘,——这才是有出息的作法。

席勒并不是一个小作家,他的遗产属于全人类,为什么?

该怎样从艺术上评价裴多菲的《自由与爱情》这一著名诗篇呢?

该怎样评价鲍荻埃的《国际歌》呢?

拜伦、普希金以至歌德,有多少直抒胸怀、倾向鲜明的诗作呵!

我们的《解放军进行曲》、《团结就是力量》和《咱们工人有力量》等等歌曲,曾经发生过多么大的影响呵!像《解放军进行曲》,迄今岂不是享有着"军歌"的荣誉吗?它们的力量只在于乐曲吗?其词不是一种文学作品吗?

可见,艺术的标准是一个复杂的问题,不能片面地对待,不能简单化。

偶翻《罗丹艺术论》,读到这样的句子:

真正的青春:贞洁的妙龄的青春,周身充满了新的血液、体态轻盈而不可侵犯的青春,这个时期只有几个月。

他这里说的是女性的青春,女性青春中最美的时期。我想了想,对他的说法深为叹服。他观察得堪称精确!

文学家在观察大自然和人物时,应该具有美术家的眼光。

七月五日。
下午,在长虹影院看《大独裁者》。

很遗憾,这竟然是我第一次看卓别林的作品(这是不奇怪也不用说明的事情)。但是很高兴,我终于看到了这位艺术大师的才能和风格。

我的印象是:卓别林不是斯坦尼斯拉夫斯基,不是布莱希特,也不是梅兰芳,——他只是他自己。

他有多么奔放的想象力呵!

他在生活和艺术之间多么自由呵!

他多么大胆呵!

他是怎样地从生活出发、从人物出发而又不停留在生活的表面和人物的原型呵!

笑与泪,诙谐与严肃,丑与美,愤怒和希望,象征和写实,夸张和精确,都被他统一起来了!

看着他的表演和他这整个作品,我仿佛看到了他的思维过程。他的头脑是一个真正艺术的加工厂。我们应当向他学习。

影片最后的那篇演说词,那个酷似托曼尼亚国家元首亨克的理发师的演讲,使人想起了恩格斯所说的"席勒化";但这有什么不好呢?有什么不可以呢?很好嘛,好得很嘛!观众并没有因此而退场嘛!

关键在于:艺术家的人格、情操、良心、爱憎,很真挚,很动人!

宝莲·高代听到了理发师的演讲。这像是奇迹,不可能,但可信。

最主要的是,艺术家对生活的未来充满了信心和希望,他是一个有信念的人……

读巴金同志译的赫尔岑的《往事与随想》,才读了第一章,便惊叹不已。真深刻呵!

我们当编辑的经常接触作者。

有的作者不急于发表自己的作品,总是精益求精;有的作者急于发表,总觉得时间关系着他的某种重要的东西。

常碰到这样的情况:社会政治生活中发生了某种新的事态,某个作品便必须修改或不能成立(站不住)。于是,作者就感叹:"要是早发表出来就好了。"或者,由于别人发表了一个和自己在题材上相同或相近的作品,特别是使自己的作品相形见绌,作者又叹曰:"要是早发表出来就好了。"……

其实,这是不完全正确的看法和不完全对头的心理。

在某种情况下,时间(时机)是艺术生命的因素之一,甚至是重要因素;在另一种情况或更多的情况下,事情往往并非如此。

如果一个作品仅仅因为晚了几个月便失去发表的价值或发出来而站不住,那说明这作品的生命力本来就太弱甚或根本就没有生命力。

真正源于生活,艺术上又有自己的独特性的作品,是不可替代的,是经得起时间考验的。

一个作者最应该关心的,究竟是什么呢?

我佩服布莱希特。他真是个大作家,真了不起!我想,应该说,他的遗产,已经属于全体进步人类……

"真理是朴素的"。记得,这是别林斯基说过的话。

那么,艺术作品就不是这样吗?我以为是的。真正的艺术是真理的一种表现形式。

因此,把看不懂的作品也看作好东西,我不赞同。

不论多么华丽的艺术作品,它在实质上、品质上都应该是朴素的,犹如一个生命,它是可以捉摸的。

安格尔(一七八〇——一八六七)说:

"要十分虔诚地对待您的艺术。不要相信没有思想的飞跃就能创造出什么好的或者较好的作品来。要想学会创造美的本领,您应该只看一些最壮美的东西;您不必去左顾右盼,更不要往下看,要昂起首来朝前走,不要像猪那样专往脏的地方去拱嘴。"

"艺术的生命就是深刻的思维和崇高的激情。必须赋予艺术以性格,以狂热!炽热不会毁灭艺术,毁灭它的倒是冷酷。"

"艺术杰作的存在不是为了炫人耳目,它的使命是诱导和坚定人们所建立的信念,这种作用是无孔不入的。"

这里有很好的很深刻的见解。但对他的"只看壮美"之说似应作适当保留,对他的"狂热"说也应慎重分析。

性格即人。文学艺术家在观察人的时候,必须带着深刻的性格观点。

什么是艺术魅力?那是精巧的构思、生动的形象、准确而丰富的语言和深刻独特的思想浑然一体。

艺术构思就是寻找、发现和挖掘。"编故事"是一种通俗的说法,但和"设计人物和情节"的说法一样,有其不确切处。此种说法,至少有些不自觉的主观主义色彩,易于产生误解。

艺术构思是作家、艺术家的思维活动,但却不是主观任意的活动。它是主观与客观的矛盾统一的关系,是审美主体面对客观生活——这种客观生活就是储存在作家、艺术家头脑里的许许多多人物、场景、画面、情节、细节等等——去寻找某种东西,发现某种东西,挖掘某种东西。当然,构思离不开联想和想象,所以构思是创造性的思维活动;但创造和编造是不同的,因此应当区别,应当警惕。(九月十七日凌晨)

谁在生活之源里找到的越多,发现的越多,挖掘的越多,创造的越多,谁在艺术上的收获就越大。

在另一种意义上也可以说,构思是整理自己捕捉到的素材,深

化和强化自己对生活的感受……(九月十七日凌晨)

某些人易犯的毛病是:开头的一部或几篇作品从生活出发,苦思苦想(也就是精心构思),博得好评;随后产生错觉(或者叫过分自信),以为写作是一件很容易的事情,结果导致某种失败或水平下降,才又严肃和严格起来,这就造成"难——易——难"的感觉。我以为这种感觉是对头的,有益的。(九月十七日凌晨)

《梅里美小说集》中,多次写到死亡。乍看起来,似乎重复,成了一个套子和框子,但仔细研究,他写到的每一个人死,其意义和价值都是不同的,对读者的启示都是相异的。他在从不同的角度启迪人们。他不是欣赏死,而是赞美生。他仿佛在反复地探索着,人应该怎样生?又应当如何死?……他的作品中,有浓烈的伦理道德的内容……他很善于剪裁(取材)和构思(结构)……(九月十七日)

构思是反刍,是消化,是思维在再现的生活现象中勘察、旅游……(九月十七日)

在基建工程兵创作学习班谈构思的提纲:
构思与人物……
构思与思想……
构思与情节……
构思与细节……
构思与推理……
构思与感情……
构思与想象……
整体构思与细部构思……
纵断的构思与横断的构思……
纵横交错的构思……

构思应该是严密的……
构思应该是完整的(按照主题、立意的要求)……
诗构思的特点……
小说构思的特点……
构思中最重要的是什么?……(九月十七日、十八日)

《墨绿色的美国军服》——这是我以自己的亲身经历和感受构思的一个短篇小说。然而在写作过程中,它却变成了另一个构思——《太阳落在山的那边》,情节和主题都大变了,变得更复杂了,出现了我原先不曾料到的新的意境。

我为此欣喜而激动。这种变化是从人物的关系中来的。我只好尊重人物关系,发掘人物关系。第一个构思《墨绿色的美国军服》变小了,由《墨……》发展出来的构思反而大了。当然,它们都是道德题材,——战争中人的道德题材。

这是别人现在看不懂的一则日记,只有在两个作品完成之后,一切才能明了。

可见,构思会发生惊人的变故。而这表面地看来,在开头时,好像仅仅是为了寻找到一种表现角度和方法……(十月九日)

情节好像可以"下蛋"。我在构思《墨绿色的美国军服》时,就遇到了这种情况:先是引发了《上官司马论死生》这样一个新的题意和构思,再是引发了《头发》这样一个新的题意和构思,继而联系到《太阳落在山的那边》的构思,而在写《墨……》时,根据王笠耘的建议,还独立出了一篇《团长的坐骑》。当然,现在尚未完全写出来。但是,已经孕育在胸。真有趣。(十月二十二日)

(以上两段札记,需作一说明。《墨绿色的美国军服》的构思,就是发表于《解放军文艺》一九八〇年十二月号的《尊严》。在朝鲜前线,我曾穿过一件美国军服,被敌人包围后,我把它扔掉了。我想拿这个素材和体验写一个短篇,最早的构思是让一个女歌手穿这服装,然后在敌人围困中扔掉。但不知为什么(大约因为是我自己的经历吧),我有点儿舍不得给她穿,想来想去,便构思出发表于《十月》的《头发》,——把服装换成了头发。这件服装,我也曾想穿在一个女军医身上,这就是所说的《太阳落在山的那边》,也就是中篇《一座雕像的诞生》构思中的欧阳兰身上,后来觉得这是不必要的。由这件衣服引起,我忽然得到若干触发,想写一个中篇《上官司马论死生》,迄未如愿。而在《墨……》也即《尊严》的初稿完成后,请朋友看时,我又接受他的建议,把其中几笔带过的团长杀马救部队一事抽取出来,另构思成一个《团长的坐骑》。这一篇,最后定名为《一匹马》,尚待发表。一九八二年一月二日附记。)

十二月十三日。

一早起来,觉得头脑清醒而轻松,忽然获得长期思索而未能找到适当形式的、表现新老两代人的差异和矛盾的一个小小灵感,立即动手,花了一个多钟点,写成《插图》;未写第二遍,自觉尚可;与《在远离北京的地方》一起,作为两篇"微型小说"的试验品,交上海《小说界》编辑王肇岐等同志去审处。

十二月二十五日。

昨夜,外贸部门一个同志来家谈天,说到这样一件事:一个台湾省人,在香港自称是某远洋轮船公司的工作人员,与我方某租船单位签了合同,言明按规定时间将船开来。我方为此预付了××万元。而时间到了,船却不来,——根本没有船,他人也跑了;是个骗子。我方上当了。

客人讲述着这件事,我听着,渐渐地想起了梅里美的小说《塔芒戈》……

《塔芒戈》,写的可真是撼人心魄,深刻呀!

生活中的小说题材何其多呵!问题在于:我们是不是熟悉它们,以及如何艺术地处理它们……

人生有限，真诗不死

——随想与札记一束

七个阿拉伯字母，可以谱出变化无穷、数量无限的音乐作品，成千累万的单字、词汇，更应该供人们写出气象万千、美不胜收的诗歌、小说、戏剧、散文。

语言是发展的。有的词死亡，有的词新生。这就像生活本身，就像人体的细胞，有生有灭，新陈代谢。死亡的让它死亡吧，我们应珍爱那些有生命力的字和词。

音乐是诗，诗是音乐，都是心灵的歌曲。

有话则长，无话则短。为什么不可以把一句、一行称为诗？为什么一定要凑成四行一节？

一位作曲家跟我讲：最近有几支抒情歌曲，因为很优美，因而很流行。但它们的词只有一句或两句，是很美的诗。你为什么不可以写这样简短的歌词呢？他讲得好，我一直在思索此中奥妙。

一位诗人的儿子告诉我：当他父亲被剥夺了发表诗歌的权利时，却没有停止写诗。他的父亲——那位诗人，有感便写。由于不想到发表,他写得随便,不受拘束,没有清规戒律,积数年而竟得千数篇,其中果有许多佳作,被人称许,而今陆续发表出来了。

我在想:这些当初不曾想到公诸于世的诗,为何能获得如此的良效呢?

诗像泉水,贵乎自然流泻呵!(注:这里说的诗人是沙鸥)

"愤怒出诗人"——是一句名言,亦颇深刻,但难道它就是产生诗的全部动力、源泉和奥秘吗?

"喜怒哀乐,人之常情。"谁说这喜、怒、哀、乐这些感情与诗无缘呢?

人有多少种高尚的感情,就应有多少种高尚的诗。

人有多少种美的情操,就应有多少种美的诗。

只要是美的和高尚的,都可以成为诗,都应该成为诗。

有许多痛苦、悲哀和欢乐,是高尚的,是美的;反之,有一些愤怒,并不美,并不高尚,当然也不能成为诗,或者只应遭到诗的谴责和抨击。

一切都是具体的,包括愤怒。

诗的品格是高尚和美,它应该摈弃卑微和卑鄙。

六月二十三日。

某报纸的编辑同志约我为"七一"写诗,我亦答应试试看,但终日忙碌,没有诗情。昨天下午躺在床上,脑子里忽然迸出这样两句:

> 如果你认为世界凝固不变,
> 你又何必再做共产党员?

本想以《如果……》为题写下去,可惜没有时间。时间可以产生灵感,时间也可以吞噬灵感。

七月。

近来读了三部诗集的稿子,其中有两部,使我仿佛"忽然发现":大约从五十年代后期起,那些诗中就没有"我"了,诗人似乎是悄悄地变成了第三人称……这是怎么回事?

噢,想起来了!"我"就是"个人主义"、"我"就是"小资产阶级","我"甚至于就是"资产阶级"……"我"和"我们"是对立的,"我"和"人民"是对立的,"我们"是讲"集体主义"的,"我们"是"抒人民之情"的,而"我"则似乎完不成这些任务,达不到这些目的……这就是延续了很久的一种"逻辑"……

于是,诗行没有诗味或者诗味很淡了……

我想起许多中外古典诗人,从屈原到普希金,他们诗中那个"我",是多么鲜明而强烈呵!然而也唯其如此,他们的诗正深刻而强烈地发现着他们的时代……

没有个性就没有共性——我们背熟了这个哲学教义,然而它似乎曾经不是我们诗的(一切艺术的)指南,这真是不幸!

一切艺术的都是个性的。极而言之,质而言之,没有个性(个人的独创,个人的独特发现和感受,个人的表现方式,个人的人格和气质等等),便没有诗,没有艺术……

诗人不同于照相师之处就在于,他在他所描写的各种事物上,都强烈地打上了个人的也即"我"的印记(虽然这个"我"并不是绝对的在每一首诗中出现),而这个"我"就直接、间接地反映着人民的和时代的情绪……个性里有共性,"这一个"是典型……

四川江油李白纪念馆的同志们大约发生了某种错觉,居然两次寄了纸来,要我对李白表个态。我惶惶不安地写了八个字,一句话。八个字是:"人生有限,真诗不死。"一句话是:"青莲居士李翁太白之诗已千二百余岁矣!"

我记得是这样的。这已是上一年——一九七九年的事了。

一九八〇年七月

附记：此文本是一九八〇年的《文学札记与随想》中间的一些段落，应《诗探索》之约，拣选出来拼成一篇，刊于该刊创刊号。

一九八〇年十月

幻 想 美

——随想录之一

　　幻想是人所以为人的标志之一。

　　因为,迄今,人类只知道他自己具备这种心理特质和大脑功能,却不知道人以外的其他动物——包括灵长目的猩猩和猴子——是不是具备此种能力;因为,那些动物,所有非人的动物,不能用绘画和文字表示以至传达出它们的幻想力,也不能用创造出的实物来证明这一点。它们不能证明自己,这已为人所确知,因此,不能说人类不知道自己和非人的动物的这一特质性的区别,人类是已经知道的。

　　幻想是人类的一种思维形式,而且,从思维史的角度说,也许是最早因而最悠久的一种思维形式。

　　人类直立行走了……

　　人类利用大自然造成的树枝、石头作为最初的工具和武器……

　　但人类除了从自然界获得本能的经验,对自己所生存的世界还几乎全然无知,——除了那些本能的经验,本能的反应力。

　　他还没有抽象思维的能力,不懂得逻辑推理,然而他要理解和认识那诞生和孕育了他的瑰丽而神秘的世界。这种意愿——本能的意愿——自然是朦胧的,却是非凡的、顽强的、伟大的。于是,幻想,以其奇特的、怪异的、扑朔迷离的景象和形态,在人类头脑中萌发着、生长着,而这就是一种思维——最早的人类的最值得宝贵的一种思维。

因此,从历史的意义说:

幻想是意愿;

幻想是追求;

幻想是理性之母;

幻想是智慧之树;

幻想是理想之父;

幻想是一种精神力量;

幻想是一种心灵美——

人类自始就有其幻想美……

人类各民族的神话,比起人类最古老的幻想,不知要晚多少亿年,然而却仍旧闪耀着幻想之光,保留或残存着人类最古老的幻想的痕迹。

不能赞同德国人黑格尔对于幻想的见解。他说:

"如果谈到本领,最杰出的艺术本领就是想象。但是我们同时要注意,不要把想象和纯然被动的幻想混为一谈。想象是创造的。"(《美学》第一卷第348页)

说幻想是纯然被动的,这是难于理解的。

事实上,在一个正常的、健康的现代人的头脑里,幻想和想象,是难于区分的。

逻辑思维的发展——形象思维是逻辑思维的一种形式——,科学技术上的进步,人类整个文明水平的提高,也许使现代人充满悟性的想象多于幻想,但幻想并不因此而失去其价值和魅力。

不,即使现代人的幻想,也不是纯然被动的。

只不过,在现代人的头脑里,在漫长的历史演进的过程中,理想、想象和幻想的顺序似乎倒了个儿——理想似乎成了幻想的基因和动力,幻想似乎闪耀着理想之光,幻想似乎只是使想象更为绚丽、多姿而迷人;但实际上人们不应该忘记,它们原来的序列正好是相反的,而现代人的想象和幻想,实际上——往往——是水乳交融,一炉共冶,难解难分。

能说远古人插翅飞翔的幻想是被动的吗?

难道现代人制造的飞机、飞船不正是古代人幻想的一种历史成果吗?

难道现代人冲出太阳系、遨游宇宙的行动和计划,不是同时表现出既是有科学根据的理想,又是合乎逻辑的想象,更有超越理想和想象的幻想吗?

这样,返回来,幻想不是又激发着人类的想象、理想和追求吗?

是的,幻想、想象和理想,仿佛按着螺旋形轨道在上升,在发展。

幻想对于人类的生存和发展来说,具有其永恒的价值和永恒的美。

科学技术的发展,历史文明水平的提高,不是削弱和退化了现代人的幻想和幻想力,而是恰恰促进和刺激着它的奔放。

现代科学幻想文学的崛起和繁荣,就是明证。

现代科学幻想文学的崛起,令人想起古代希腊、古代埃及和古代中国的众多的神话。

也许,再过五六千年,在那时的人们看来,今天的科学幻想文学,就犹如我们现在的人们对于古代各民族神话的感觉:

它有其荒谬之处,却有着幻想美,因为它充满探索精神,放射着理想之光彩。

幻 想 美

我们关于"UFO"的幻想的解释,可能被后人证明全部都是荒谬的;我们关于外空人的形体、肤色的幻想的描绘,也可能被后人证明是全然错误的;可是,真理之途什么时候是笔直而宽阔的呢?

通向真理之路,永远都是蜿蜒曲折的。然而正如失败中包含着胜利,今天的探索的幻想中,甚至看似怪诞的幻想中,也许正预示着未来的确切的结论和确定的结果。

这就是幻想之美。它既反映着今天的人们的心理,又启迪着未来的人们的智慧。

人类如果没有幻想,人类肯定不会发展到今天。

人类如果失去幻想,我不知道人类将会生活得多么可悲和可怕。

我赞颂幻想,因为幻想是人类一种最值得珍惜的特质、品格和能力。

人们呵,幻想吧!不要惧怕幻想,不要惧怕你幻想的是你未知的和你所得不到的。你幻想,就是你的心灵在歌唱;你幻想,就是你的思想在翱翔;你幻想,就是你的智慧的增长;你幻想,就是在迸发鼓舞你进取的或斗争的勇气和力量……

一九八一年四月

送吴冠中先生远行

曾在《今晚副刊》写过《与大师对话》一文,就吴冠中先生《凹凸》一画谈过感想。六月二十六日惊闻吴先生于前一天辞世,心中不胜痛惜,再借《今晚副刊》为先生送行。

吴先生的生命真的消逝了吗?我说,不朽的生命有永远行走的力量,而无论走了多远,前方总还是一条无尽的地平线。这无尽头的路,无边际的地平线,是吴冠中先生绘画艺术的欣赏者,一代又一代,绵延不绝。

吴先生被公认为一代艺术大师,大在何处?大在他给中国的绘画艺术贡献了一种新的风格、新的意境、新的美感。我这里说"一种"是统而言之,它其实意味着"多样"和"一系列"。

中国的水墨画我们几乎天天看到,大多数情况下我们的观感是"似曾相识"。"似曾相识",成为"传统",也成为困境。

吴先生的成就正在于突破了这"困境"。

观吴先生画作,我们总有新鲜感、新奇感、新的愉悦感,或者引发我们若干的联想与思索。

为什么会这样?

原来,吴先生并不是只把自己关在屋子里"造景"、"造形",而是四处写生,随处观察,在写生和观察的基础上,发现、取舍、选择、提炼,精心构思而创造而创作,渗透着他独特的审美趣味和思想感情。

初时,我视吴先生为"唯美主义",看多了他的画,观点改变,认定他是写实主义、现实主义兼具浪漫主义。

吴先生的画似以风景、风俗题材居多,但如果注意到他近些年的《野草(鲁迅)》、《凹凸》、《天裂》、《夜宴越千年》等等作品引起人们何样的探究、思考,谁又能说这不是大题材、不是他对大社会的关注呢?

吴先生不是"一招鲜,吃遍天"的艺匠,而是不断创新的真正的艺术大师。辞世,是他精神生命、艺术生命的新的起程、新的远行。他让人们从他的画作里认识他。人们真的从历史的天平、岁月的天平上,才能了解和理解一个完整的吴冠中。

二〇一〇年六月

吴冠中的发现和石鲁的突破

任何艺术皆贵在创新,绘画亦然。

创新是一大题目,这里只举两例,并且就事论事,不作学术性阐述。

江南民居的黑瓦顶白墙壁,大约有数百年逾千年的历史了吧,但是在数百年上千年的岁月里,我们看到,许许多多(至少是许许多多)先辈画家的笔下,江南民居大体(基本上)均被表现为几个单线条的轮廓组合,唯有当代的吴冠中发现了那一片片黑瓦和那一面面白墙,并以黑色和白色的块面,予以多姿多彩的表现,给人以既亲切轻松又富历史深沉的美感。

黑瓦白墙,说起来何其简单,却成为吴冠中独特的发现,这就是他的艺术眼光。

山水画是中国水墨画的一大画种。看多了这种画,我想,许多人会有这样的同感,那就是:画中的人物都很小,且差不多都位于山脚、山腰、山石或小桥上。这里,我想起了石鲁的《转战陕北》。石鲁此作,也可谓山水画。大约是上世纪五十年代末或六十年代初,在《人民日报》,我一看就记住了这幅画,至今犹如在眼前。记住这幅画,固然因为他描绘了重大历史题材,更重要的是他在艺术构图和艺术表现上有突破。突破何在?在于他将毛泽东这一人物置于山顶。

比起画面中陕北的荒土山,毛泽东的形象并不高大,但由于他站在山顶之上,虽是背影,却让人联想到解放军以三万之众对战胡宗南三十万大军的艰难,以及毛泽东坚持不离开陕北与敌周旋的大胸襟大气魄大气概。

石鲁若是将毛泽东这一人物画在一条山沟沟里,肯定不会有强烈的艺术感染力。

也许并非每一幅画都适合将人物置于山巅,但不能否认石鲁此作是一次突破。

《转战陕北》实为石鲁的成名作。

二〇一一年八月

与 大 师 对 话

与吴冠中老先生住得很近,他所居宿舍楼与我所居宿舍楼,相距不过五六十米。平日散步,偶遇他一人或他与老妻携行,我总是或轻轻喊他一声"吴老",或相互点头致意,从不敢与之攀谈,更不敢打听其门牌号码。这种"不敢",不是惧怕,而是敬仰与尊重。敬仰他是大画家,是艺术大师;尊重他的精神世界,内心生活。

我觉得我理解,你看见他在散步,似乎悠闲,但你不知道他在思考什么,琢磨什么,构思什么;我不愿因自己的热情唐突干扰他的思绪。另一原因是,我离休前,同他只有一两次工作会面,没有任何私交,与老先生"套近乎",怕有欲得其墨宝之嫌。这也算自爱吧。

我很喜欢很欣赏吴老的画。他当然不知,多年来我就注意看他的画作,并早就购得他的大型画集。他那些优美的散文,也在我的阅读范围。他的学术见解,我也是了解的,并多有赞同。

真是心会神交久矣,近在咫尺却从未直面对话。

今年三月,"百雅轩画廊"以"吴冠中走进798"的巨幅招贴,在那个艺术区将吴老画作做了一次大型展示,我特意去观赏。其间,老先生的汉字画"凹凸"一幅,特别引起我的兴趣;百雅轩主人李大钧先生赞此画为老先生"最伟大的作品之一"。观赏归来,兴之所至,我在一张四尺宣上,以老先生的"凹凸"为中心,做了十种不同组合,并随手写下如下跋语:

"二〇〇八(戊子)年三月于北京798艺术区欣赏吴老冠中新

作《凹凸》,令我在沉思默想中联想起阴阳太极对立统一一分为二合二而一诸辩证哲理,遂夜不能寐反复思索如何演绎大师此作之奥妙,结果演成十图。此处因笔误多出一图,任其存之,不再改更。"

我将我的演绎,称作"与大师对话"。

有言曰:诗无达诂。此话也适用于画。其实,有些诗,有些画,其意旨明确无疑,不可作别解,而更多的诗与画,则真的难作达诂。吴老此画,便属后者。那么,我这个晚辈的演绎,能算对他《凹凸》的真理解吗?不见得。我的演绎不管对错,读者见仁见智吧。

二〇〇八年十一月

水墨：吴冠中与黑白灰三色

水墨，是中国传统绘画的基本色材，人们从长期经验中得出结论：墨分五色——浓、淡、干、湿、焦。至于每个画家如何使用水墨，则显示着各自的经验、体会和审美趣味。吴冠中先生多次说，他的水墨画多用黑白灰三种颜色，我们赏读吴先生的画，也真的感觉确实如此。例如他的《长城》、《老重庆》、《渔港》、《普陀山》、《夜渔港》等等，就都是黑白灰三种基本色调。

这里应说明，因为宣纸本身即是白色，吴先生实际上只用了黑灰两色，他巧妙地留白便使宣纸本身的白成为三色的有机体。

如果留意琢磨，吴先生在画江南民居时，这三种色更是发挥得十分简练鲜明。

不只是水墨画，我们发现，吴先生若干油画，也以黑白灰为特色，都很美，都有深沉丰盈的蕴藉，他好像在跟人们娓娓讲着许多话。

二〇一一年十二月

《阿尔泰山村》:吴冠中的线艺术

线,线条,勾线或曰画线,是中国传统绘画最基本的要素之一。有一种画,叫"没骨画",可能无线或很少用线。除此以外,凡作传统水墨画者,大概难找不用线者。线有多少、轻重、粗细、曲直、长短之别,全看每个画家如何用,怎样画。

我曾给一位画家朋友的速写专集写过一篇序言,专谈他的线。他用钢笔对景速写,我很赞赏他熟练的笔法和线条的灵动,以及他对景物的取舍和把握。他的速写,多为16开,最大者8开。速写、写生和素描,难以绝对区分,它们的共同特点都是直面对象,不是所谓以心造境。好的速写(素描),是优秀的艺术品,有独特的艺术价值和艺术生命,因为它们都是画家审美情意的结晶。

要说的是,有的画家,如我为其速写(写生)作序的朋友,其色彩饱满的水墨画,自然包含着他写生的功力,却与其速写全然两样;而吴冠中先生某些画作,则与他的写生难以区分——似写生,实为创作;似创作,又仿佛写生。为何这样说?因为他整幅整幅的大画,几近全部用线绘就。

吴先生的《阿尔泰山村》是最典型的例证。

在97×180厘米的大宣纸上,大概很难作野外写生吧?可他这幅大画,一是基本没有色块;二是尽皆线条构成,而且大部是黑色细线和少量浅红细线。他以这些线的疏密和灰色散点,便表现了雄伟壮阔的阿尔泰山及山下居民点,层层叠叠,饱满丰富,雅丽诱人,让人遐想无尽,神心向往,美极了。

70×140厘米,吴先生的《武夷山村》也够大了,但他只用几条线几抹灰色,就烘托出了庞大的武夷山,使山下星星点点的民居与大山达到和谐。这样的山,对民居(实际是对人)没有压迫感,这里的民居(实际是人)和大山相互亲和。如同《阿尔泰山村》,这幅《武夷山村》也有一种难以言说的美好。

吴冠中先生还有以线塑形寄情的《大江东去》、《狮子林》、《汉柏》等作品,更显示出他用线的多种手法。

赏读吴先生这些以线条为主要艺术手段的作品,我们体会到,线,在这位大师手里,有高度概括力、提炼力、表现力,因而也有了高度生命力,这才是真正的艺术线。

二〇一一年十二月

《老虎高原》：吴冠中的意象与具象

吴冠中先生曾说过，他作画是"意象立意，具象入手"。这里，"具象"一词，作画者和美术鉴赏家，皆都理解；但"意象"这个概念则可能见仁见智。我觉得，"意象"是一种既深邃而又宽泛无际的心理——思维现象，它与一个画家的人生经历、生活阅历、文化素养、面对客观事物的联想力和想象能力等因素，直接相关。吴冠中先生许多画作具有"意象"特点，就是说，许多被描绘的客体对象，在他笔下，既实又虚，既是从客体对象出发，对客体对象又有这样那样的变形处理，使他的画作显示出与众不同的景象，是他鲜明的个性，透露着他主观的情感，是真正积极热情的艺术创造，而不是工匠式摹写。举一例琢磨，便是他的《老虎高原》。

在山西北部和陕西北部，所谓秦晋高原，包括内蒙古一部分如鄂尔多斯地区，由于漫漫岁月的雨水冲刷，形成了数不清的千沟万壑，黄土高原的此种地形地貌，引起过不止一个画家的注意。我的家乡就是这个样子。我的童年少年就在这些沟壑中度过。说真话，当我开始习画，也曾不止一次想要描绘故乡此种自然风貌。在我记忆中，不只是自己走过多少遍的沟壑，还有那在陡崖上跳来蹿去的类似松鼠的小动物，很可爱，我至今叫不出它们的名字。我真的涂抹过，但完全失败。倒是以这种地形地貌为背景，写过一个短篇小说。我也留心赏读过一位版画家表现这种塬与沟的画，单独看，相当逼真，但他刻画的只是一个塬和两侧的沟沿，几无视觉冲击力和情感震撼力。

吴冠中先生则不同。他在他的老学生王秦生陪同下,"寻找黄土荒漠之典型地区",去了山西北部(晋西北)河曲县,看到那里"黄土高原山土被雨水冲击,满山皆沟壑",竟联想到老虎。在意象中,竟觉得那些沟壑,颇似老虎皮毛上黑色的"斑纹",感觉到"那山形似巨大动物,或伏或卧或昂首或回顾,沟壑随之",顿感自己"面对了壮观的虎群",并联想到(意识到),正是黄河流域黄土高原这些壮观的虎群,"千万年来孕育了炎黄子孙",遂引起创作冲动和激情。他以对山塬和沟壑的感受意象,作了一幅123×245厘米的大画,真可谓激情洋溢,雄奇壮观,命名为《老虎高原》。时过两年,他似乎意犹未尽,或者是自己被自己创作《老虎高原》的成功感动和鼓舞(因为那还涉及到一种新的技巧),在一九九〇年,他又以与《老虎高原》近似的风格,真画了三只老虎(70×140厘米)。这两件作品可谓姊妹篇,奇妙的是——他从黄土高原的千沟万壑联想起老虎的斑纹,先画出意象性作品《老虎高原》,又从意象性作品转而作出某种程度具象的《老虎》。我用"某种程度具象"这一说法,是指他的老虎绝非我们常见的那种画法,而是妙在似与不似之间,非常潇洒,传神,更耐品味。

二〇一一年一月,我乘飞机赴陕北,在数千米高空俯瞰大地的万千沟壑,脑海中印着《老虎高原》图画,怀着验证的心情与地面对照,深感吴老先生此作概括性极强。他虽然画的是晋西北河曲一隅,实际上概括了秦晋高原广大的地理风貌,真不愧大师之作。

《老虎高原》的创作,充分体现了吴先生"意象立意,具象入手"的艺术理念。他的意象和具象,实际包含某种程度的抽象。因此,如果不了解他描画哪里、描绘什么等有关背景,像《老虎高原》这样的作品,就可能一时难以理解,因为它还有点儿抽象。抽象并不是随意乱画,它是客观性和主观性的融和,它需要很高的学识素养和艺术功力。例如《老虎高原》这幅画,一旦了解它的背景和创作过程,便会豁然明了,并为之惊叹。

吴先生在此画面里还有两行小字:"藏龙乎？卧虎乎？黄土高原睡犹醒。"真一片爱国深情。

二〇一一年九月

《夜宴越千年》:吴冠中重绘古画经典

电影电视常有改编古典、改编经典之作,在赏读吴冠中画作时,我们发现吴先生也有对古代经典画作的重绘之举。一九九六年至一九九七年间,他以"古韵新腔系列"为名,重画了韩幌的《五牛图》、唐人的《仕女图》,以及《韩熙载夜宴图》中的歌舞伎。这些传世的经典名画,全用中国传统的水墨设色作成,吴先生重画时,不仅用了油彩(如《五牛图》和《仕女图》),而且真做了改造亦可谓改编。如《五牛图》原是散状的、各牛独立的,吴先生则将五头牛聚拢集中在一起,使五头牛形成一种新的关系。这种关系究竟当怎样解读,吴先生自己不讲,我们读画人也只好各自领悟了。他重画的《仕女图》,用油彩描绘出了盛唐仕女的风采,很成功。

《韩熙载夜宴图》,吴先生只选取了歌舞伎一段,这是有取舍有选择的再创作,且仍用水墨设色技法。对这幅再创作,吴先生命题为:《夜宴越千年,歌声远!》这命题是暗示更是提示,观此画,我顿然想到的是当下流行的灯红酒绿、大吃大喝诸种奢靡的社会恶风,对吴先生的画作不禁衷心赞叹。

吴冠中先生为何要创作这几幅"古韵新腔"?他儿子吴可雨的一段叙述也许有助于我们进一步理解。据吴可雨说:吴冠中曾参观毕加索故居博物馆,令他注目的是毕加索将委拉斯贵士的一幅皇家族群像,用现代手法解剖、重组成无数幅不同意象的变体变形作品,有具象、抽象、黑白、彩绘;毕加索与他的祖先对话,淋漓尽致渗透了绘画之道,将祖先之道用现代语言夸张、演绎。在未见毕加索这些对古典画作的解剖、重组、变体、变形之前,吴冠中也曾感到中国古代杰作中的现代造型因素,如周昉作品中仕女的量感美,郭熙作品中寒林的线之结构美,范宽的块面组建美等等,这样才有了"古韵新腔系列"。

毕加索的解构重组,吴冠中的"古韵新腔",是两位大师不断的艺术追求。对毕加索我们也许难以透彻理解,吴冠中先生是中国人,他从传统经典中怎样吸取灵感,怎样"故事新编",倒是值得深入琢磨。

温故识新。温故出新。

二〇一一年十二月

《童年》：吴冠中追寻孩提视角

　　二十多年前我开始摸索绘画时，多次从飞机舷窗里观察天空中云彩的情状，觉得那些情景有的像地面的田野，有的像地面山川，有的像地面村落，有的像地面的城郭堡垒，有的像军舰大炮，仿佛两军交战，有的像不同的兽类，等等。落地后，根据这些高空的印象和记忆，在写生簿上描画。为这类习作，我用了"云平线"这个词。一九八九年十月，人民美术出版社老社长邵宇提议，要和我一起办展。展场就在人美社小礼堂。老社长很客气，将场地分作他一半我一半。邵宇是老画家，大画家，只拿出二十来件作品便挂满了一半展场。我是初学，大部分在写生簿上，只好选一些撕下来，结果竟有七十多件，也算布满半个展场。美术出版社不缺美术院校毕业的编辑、画家。在看展览时，有人就说我这个"云平线"说法新鲜。是呀，传统的西方绘画，讲"地平线"、"水平线"、"视平线"，真的少见"云平线"。为何在欣赏吴冠中先生的油画《童年》时，先讲了自己的"云平线"呢？因为这涉及绘画"视线"、"视角"（也可写成"视觉"即观察者的感觉）。

　　吴先生的《童年》作于二〇〇三年，不大，61厘米×46厘米。如果要讲视线或视角乃至视觉，他这幅画可称之为"垂直视线"、"垂直视觉"或"天地视角"。为什么？一个成年的成熟的画家，尤其一个大师级画家，按常理，应该以视平线、水平线来表现一条河和一座桥，而吴先生却把一条河画得几乎"顶天立地"。是的，他垂直地画出一条朦朦胧胧的河,快到画面顶点时,才画出一座小小的桥。他为什么要这样画?我的理解,这极可能正是他孩提时期曾有过的一种感觉,他在追忆追寻他的童年视角和视觉。这幅画的美学价值就在于表现了他的以及一般孩子的童心和真诚。

其实,即使一个成熟的画家,如果站在一条直线流动的河的桥上,要表现这条河,也并非不无恐惑和困难。所以,我们常见的画面是河流总是弯曲的或不长的,除非他面对的是一条横线的河,或者他与那河的视线成为三角形。

吴先生这幅画的启示是:童心可鉴。作画者应尊重自己的观察和感觉。如此,才能不断创作出新颖之作。将作画程式化不是康庄大道。

至于我在高空观察感觉的"云平线"和"天上人间",还一直萦绕于心,自认那也不失为一种绘画题材。

二〇一二年二月

鲁迅遗容：力群的速写和吴冠中的油画

一九三六年十月十九日，鲁迅先生逝世，当时正在上海鲁迅身边的青年版画家力群（2012年以百岁之寿辞世），在鲁迅先生入殓前，速写了鲁迅先生的遗容。照片之外，这幅对鲁迅头部侧面的速写，成为传世珍品。它很好地表现了鲁迅的精神气质，寄托了青年力群对鲁迅的崇敬之情。数十年后，吴冠中作了油画《野草》。看吴先生的油画，我们会想起力群先生的速写，两相对照，会引起我们若干思考。

力群先生是写实、写真，但显然也饱和着他对鲁迅的挚情。他用钢笔线条表现鲁迅的精神气质，可谓淋漓尽致，已成为唯一的极富历史价值的作品。而吴先生的油画，由于色彩多，则更富质感。

力群的速写作于鲁迅入殓之前，吴冠中在几十年后则画成鲁迅身体入土头颅却仍在大地坚挺，而且还有几茎野草与鲁迅为伴。鲁迅赤铜色面孔和几茎白色野草相互映衬，此种意境给人强烈的冲击力，整幅画透现出严峻、悲壮和令人沉思的力度。

力群的速写仿佛吴冠中《野草》的母本（我想，吴先生肯定熟悉力群的速写），吴冠中的《野草》则是对力群速写的再创作和升华。这是两种不同的艺术形式，写实或创作于不同的时间，却都表现了鲁迅不死的精神。

二〇一二年七月

《高粱与棉花》:吴冠中的稼穑情怀

一九七二年,吴冠中先生作了油画《高粱与棉花》,同年,他还作了《胡萝卜花》、《瓜藤》、《丝瓜》和又一幅《瓜藤》及又一幅《高粱》,仿佛意犹未尽,二十多年之后的一九九五年,他又作了一幅《青高粱》,均为油画。从木板、纸板到麻布,用不同材质,反反复复描绘这些人们司空见惯的农作物,表明他有深浓的稼穑情怀。

我们知道,吴先生出生于江南农户人家,自幼便参与家务和田间劳作;我们也知道,吴先生少年便离家住校,后来更赴法国留学。他长期徜徉于艺术世界,而且没少接触西方的艺术流派,在思想观念上,也曾被有的人误解为"西洋派"。但是,赏读他这类作品,我们觉得,他只是他自己。这就是说,他是地道的中国人,是地道的中国画家。人们之所以尊称他"大师",乃因为他将中国水墨画重写意重飘逸与西洋油画重写实重厚重等等优长,相当好地融合了起来。

且说我们提到的这几幅画作,其题材似乎并不新颖,其美感却可谓不同凡俗。

我的童年和少年,也在农村度过,及至入伍从军,更走过大江南北许多地方。童年少年在乡村,在高粱地里钻过,看到过棉株开花、结桃以至绽放出雪白的棉绒,也亲手采摘过棉花;习画后,也画过高粱。但看了吴先生的《高粱与棉花》,我的喜悦和敬佩,真是难于言表。他的构图,他的疏密,他的黑、白、黄、红、褐多种色彩的相互映衬,既真切又极美。我还注意到,他这幅《高粱与棉花》,更像我熟悉的晋南家乡的景致,而他的另两幅高粱,则更像东北地区的样子。那时,我家乡的高粱穗头小、穗干细,而我后来看到的东北的高粱,则穗头大、茎株粗。吴先生自己曾说,他画高粱时让农民评论,农民并不是随便叫好,是经他修改过后,农民才予以首肯。

不论在什么地方由什么情景触发了吴先生的思绪、情感和灵感,他这一系列创作都一再地展示出着他的稼穑情怀。播种曰稼,收获曰穑,"不稼不穑,胡取禾三百廛兮"。(诗《伐檀》)古人又云:"君子所其无逸,先知稼穑之艰难。"吴先生不是闲逸之人。从他这些画作以及他所有描绘田园村舍的画作,均透现着他对劳动的尊重,对劳动人民的热爱。他这类作品,独具特色,都有诗意的宁静的美,令人百看不厌,饱含对劳动者的敬意,仿佛是对辛勤耕耘者的无声的颂歌。

二〇一二年三月

吴冠中画"彩斑松"

有一种松树,我至今不知园林专家给它定了什么学名,我自己姑且把它叫做"花斑松"或"彩斑松"。它最显眼的特点是,主干上斑斑驳驳有若干不同颜色的色块,黄的、红的、绿的、白的、灰的,煞是好看,让人联想起的是军队的迷彩服。二十多年前开始琢磨绘画时,它引起我注意,觉得它可以入画,可以给人美感。

印象深的,是游北京戒台寺时看到的这种树。那里有一棵这样的树,似乎为了躲避殿宇的遮荫,为了吸收温暖的阳光,它至少有一个主干不是直直向上,而是斜刺里向东生长,枝繁叶茂。

我仔细审视,将它牢牢记住,某一天,终于动手画它。但画来画去,不满意。暂时放下,准备想出办法,再画。这期间,东游西逛,购到荣宝斋出版的一大册吴冠中画集,翻看时,忽然看到吴先生正有一幅描绘这种斑斓色彩美的画,内心便不免感叹:他怎么如此敏感?这种美怎么就让他发现了呢?

是的,我曾以为,这种树的这种美,可能只有我注意到了,别人未必在意。但是,吴先生不仅发现了这种美,而且画得也很美。

我曾经想画的是整棵树,吴先生则只画了这种树的一段。他截取这种树自根部至主干的一段,仿佛画了一个树墩,但因为他画面的顶端并无任何空隙,这就给观赏者留下意会和想象的空间,让人从一斑而想及全貌。

看到吴先生这幅画,令我想到:感觉到美,发现美,表现美,都需要对美的敏感,与表现美却并不是一回事。没有对美的敏感当然谈不上对美的发现,即使发现了美也不意味着就能表现美。表现美,要有取舍,要有提炼,更少不了基本的技巧。这都不是一日之功,而需长期的探索、思索和经验的积累。

二〇一二年六月

古 干 画 舞

这几年,古干在美术编辑工作之余画了一系列古风舞画,以我的疏学和浅见看:算得是独具一格了。

我把古干的这类作品称为古风舞画,是因为它们有古味更有新意,在古风中透视着当代气息,能引起当代人的神往,满足当代人的某种审美要求。

当代人的审美要求究竟是什么呢?古干的画怎样引起当代人心灵的共鸣呢?这是一个太复杂、太微妙的心理学、艺术学——美学问题,一时难于说清。但有一点可以肯定,即:人希望更透彻地认识人本身的美,人也希望多方面地更完满地显示自身的美;人希望过"应当如此"的那种生活,这就包括正当的、合理的、健康的人的欢悦……

当我欣赏古干的画时,我是凭直感觉得有一种吸引力,与我的心灵有某种相通之处,觉得它们美,但我一时并不能讲出道理。而在冷静思索之后,我认为,他的画之所以令我喜爱,其奥秘在于:他表现了人的神韵之美,人体的节奏美,墨彩之间闪耀着理想之光,而且在许多方面遥遥超越了古代人的幻想;但今人并没有完全地实现古人的幻想,古人的若干美妙的幻想,迄今犹如我们的思维元素和神经纤维。否则,神话就没有历久不衰的魅力了。而理想、幻想之于绘画,不是概念和图解的关系,乃是"可意会不可言传"的状态……

古干的这些画是夸张的,他笔下的所谓古代服饰并不精确。我把这视为他的浪漫主义。他追求传神而不工形似。他吸取我国汉魏技巧,借鉴现代西方绘画的某些长处,画舞不局限于舞台表演,而是从古典诗文的记载和对现实生活的观察,琢磨人体运动的韵律,形象思维,直至呼之欲出。他把自己比喻为"舞蹈编剧","自己调动演员和设计舞蹈动作",这倒是道出他创作的某种个性特征。读者仔细观赏他的《踏歌行》和《胡旋女》,对他的自白当会得到注脚。

　　你慢慢鉴赏吧!只要你不怀偏见地从古干的画里感染到喜悦和欢欣,那么,他就做对了,成功了,就有"理在其中"了。

一九八二年二月

与时代同步的艺术家
——邵宇画作读后

我记忆里存储着若干中国和外国画家的名字。我记得这些名字,是因为我赏读过他们的画,他们的画给了我强烈深刻的印象:给我愉悦,引我共鸣,让我思索或令我向往,总之是激动了我的心智和感情。邵宇同志就是其中的一位。

每一个有相当经历的文艺家,都可以编一份创作年谱或作品目录,但这种年谱和目录,不一定具有同样的性质和价值。当我较为系统地按创作时间的顺序来看邵宇同志的作品时,当我了解到他的经历和这些作品的不可分割的关系时,我发现——

他是一个战士型画家,战斗的画家。他有明确的社会理想和人生追求,他的艺术创作是他捍卫自己的理想、为自己的理想奋斗的武器。

他从一九三六年起就投身于反帝反封建的斗争。在将近六十年的岁月里,他参加过进步的学生运动,在党的组织里、在革命军队里、在革命根据地的基层政权里从事实际工作;新中国建立前他从事报纸新闻工作;新中国建立后至今,他在继续从事新闻出版工作之外,又兼任文艺团体(美术家协会)的工作。至今,他仍然是一名实际工作者,绘画,其实是他的一项业余工作,但绝不是偶一为之的自娱性消遣性事情,而是倾注了他的浓烈感情的严肃事业。正因为他是一名实际工作者,是直接参与变革现实的一员,而又掌握绘画技巧并以绘画艺术加倍地参与摧毁旧世界、建立新世界的实践,这就使他的作品呈现着一个极明显的特点和优点,那就是与他的时代的革命律动同步。

我们可以通过他的几件代表性作品来纵观他的艺术成就和艺术特色。

三十年代、四十年代,邵宇画了《盲人》(1935)、《乞丐》(1938)和连环画《土地》(1947)。通过这些作品,他表现了中国农民、中国农村的无产者和半无产者的深重的苦难,反映了中国革命的必然性以及它的社会潜力、动力和伟力之所在。他的这一类作品,可以说以农民渴望得到土地为立意之基础和主题之中心。如果说他的《盲人》(素描头像)和《乞丐》(油画头像)让我们看到的是有苦无处诉的沉默和麻木,那么在《土地》(炭笔画)里,他让我们看到的就是在中国共产党领导之下的农民的觉醒和斗争。

一九四一年震惊中外的"皖南事变",是国民党反动派对英勇抗日的新四军的一次阴谋围歼,而邵宇是这次阴谋的受害者和见证人之一,当时他和他的成千的战友被关进了上饶集中营。这一事件的深刻性严峻性和复杂性,以及在上饶集中营里炼狱般的经历,给了邵宇终生不忘的教育,以至在一九四九年新中国成立之后,他还抑制不住地要把它化为艺术的记录,这就是《上饶集中营》(炭笔画、水墨画·1951)和《千山万水》(水墨画·1953)两套连环画。这两套连环画或为组画,不仅艺术表现上更成熟、更有力度,形式上更富变化,其内容也更丰富。像《上饶集中营》里的《跑步》、《夜》和《赤石暴动》,像《千山万水》中的《老爹》、《一九四二年的上海》和《这里是严肃的斗争》,那气势、那场面、那情景、那控诉、那抗议、那坚毅,没有心灵的深深的激荡,是绝画不出来的。

邵宇从一走上画坛就不是"沙龙派",不是"宾馆派",不是客卿——"食客派",而是"露天派"、"野战派"、"群体派"。我认为我这样讲是有道理的。我们看邵宇的画,总可以看到一个又一个群体场面,而邵宇似乎也很长于以看似粗放实则洗练的手法,表现群众场面和群体气氛。但在他笔下的群体决不是照相式的,而是匠心独运地讲究布局和结构,因而比现实生活更强烈、更集中、更典型。

这里,不能不特别提到他的炭笔速写《炸不断的桥》、《天安门广场》等作品。新中国诞生,邵宇第二次进北京,欣喜异常。他热情地参与新中国新闻出版事业的初创工作。但是,美帝国主义挑起了朝鲜战争,共和国有被扼杀在摇篮里的危险。危难关头,征尘未洗的邵宇以战士的姿态和艺术家的情怀,重上战场,于一九五一年到达朝鲜前线。在炮声和硝烟里,他用速写这种轻便迅捷的形式画了大气磅礴的《行军》、《炸不断的桥》、《内线》等组画,抑制不住地自己配诗,热情地讴歌中国人民抗美援朝、保家卫国的爱国主义和国际主义精神。我特别欣赏《炸不断的桥》这幅作品。它给我以民族精神、革命脊骨的感觉,英勇不屈,断而复续。

面对《天安门广场》这件动感很强、气势宏伟、热烈奔腾的作品,于人海旗浪之间,我仿佛听到震天的欢呼,动地的凯歌,它反映的是同仇敌忾的抗美援朝的历史性瞬间。它虽不是描绘开国大典当日的盛况,却使我们想到开国与保国同样伟大艰难。

战争年月,由于印刷条件困难,邵宇创作了许多木刻艺术品。同样由于物质材料限制,那时,他充分运用了速写这一艺术手段和艺术形式。至今,他仍经常带着速写簿,有时简直就是普通笔记本,养成一种极宝贵的习惯,以很强的绘画意识,比写日记的人更勤快地实地画着速写。

随着社会主义经济建设和文化事业的发展,艺术家邵宇的物质手段和艺术风貌有了新的变化、新的发展。从五十年代中期起,在继续保持单色速写风格的同时,我们看到,他画幅的色彩多起来了(包括油彩粉笔和水彩速写),有时达到斑斓浓烈的程度。从那时以迄目前,他作了大量水彩画和单色与多色中国画,这里,我想特别提到他的水彩画《黄河》(1979)。黄河作为中华民族的象征之一,令画家挥毫者多矣。但邵宇的这幅《黄河》独具特色,粗犷热烈,显示着时代的发展和历史的进步。他用带些夸张的赭红和有力自如的笔触,表现黄河之水的奔腾,而在这湍急的黄河之水上,又横出一座大桥。大桥之上是青灰朦胧的高天,天幕下端,画的左上角,红日似隐似显。人们一看便知这是兰州的黄河及其大桥,但严格说来画家却省略了大桥对面的许多景物,例如那些山岭。因此这既是现场纪实的水彩速写,又是富于浪漫情调的创作。他略去了那些作为衬景的山影而突出河与桥,使这桥如堤如山横亘于长天骄阳之下,构图简洁却显示了艺术概括性,寓丰富于简明,意味隽永;我们感到了那咆哮奔突的河水之力,更感到了制服水流架设大桥的人类之力;而这正是社会主义新中国的劳动人民。

邵宇创作了多幅以长城为主题的中国画,有单色水墨的,有多色彩墨的;有的竖向构图,使长城仿佛顶天立地,让观者向上再向上;有的横向布局,使长城仿佛横空出世、迎面扑来,令观者感到力量无穷;有的横竖兼具,又叫人感到丰富和深邃,如《古北口》。单色水墨者,让人感到凝重庄严;多色彩墨者,让人感受到热情与朝气……他的长城画可以称为组画或系列画,作为专题论述也够写一篇长文的。这里约略提到,是想证明,艺术家邵宇在这些作品中,把他的爱国主义情愫和社会主义共产主义理想美好地统一起来了。

一九七六年,邵宇一挥而就中国画《烛》,一支红烛形象鲜明夺人眼目。那是他在清明节为缅怀伟大共产主义者周恩来同志而作,我们不难想象他胸中的激情。其题词是:"心线正直,表里通红;浑身是火,一生光明;风吹不熄,磊落始终。"他把这幅画编印在他一部作品选的最后,这使我们理解,他心目中的人生楷模正是老一辈无产阶级革命家,他们的崇高理想也正是他的奋斗目标。

邵宇作品很多,而且他还会创作许多;但是,至此,我觉得我们确实可以说:他是一位革命的战斗的浪漫而又现实的艺术家,也因此,他的艺术方能与时代同步。(邵宇大八开画集序文也由我写,这里采用发表于人民日报之文)

一九九〇年

史料价值与审美意义的统一

——读张爱萍《神剑之歌》的启示

《神剑之歌——张爱萍诗词、书法、摄影选集》(人民美术出版社一九九一年二月出版)是一部新颖别致、十分难得的书。作者将诗词、书法、摄影三类作品综合编排,使这本书同时具有多方面欣赏价值。这本书选录了作者六十五年来的诗词二百六十篇,数十年的摄影书法作品几十件。这些作品大多同我国革命历史紧密相连,是艺术,同时具有珍贵的史料价值。

张爱萍将军把他的诗词叫做"记事篇",说自己是战士,不是诗人,写的诗,只不过是遇事遇物有感而发,即兴抒怀,"常写记事篇,只为自家看"。但正因为他是革命战士、人民将领,置身革命风暴和时代大潮的最前方,他所经的事和他所记的事,就绝不仅仅具有他个人的意义,而恰恰最富典型的时代的特征。他抒发的是阶级之情、人民之情、时代之情,但这些情又是通过他个人独特的感受表现出来的。即使是较为偏重个人情事的作品,也是一个革命战士的高尚的情操,绝不是那种自私琐细的个人主义心绪。因此,他说的"只为自家看",偏偏具有珍贵的历史价值和普遍的审美意义。这正是通过个性反映共性、通过特殊而表现一般。

读张爱萍将军的《神剑之歌》,这是给我们的一个重要启示。

张爱萍将军的诗词、摄影和书法作品,是他心灵的激荡史,是他作为一个无产阶级革命家不可抑止的感情的奔泻史。他的丰富的生活经历和众多的文艺作品,使我们领悟到一个辩证法奥秘,即:深刻激越的情感可以突破和超越"时间空间的限制"。——正因为他忠诚于革命事业,他才最深沉最强烈地感受着这一事业的艰辛、豪迈和伟大;正因为他有这样的感受、体验和感情而又有文采、喜文艺,不把这些情感体验、人世沧桑发为诗歌、凝为照片、挥洒成书帖,他便会引为憾事而心灵不安,正所谓"不吐不快"是也。这样,时间的短缺和空间的狭小简陋(创作环境的艰难),对他便不再是不能克服的障碍。

高度的事业心,高度的责任感和使命感,使他以自己的全身心和全生命而文武兼驰,这是张将军的《神剑之歌》给我们的又一宝贵启示。

时代造就英才,英才能否随时代前进呢?轰轰烈烈的战争年代已成为过去,现在我们从事着前无古人的建设有中国特色社会主义的伟大事业。改革开放,经济建设,发展商品经济,带来多少新的成就、新的生机,同时又是多么严峻的新的考验。张将军信念不移、紧跟时代而又头脑清醒,这是我读《神剑之歌》时获得的第三点启示。这一启示,在他一九八八年写的《人格岂能商品化》一诗中,特别明显。他写道:"商品经济大发展,人民生活望富裕,可喜!人格也论商品价,等价交换看行市。可耻!阿谀逢迎仰鼻息,看风使舵背真理,可鄙!为人不求品德高,追逐名利鸟虫噪。可笑!……"这是为少先队夏令营写的祝词,是对社会主义事业接班人的希冀,也是将军对当前生活中某一种世俗人情的鞭挞,更是他自己人生价值观念的吼喊。在我们进行社会主义教育和防止和平演变的斗争中,读到这样的格言式诗篇,听到这样铿锵有力的呐喊,不能不对作为老一代革命家的张将军由衷钦敬。

一九七〇年,"文革"浩劫未了。张爱萍同志处囚室而不得自由,写下过这样的《莫停步》:"问君此生曾虚度?十五走上革命路。风云变幻漫妖雾,冲天怒,梦怀青萍天涯逐。铁牢狱火锻钢筋,枪林弹雨无反顾,建设祖国不停步。无媚骨,自揣年华未虚度。"这真是九死不悔、矢志不移的自信而又自豪的自白,直抒胸臆,坦荡荡,是他人生价值观念的艺术写照。

他可以这样自白、自慰、自豪,他是无愧的。

我这里不再评述张爱萍同志的摄影和书法,仅从他的诗词足可证明:他是一位泣血饮泪、叱咤风云的英勇战士、著名将领,又是一位激情似火、敏感勤奋的革命的歌手。他以文武两手为革命贡献着力量。他的数百篇诗词(包括歌词)实在是他于风餐露宿之中,对自己生命"压榨"的结果。如许多老一代革命家一样,他从未想成为诗人,但他当之无愧地是一名诗人。有意栽花花不活,无心插柳柳成行,这又是一个辩证法真理。

附记:张爱萍将军《神剑之歌》由我任人民美术出版社社长时签发。

一九九一年八月八日

李夜冰的线

李夜冰先生托人把他的速写集画稿转交我,让我写序,并说为此事要在北京面谈一次。我有些犹豫地收下画稿,想等着他来,因为我们还不认识。但是,因为他忙,因为我忙,直到此刻提笔为文,我们也未能谋面。然而我已经非常乐于写这篇序,因为我已经被他的画所激动,我已经观其画如见其人。他的画的内容是如此丰富,他的画的技巧是如此纯熟,他的画有如此多有形的情、无声的歌,他的画在有限的平面上表现了那么多无限的空间,在瞬息之间表现了那么多绵延的乃至无限的时间,他的画引起我那么多直感、联想和遐想,引我那么多共鸣、向往和美感……这就够了,足够我作为一个读者发表议论了。

断断续续思考了许多天,我对他的这些速写画的印象、感觉和判断,好像凝结成了这样一句话:线的魅力——李夜冰线的魅力。李夜冰是一位画家,而艺术是无定式的。我曾想,假如夜冰先生是一位数学家或物理学家,他的成就有可能被命名为"李夜冰线"。但这是不可能的。不过,由此也可见他的这些画在我心理上引起了何等强烈的反应。

夜冰先生并不是高等美术院校的科班生,他是自学成才的。四十多年来,由于自己的兴趣和爱好,也由于环境(工作)的需要,他对油画、版画、年画、国画、工艺美术等均有所探索、实践,并各有成就。而在这些艺术实践中,他的基础性作业则是钢笔写生,是线的勾勒和挥洒，是线的运动和把握。据说他有成万件的线的作品，我们可以认为他有一座线的艺术宝库。

关于艺术的线或线的艺术，可以写一部专著，且不是我能做到的，但在看过夜冰先生这些作品之后，我有几点想法不能不说。

——从这些以长短、曲直、纵与横的线构成的艺术品中，我们看到了夜冰先生的魂魄和激情、执着和顽强。"读万卷书，行万里路。"从他的画你可以想象可以看到他在不断地奔波跋涉，神采飞扬。于是，北疆的雄浑，南国的秀美，西域的风情，中原的广袤，甚至异国情调，都生动地呈现在你面前。他不怕辛劳，他很勤奋，他为艺术而痴迷。

——从这些以长短、曲直、纵与横的线构成的艺术品中，我们看到了一双极为灵巧的手和一双极为敏锐的眼睛。人人都会画线，但并非什么人画的线都具有艺术的品性。艺术的线是整体与局部、此线与彼线的有机的组合，它有感情、有生命、有感觉、有理性、有判断，有明与暗、冷与热、远与近、大与小各种关系的处理，凡此种种恰到好处，才能得艺术之妙，才能成为令人欣喜给人美感的艺术品。于一片四开纸上描绘太行山的雄伟，需要提炼，于一页十六开纸面上画几棵水仙，需要布局与突出……这都是创造性过程，是审美判断的过程，没有敏锐的眼睛不行，没有得心应手的技巧不成。夜冰先生有一双艺术家的眼睛和一双艺术家的手，这里有天分，也仍然有经久的勤劳。

——从这些长短、曲直、纵与横的线构成的艺术品中，我们感受到一种有限与无限、瞬间和永恒的美的愉悦。一株藤，他似乎画完了，又没有画完；题为《江边》，他画了两条线，几只船，极为洗炼；《美人蕉》，多么常见的花，但你若认真欣赏这幅画，你能够用几句话讲出它在你心理上引起的美感吗？《藏寨》、《石头寨》、《水磨坊》，你反复审视，会感到疲倦吗？画面上似乎是有限的，但它们岂不是把你的思绪引向了无限？这一切似乎都会变化且终将消失，但它们在夜冰先生的笔下永驻了，永生了，获得了永恒。有限与无限，瞬息与永恒，这是成功的艺术品的生命所在，夜冰先生的这些作品，正具有这样的生命。

——欣赏了夜冰先生的画，我对于钢笔线的功能、作用和魅力深思不已，对于黑与白的艺术效果的关系深思不已。黑色是单纯的，也是高贵的；白色是单纯的，也是高贵的。在艺术家的手里，它们会变得如此富有表现力，如此丰富如此美妙，这有待于深入探讨和研究。夜冰先生是一位真正的艺术家，他的成就和贡献会愈来愈被人重视。

题外之话我想说，夜冰先生的家乡于六十年代被划为河北管辖。他长期在山西工作和创作。作为山西人我感到骄傲，因为我们可以把他视为山西的艺术家。不，李夜冰当之无愧是中国的艺术家。

看了他的画，发现了两个花絮性的"故事"：他画了一幅旅人蕉，我写过一部中篇小说就叫《旅人蕉》。为写这部小说，我在厦门的植物园里专门拍摄了旅人蕉的照片，但他的画似乎比照片更美。旅人蕉是无私的，是跋涉在沙漠中的饥渴者的救命蕉。它耐干旱，吸收了大量水分在枝叶内，旅行者渴而将死时，如能遇上旅人蕉，其命便可得救。我写小说即取此物的此种高尚特点，夜冰先生是画画，不可能有多的文字说明，想来也是赞其高尚无私吧！

我到过敦煌的鸣沙山月牙泉，也曾用钢笔凭记忆描绘过它。我的技巧当然不能同夜冰先生比，但我们对同一景物发生了兴趣，这使我觉得格外亲切。

我喜爱美术犹如我喜爱文学。但我学画只有五年光景，且从未专门研究过美术理论，自然也没有进过美术院校。我于绘画也是自学，以一个后自学者为一个先自学者且有卓著成就者作序，这算巧合，也算缘分吧！

一九九三年九月二十日　北京

赵志光的工笔画

一九九三年十月的一天傍晚,我有幸在太原赵志光的家里逐张观赏他的画作,大开眼界,实在是一次美的享受。他的画给我以静美、雅美——高雅宁静之美。欣赏他的画时,仿佛有微微的清气清风吹拂心头,我觉得我的精神、我的情绪、我的心灵也变得舒缓安宁起来。的确,如同音乐,有的可以令人手舞足蹈,有的可以使人心情激荡、精神振奋,有的也可以把人刺激得丧失理智而至于狂癫;绘画也如此,它可以有各种心理效应,有的让你理智,有的让你迷茫,有的让你安详,有的可以让你狂躁……谁说艺术没有力量呢?要看你面对的是何种艺术,你自身有着何等的审美素养。

赵志光的画比他本人漂亮。但我仍要说画如其人。因为他的画充分表现了他沉静内向的性格和温和的心灵。他的画体现了他的内在的品格。你看他的画时,确实感到一种含蓄的内在的美。

我本人很佩服工笔画者的功底、功夫,但我常常对有些工笔画的落套、无个性有些失望。我之所以感到清风清气微微拂心,就因为志光的画出套出新。他描绘这些花卉的角度和技法也有别于他人,因而虽曰是传统的工笔画,你感到的却是一个新的天地,志光的天地。他画花卉不是靠临摹别家,也不是凭空造花,而是长期地寻访观察奇花异草,长期地对景写生。秘诀原来在此。他是从生活出发而又选择提炼之后,才在画幅上表现出他的审美感受和美的创造。

志光的画用色均比较轻淡。我曾乱发议论说"你能不能在色彩上再强烈一些",现在想来,我应该理解他尊重他。他的轻淡、雅致正是他的个性和特色,大红大绿那也许就是另一个人了。

在志光的画里我真的领略到了一种淡雅、含蓄而静谧的诗意和诗的情调,望着他的画犹如聆听着一支又一支舒缓、优美、轻松的乐曲。

真的艺术应该让人热爱生活、珍惜人生。欣赏志光的画,你的心灵会有一种净化之感(你看那些花草多么纯静啊),你会慢慢地觉得我们在这个世界上生活一遭还是值得的。

在中国太原的一间普通的屋子里,在深夜的灯光下,有一个人在默默地创造着美贡献人间。想到这种情景,我就深为感动。在我们整个的国家,有多少艺术家在这样生活、工作和奉献啊!人们应该爱护他们,尊重他们,发现他们,承认他们,肯定他们,支持他们!

一九九六年四月二十一日　北京

版画家宁积贤

一九九二年,宁积贤应邀赴日本举办画展前,寄给我一本他的版画选,阅读时发现其中的《试车》、《女会计》等作品,早有印象,原来是早就发表过。仔细翻阅他的画选,令我感动。这位六十年代就崭露头角的画家,大概因为一直在偏远的基层吧,没有被很好评介过,实在是个遗憾。一九九二年我到临汾办画展时,和他多方接触,其谦虚忠厚,刻苦用功,给我留下了极深的印象。

宁积贤受过高等艺术教育,从师著名版画家董其中,艺术修养、绘画功力颇深。多年来,不仅发表了大量美术作品,而且有不少美术评论见报。正因为他的艺术造诣全方位的发展,所以反映在他笔下的作品内涵也更加丰富。版画《童谣》就是一例,画面不以时空所限,吸收民间剪纸造型,表现了一幅动人的民间故事,把人带到一个神话般的艺术境界。此画以其独特的艺术构思和魅力,入选全国第五届三版展览,荣获一九九一年第二届全国民间艺术节美展银牌奖。

宁积贤生长在黄河、汾河附近的农村,田园生涯,大好河山,感染着他讴歌农村风情。他画册的六十四件作品中,有五十余幅反映田园桑梓之情,时间跨度四分之一世纪,展示了一幅幅描写农村山美、水美、人也美的系列长卷。他是一位现实主义画家,作品的历史价值不容置疑。著名版画家李桦先生曾在工人日报对他的《黄河人家》、《岗位》予以评价,赞扬他的作品朴素无华、简洁明快。后来,彦涵先生也称赞他在版画艺术上勤奋努力,成绩可佳,并题字勉励。迄今,他的作品已十二次参加全国性大展,十次在国内获奖,近百幅作品分赴美国、意大利、波兰、荷兰、南斯拉夫、法国、日本等国家参加展出,四十余幅作品被国内外美术馆和有关方面珍藏。一九七五年他曾担任全国年画展览评委。他的名字和作品被载入大型中国美术全集版画艺术卷。

宁积贤的版画表现手法广泛,善于向姊妹艺术借鉴。不论木刻、石版、纸版、拓片等均有上乘之作。像《岗位》的明快细腻,《头像》的集中鲜明,《觅》的形式新颖,《拍掌掌》的单纯统一,《河畔》的开阔抒情,《千里黄河水》的气势宏伟,《师生情》的情节动人等。有诗曰"此时无声胜有声"。有语曰:"空谷足音"。宁积贤不少作品具有诗的意境,给人以美的享受。近年来,宁积贤在汲取民族传统的基础上(他曾从事七八年的年画创作),大胆吸收表现主义之精华,采用平面构成法,以抽象多变的纹理,创作出一系列富有民族感和时代感的新作。如《庭院》,入选第十届全国版画展览,《池塘》入选第四届全国三版作品展览。这些新作比以往更大胆,有突破。笔墨当随时代。宁积贤不满足现状,溶民族风采与世界流派于一体,不断向前。他的版画在日本展出成功,足以为证。

宁积贤是有实力的画家,也是勤奋多产的画家。几经风雨,痴心不改。最应称道的是他一直坚持生活在基层,和人民同甘共苦。正是生活的肥田沃土,使他取得一个又一个成功。要说经验和启示,这是最重要的。近两年,他的作品陆续在《版画艺术》、《工人日报》、《国外画册》上发表。日本神奈川国际版画展,波兰国际版画展,荷兰国际版画展,韩国国际版画双年展,深圳全国书票邀请展等多方面邀请他的作品参展。人生能有几次搏!宁积贤正年富力强,在艺术的大路上,完全可以走得更潇洒。

一九九六年

真诚的艺术追求者

九十年代初,我回故乡办画展时,认识了画家宁积贤,多年的频繁交往,对他了解颇深,他的为人和在艺术上所取得的成就令人赞赏。

宁积贤,一九四一年生,山西省稷山县人。一九六四年毕业于山西大学艺术系。现任山西省美协版画学会副会长,临汾市美协名誉主席,临汾市书画院院长,国家一级美术师。曾任临汾市第二届人大代表,山西省文联第四、五、六届委员,山西省美协常务理事。现为中国美协会员,中国版协理事,中国美协藏书票协会常务理事。是我国近代著名版画家、国画家、书法篆刻家和美术评论家。

宁积贤从艺五十年来,先后荣获版画界最高奖"鲁迅版画奖"以及中外美展金银铜优秀奖十四次。其中荣获有法国巴黎郭安博物馆优秀奖,日本版画展巨匠奖,意大利和美国小品版画奖,全国第五届美展优秀奖,全国第二届民间艺术节美展银奖,中国书画名人名家邀请展金奖,中国花卉博览会名家书画展银奖,纪念长征胜利七十周年全国美展铜奖,第七届全国藏书票展铜奖,山西省政府文艺创作基金奖等。一九九七年荣获国家优秀专家拔尖人才称号。荣记一等功一次,二等功两次。

一九六六年,因创作年画"晋南英雄颂"赴北京参加华北区年版画会议,受到第一代国家领导人刘少奇、周恩来的亲切接见,并合影留念。国画"紫藤"、"牵牛花"等八幅作品被第三代国家领导人温家宝、贾庆林及日本天皇,伊势琦市领导收藏。两幅作品被中国美术馆收藏。一百余幅作品被国外美术馆和国际友人收藏。

宁积贤先后两次任全国美展评委。作品先后参加文化部,中国美协举办的全国第四、五、六、八、九、十届大型综合美展。作品多次赴美国、俄罗斯、法国、德国、意大利、波兰、罗马尼亚、南斯拉夫、日本、韩国、台湾、香港等国家和地区展出。多次在《人民日报》、《工人日报》、《美术》杂志上专题介绍。在全国三十余家报刊和多个国外报刊发表作品和评论二百余幅(篇)。由中外出版社编辑出版美术丛书一套(十册),美术评论一册。

一九九二年,赴日本举办个人画展,展出作品八十余件,被抢购一空。多次在全国各地举办画展,取得良好反映。二〇〇四年,随中国美术家代表团,出访西欧七国。艺术成就被收录在中国美协编印的《中国现代美术全集》、《中国美术全集》、《中国版画史》、《世界华人艺术成就博览大典》等辞典中。

宁积贤在艺术道路上,凭借扎实的基本功和对艺术真谛的理解,使国画与版画同步。尤其近年来,主攻国画,追求艺术家的完美。对国画的笔墨、色彩、构图等,都有了较深的理解。用笔精道,疏密有致,干湿结合,水冲墨、墨冲水,表现手法多样。色彩雅致大气,墨中有色,色中有墨,不俗不火,浑厚自然。构图大胆,稳中出奇,空间感加强,有节奏、有变化。加之书法篆刻的功力,和国画相映成趣。在国画领域里,开拓了一块属于自己的新天地。个人风格明显突出。从这本集子的作品来看,宁积贤已开始跃升为优秀国画家行列。让我们预祝和期盼他在和谐社会的艺术道路上,越走越宽,再创佳绩。

二〇〇八年

与虎痴温鸿源谈美学

一

一九八九年,我在人民美术出版社社长任上。记得是春天或是初秋的一个早晨,一位衣着朴素得像个农民的人,背着一个包袱,带着汉中我老战友徐联邦的一封信,到人美社来找我,这个人就是温鸿源。

在我的办公室,他让我看他的画。他画的全是虎,是一卷百虎图。他的虎让我感到生动、亲切、有力、可爱。

我认为工笔画很难画,大幅的工笔画尤其难。他的虎全是大幅的。我因此禁不住地赞叹他画得好,并向他提了一个技术性问题:这些老虎的毛须你是怎样画上去的?我的意思是:在不同底色上而能将虎毛虎须画得那么逼真和谐,绒绒如同天成,他的诀窍何在?他忠厚地笑着告诉我:在别的颜色没有干的时候画。

他的回答使我顿有所悟,但要掌握整只虎大面积的干湿度,在我看来还是十分困难。而他居然画出一百只神态各异的虎,那要花多少时间多少工夫,需要多么大的耐心和纯熟的技巧啊!望着他几乎有些邋遢的样子,我心里说:看来,他是一位虎痴和虎迷了。百虎图,这可不是小工程。特别是中国的水墨彩墨画,它完全不同于油画。油画可以修改,可以一种颜色压掉另一种颜色,今天画不完明天可以接着画。而中国画几乎是不可以修改的,一般而言它必须一次定形；如要掌握干湿度，还必须熟练地掌握时间这一神秘的因素；而此点不是靠竞技场上的秒表，完全凭借经验和感觉。这样想着，我再次对他的劳作衷心敬佩，真不知他为画虎下了多少工夫，费耗多少精力。

他想拜见大画家邵宇。邵宇是人民美术出版社的老社长，当时就住在出版社的院子里。我立即领着他去见这位画坛前辈。

邵宇看了他的画，很兴奋、很称赞，应他的要求，欣然命笔，写出"温鸿源百虎图"。这样，他带着邵宇的题签，满意而去。

二

八年之后，一九九七年七月末或八月初的一天夜间，我们在我家见面。天气虽然炎热，我们却交谈了很长时间。

原来，鸿源喜欢绘画，是很早以前的事了。他现在已经年过花甲，退休，而他迷于画事，却始于他的童年——六岁。他念念不忘感谢他中学时的老师任曼逸，正是这位任先生正经教他画虎，因为任先生自己就是一位画家。这么算来，他画虎已近半个世纪了。

翻着他们早先出版的《虎谱》，我惊异于他收录了那么多虎图，问他：这些不同神态的虎，你都是怎么集辑的？他答曰：一部分是他的写生，一部分是他临摹众多名家的作品。

关于写生，他说：从北京到云南，在我国的好多动物园里，走南闯北，他观察虎的形体特征，捉摸虎的生活习性，以至于废寝忘食，遭遇危险。例如，他说，一次，在某动物园，已关门闭园，他请饲养老虎的管理员，让他把自己买来的活鸡放进笼，让虎捕食，他要观察虎的捕食动作。当饲养员得知他是为画虎而如此时，才和他相互配合，让他看到老虎如何捕食那飞跳的鸡。他也曾自己买来生肉，干过同样的事情。审视着他一系列虎的动态的写生图像，我为他"入虎穴"的精神而感动，对他"得虎仔"的成就而钦佩。

关于临摹名家，我问他：人家的虎大多是彩色的，还有所谓中间色和过渡色,你都用黑色的粗细线条来勾勒,这也够困难的了。他憨厚地笑笑,没有说出什么理由。这时,我觉得我的问话是多余的了。像他那样半天半天地爬在虎笼外面观察写生过许多动态的虎图的人,临摹名家静态的虎画,还会有什么难处吗?

他有严格探索的精神!

这里所说的"探索",是比"执着"更高级更深刻内容更丰富的意思。一个人,照着别人画成的虎学画虎,纵然多年如一日,痴心不改,堪称"执着",但绝不能与直面活虎而画虎同日而语。画死虎——别人已画就的虎——好比纸上谈兵;画活虎——神形动作变化多端的虎——则犹如两军对垒、短兵相接、真刀实枪地交战。"纸上谈兵"也可以头头是道,让人觉得"硝烟弥漫,战火纷飞",但也可以误人子弟,在实战中落得"损兵折将,一败涂地"。此中奥秘,并不需要赘言。

三

知道了鸿源画虎的这些经历,我内心再次确认他是一个虎痴、虎迷。望着他那破旧的衣着,特别是他那双大夏天还穿在脚上的破旧的黑皮鞋,包括他那好像随便抹一把总也洗不净的脸,总无光泽的蓬乱的头发,我对他的痴迷更确信无疑,并感叹一个艺术家为到达艺术的高境界,要付出多少代价,甚至牺牲多少世俗的欢乐啊!他们甚至不大懂得人情世故和待人接物,但这正表明他们满脑子都是自己所迷醉的艺术对象和描绘表现那对象的艺术技巧、艺术规律。说实话,对他们将虎眼、虎鼻、虎口、虎耳等等分别图解和说明,我是很有些惊奇的,因为就鸿源而论,他是以写生为据的。

翻阅着他们的旧著,我感到,他们更重视实用和技法,而欠缺学术性。例如关于历代画虎者的论述、关于历代虎的图例,他们收录得并不齐全和系统,再如关于题虎画和画虎之诗词,他们在辑录时似也欠缺分类选择,等等;然而我认为这可以理解,并无大碍。他们编著的确是一册画虎的技法书,而非古今画虎或虎画学术专著,这些图例、言论和题款,只是供乐于此道者参考而已。像鸿源先生这样的画家,他更是一个实践者(画者)而非研究者(学者)。这里说的研究指处理历史资料的学术活动,不是指鸿源先生那样忘乎所以地面对活虎观察和写生的研究。

我对中国画虎的历史可谓无知,但那个夜晚,在我家里,我和鸿源先生一般地交谈到了涉及美学的问题。

从古至今,老虎是一种凶猛的动物,它在动物界的此种特点,被人类称为"兽中之王";而在虎与人的关系上,由于它凶猛,由于它甚至吃人,又被人视之为凶残。虎和人的实际关系,认真地严格地科学地讲,是一种相互对立甚至敌对的关系。

正是由于虎的凶猛和凶残,在人的历史发展过程中,在人的文明意识的生成过程中,虎是恶的象征。我们的先人,曾有"苛政猛于虎"之说,至今,民间也还将某些恶人喻作"如狼似虎"、"虎狼之心"、"虎豹豺狼",就是明证。

那么,凶猛、凶恶、凶残的虎,为什么同时又被人视为美的形象、善的象征呢?虎怎么具有了"两重性"呢?这就属于美学问题,属于审美范畴的辩证关系问题了。

人在战胜许多凶恶动物的过程中,肯定曾付出过沉重的血的代价,生命的代价。但是,无论多么凶残的动物,比之于人,它们缺少一种天赋品质,那就是智慧。人,正是凭借不断强化的智慧,用各种工具、武器、智谋和手段,开拓了自己的生存空间,战胜了一批又一批凶猛的野兽,包括老虎,以至于使得老虎如今几近灭绝,生态环境专家又来呼吁禁猎,保护它们。武松打虎的故事肯定和颂扬的是人的力量和英雄气概,同时它也肯定和确认了虎的凶猛和威力。武松打死虎之前先吃了许多肉喝了许多酒,而那只虎在武松的棒拳下毙命之前,不是已经吃了几个人吗?当武松其人和那只虎决斗之时,作为人的武松,又经历了何等的艰险!人是万物之灵。武松打虎这个故事所肯定的,正是人的这种地位。类似的故事,在中国的民间故事、民间史诗和文人作品中还有,在外国的民间故事、民间史诗和文人作品中也有,道理相同。

然而在人自认自尊为万物之灵的同时,人也体验到深感到自身的弱点——那就是不似某些动物如老虎那样强壮、有力、勇猛。于是,心理上产生了一种幻想和期望——希望自己能获得如自己的"敌人"(比如老虎)那样的"力量"。这种力量本是人所惧怕的,人之所以期望获得它,其实正是为了消除和替补自己的恐惧。这种和人完全不同的野兽的野蛮的力量,就其现实性而言是人根本不可能得到的,人只能在自己的意识和观念里将它抽象,在抽象的意义上,以想象和幻想的形式获得它,这便是故事、诗文以至绘画艺术,甚至超出这些形式。例如,古代把决议军机大事的处所叫做"白虎堂",古时中外的许多君王都喜欢在自己的宝座上展一张虎皮,连土匪头子座山雕也有一张虎皮椅子,这就超出了艺术的范畴而反映在人们的生活中了。一般民间的老虎帽、虎头鞋、祝福孩子"百岁"、生日的虎形锁等等,从寄情托意上说,从审美心理上言,和前述的事例是一回事,只是因人而异了。君不见,我们既可以形容一个英雄"勇闯虎穴"、"虎腹掏心",这说的是斗恶;又可以形容一个人或一个群体"英雄虎胆"、"如虎下山",这说的又是扬善。如此种种,都反映着人与虎的关系的两重性,都表现着人的审美意识、审美观念的互变性。这种二重互变性,在哲学上就是对立统一,又对立,又统一。焦点是力量崇拜——人所惧怕的力量,正是人所希望获得的力量,两极相逢。虎在"善"与"恶"两方面,均被艺术地人情化人格化了。

现在的情形是,老虎被人类快消灭尽净了,人依靠自己的聪明才智把捕获的老虎关在动物园的笼子里了。人所以把它们关在笼子里正表明人怕它们,而人之所以隔着笼子还要观赏它们,正表明从远古以来人和它们就存在着一种对立统一的关系。当老虎已不是人类的主要威胁而成为人类要保护的物种时,艺术家所画的虎,其美的欣赏价值也更形增强了。假如有一天人类真的在地球上把老虎灭绝,虎对于人类就会变成神话,那么,过去的和当代的画家画的虎,就纯粹只有艺术价值了。

我们不希望这种局面出现。我们希望保持地球的生态平衡。

扯远了!那天夜里,我和鸿源先生拉拉杂杂的确就扯了这么远。把这些事情记下来,我想并不是毫无意义。

一九九七年九月十四日　北京流舟斋

赵银湖的神仙图

《八十七神仙卷》纸本，乃画坛一代宗师徐悲鸿先生视为生命之珍藏。其原件存徐悲鸿纪念馆。其印制品，据悉只有五十年代上海美术出版社和八十年代初人民美术出版社两种，且数量很有限。因此，能欣赏原作者不多，能目睹依原件大小之印制品者也是少数人。现今的收藏家，能得到印品者就算是幸运儿了。

《八十七神仙卷》不仅是极其珍贵的艺术作品，和它相关的故事也很引人入胜，而且反过来更证明它是无价之宝。

本世纪三十年代，徐悲鸿先生在香港首见此画，却是在一个德国夫人手上。悲鸿先生为使此艺术瑰宝保留在中国、保留于中国人掌中，不惜重金，从德国人手中购回。他艺术家的心确实激动至极，为此画写了长篇跋语，将此画在中国画史上的地位，以及它与欧洲诸多大画家的作品，作了精辟评比，给此画以绝高评价。正因此，他将收藏此画视为自己的生命，并专治"悲鸿生命"一印加盖其上，随后即将此印砸毁。既视同生命，便朝夕携于身边，不幸的是，四十年代初他在昆明时，一次，因躲避日寇飞机轰炸，混乱之中，此画竟被梁上君子盗去（可推想，此至宝之物，早被窃者盯上了）！此画被盗，引得悲鸿先生忧病交加……

时隔有年，这一旷世之作又在成都露市。闻此信息，悲鸿先生扶病至蓉，经中间人婉转周旋，以自己若干亲作精品赎回。可叹"悲鸿生命"的印记与最前一名神将的大部已被人挖去残损！

以前副总理耿飚为会长的中国农民书画研究会，下设一个民间特种文化工艺研究所。该所负责人赵银湖副研究员，酷爱书画艺术，又掌握诸多现代技艺（他受过高等理工科教育，同时又擅长雕塑绘画），尤仰慕悲鸿大师为国宝献资献身的精神。面对八十七神仙卷非凡的线条图景，他常神不守舍，浮想翩跹。在北京亚运村看到罗工柳教授选自八十七神仙卷的由二十多个人物构成的《群仙迎宾图》巨幅石刻，他受到启示，遂提出以现代特种工艺技术，仿摹《八十七神仙图》。经中国农民书画研究会同意，他们筹措巨资，开始这一不无风险的艰难创作。研究所的匠师们，在赵银湖主持下，历经两年有余，潜心研究，反复实验，终于今年六月以忠于原作的印品为摹本，以全新的材料和工艺，创作成功《八十七神仙图》。

说它新，一是指它不再是纸本，而是用了金铜合金的底版；二是指它的线条不再是墨线，而是用黄金和白金的混合剂阳刻钩勒；三是指它的底色不再是白纸本色，而是用天然乌漆手工推光，是黑色；四是指它采用了画框，而此框不仅特别选择优质木材，纹理顺直，且设计朴雅并用胡桃油手工打磨，使呈亚光自然木色。

日前，农民书画研究会及其特种工艺研究所，邀请首都数名专家学者几次鉴赏评品此作，深得赞赏好评。

悲鸿先生之子、中央美院徐庆平教授，在被邀鉴赏之前，重新先看了一遍纸本八十七神仙卷。待他亲眼目睹此作之时，他兴奋和惊异了。徐悲鸿研究会会长、年逾八旬的悲鸿先生的弟子冯法祀老人，观赏此作时真诚地翘起大拇指。中国民间文艺家协会的赵光明先生（也是画家），赏鉴此作后，热情表示要吸收主创者赵银湖加入中国民协为会员。

此画对比原作，没有放大也没有缩小，纵 23.6 厘米，横 228 厘米。画面的金箔饰线完全合于原作白描风格，在沉静的乌漆底色衬映下，流畅飘逸，天衣飞舞，满墙风动。八十七神仙卷的布局、构图以及对人物和景物的刻画，其令人惊叹的艺术功力和魅力，全赖娴熟的条线技法。而由赵银湖创制的这件全新材质的作品，其最大的成功,正在于金箔线条的疏密有致、密而不乱、疏中见精和虚实结合,因而其人物场景的视觉艺术效果,确有翩翩而至的临境感。

这是一件仿摹之作,同时又是一件新作。

原作是绝品,此作也是绝品。两者都是孤品。

创制这样一件作品,需要激情、灵感和技能,即使如赵银湖这样高文化素质的人,也不可能再重复自己。

此作投资之大、选材之精、耗时之长、费工之繁,可谓前无古人。正因此,专家们均为之赞叹。

极宝贵的中华文化遗产八十七神仙卷,因有了赵银湖的这件金铜之制,可望更能长久保存了。此真乃一大幸事!

一九九六年七月八日

附记:赵银湖先生在作完此新材质神仙图后,于上世纪八十年代末去世,令人不胜惋惜。

二〇一四年七月

致版画家董其中、姚天沐

其中、天沐同志，你们好！

　　现在是凌晨三时，我一觉醒来，思绪翩跹，禁不住写这封信给你们，要向你们谈谈一月二十八日在北京中国美术馆开幕的"中国古巴部分画家作品展览"。此次展览将延续到二月二日，其开幕可谓热烈隆重。山西三十多位画家的九十余件精心之作同时推出，与古巴十多位画家的二十多件代表性作品相映成辉，在美术馆的展览活动中实属少见。正因此，它引起首都中外观众的欣赏兴趣；不仅开幕式有数百人前来，开幕后也络绎不绝。拉丁美洲的古巴和亚洲中国的风格有异、观念不同而又共同体现着艺术家美的追求的一百多件作品，给了观众一个时空跨度很大的丰富多彩的艺术世界。

　　此次交流和展览，其缘起和重要主题之一，是纪念古巴民族英雄、古巴独立运动领袖、具有世界影响的诗人、作家、思想家何塞·马蒂诞辰一百四十四周年。当我们中国艺术文化普及促进会、山西国际文化交流画院和古巴驻华大使馆在北京联合举办这一文化交流兼纪念活动时，哈瓦那也在举行纪念会，古巴领袖卡斯特罗在那里发表演说（哈瓦那的情况我们事先并不了解，但客观上两个活动遥相呼应了）。

　　在表现何塞·马蒂形象的作品中，古巴画家马丁内斯·劳尔的油画《马蒂》构图奇特，色彩强烈，十分夺人眼目，相比之下，中国画家对马蒂形象的刻画和塑造，则嫌分量不够，少一件堪与比美的煌煌之作。为弥补这一缺憾,李夜冰同志和我在操持的过程中,我提议请其中同志您赶作一幅马蒂形象的版画。在只有十天左右的时间且资料不足的状况下,老实说,我担心其中同志您的创作情绪不能进入激动状态,不能拿出生气勃勃的传神之作;然而当一月二十六日布展时得到您的《何塞·马蒂》木刻版画时,我真是大为惊讶和惊喜了!

我衷心地认为,您创作了一件杰作——画幅尺寸很有气势,对何塞·马蒂形象的刻画,不仅同所有资料相参照形似无疑,最可宝贵令人叹服的是表现出了何塞·马蒂这位革命家、战士的深沉、严峻又火热的诗人的气质和精神。这里我不必说您怎样表现了他的眼睛和那有特色的胡须,以及他的前额的睿智和脸型的刚毅……我要强调的是,在我看来,您只用大块面的黑白两色,非常洗炼和简洁地在他的头发、服装和胡须上刻出少许的细白线,就效果非凡了。加之,您又以刚劲有力的白线刻画出寓意丰富的背景,这样,在我这个观者的感觉上,您创作的就不只是一幅肖像,而是犹如一篇有历史纵深度的诗,一首令人振奋的战歌般的诗。

激情即诗情。您的激情和诗情浑然一体了!

我向您索要了一幅此作来收藏,已悬挂于我的书房,我感到十分珍贵和荣幸,因为他是我崇敬的与他的民族共命运的一位战士诗人;我特别要告诉您的是,当薛荣哲副省长代表孙文盛省长也代表山西画家和您本人,将这幅作品在使馆举行的招待会上,郑重赠予古巴大使馆,由何塞·阿·格拉大使接受时,古巴朋友们真是激动至极。招待会结束要分手时,使馆的文化官员特丽莎女士一时看不见了您的作品,十分焦急地询问我它哪里去了,仿佛怕我们谁再把它藏起来……这当然是不可能的。

其中同志,您的这件作品,为此次展览增添了不容置疑的光彩。

我所以把这封信也写给天沐同志,完全不是因为您现在担任美协主席,而是因为此前我几乎没看到过您的作品,而此次您拿来展出的三件以黄土高原为主题的创作,着实令我佩服,让我激动。

作为山西人、黄土高原的儿子,我的童年正是在您所刻绘的那千沟万壑中度过的。作为一个近年来也学习绘画的人,我曾梦想并曾尝试过描绘故乡的塬上风情,但我在艺术上总不能走近它、不能拥抱它,我的印象和情绪,不能化作我笔下的形象。是在您的这一组版画中,我才又回到故乡,嗅到故乡那泥土的香味。看您的这些作品时,我曾以为它们是工笔国画,及至确认是版画时,我对您技艺的精湛、景物的取舍、审美的情感和艺术表现,真的赞赏不已。在我看来,故乡的那些塬和沟,实在可叫做"穷山恶水",而天沐同志您,却把它们表现得那么美,那么气势壮伟,这正是您对黄土高原的挚爱和对它美好未来的寄托。您这些作品,正是您激情洋溢的诗化。

数十位参展的画家的作品都是各自的呕心沥血之作,我对你们想说的只限于版画。

力群同志是此次参展中年龄最大的前辈,但他的《春风》等作品却清新年轻,这是很值得我们这些晚辈研究的。

我非常兴奋地欣赏了冀荣德、李晓林、牛林森、张泽民、马杰生诸君的作品,深感体裁、技法、构思……的多样和鲜活,因而总的印象是山西有一个当之无愧的强有力高水平的版画创作群。此次由于时间仓促、场地限制等等困难,显然未能使更多方家的大作尽展风采,今后,我想,山西的版画定会远播四方,为整个中国美术界增添声誉。你们以为如何?

一九九七年一月三十一日凌晨四时半匆草

彩陶密码

要认识中国文化、研究中国文化、谈论中国文化、探索中国文化的源与流，不能不讲中国的彩陶。

彩陶，实乃中国远古文化浓重的一笔。

彩陶之令我惊异、震撼、动情、迷醉以至心理上膜拜，是八十年代中叶在青海任文化厅长的时候。

六十年代末，在西安半坡村看到过一两件距今六千七百年的彩陶。那个人面鱼纹彩陶盆以一种不可思议的力量吸引我，令我情不自禁地在小本子上描摹了它的图案，如一个美丽的谜让我一直猜想不已。但我不知道在我们中华大地上有多少这样的至宝。

到青海以后，所见彩陶数量之多，那些彩陶形制之丰富，色彩之斑斓，所存地域之广（加上在甘肃的所见），真把我惊呆了！

我自知我生活在二十世纪八十年代，但我又分明感到我的脚下，我周围的山川大地上，有过一个远古的文化时代，即彩陶时代。有学者称它为"新石器时代末期"或曰"史前时代"，我顾不了这许多，只是觉得这些彩陶太精美，太宝贵，太重要，它是我们的远祖留给我们的不可重复的价值无限的精神文化财富，是我们应该特别守护的一大宗文化遗产。

面对这些彩陶，我感到了现代艺术大师毕加索和它们的某种相通性。面对这些彩陶，我想起了敦煌石窟艺术，觉得，我们应该像重视敦煌石窟艺术那样重视这些彩陶。我强烈感到我们应建立国家级的彩陶博物馆,国家级的彩陶研究中心,让它们对我们整个中华民族的子子孙孙发挥一种精神、情感、历史、艺术……的陶冶作用。

也因此,对所发生的部分彩陶的被盗、被毁、被走私出境,我极为痛心而莫可奈何。

心有余力不足。经费困难,我们只能在省博物馆(一所旧宅邸)尽可能展出一些藏品,在柳湾那个小地方设一个"青海省彩陶研究中心"——牌子大、力量小、名实不符。

世界各民族都经历过旧石器时代和新石器时代,似无争议。然将无文字可考的历史阶段称为"史前时代"却可以商榷。

旧石器,新石器,都是人类历史演进文化发展的一定阶段。新石器优于旧石器,然若无旧石器也便无所谓新石器。即使今日的电子原子时代,我们生活中不是仍有石器或曰石文化的参与和介入吗?这就是历史的连续性和继承性,当然被继承的都是优秀遗产,同时人们在继承中又有新的发展(材料、工艺等等)。后来居上,螺旋上升,从一个高度达到另一个更高的高度。我说这些的意思是:如果在新石器时代产生、出现、发展了陶器和彩陶器,如果承认这是一种更高级形态的文化,那么,在中国史的叙述上,就应该正式地列出一个"陶器——彩陶器时代",因为它们是当时历史条件下最先进的生产力标志、文化标志。

以彩陶为代表的我们的陶器文化既然那样的灿烂辉煌,我们就应当论证和确认它的堂堂正正的历史地位。

西安半坡村(仰韶文化)的彩陶器经测定距今六千七百年,青海柳湾(半山文化)的彩陶经测定距今五千七百年,最晚的齐家文化类型彩陶经测定距今四千余年,共约历时近三千年。如果再考虑到迄今发现的最早的和最晚的彩陶沿黄河、长江的中下游向甘肃、青海高原蔓延的广大的地域范围,确认中华民族史上有过一个彩陶时代,并不是没有道理的。

一般认为上述这个历史阶段为母系氏族社会形态,这里不赘。令我们特别兴奋、激动、遐想、猜测的是这些彩陶上的图案纹饰和符号。

对于我们的远祖来说,这些彩陶首先是生产和生活用品,是物质财富,同时当然也是精神文化产品,是智慧之花,是美感寄托。

对于我们后人而言,它们是历史文物,但我们在感觉上也许更强烈地把它们视为有着悠久历史的艺术品。对于我们它们已不是生产工具和生活用品,而是一种观赏品和研究对象。研究是专门家的事,对大多数人而言它直接的价值正在于欣赏。十年前在著名电影导演李瀚祥先生的北京寓所,看到摆放着两件彩陶(并非精品),他平静地讲了一句话,我至今记得。他说:"这古物比现在的瓷器就是耐看,是吧?"我表示完全赞同。

要把这"耐看"二字的含义诠释详尽,可就非常困难了。

然而这正是我们应做的工作。

那些外国博物馆,那些海内外有钱人,那些合法或非法的收藏者,为什么不惜重金收购这些彩陶?那些文物走私者为什么冒死盗贩这些彩陶?通俗一点说就因为它古而耐看,古,一种漫长悠久沧桑岁月的历史价值;耐看,一种不可重复的永恒的艺术魅力。

我画过几幅彩陶,总题《先人祭》,又题:《谁能破译五十个世纪前的这些密码?》(应该说是七千年前的密码)。

密码——这正是我要强调的。

在我看来,彩陶上的图案、纹饰、标记、色彩、线条……我们可统称之为符号,犹如最古老的文字,都不是我们的远祖无意识涂抹,都有特定的意义,总言之都是他们当时物质生活、精神生活以至社会关系或直接或曲折或变形或隐秘的反映和记载,是一系列需要破译的遥远的密码。我们也许不可能全部破译,但只要朝着这个方向努力以赴,一定能破译其中相当一些。而只要做到这一步,我们便可能在中国历史和中国文化的研究上,增添十分新鲜的一章。这一章或这一页若是书写出来,中国古彩陶这份遗产的历史文化作用及其价值,将不知比现在要高出多少倍。

一部《红楼梦》的研究,可以成为"红学"。对敦煌石窟艺术的研究，被称为"敦煌学"。现已发现的实物证明，彩陶在中国历史上延续了三千年之久，而且由彩陶（土陶）发展成后来的陶瓷，以至于中国的洋名字被全世界叫做CHINA，这件事情还不够大吗？为如此大的事而建立、形成一门"彩陶学"，有什么说不过去的吗！

这里没有涉及其他国家民族的制陶史。我们说的是中国文化。我们要说的是：彩陶是中国古代文化异常光辉的组成部分，非常浓重的一笔，我们应该认真地重视它，自豪地弘扬它！

一九九五年十二月十一日

古岩画信息

要追溯中国文化的源与流,实在不能忽视中国的岩画。

这里,我想用"中国古岩画"这个提法,因为世界上许多国家、地区和民族,都有自己的古岩画遗存,强调其"古",是想把它严格限定在"远古"这个历史阶段。在山岩和石头上刻或画,事实上是流传至今的一种反映生活、记载史实、表现观念、寄托审美情趣的方式。在陕西、山西、山东等等许多地方,不是存在着许多处秦汉以来的岩刻和岩画吗?西安的碑林是闻名世界的。而今,若干地方不是也在建造新的碑林吗?汉画像砖、唐昭陵六骏等等,作为历史文化珍品,载于史书、见于典籍,受到国内外专家学者的称颂。有的艺术家,在海边的巨石堆里,依势造型,如痴如醉,要把自己的情感抒发于海阔天空之间。去年九月我到西藏一趟,看到山岩上彩绘的佛像、道路旁彩书的"玛尼石",很觉新鲜。所有这类事例,除了具体的现实的缘由之外,究其历史渊源,都可谓中国古岩画传统的继承和发展。由于历史的久长,某些人可能觉得自己的这些活动同数千年、一万年甚至数万年前我们远祖的古岩画没有关系,实际上这种传承关系是不可否认的。传统的力量就在于它经过世世代代的转承之后,你几乎难于感觉到那最古老最遥远的血缘和根系。然而这种追溯是完全应该的。

古岩画引起我的兴趣、重视和神往,令我时不时涌发思古之幽情,是八十年代末在人民美术出版社社长任上。那时,由已故著名画家邵宇为总编辑的六十卷《中国美术全集》，正由几家美术出版社联袂印制。同时，台湾同胞对此项浩大工程也极感兴趣，那边的锦绣出版社差不多同步地依大陆的体例版式在印制台湾版（他们先印三千套一销而空，又加印一千套满足市场需要）。六十卷之中，绘画编第一卷《原始社会至南北朝绘画》即收录了一部分远古岩画。鉴于篇幅所限，不可能大量选编，在邵宇和许多专家拟定的四百卷《中国美术分类全集》中，又专门分出一个《中国岩画编》。近悉，此编共五卷，由辽宁美术出版社印制。

仅仅六十卷美术全集绘画编第一卷所收古岩画，观之已令人神思翩跹，惊叹不已——我们的远祖多么可敬可佩！他们经过多少岁月的艰苦奋斗，真是与天斗、与地斗、与风斗、与水斗、与雷电斗、与野兽斗、与酷热斗、与冰雪斗、与饥饿斗、与自己的愚昧无知斗……在生生不息地战胜自然、战胜自己，包括生存实践中发展自己的漫长的历史过程中，才能绘制出这些岩画啊！在一切经不起岁月浸蚀的材料（他们一定在那样的材料上涂绘过）尽行消失之后，这些岩画可说是他们留给我们这些子孙的"不动产"。

那些既苍凉稚拙又简练传神的描绘动物、人物、战争、狩猎、祭祀、舞蹈、放牧、村落等等的图画，是我们远祖的生活史和生存发展史的形象资料，有极高的历史价值和非凡的文化艺术价值。我对岩画没有专门的研究。但在看过许多彩陶纹饰之后再看岩画图形，我发现，我们的彩陶纹饰主要是几何图形，以抽象符号见长，而岩画则以写实见著。

岩画具有重要的历史价值、文化价值和艺术价值。

在《彩陶——中国文化浓重的一笔》（见本版1995年12月11日）[①]中我曾说过，我不大同意把无文字可考的远古时期（即旧新石器时期）称为"史前时代"，那意思是说：凡有文物特别是文化遗存可考的时代，均应作为文明史加以研究。我以为古岩画和古彩陶就

---

① 文中提到的"本根"指《人民日报·海外版》

是我们远祖的文化遗存和文化遗产,是一种文明标志。我们尽可以把它称作"远古文化"和"远古文明",但除此而外,我不知道我们还能把它们叫做什么。

经过许多专家辛勤的工作,现在已知我中华大地上的岩画数量十分丰富、东西南北分布十分广泛,达到十五个省区(包括台湾)的七十多个县旗,数百处遗迹,"作品"总数不下数十万幅。如此广阔的地域,如此繁多的数量意味着什么?意味着我们的远祖在漫长的历史阶段中的一种生存方式,一种生活和发展的方式,一种征服环境、自觉不自觉改造世界的方式。而这就是历史,就是我们应予研究并予以阐述的历史价值。

岩画作为一种文化形态,从属于它所产生的历史阶段,是它那个历史阶段的生活在人们观念形态(艺术形式)上的反映;它除了是我们解释那个特定历史阶段的广义的文化史料,狭义地说,便是它对于后世乃至现代造型艺术——美术创作的启示和借鉴的价值。

我们中国人是最早发现和记载古岩画的,但近代欧洲人对古岩画的研究比我们更有成绩。如同我们整个考古事业一样,新中国建立以来的近半个世纪,对古岩画的发现、研究和保护,取得了最重大的成就。我们为此自豪。因为它表明,在我们中华大地上,如同其他大陆,不仅有我们远祖留给我们的这么一份极宝贵的遗产,而且我们有能力研究它。朱伯雄先生等宣布"中国岩画学正在形成",我完全同意他们这一论断。事实上,他们在《世界美术史》第一卷中辟专章论述"中国原始艺术",这对某种欧洲中心观已是有力地校正了。

我们珍视和继承全人类的优秀文化遗产。但我们确实毋需言必称希腊。我们祖先优秀的文化遗产也属于全人类。我们对它研究得愈深刻愈透彻,它的全人类性便愈大。

一九九六年一月二十日

我观燕森甫书艺

任何一种艺术,都是一个百花园,书法艺术也不例外。

我对书艺没有研究。我自己的字,我总说是工作用字。但作为欣赏者,我有自己的标准,也可以说,我有自己的爱好和趣味,就是学者所谓的审美情趣。

有时候,别人认为名家的字,我不知道好在哪里;有时候,好像并非名家的字,我看着倒觉得挺好。在我的欣赏趣味中,燕老森甫的字,就属于后一种情形。

燕老年已八旬,长期从事教育事业。以他的年龄推算,他受过长时间严格的国粹式教育。仅从书写工具言,在他的青少年时代,恐怕大体上尚无硬笔吧!他这种高龄的老人,大半生用毛笔工作,而中国汉字书法的最大特点,便是毛笔这种工具。长期使用毛笔,是中国书法者的功底之所在,而从中还要生发出艺术气韵,则还需在深厚的功底之上,或经人点拨或自我觉醒,还需要某种潜心地探索和追求。

我因为长期远别故乡,无缘同燕老接触,但我第一次看到燕老的字,便被他那字里流溢的精神韵致吸引了。燕老可能会写多种字体,我接触的多属他的似隶非隶的"燕隶体"。我斗胆将燕老此种字体叫做"燕隶体",正是想说明他书艺的个性、独特性、创造性和有别于他人的韵致和美感。见仁见智,艺术最不能苛求一律。汉字的基本形态谁也无法改变,改变了,将不再属汉文化。汉字的结字方式,大体也有规矩,改变的余地不大。一个书家,真正能寻觅能创造出的,也就那么"一点点"。我理解的这个"一点点",可实在是太辛苦、太沉重、太复杂。它意味着许多心血,许多汗水,许多精力,许多曲折,甚至许多岁月。它像丹炉炼晶,不知有过多少败兴,不知费去多少矿料,才忽然炼出那么一点点晶体。这一点点,实际上包含着许多点,无数点。不信,请你拿出各种各样隶帖去琢磨去对比燕老的字,只要你终于发现那种相异之处,你就是发现了燕老的个性和特点,而这就是燕老对中国书艺的贡献。

在绵绵数千年的汉字书写、书法、书艺史上,一个人,能有这样一种创新和贡献,就是了不起的事了。

我曾专程到燕老家拜访燕老。我之所以拜访他老人家,不是因为别的,正是因为他的书艺让我衷心起敬。

燕老的字不只形体上有独特个性,有独特创意和贡献,分明还有某种独具的精神气质。我不熟悉燕老的生活经历,但我从他的字里感受着一种刚毅。我的感受也可能不准确,但我相信——字如其人。

燕老无疑是中国书坛的一家。

燕老的不幸在于:他远离中国几大文化中心,是穷乡僻壤中人;有古士高洁之风骨,与外界少有交往。他若身处北京、天津、上海、南京、杭州这样的大都会,恐怕早已名闻遐迩了。

但在泱泱中华,命运如燕老者,何止千百人乎?我在浙江临安一个小镇上,曾看到一个人的多幅墨梅,画得绝佳,比在某大都会被人炒得一榻糊涂名播海外者,要优异得多,但他(也是一位老人)竟"默默无闻",这是一种地缘文化的悲哀。

不过,我又想,只要是真的艺术,迟早总会被人们认识,犹如一颗钻石,迟早总会被人发现。

因此,当燕老要出版他的书法集时,我极表赞成,并愿在这里坦率地讲出我的心里话。我相信,燕老书法集的出版,不止是对燕老个人的一种情感慰藉,同时也是对中国书艺的一份珍贵贡献。

二〇〇〇年十二月二日　北京方庄

鲁东的艺术世界及其轨迹的启示

二〇〇四年九月十日至十五日,鲁东的一百多件略大于十厘米的油画作品,在北京中央美术学院美术馆亮相。这个展厅面积不大,简雅朴素,但由于它是中国美术教育顶级学府的展示场所,最切近的观众和审视者是这里的教授、研究生和心气甚高的学子,是美术领域的专家层次,故而在此展出,对一个画家而言,既是一件幸事、是一种荣幸,也可能是一个不幸,是一个灾难,因为太多有修养有水平的画家、评论家近在咫尺,听取这些人的观感和议论,肯定或否定,对展主无疑是一种心理考验,是相当大的心理负担。

鲁东是怀着自信和不安而来的,结果,广获好评,展出成功,其部分作品被中央美术学院美术馆和中外友人收藏。

鲁东的展示何以能获得好评,达到成功呢?在逐一观赏过他的一百多件作品之后,又经过长时间反复思考,我认为他成功的秘密乃在于他情系故土,关注边缘,以浓烈的人文情怀,规模化、系列性的丰富多彩和深刻内涵的作品,以及独特的艺术表现和娴熟的绘画技法,创造了自己的艺术世界。是他的艺术世界,也是现实生活的记录。他这些作品,是正在演变的中国社会的一份形象档案,有巨大的人文历史价值。

中外美术史都已证明,任何优秀的杰出的成功的艺术家的作品,都这样那样地折射着他的时代,都可以从时代的大背景上审视其价值,包括解读作者的思想、观念和审美理想。对画家鲁东也应作如是观。

　　人们说,近两百年科学技术取得的成果超过了此前两千年人类历史科技成果的总和。此话真的不错。当我们想到人类已登临过月球、已将探测器投射于火星,并正在对彗星进行深空撞击,那是此前两千年人类的神话都不曾想象到的。改革开放,跨越式发展,使我们中国也在工业化、现代化道路上大步前进。概而言之,农耕文化农业文明已不是当代人类历史的主流和主潮,处于主潮和主流地位的是电子信息、网络数字、生物工程等等为龙头的高科技,与最发达国家相比,中国是一种追赶的状态,是农业现代化、工业现代化与高科技电子技术相互交叉综合发展的态势,但是社会面貌也在发生着日新月异的惊人变化。大中城市愈来愈大,全国在逐步城镇化。社会生产方式、生活方式适应市场经济规律,也在发生着深刻变化,并深刻地影响着人与人的关系和交往。社会的财富在急剧增长,同时,贫富差距在急剧拉大。由于种种原因,富的地方愈富,穷的地方愈穷,社会发展极不平衡。在社会主流主潮迅速发展的同时,若干所谓老少边贫地区几乎成为被人遗忘的边缘状态,生活在那里的百姓也成为边缘化的人群。一句话,二十多年来,当中国社会的发展主潮超越了此前的两千年时,也还有若干地方的人们,仍处在两千年来几无变化近乎原始的状态之间。这是市场社会发展的必然规律,却也是撞击良知的一种人文之痛。

　　正是在这样的大背景和深刻意义上,画家鲁东这一百多件作品才显示出其特殊的光彩、特殊的魅力、特殊的价值,让人受到强烈的震撼,引发人们深深地思索。

　　画家鲁东将宏观背景中的边缘地域和边缘人群,描绘成了他笔下的主体,构成了他自己的独特的艺术世界。从艺术角度考察,其成功有赖于如下方面:

　　一是数量多规模大造成体系性效果。

　　一个画家画出一幅两幅这样的好作品甚至杰作的现象,并不鲜见,那样的作品的美学价值和人文历史价值亦绝不可否认,那也是一位画家长期琢磨苦心经营的结果,但如果他能够在突破一点之后不断掘进、继续发现,多角度、多侧面地丰富同类题材,作出更多作品,那就不是"偶而为之"而会造成体系性效果。中国外国都有这样自成体系的美术家,我们想说的是,鲁东是这类艺术家中新出现的非常值得关注和重视的一位。

鲁东的目光聚焦于他的故乡四川东部大巴山区的人物与景物。那里的许多地方,至今尚无畅通的公路,电灯电话极少,以木石茅草搭屋的民居,千百年来几无变化;人与自然好像处于和谐之中,同时也十分的闭锁孤寂,与紧张喧嚣奔腾的城市——城镇生活是截然有别的两种氛围、两种调子、两重天。鲁东正是着眼于这种两两不同,以劳动篇、生活篇、孩提篇、爱情篇、牧羊篇、休闲篇等等题意,多角度多侧面地发现、捕捉、提炼着那些最富表征意义的瞬间,将它们凝固在画幅里。审视这一百多件作品,我们仿佛进入了那里的层峦叠嶂、密林花草之间,感受着那里老人、妇女、儿童和青壮年的呼吸和情感。假如鲁东只有一两件这样的作品,那也可能会让我们忽视、也绝不会给我们一个独特世界(也即一种社会层面)之感,他的体系造成了规模效应。

真正的艺术家必也是思想的智者,但如果只有理性思维而缺少乃至没有艺术直觉和敏感,没有独特的审美观念和娴熟的技巧,也不会获得成功。因此,第二,在反复审视鲁东的一百多件画作时,我们发现,他的成功最终取决于他的艺术表现。这涉及情景选择和提炼、构图造型和色彩运用诸多方面。

鲁东的作品,题材立意都很单纯,都像一篇散文或一首短小的抒情诗,真是一事一物总关情。这表明尽管那是他最熟悉的山野故乡甚至就是他的老家龙丰村,每幅作品他都要解决画什么、怎么画这个难题,他经历着多侧面、多角度、不断捕捉、不断选择、不断提炼、不断取舍的过程。而落实到艺术勾勒和色彩处理,我们又发现,他是将传统的写实技巧和西方印象派手法与自己的浪漫情感,很好地糅合到了一起。这从他任何一幅小画都可以得到印证。

例如关于人物形象描绘,在如此小的画幅上,除非画小肖像,要在广大多彩的背景和氛围里,将人物五官和面部表情显示清楚,几乎不可能。妙处是,在鲁东笔下,无论人物形体多么小,形象多么朦胧,其比例和神态都令人感到十分真实,达到神似。他将天光山色、房舍屋宇、云雾风雪、树木花草、溪流岩石等等自然环境和人文环境的描绘,与人物的描绘融为了一体,在一种和谐的情景、情调中表现着人物的神情。

这里要特殊提到鲁东的浪漫情怀。

到过大巴山深处的人会知道,那里有青山秀水,也不乏穷山恶水,生活在那里的山民——农民,日子艰难,很多情形下,衣衫陈旧甚至褴褛,多为灰调暗色,或曰多数人的生活主调是冷与暗。不可否认,时代新风、社会新气息,包括某些塑料凉鞋,鲜艳的T恤之类,也会流入山区,但似乎尚不构成那里的主色调。但在鲁东笔下,他也许不自觉,而是凭直觉描绘故乡的人、事、物,但却达到了出乎意外的境界——向人们提供了一批社会转型期的档案或写照,一个或迟或早必将改变和消失的世界,他在这种本来封闭、落后、贫穷、甚至愚昧的环境中感受着"宁静之美"、"古朴之美"、"纯朴之美"、"田园之美"、"世外桃园之美",实际上是一种时代主潮之外的边缘人生之痛;但他的画面却一点也不让人感到苦,而是欢悦。为什么?这很大程度上在于他的色彩运用,他运用了斑斓热烈的色彩。同时,不可否认,这也是画家鲁东的浪漫情怀和乐观精神。例如他把一个背篓妇女的上衣着以橘色短袖衫,把一个提水妇女走向吊脚楼的上衣着以橙黄短袖衫,把一个在大雪没山的时刻挑水的妇女的上衣也着以玫红,把一个怀孕的妇女也着以粉红上衣,把那本来暗、黑、灰的简陋的茅舍给以暖色调等等,这就给人以明快、热情而充满希望的感受。可以说,善用热调色彩,是鲁东的特殊符号、特殊语言,也是他对生活将会变得美好的希望和信心。

鲁东的一百多件作品,绝大多数为超小幅油画。问他为什么画得如此小?他讲了两点:一是他作画的老家山村交通极不方便,翻山越岭行路难,在羊肠小道上携带大画很困难,这种小画便于携带;二是他认为,小幅画可以令观者视点集中,想象伸展。他没有道出的是他经济拮据,作大画的经费投入对他是过于沉重的负担。还有他也许不自觉,作如此多的小画,在艺术上是他为自己设下的一个难题,一个挑战。当然,也许,当他因作如此多小画而屡屡眼睛肿痛时,他其实是在进行一次艺术探索和试验,并无功利考虑,而实际上,他是完成了一次成功的创新。这便是他的取材、技巧和整体的艺术表现。这些超小型画作,收到的是小中见大的效果。

当之无愧,鲁东已是一名优秀的杰出的当代油画家。

鲁东的成功并非偶然,他也曾彷徨苦闷,经历过徘徊曲折。

鲁东达到现在的境界,取得今天的成就不是偶然的。自幼喜欢绘画,几乎是每一个成功艺术家的共同点。他从军入伍,在新疆天山的峰峦之中开凿的生活,肯定给他留下了深刻印象,这期间,他有幸跟深入生活的画家学习,也是一幸。退伍后,他回乡在县文化馆工作,教故乡的孩子学画。为继续提高自己的技艺,他担任县美协主席,是责任、是压力,也是一方小小的活动舞台,让他作出了最初的成绩,参加了在成都举办的四川美展和深圳美协、美术馆的邀请展,受到鼓舞。后又入四川美术学院深造。当改革开放的大潮到来,他也曾做过以绘画技艺下海赚钱的梦,到深圳、珠海为工商企业画广告,这是一种没有个性、没有自由的艺术,是大艺术领域的一门特殊专业,有别于描绘人生,表现自己喜怒哀乐和审美理想的正宗艺术。最重要的是他失去了根据自己的思考和心灵感受进行真正艺术创作的自由,成了薪酬的附庸和奴隶。这使他精神上十分痛苦。要说这段经历有什么收获的话,那就是他看到了感受到了社会发展的不平衡,城市与乡村特别是与他的故乡大巴山深处的巨大差距,看到了并十分深切地感受到人们的贫富差距,感受到了市场经济中那只看不见的既神奇又冷酷的手。于是他无所适存,感到幻灭,经过痛苦的思考,他重新回到了大巴山深处。

可以说,如果没有这些经历,画家鲁东不会取得现在的成就。

是各种各样鲜明对比和反差对心灵的刺激,令他重新找回了对故乡的爱,或者说,是严峻的社会现实,重新将他推回最熟悉的故乡的山野和人生。当他见识过外面的世界再认识自己的故乡和乡亲,他意识到,从地域和人生两方面,这里都处于边缘状态,孤寂、落后、封闭,他遭遇到自己良知的拷问和痛苦。于是,他埋头描绘,似乎并无特别的意图,却作出了这样一批优秀的画幅。这也不难理解,因为他已经有二三十年的画龄,已经有许多的社会阅历和人生的体验,已经有自己的社会思想、艺术态度和审美理想,这样一批优秀作品的产生,无非是他那艺术之泉水的自然喷涌。

二〇〇四年十二月

一部探索羊文化的开拓之作

一

羊文化？是的,羊文化。

羊是文化？否,如果孤立地看,羊只是一种动物;若从羊与人类的生活、人类历史密切的关系着眼,它就是人类历史演进的一个角色,就属于人类历史文化与文明的范畴。

羊文化是一个简称。所谓羊文化,其实是人与羊的关系的文化。离开人,无所谓文化。没有人,什么文化亦不存在。

人类在自己生存发展的漫长历程中,学会了造工具、挖地穴、建房屋,也学会了驯养羊、犬、牛、马、鸡、鸭、猪,只要愿意,只要有人从文化的视点予以探讨和研究,予以考察和阐述,皆可以称之为文化著作。

我们已经见过有关建筑、服饰、风水、茶与酒等等文化类专著,却还不曾见识谈羊文化者。坊间关于牛羊鸡猪等等饲养技术的书籍,广义地说也是文化,也有文化内涵,但它们注重的是饲养禽畜的经验与技术,缺少人文意义。从这种意义说,杨冠丰、黄淼章两位先生这部《点解姓羊——祥和广州与华夏羊文化》,可谓一部开拓之作。

二

好像一个人有名、有字、有号,广州又别称"羊城"、"穗城"、"仙城"与"花城"。这几个别称之中,广为人知者是"羊城"和"穗城"。因为《羊城晚报》创刊五十周年,因为二〇一〇年将在广州举办亚洲运动会,杨冠丰、黄淼章两先生怀着对这两件盛事的祝贺之情,怀着对广州这座伟大城市的热爱之心,特意编撰了这部著作,其意在为广州的名片添彩,为亚运会宾客奉献一份礼品,立言立德,其行可嘉。

拜读书稿,有一个感觉,便是章节多,头绪繁,若干段落仿佛辞典条目的释文,涉及多方面的知识,有目不暇接、一时跟不上作者思维跳跃之感。于是,反复拜读,反复思考:怎样抓住作者阐述的筋脉?如何理解作者立论的支点。

反复思考后方领悟,两位作者是立足广州(羊城),放眼华夏,上下古今,旁征博引,纵横四方,激情发挥,由近及远,回环往复地完成着自己的论证。他们用了两把钥匙——一为对汉字密码的破译,一为对神话传说的解释——打开了羊文化之门,并从而达致这样的目的:既阐述了他们关于羊文化的见解,又表明了华夏神州各地域文化终于融合一统的观点。羊城广州是中华羊文化的一个点。

三

两位作者提出,汉字是中华文化之根,因为它具有形、音、义三元素。它们由图形、纹饰演变而来,蕴含着许多悠远的古老的中华民族生存发展的历史信息,记载着传递着中华文明演进的历史基因。

这些精当的见解,无疑令人信服。

他们收录了古老的贺兰山的岩画,那是一幅以羊为主的图画。他们收录了西安半坡遗址出土的人面羊面合一的彩陶纹。他们收录了河姆渡遗址出土的陶羊图,那是距今约七千年的文物。这都是我们远祖与羊的亲密关系的历史物证。

说及此,我自己也有些亲身体验。

我曾在青海高原生活和工作。那里出土有逾万件距今数千年的新石器时期的彩陶。那些彩陶上的纹饰之繁多和精美,观者无不惊叹和震撼。那些纹饰里,有太阳,有月亮,有山川,有云水,有田地,有禾苗,有人物,有动物,有的陶器则直接塑造了人物和鸟兽形象。那些几何形纹饰或具象形像,是古人对客观景象的记忆、观念的再现,有审美情感,同时也意味着种种信仰和图腾崇拜,如对太阳、对禾苗、对水,以及对女性生殖器官的欣赏。

彩陶文化是新石器时期一个灿烂的文化阶段,是农牧业混合或并存时期,历时至少三四千年之久。如杨、黄两位先生所说,这个时期,我们祖先的劳动实践、物质生活,以及语言、思维和精神世界,已有相当大的发展,在那些准确对称的纹饰里,我们甚至觉得他们已具备相当高的数学计算能力。我们一般现代人看这些彩陶的视觉和情绪,更多的是"审美",是"欣赏其美";而如果以历史的、文化的、考古的专业眼光审视,这些千变万化的纹饰,则正是我们的远祖生息、奋斗的生动记录,是客观世界在他们观念中的反映。只因时空茫茫,年代久远,我们这些现代人已不自觉的"忘掉"他们,"不记得"或"不理解"他们,反而称它们为"密码"。

"谁能破译五十个世纪前的这些密码?"这是我曾经发出的呼喊。我不是历史、文化和考古学的专业者,却也曾折服地激动地写过一些试图破译和破解的文章;因此,我与杨、黄两位先生可谓似有同好;也因此,我对他们运用汉字这把钥匙,从汉字入手阐释发掘羊文化和华夏文明,才感到兴趣并赞赏之。

汉字,如他们所言,的确是由"纹"到"文",即由纹画而逐步演化为文字。

羊字从何而来?它源之关于羊头的图画,最早的甲骨文。

看了他们的附图,我们便明白了一个羊字是如何由抽象图画般的甲骨文,逐渐演变为金文、篆文、隶书到现在的正书也即楷书。而且,不仅如此,由一个羊字,他们又给我们列举了祥、洋、美、漾、義、姜、膳、羔、羞、羹、鲜、羨、群、曦等字。这些以羊字为部首或偏旁的系列文字，犹如欧洲拼音文字的"词根"，以羊字为根，其内涵和外延在不断丰富和扩张，涉及腹欲之食、理想之善、伦礼之义和仪、祈冀之祥与美诸多意含，既具物质性、实践性，亦兼具思维精神性，闪耀着先民人性的智慧的光彩。作者将"羊"与"禾"从文字构成予以解析，由此破译出游牧文化和农耕文化的交互关系，真是抓住了汉字构成的特点，是细心地发现，颇有启发。

这里不便重复作者们举证的有关图录。读者只要善于举一反三，便可知作者们通过对汉字这种独特的文字符号的解释，也就是运用汉字这把钥匙，开启了认知、理解和阐释羊文化之幽门，自己也可以随之进入这座幽门。

今日之中国，正迈步于工业文明甚至电子文明的大道。然而仅以我的年龄、经历和记忆，本书所论之羊文化，并不陌生。我出生于华北山西的伴山区农村。六十多年前，在我们那个地区，牛是最主要的农耕畜力，羊是人们最主要的肉食家畜。那时，我们那个地区，猪很少，人们对猪的饲养似乎还很不得要领。然而在农耕的同时，养羊牧羊者甚多。农民对羊的感情既深又浓。所谓"五谷丰登，六畜兴旺"，便是农业牧业同时并举、混合运作的写照，也是农民保生存求发展的美好愿望。历史的进步，已使原始社会、奴隶社会以人作牺牲为祭祀物的风习远去，以动物如牛、羊、猪、鸡为祭祀物者，也已少见；但逢年过节所谓"杀猪宰羊"以慰劳自己、款待宾客、表示喜庆的风习尚存。在我们那个地区，多是杀羊宰鸡。其实，直至今日，西藏、云南、贵州、青海、内蒙诸多牧区牧民与羊的关系、对羊的感情姑且不论，在其他诸多地区和偏远农村，羊与人们生存关系之密切，可谓不减当年。

人与羊的关系的历史，十分悠久，极为漫长，将之作为人类文化现象予以探讨，非猎奇也，实属应该。

言及文字之重要，我想起自己上世纪九十年代墨西哥之行。

墨西哥城有一座规模宏大的人类学博物馆，其最珍贵的馆藏是印第安人的古物，尤其是那些如连环画般在巨石上的浮雕。迄今，墨西哥人除对印第安古天文历有所阐释,另若干文物只陈列在那里,难得准确科学说明。为何墨西哥人未能尽释墨西哥馆藏?因为那是当地原住民印第安人的创造与文化,不是现称墨西哥人的祖先的遗迹。哥伦布发现所谓新大陆之后,欧洲殖民主义者对那里的土著居民,不仅实行种族灭绝,更彻底实施文化灭绝,消灭了那里的典籍和文字。没有了历史,没有了文献和文字,这就是他们对那些古文物迷茫的终极原因。

有道是灭其国必先灭其史,美洲大陆原住民的大悲剧,正在于其历史、文化和文字的被灭。

现在的墨西哥人,因与当地原住民混血而成为印欧混血人种,其正统祖宗却是白种殖民者,他们延续的是白人殖民者的语言、文字和文化。

由此可见,一个民族的文字对一个民族何等宝贵和重要,一个民族的文字,对于一个民族的历史、文化的演进、发展和记载,何等珍贵和重要。中华民族历经艰危而凝聚不散,中华文化绵延数千年而勃有生机,汉字功莫大焉。

四

广州得名羊城,源于"五羊衔谷"这一神话传说。本书论说羊城之由来,正是根据这一神话传说。这是本书破解羊城之名,阐释羊文化的又一把钥匙。

但作者不是直奔主题,不是直接言说五羊衔谷,而是从大中华神话传说背景上,多角度地关照考察,最后落到五羊衔谷。这是一种从宏观到微观的思路。这一思路,有他们对汉字这种文化符号秘意发现的神往和迷恋,更有他们探索中华文明羊文化广博的追求,同时也为我们读者提供了更多知识信息和启示。

我家乡山西洪洞县有个卦地村,至少在宋代,这里就建起了宏伟的伏羲庙和女娲宫,可惜在一九四五年遭日寇侵略者焚毁。我们县的侯村有一个规模更大的建筑群,俗称女娲庙,雅称娲皇宫,也始建于一千多年前,惜乎现已凋零。我曾写过有关女娲和伏羲的文章,却未曾从汉字这一特殊角度考究。现在,看了本书对伏羲二字的拆解,始有恍然之感。

本书作者指出:伏字是人与犬的组合;羲字由羊、禾、兮、戈四个部分构成,体现的正是古老先民对与自己生活最密切事物的关切;羊与禾代表食物,戈表示武器、工具、器具,兮的古体即甲骨文,象征祭祀。这一拆解,使我们领悟到古先民将多重意含聚集到两个字里,使伏羲有了一个最美的名字,也使伏羲这个神话人物变得不是不可捉摸。

正如作者所言。伏羲时代尚无文字,伏羲之名,是有文字时代的后人起的,是一个文化符号,有名有义,满含对先祖的敬意。

本书提到一个独角羊——獬豸的神话传说,也引起我的共鸣和联想。

我家乡临汾市郊,有一座雄伟的宫殿般尧庙,已有一千六百年历史。司马迁《史记》里说尧都平阳,所指就是此处,临汾古称平阳。

本书作者称"楚王曾获此兽",在我的家乡,传说这只独角羊獬豸则是尧的法官皋陶的执法之宝。我们洪洞县有个村庄叫羊獬村,相传独角羊獬豸便生于此村。还有个村庄叫皋陶村,是皋陶的出生地。这村里,有皋陶墓、皋陶庙,近年,山西省还在此建立"华夏司法博物馆"。

独角羊獬豸的神力在于能辨善恶忠奸,能断是非曲直,谁有罪谁无理,它便以其独角抵之,皋陶依靠它,能够公正判案。

生物的怪胎并不鲜见。也许真有过一只独角怪胎羊,我们远祖不能对它作出正确的解释,它于是因罕有而成为宠物。这只独角羊,也许真地在某一次抵过一个有过错的人,它于是被神化。我们知道,在驯化的动物界,犬、牛、马对人意的理解、与人的配合协调,远比羊强,尤其是犬。那为什么偏是独角羊被赋以神性,被塑造成公平正义的形象呢?这只能表明,人与羊的关系太过密切。而且,从人格化的观点来看,羊的确称得上温良敦厚,最少攻击性,最中庸,因而也最适合充当最公允的角色。将羊作人格化关照,或曰将羊人格化,既反映着那个年代人的思维观念和意识水平,也寄托了那时人们对公平正义的生活理想。既然有尧这样的部落首领,有了皋陶这样的士师(即法官),那说明已是一种有所分工的社会形态,已有某些生活资料分配多寡的问题,否则人们不会产生公平正义的意愿。这是人的羊文化的一个例证,而且很深刻。

两位作者求解了从金文到楷书的法字的演变,要义是"平之如水"。迄今,中国老百姓对司法的要求和理想仍是公平正义,一碗水端平。

一个独角羊獬豸的神话,竟然传遍中国南北,深入人心,历数千年而不绝,可见其影响之深远。这是神话的生命和力量,是历史文化的积淀。

两位作者提到,以羊为神话得名的城镇,广州之外,还有江西的抚州——公羊城,云南的大理——羊苴咩城,西藏的拉萨(逻娑)——山羊城,云南大姚县的石羊镇。其实,果真来一次普查,从城市到村镇直到山川,因羊得名的名单肯定会很长。他们想到了从地理学角度聚焦羊文化。

两位作者讲到华族、夏族、羌族、彝族、瑶族、纳西族、党项族、鲜卑族,以至讲到十二生肖,是想到了从民族学和民俗学角度聚焦羊文化,其核心点便是相互融合成为华夏文明。

他们从三皇五帝、天南地北绕到五羊衔谷,真正是下了苦功,费了大力气。

汉字是中华文化的活化石,流传于神州大地的诸多神话传说,也是中华文化和文明演进的古化石。科学地考究这些神话传说,便可窥它们所隐含的人类生产实践和思维观念的若干信息,尽管它们有一层神秘玄妙的外衣。

那么,这个五羊衔谷的神话传说意味着何种远古信息呢?它暗示着传说着游牧(畜牧)文化与农耕(文化)的交互和融合。

据史料记载,秦统一岭南前,岭南尚处于奴隶社会,没有文字。那么在冀州(河北)人赵佗统治岭南(南越)之前,其生产方式和经济落后的状况,便可想见。无论赵佗前或赵佗后,当时黄河中下游先进农业地区人口流入岭南,带去中原地区的农耕经验和农业器具,包括五谷种籽,都促进了岭南地区生产力提高和经济的发展。这就是这个被神秘化故事的世俗化内含。

在对五羊神话的解读中,作者提出神话是历史与文化积淀的产物,折射了广州建城初期的历史事实(历史底蕴):秦汉时期亦即岭南进入文明初期,遇到人畜阴阳不平衡而影响社会稳定的两大问题:吕后采取"马牛羊即予,予牡,毋予牝(母)""别异蛮夷"的经济封锁,造成直接影响了祭品牺牲的供给,"马牛羊齿已长,自以祭祀不修,有死罪"(岭南最早的文献——赵佗的《报文帝书》);五十万南下大军造成男女性别失调,赵佗"使人上书,求女无夫家者三万人,以为士卒衣补"。作者提出的"五羊衔谷"神话是五行阴阳学说、天地崇拜、食物崇拜、生殖崇拜、祖先崇拜、道德崇拜的神话表现形式等理念,值得我们去探讨。在祥和降临的福地,在举办"祥和亚运"(办会标准之一)之前,出版中国首部有人文意义的羊文化专著,很有意义。

五

初读杨、黄两先生这部书稿,未免有一种"散"的感觉,难梳其"体系",难逮其"要领",经反复阅读与琢磨,我将作者的文本特点称作"散点透视"和"板块结构"。

所谓散点透视,是指他们从文字、语言、天文、地理、物质、精神、社情民俗、文献神话等多种视角,搜罗阐释了多种事理;所谓板块结构,是指他们或论从事出,或以观点带史料,一题一讲,一题一段,在结构上相当灵活自由。此种文本特点,给读者带来异趣,同时也可能造成某种难度。即如我这篇拙序,便无法涉及他们每一个论题,他们触及的内容太广泛了。

万事开头难。

我最看重的是他们关于羊文化的开拓之功,特别是他们对汉字的破解。

二〇〇七年八月　北京

乡野田园之美

陕有峰先生赠我一册他的花鸟画选,并嘱我写些文字。这就引起我对绘画艺术和他画作的思考。

忽然想到人们常说的几句话:萝卜青菜,各有所爱。又想到齐白石老人讲过的:画,不似则欺世,太似则媚俗,妙在似与不似间。

自然世界的高山大海、江河小溪、荒漠草原、森林花卉、虫鱼鸟兽、风雷雨雪……有谁能说清、阅尽、写完、画了?人类社会的男女老幼、美丑善恶、悲欢离合、兴衰成败……又有谁能讲明白、写透彻、画完全?

再说传统。欧美以油彩见长,中国以水墨从优。徐悲鸿、赵无极、吴冠中均先在中国习水墨,后往法国学油彩,徐、吴两先生返国之后,完成了中西技法的融合,赵先生骨子里也并非无中国传统的基因。他们都是大师,却也各有所长,各具特色,各有个性。徐先生写实,吴先生虚实兼备,赵先生看似抽象虚幻的景象,却令人遐想无涯,十分的美感。

可见,绘画艺术的多样与多元,源自自然世界和人类社会的多样与多元。

我本人对各类画作均无成见。我不喜欢的是模仿之作,凡有创意有新意者皆喜欢。陕有峰的多数画作我皆喜欢,原因有三:

其一,他的画作洋溢着对田园之美的感悟和深情。我是出生农村的人。我想,凡有农村生活经历的人,面对陕有峰的画作,尤其是面对真迹,都会被唤起若干记忆和回忆,心灵会泛起若许亲切和欣喜,而这就是绘画艺术特有的美的感染力。这种美感,是画家的生命表达,也是观者的生命体验。这一点,作为观赏者,我们常常不自觉。其实,冷静想一想,如果我们不是活生生有感受能力的人,怎么会有此种美感呢?

其二,他画作的题材不单调。有论者赞赏他的葫芦,这当然不错。依我看,他的石榴、红果、玉兰,也颇有韵致。村野田园的景物多得很,希望他眼界更放开些,让自己画作的题材再宽广些,画起来更大胆些。这里我说不单调,只是相对现有的作品而言。我个人不太赞成将中国画家分做"花鸟""人物""山水"等等。我认为,画家就是画家,应面对整个自然世界和人间社会,有感即发,有感而画。上述分类,是理论的误导,是传统的弊病,是作茧自缚。

其三,他的技法有些创意。中国画的传统之一是勾线、线描,而陕先生的葫芦、石榴、红果诸形,则摒弃此法,全以晕染成之;这当然很难说是他独有的创新,但相比于同样画这类形象而以勾线为之者,则不能不说有新意。尤可注意者,他以晕染完成的这类景致,似乎还多少想到了不同光源所造成的明暗效果。另外,他以浓墨和枯笔的挥洒,让人多多少少还感觉到某些西画味道和现代气息,这是他应该发展的。

前面提到勾线和线描,只是在欣赏陕有峰画作时的想法,绝无轻视这一技法之意。事实上,陕先生的玉兰和菊花也用了勾线,这是当用则用,能不用则不用,灵活处理。我想说的是,勾线或线描,作为技法,要熟练掌握,从线里表现出形景的神气和生命,也极难极难。现在,有多少人能以线描画出"八十七神仙图"那样的杰品呢?

二〇〇九年　北京

"地角山阿独奏弦"

——赏谢云书艺

中国书法家协会做了一件极有文化意义和文化价值的大事,它将陆续出版一套《中国书法大典》,囊括中国当代书坛颇具影响力的一批书家的作品,一人一集,使成系列。这一浩大工程的完成,将使当代人饱览中国书艺的多姿多彩,更是留给后人的宝贵遗产。这是真正的文化积累,是真正的积功积德,十分可嘉。

这个系列大典中,有谢云先生一集。

读谢云先生此集书作,我不禁有如下感想:

在绘画和汉字书写这两种有区别又有联系的艺术领域,同时有两个有趣的现象,那就是少年儿童之作与垂暮老人之作的相似性与不同性。

我们看未经过训练的少年儿童,尤其是学前儿童"画画"或"写字",看到的是随意、自由、天真、直率,甚至是莫名奇妙。通常,人们将此种情景称为"涂鸦"或"胡涂乱抹";其实,认真讲来,这正是人类最宝贵的自由天性、自由精神和探索精神。这些儿童,直观看世界,直观看天地万物,却还未有对世界万物的理性知觉。可贵的是,这正是他们人生的起步。质言之,整个人类文明的起步,又何尝不是如此!

笔者曾见过一个学前儿童,还不识字。他见成年人在方格稿纸上写满了字,便也在方格稿纸上写满一页又一页,都不出格。一位

"现代派"画家看后大为惊奇地说:基本不重复地写出如此多不是字的字,一个成年画家也难做到。这可视为儿童艺术作品。

少年儿童作画写字,为何令我们成年人感到欣悦、可爱、有趣?冷静想想,因为我们和他们有共同天性,那就是自由与创造的禀赋,他们的画与字唤起我们的童心。而我们这些成年人,不自觉地患了"骄傲症"、"自负症",常常"忘记"了自己也曾是少年儿童。

欣赏谢云先生的书艺,为何先说了这些?因为谢先生已年近八旬,却仍在书法艺术的长河里漫游,他的书艺与少年儿童作画写字有"似与不似"之美,"两极相逢"之妙。

"似",指的是他的字初看之仿佛儿童之体;"不似",指的是他毕竟有了七八十年的修炼,他做到的,是七八岁的儿童所做不到的。这里,是形的相似和质的不同。所谓"两极相逢"指的是一个八十老翁仿佛终于又返回到了自己的童年少年"境界"。此处,我用"境界"而不用"岁月"或"时光"之词语,也是想表明所谓"两极相逢"也存在一种质的分野。

谢云先生不会写正楷吗?否。不会写行楷吗?否。不会行草兼书吗?否。

秦始皇的政令之一"书同文",对中华民族的凝聚和文化的发展,有极大贡献。"书同文"的历史,经过图画般大篆、小篆等的演进而达到正楷,也即流传至今的书写体和印刷体,可谓是最具大众性、社会性的标准化。标准化是统一、是稳定、是进步,是最有效的交流和交际工具(符号),必须坚持;但从书法作为艺术的特殊意义上讲,标准化也是一种"僵化";它要求的是共性,排斥的是个性;书法艺术如果只在标准化的范围内兜圈子,必然难见丰富多彩的个性之作。

谢云先生要追求个性。在汉字演变的长河里,他上下求索,将目光投向甲骨文、金文、大篆、小篆、帛书、简牍。这种求索和寻觅,以他数十年的学养为基础,以他数十载的人生经历为基础,以他对汉字历史的演变为出发点。在一系列古老的文字中,他感受着先人的自由精神、浪漫气息、勇于创造的胆魄,令他十分感动和沉醉;而远古、中古先人书艺中的稚拙、浪漫、自由,与自己的现代感、当代感融合到一起,便使我们看到了一种极富个性的谢氏书艺。

谢云先生也不是灵机一动达到此种艺境。近二十年间,我可算他书艺演变的一个见证人。

一九八〇年代末,在中国美术馆看过他的书法展,楷、篆、隶之外,还有少量"现代书法"作品,即变形汉字。这以后,他在中国书法家协会从事领导工作。在中国书法家协会的几年,大大增加了他对当代中国书坛的见闻,更升华了他对汉字书艺的思考。及至离休,有了更多宁静和时间,他似乎更迷醉于对汉字的古老性和现代感的思索、琢磨、研究。他有这样一首七绝:"几树牡丹与玉兰,仙香芳蕙播瑶坛。风吹小草傍烟水,地角山阿独奏弦。"我将他最后一句作为本文的题目,就是想突出他离休后深居简出,身居斗室,而仍孜孜于追求汉字古典美与现代美的融合,追求自己的艺术个性。二〇〇七年初,中国国家博物馆收藏了他六十八幅作品,皆为篆、隶书作,并举行了隆重仪式,我有幸见证。几十件作品张挂起来,真是气势不凡,令人振奋。这些作品,既给人以悠远感、古典美,又给人以现代感、当代美,相当生动地透射出既有继承又富有创意的自由精神。年近八旬的老翁,那悬臂而书的颤颤悠悠的笔墨线条,跳动的却仿佛是一个孩童的心灵。

谢云先生将他的这集书分为篆书与隶书。依我看,这两种书体,在他,字体的不同更多些,笔体墨迹的区别则不多,或难分。这不是坏事。毋宁说,它们都是谢氏体。

欣赏谢云先生的书艺,不能急,需慢慢品,尤其需时时想到汉字悠久演变的历史。

《中国书法大典》谢云集另有一特点和优点,即所收作品皆为其自撰五、七言诗。当今书界自撰自书者太少,此点,谢云的学养是其优势。例如,看到秋瑾的塑像,他吟出这样的诗句:"侠士天河遗去恨,生英死烈女儿身。头颅抛洒标青史,啸傲秋风像一尊"。秋瑾临刑前,刽子手放下纸笔让秋瑾留遗言,时正秋风秋雨,秋瑾便写下"秋风秋雨愁煞人"。这是一位立志颠覆封建王朝的革命女性何等悲壮的呼喊!谢云自撰自书,从内容和形式两方面,均有独特性,是一卷完全的著作,不仅仅是书艺的展示。

二〇〇九年一月　北京

这位老人一直在吟诵生命之歌啊

——赏《谢云八十书画》

去年冬,曾为《中国书法大典·谢云卷》写一读后感,刊于《中国书画报》为他做的专版,用他一首七言诗的句子作题。其诗曰:"几树牡丹与玉兰,色翻高处一情牵。风吹小草傍烟水,地角山阿独奏弦。"用作文题的即"地角山阿独奏弦"。我与谢云共事有年,相邻而居。他离休后,做过一次大手术,很危险,差一点去了天堂。因居处近,时有探望,心怀忧惧,希望他勿再用脑,毋再做事,全力保命。岂料,他不向死神低头,凭衰弱之躯,一手扶拐杖蹭着碎步,向着他的书艺之梦偶偶前行,不远砚,不歇笔。奇的是,这两年,他的精气神反愈发好转。我引其"地角山阿独奏弦",便是有感于他对书法艺术的特殊深情,有感于书艺已是他生命的一部分。他曾是书法家协会的领导人之一,曾在书坛的中枢,彼时,门庭若市,好不热闹,离休后又大病一场,陡然间门可罗雀,成为边缘人,犹远离主潮而身处偏僻的"地角山阿"。但内心充实身有定力的人,不会被"孤独"压倒,真正的艺术恰需与"清静"为伴。他孜孜不辍,神游古今,在甲骨、篆隶、虫鸟等等中国古文字的千变万化中,追寻、钻研、探索其奥秘,不断进取。这种爱好,这种兴趣,这种事业心,真的支撑着他的生命。

近日相会,他拿出一部《谢云八十书画》,装帧精美,沉甸甸的,令我意外,令我一惊,随即翻阅欣赏。这部书画集,由谢云自己设计，大气美观。第一部分，是他自抒胸臆的散文体长诗《笔潮》；第二部分是他抄录的曹操、李白、杜甫、苏轼等汉魏唐宋大家的诗词，以及他自己的零散诗作；第三部分是他的三十余幅画作。为方便读者，每一页每一题有标准印刷体释文，在整部书后，则按页码有完整的印刷体释文。

多年来，谢云一直迷醉于汉字神奇的诞生和演变，在追寻汉字浪漫的古典美与规范的现代性内在的品格与血脉关系，诸如甲骨体、虫鸟体、篆体、隶体，而又将诸体融汇于他自具特色的行体笔墨之中。他的行书体所以自具特色，一在于他钟情古体字的浪漫和自由，二缘于他七老八十的年龄。他确实老了，手颤，而仍坚持悬腕运笔，这就使得他写出的字，无论何种体式，均成为非人们习见的"标准体"，毋宁谓之都是"谢氏体"。我曾说他的字像"童体"，稚拙，但与"童体"又有质的不同，因为他有数十年的功底和孩童所不具的文化修养。所以，他的字，或密如乱石铺街，或疏如落叶枯枝，或轻如细草碎花，或淡如流云散雾，集中起来观赏，给人的美感和遐想便一时难以道明。他的画，不拘笔墨，随兴而挥，观念性强于形似，重在寄托情怀，让人联想起八大山人，却又不是八大。冷静细想，他的字他的画，闪烁着深具根脉的文化之光，追溯其人生经历，更闪耀着某种生命之美。他说他的字和画是"纸上的自由"，而我认为，是独特的美的追求，是强韧的生命力的张扬。

在他的斗室，多次看过他的书画作品。一天，忽见一幅油画式框装作品，雪白的底面上是纯黑的看不懂的画图，抽象，很美，原来是一个虫鸟字——"寿"，是苏州的刺绣工在白绢上绣出来的。这样的作品真达到了"是笔非笔，非画是画"境界。

二〇〇七年初，国家博物馆收藏谢云六十八幅书作，皆为篆隶体，举行仪式张挂于大厅，气势不凡，令人震撼。翻阅读其《八十书画》，我想，若展示于沙龙，其效果会同样动人。那将是一次文化巡礼，一次美的享受，是对一位文化老翁生命的观照。

我称谢云为谢老。那天晚间，灯光下，抱着这部书，我先说："这是一部怪书",因为有些字不好识,继而又说"怪书不怪",因为望着白发垂肩的他,我感到一种人生的沧桑,心中涌起一股敬意——这位老人一直在吟诵生命之歌啊!

二〇〇九年十二月

黄成志,苦孩子奋斗成画家

要介绍画家黄成志,我得先说说自己。因为我同黄成志是逐渐接触,逐渐了解慢慢成为朋友的。

我喜欢文学,也钟情美术。从上世纪九十年代以来,既写小说散文,也画国画油画,如果不是这样,我与黄成志就可能错肩而过。

我开始写小说诗歌是青年时代的事,而本能地喜欢画画则可以追溯到童年。我想,许多孩子,许多作家,开头的时候可能对画画都有兴趣,因为图画的直观性更容易激发少年的情致。但由于种种缘故,人们童年的天趣发生了夭折、遗失或变形。这种事例太多了。

抗日战争时期,我的家乡山西南部是游击区,生活极不安定,我们那些乡村学校的教与学都不规范,常常连课本都没有。所以,虽喜欢画画,在漫长岁月里,业余兴趣还是只能集中于一枝笔一张纸最方便的文学写作的练习,绘画之于我,是五十多岁时才在工作之余认真学起来。因为,好像很偶然很突然地,上级委任我担任人民美术出版社社长。

在这个社长任上,要对一系列画家画集的出版签字负责,涉及成本核算和市场盈亏预测,这逼使我不得不认真学习。一是向专家求救这种图书的经营之道;二是向美术编辑(多为画家)求教,评价美术作品;三是自己要画一画,亲身体验绘画的甘苦,美术的奥妙,获得么一些感觉,以求对美术和美术家更多理解。这样,童年时那种天趣被重新唤回,相当长一段时间我忘掉文学而苦学(自学)

绘画。因为画了一些画,写了一些美术评论,为几位画家的画集作了序,在国内外办了几次展览,终于成为中国美术家协会一名会员。

每一种艺术都有其难于穷述的魅力。我早与文学结缘,在人美社这段经历又使我与美术正式结缘。如此,就像我对某些作家和作品感兴趣一样,对某些画家和画作也兴味盎然。黄成志就是我格外感兴趣的青年画家之一。

新时代新生活的新气象之一,是文化的丰富多彩,文艺的百花盛开。以美术而论,在北京,恐怕从来没有过这么多画店和画廊,更谈不上有好几个"画家村"。

我与黄成志相识,正是在他的画廊里。我画国画多,画油画少。黄成志吸引我的正是他专画油画。老实说,我想从他的描画动作看出点什么窍门。

我有空就到他的画廊去转,静静地看他画山画水,画河画海,画田野画民宅,画花卉画彩云,画森林画草原,画冰雪画春草,画人物画动物,画古典画现代,画具象画意象,画故土画异邦,或临摹中外名作……只是静观默想,不敢打扰,他倒不嫌不烦,还拿小凳让我坐。一次两次三次,他不知我姓什么叫什么,却开始征求我对他的画的意见。他的谦虚拉近了我们之间的距离。

他既然问,我就简略谈一点观感,难得的是他居然乐于参考,多次接触之后,我试探地提出同他一起作画,他很高兴。他真正地或者说深深地引起我对他的注意,是一次共同作画之后对他身世的了解。

他经历过很艰难很艰苦的生活,从事过好几种谋生营生。但他最喜欢画画,掌握了基本的油画技巧,十几岁便来北京闯荡,转眼已二十余年。他的画作,已被好几位美术教授嘉许。这些教授,同我一样,也是在默默看他作画时,发出感想。他的画,销路好,被多位中外人士收藏。

二〇〇九年

最有难度的选择

——我看张利军的画

利军（点亢墨）先生酷爱美术，他因此而经营过画廊，有机会见识欣赏过多种不同风格的画作，在长时间熏陶中，抑制不住地进入自己创作的境地。

他做着多种多样的探索，但就是不愿模仿别人，坚决地要走自己的路。

我看过他许多作品，其中，最为欣赏的是他的"小泼墨"类。这里说的小泼墨，指的是幅面的小，小到只有十几厘米或几十厘米平方。

我见过有名画家作大幅面的泼墨画，自己也偶而尝试过，体会是：此种作品并不好做，而在小幅面上欲泼出丰富意境，则尤其难。利军先生所走的恰恰是最难的路子。

见过利军先生几幅精彩之作——在黑白灰几种色调色块之中，感受到的是幽静、深远、丰富、和谐，但又难于描述，难于名状，真的是只可意会，难以言传了；因此，这类作品很难命题。

每个观画人都是凭着自己的人生经历和人生感悟在欣赏画作，这涉及他对大自然和社会见闻的领悟与感受，这就造成各不相同的审美趣味。利军画作的最大优点是可以引发观者的想象力，让观众凭自己的生活经验去做种种联想。我认为，比起那种一目了然，无需费神，对人的心灵、情绪没有任何刺激，对人的想象力没有任何调动的作品,他这种小泼墨,更为可取,更值得研究。

  利军选择的路子并不好走。他可能会不断变化,这也正常。希望他发扬顽强探索的精神,创作出更多更好的作品。

二〇一〇年六月二十日

凡高,一个草根画家的生前身后

艾森特·威廉·凡高,一个荷兰人,一个真正的草根画家。所谓草根(当今中国流行的词语),是指他是真正底层人士:家境贫穷,没有条件受到美术院校教育,只是一个画店的店员,一个替老板看店卖画的人。我们很难说某个人先天的未出生前就是画家苗子,但在任何事业上有所成就的人,肯定有相当的聪明才智,只要有适宜的环境能使他的潜能发挥,或者说,只要在适当的境遇里自己愿意努力,就会事有所成。绝对的天才论是不能成立的。

凡高做画店雇员,替老板卖画,这个客观的职业环境,无意间成了他的"美术学校",自觉不自觉地使他受到"美术教育"。近朱者赤,近墨者黑。一个人天天看很多画,甚至有很多机会听到画家和收藏者谈画论艺,自己接待顾客,还要向顾客介绍、评品、推销画作,这种经历和熏陶,终于令凡高对绘画产生兴趣和爱好,并获得必要的知识,激起自己作画的灵感和冲动,成为终生探索和追求的事业,也成为个人命运多舛、贫穷生活和孤寂心灵的寄托与慰藉。

文学也罢,美术亦罢,创作者的艺术——社会倾向,总会自觉不自觉地要流露出来。从十五世纪十六世纪文艺复兴到十九世纪大部分时间,欧洲美术似乎流行着两大题材:一类是宗教神话;一类是贵族人物,包括将军国王和皇帝的形象;描绘底层人物生活情景的作品,好像还不占主流。

凡高出生于一八五三年,逝世于一八九〇年。有论者称,凡高作画时间不足十年,也就是他生命的最后十年。凡高是草根底层人,我们不好断言他对贵族生活和人物不感兴趣,他可能也想发财,但他接触不到了解不到乃至理解不了贵族阶层,则是事实。公爵侯爵和将军贵妇人画像,找的是当世名画家,绝对想不到他这个无名之辈店员习作者。凡高最早的作品是仿米勒的《播种者》和创作《耙草的女孩》,以及创作《挖掘者》和《拍卖木材的集市》,从这些作品便可窥见他的关注、理解、亲近和同情,鲜明地倾向于底层劳动者和穷苦人。在花卉风景静物之外,他一系列描绘人物形象的作品,都在显示着此种社会倾向。他描绘在彩卷店前拥挤的穷人,描绘种马铃薯的人,描绘邮差,描绘码头工人,描绘吃土豆的人,甚至描绘监狱放风的犯人和贫苦濒死的女人……他的社会境遇和草根地位,注定了他只能表现与他同阶层同命运的人情世态。但是他可能没有觉悟到,他的这一系列画作,实际上挑战了以宗教神话和达官贵族为主流的画风,是另类,也是别具一格。

有论者说凡高受到过文学家左拉的影响,又说作家莫泊桑对他的《绕圈的囚犯》(又名《牢狱院子》)很赞赏,认为这幅画比一打小说还重要。而这两位作家,对资产者和资本主义均持批判态度。这倒是有意思的注脚。

倾向必然渗透于艺术,但倾向不能代替艺术。凡高的画作在艺术上有多少创新,这个学术问题太深奥也太微妙。看图书里面的画作,我只注意到,凡高画天空,画云彩,有时近乎幻觉和错觉,是他自己的感觉,近乎吴冠中说的"意象"。油画讲究阴影,凡高的相当多画作似乎并不在意此点。油画似乎忌讳勾线,凡高有些画作却偏偏用了勾线。凡高接触过日本的浮世绘,他的勾线可能受到东亚艺术影响。凡高对美的追求,充分体现在他对花卉麦田等景物的描绘上,用色鲜丽,大胆奔放,热情浪漫,给人以美的享受,美的向往。

一个画家的画,只要能动人心灵,让人不知不觉热爱生活,向往美好的生活,创造美好的生活,那就达到"润物细无声"的效果,就有一种历史的积极性。

凡高生前只卖过几幅画,价位很低。他生前的豪言是每幅画卖五百法郎,而在二十世纪八九十年代,他一幅画竟炒到数千万美元。这是他生前做梦也想不到的。

一九七二年,在凡高去世八十二年之后,他的国家荷兰政府才为他建了艺术馆。八十二年,几乎是四代人时间,其间,还发生过两次深刻影响人类社会历史和人们思想文化观念的世界大战。可见,对一个艺术家的生活道路及其作品价值的认识,需经过公正的时间老人的筛选和检验。

我们重视的不是凡高画作在拍卖行的市场纪录,而是他的艺术道路、艺术创造和真正的艺术贡献。图利的资本游戏和运作,与艺术的历史文化价值不是一回事。

二〇一一年九月

蒙克的《呼号》预言什么？

前不久，央视新闻联播报道：挪威画家蒙克的油画《呼号》（有的媒体称作《尖叫》或《呼喊》）在西方某拍卖公司，拍出一亿二千万美元，好像创了最高纪录。

我对一幅画卖多少钱不很关心，感兴趣的是，这件作品为什么会受到收藏家竞争。一亿二千万美元，是竞争的结果。即使无人竞争，从其历史文化价值和时代意义说，这幅画仍值得重视。

西方人爱给不同画派命名，埃德华·蒙克被认为是"表现主义画派"。而他作为表现主义者，同他的人生遭遇、人生经历又有不可分割的关系，或者说，他所处的时代氛围，影响着他的艺术取向。蒙克的一生很不幸，父母早逝，弟弟妹妹早夭，他自己也在一九四四年于疗养院孤独去世。应该说，他也是一个底层人士。

蒙克也并非专攻美术，和凡高相似，他是从业余爱好走上专业美术之路。有论者说，剧作家易卜生"在艺术上的真知灼见对蒙克影响很大"。他有一系列描绘不幸、苦难和死亡的画作，如《病孩》、《死亡之屋》、《母亲之死》，《呼号》是他的代表作之一。

反复审视《呼号》，我在想，按我们中国人习惯的说法，可称为大写意油画。又想，假如蒙克换一种技法，像人们说的用细密油画技法，把呼号者的眼、耳、鼻、口、衣等等都画得异常细微逼真，它还会有现在的视觉冲击力和心灵震撼力吗？断不可能。这就像中国水墨画的大写意和工笔画，各有其长，效果不同一样。蒙克的这种表现主义,用国人易于理解的词语讲,就是写意或大写意——意到笔未到,笔未到而意无穷。

张乐毅先生在《西方美术》一书中这样理解《呼号》:"《呼号》描绘一个面容近乎骷髅的人物双手捂住耳朵,站在一条看不到头尾的大桥上,由于惊吓而大声狂喊。画家用夸张的几乎变形的造型和接近版画的对比手法,用颜色组成起伏回转的线条,组成流动的河水与天空,给人以强烈的不安定感。这种景象好像只能在噩梦中才能见到。"而蒙克自己则这样叙述这幅画的创作过程:"一天傍晚,我和几个朋友一起散步。太阳下山了,突然间天空变得血一样红。我的朋友走过去了,只剩下我一个人,我在恐怖中战栗起来,我似乎感到大自然中的一声巨大的震天的呼号,我于是画了这幅画。这血红的色彩就是呼号。"这幅画作于一八九八年,蒙克在画的上端云彩处,还写了一句话:"唯疯子能如此"。

艺术家的直观、直感和直觉,灵感与意象,他们的形象思维,他们自己并不一定能表达得很准确,别人也不一定能解读得很清晰,那是一种曲折、复杂、微妙的心理——精神现象,理论只能从大背景和整体风格予以解析。所谓诗无达诂,画也可作如是解。关于表现主义,张乐毅先生在《西方美术》一书中的论述,倒是有一定参考价值。他说:"表现主义是与法国的野兽派差不多同时在德国发展起来的艺术风格。第一次世界大战前夕,德国处于深刻危机之中。战争给人的恐怖、压抑,像魔一样控制着人们的精神领域。艺术家们强烈地感到需要一种能够揭示内心需求的艺术,一种觉醒的艺术,因而表现主义应运而生。艺术家们所要表现的正是隐藏在心灵深处的孤独、绝望的情绪与精神状态,他们的手法是极度夸张且表现性的,发泄引起他们不满的人类的苦难、贫穷、暴力、战争、恐惧等,表现他们对被剥削和丑陋的弱势群体的同情,因而获得'表现主义'的称号。"

得悉蒙克的命运轨迹,了解表现主义产生的历史背景,对《呼号》这幅画会理解得深一些。因此,蒙克如果用拉斐尔和达芬奇那种细密技法,那就是另一件作品而不是《呼号》了。至于它为何能拍得一亿二千万美元,是资本运作还是文化存珍,我们局外人则难知其奥。

深刻的文学艺术是时代的风向标、晴雨计。蒙古《呼号》面世十六年后,第一次世界大战爆发。他贫病交加,凄惨地死于第二次世界大战正在进行的一九四四年。

二〇一二年六月